魅丽文化　花火工作室

虫小扁 著

广东旅游出版社
GUANGDONG TRAVEL & TOURISM PRESS

中国·广州

图书在版编目（CIP）数据

为你着迷 / 虫小扁著． — 广州 ：广东旅游出版社，
2020.11
　　ISBN 978-7-5570-2147-4

　　Ⅰ．①为… Ⅱ．①虫… Ⅲ．①言情小说－中国－当代
Ⅳ．① I247.5

中国版本图书馆 CIP 数据核字（2020）第 185103 号

为你着迷
WEI NI ZHAO MI

出　　版　人 ：刘志松
责 任 编 辑 ：梅哲坤　　戴璐琪

- -

广东旅游出版社出版发行
地址：广东省广州市荔湾区沙面北街 71 号首、二层
邮编：510130
电话：020-87347732
印刷：湖南凌宇纸品有限公司
（湖南长沙县黄花镇工业园凌宇纸品）
开本：880 毫米×1230 毫米　32 开
字数：283 千字
字数：9.5 印张
版次：2020 年 11 月第 1 版
印次：2020 年 11 月第 1 次印刷
定价：39.80 元

目录

CONTENTS

第一章
早知道就
见死不救了

二〇〇五年，C市，五月的天气已经很热了，大街上形形色色的人都完成了长短袖的替换，这日，太阳尤其毒辣得厉害，实在不是一个适合放风的日子。

然而对于莫思瑶这样马上就要参加高考的高三学生来说，周末这小半天的休憩时间实在是难能可贵。

老师讲解完最后一道题，抬腕看了看手表，终于宣布下课，临了还不忘叮嘱大家戒骄戒躁，好好珍惜余下的这不到一个月的时间。看着同学们躁动的表现，老师又补充了几句，大约就是"放手一搏，以青春换明天"之类的话。

莫思瑶知道这番话的中心思想——虽然休息半天，但大家千万不要放松警惕！

她已经收拾好了回家的东西——上周替换下来后，因为偷懒还没洗的两条牛仔裤，索性带回去扔进洗衣机；虽然大概率不会做，但一定要带回去装装样子的习题册；当然，还有她的随身日记本——满满当当地塞进她标志性的红色书包里，万事俱备，只欠拔腿！

老师前脚出门，后脚莫思瑶的闺密兼死党唐苑就往椅背上一靠，说："啊，老师这么一总结，感觉还有好多知识点没复习完啊！我更慌了，怎么办？"

阳光热辣辣地穿透窗户射进教室，偶尔吹过的风撩动窗帘，莫思瑶从窗帘的缝隙看到难得安静的操场此时又躁动起来，想来其他班也陆续放学了。

莫思瑶归心似箭，站起来回了一句："别慌，相信自己是最优秀的。快点，回家吃饭了。"

"敷衍！"唐苑不满地嘟着嘴，眼见莫思瑶迈开了步子，她也赶紧胡乱收拾了一番，抱怨道，"哎，等我呀！"

下楼时，唐苑感慨道："唉，这来之不易的假期啊！读书真使我痛苦，希望这是因为天将降大任于我，劳我筋骨，让我瘦个十来斤。"

莫思瑶拍了拍唐苑的头："是天将降大餐进你肚子。你不是说你妈给你煮了满汉全席打算给你补一补？"

"你不知道那补脑汤多难喝！不管了，放开吃！不吃饱哪有体力减肥！等我考完试就天天跑步，瘦个二十斤，打扮得美美的，给自己找个男朋友！"

"拉倒吧！你去年暑假放假前也说放假回来会瘦得让人刮目相看，结果你还胖了五斤！"

唐苑拍了她一下："朋友，不揭人短，懂不懂？别以为有程颐撑腰你就了不起！"

莫思瑶扮了个鬼脸："就了不起！瞧你身上这肉……"说着，她又笑嘻嘻地伸手捏了捏唐苑藏不住的双下巴，"瞧你这小肉肉，这是完全没有心理压力啊。"

"莫思瑶！看我不收拾你！"两人一边嬉笑打闹着一边下楼。

"撑腰哥"程颐就等在学校大门口。

程颐，A大附中著名的尖子生，凭着过人的相貌及拔尖的成绩傲然于全校，其私人生活在一定程度上也是很受关注的。当他站在那里时，用诸如"出类拔萃""鹤立鸡群"之类的词去形容也不算夸张。加上莫思瑶也算得上多才多艺，小有名气，两人虽然一直对外宣称是纯洁的朋友关系，但因为有"青梅竹马"这种带暧昧意味的关系，所以路过的认识他的同学很难不抛个"哎哟，又在等莫思瑶啊"的眼神过去。

程颐习以为常地忽略掉所有暧昧的、调侃的眼神，淡定地等在原地。

见莫思瑶过来，程颐飞快地把手里的袋子甩向她，迅速换上讨好的笑脸："帮我拿给我妈，再给我拎几套换洗衣服回来。下午约了人打球，我今天就不回去了。"

莫思瑶本来就想问问他回不回家，见他这样，她眼疾手快地把手往身后一背，做出拒接的姿势："凭什么？我不要。"

"乖啦乖啦，回来给你奖励。"

"什么奖励？"

程颐沉吟了一下："嗯，等下个月考完，哥带你去玩云霄飞车怎么样？还请你吃自助餐！"

"这难道不是提前说好的生日礼物？"

程颐"嘿嘿"一笑："逼我出撒手锏……以后的《海贼王》漫画，我给你包了。"

无法拒绝啊……莫思瑶"哼"了一声，不情不愿地接过他那袋子脏衣服，然后挽起唐苑的手臂，嫌弃地冲他挥手："无事退朝吧。"

"哎呀，这么嫌弃啊？"因不满她的表情，程颐伸手惩罚性地捏了捏她的脸。

她躲开他的手："干吗？滚！"

程颐眯着眼睛笑得很爽朗的样子，眉眼间透着少年特有的青稚，他留着方便打理的小平头，更显丰神俊朗："一辈子这么长，现在就开始嫌弃了啊？"

莫思瑶掩饰住自己的心动，瞪了他一眼，嘴硬道："谁跟你一辈子啊？！"

"你啊！"他理直气壮地回答，又顺手掂了掂她的书包重量，调侃，"绝对不会看书的家伙就不要多此一举再背着书回家了。"

"要你管！"

"我就管，肩膀弄酸了我不心疼吗？"

"啊啊啊，好冷！"唐苑感觉自己被这场景伤害了眼睛，不甘寂寞地做出发抖的样子。

莫思瑶难得有几分害羞，只能厚脸皮地加大了挽住唐苑的力度："我们走，不理他。"

唐苑"哼哼"一声："哟，就这个时候你觉得我好用。我容易吗？你说，精神抚慰费是不是要来一点？瓜子花生是不是也要来一点？"

莫思瑶一脸认真："你不要再吃了，再吃，天底下就没适合你穿的花裙子了。"

"莫思瑶！"

"在呢！"莫思瑶应道。

程颐见两人无视了他，不甘寂寞地在莫思瑶身后扯了把她的马尾辫，冲她挑眉："别忘了给我捎点零食啊，薯片来几包，夹心饼干什么的，你看着选。"

"钱呢？"

"小管家婆，我的钱都充点卡了，先欠着，记账上，反正你也没少记。"

莫思瑶用脚假踹了他一下："放开！不然臭衣服直接甩你脸上，你信不信？"

"信信信！"程颐"嘿嘿"着冲她讨好一笑，然后做了个"飞吻"的动作，"拜拜，不要太想我哟！"

莫思瑶做呕吐状，背过身却抿着嘴偷着笑了。

唐苑受不了地翻了个白眼，回头看到程颐还在那儿冲她们挥手再见，叹气道："拜托，你们要不要这么明目张胆？"

"干吗呀？谁明目张胆了？我跟他的关系可是比雪莲花还洁白。"

唐苑直接翻了个白眼，拔高了几个音调："呵呵，你猜我信不？"

莫思瑶面子上挂不住，直接捏住她的左脸颊："就问你，复习完了吗？"

唐苑拍开她的手，斜了她一眼："知道你自带狗屎运这种天赋技能，唉，羡慕不来啊！程颐经常是年级第一，你呢……前二十名飘啊飘的，偶尔人品爆发还能冲进前十，想挑毛病也挑不了。要是我有你这成绩，我妈估计就不逼我喝补脑汤了。"

莫思瑶一本正经地说："我优秀，我自豪，反正我跟他是纯洁的朋友关系。"

唐苑"啧"了一声，话锋一转："话说，我听说高考完他就要正式跟你表白，怎么样，期不期待？"

"少操心，你先期待下个月的高考吧！"

"讨厌。"唐苑气极，嚷嚷，"不带心理攻击的啊！我好不容易消除点紧张感。"

"哈哈哈。"成功转移话题的莫思瑶微微昂起头，摆出骄傲的姿势，"像我，成绩好，心理素质过硬，可是一点也不紧张哟。"

"莫思瑶！我要跟你绝交！"

青春飞扬的年纪就无所谓"饭点"这个说法了，虽然老师和家里人一直耳提面命，都高三了，不要再在路边摊买东西吃以免吃坏肚子啥的，但结伴回家的两个嘴馋妹子以年轻为资本，明知故犯地在校门口买了油煎饼，还打包了两个鸡腿打算回去加餐。

莫思瑶家就在附近某小区，步行回去也只用十来分钟。她爸妈所在单位的许多同事落户这里，称得上是家属楼，加上她们上的学校又是 C 市知名的重点中学，在市里市外都颇具名声，这小区，简直占据了好的地利，虽然老旧了些，但这几年房价涨了不少。

唐苑家要远点，还得再走两条街，但出于义气，她从莫思瑶家的这条小岔路上绕了一下，反正也多花不了几分钟。不料在巷子口，两人瞥见一个满脸挂彩，头发抓成花里胡哨的样子，穿得流里流气，却过度消瘦的小男生，他正时不时挑衅般朝路过的人踢石头。

这明摆着惹是生非的举措让两人都顿住了脚步人，皱起了眉头。

"神经病吧？"唐苑小声嘟囔。

莫思瑶扯了扯唐苑，给了她一个眼神，示意她别再说话了。

唐苑见这男生虽然年纪比她们小不少，个子上也差点，但有点"神挡杀神，佛挡杀佛"的气势，她有点怕惹事上身，主动拉着莫思瑶往旁边避了避，打算绕过去。不料那小男生也看见了她们，桀骜不驯地勾了勾嘴角，冲她们比了个很不雅的手势。

"真的有病！"唐苑不敢说得太大声，忍不住再看向那个男生，这才看清那小男生长了一张挺不错的脸，如果稍微收拾一下，再过个几年，不说能迷倒众生，最起码惹几声尖叫还是可以的。只是，他眼神中透着不属于这个年龄的戾气，让人有点……生畏。

这个世界对好看的人总是多几分容忍度，唐苑就没再逞一时口舌之快，打算快速通过这里。莫思瑶隐隐叹了口气，拉了唐苑一把，不自觉地放缓了脚步。

莫思瑶是认识这家伙的，不对，严格追究起来，他们也不算认识，顶多是见过几面。虽说现在条件好了，小区里等小孩读完高中就卖了房子换电梯房搬走的人不算少，但邻里间大多是熟悉的，所以碰面时闲聊的话题也多，像他这种新面孔，多八卦几次就摸清底细了。

他们一家好像是去年夏天搬进来的，反正她每次回家，她妈都忍不住提起这孩子，一提就叹气，说他有多惨，说他瘦得像根竹竿，三餐不定时，爹妈也不疼他，老爱打麻将，还说上次加班到十点多回家，还看到他在小区里游荡，怪让人心疼的。

也就十一二岁的年纪吧？

总之，他爸妈间惊天动地的争执、打闹，以及这孩子惹是生非的行为，都给这小区居民增加了不少茶余饭后的谈资。

"他妈有次在楼梯口就跟他爸打起来了，后来直接从楼梯口摔了下来，磕破了头，送去了医院，孩子他爸就没人影了，然后这孩子也没人管饭，硬生生饿了一天。人给他钱他也不要，给他饭他也不吃，饿极了就去人家摊贩那儿抢，被抓去派出所了，一看不到十二岁，教育一下又放了出来，可真惨。"莫思瑶想起她妈当时摇着头感慨的样子，"其实就是想引起他爸妈的关注吧？"

"好像叫顾南。"

她妈又补充了一句："就是'东盼西顾'那个'顾'，'东南西北'那个'南'。"

"你王阿姨家的小子警校毕业后不是被分配到附近派出所了吗？回来说了这事，说给他家人打电话也没人接，电话号码早换了，那孩子就一脸'世界欠我八百万'的样子坐在那儿，怪可怜的。"

她就莫名其妙地记住了这个名字，心里挺感慨的。

莫思瑶见他似乎往她手里的那个鸡腿上瞄了一眼，虽然他掩饰得很好，但她确实是看到了，于是她也没想太多，把那袋子脏衣服往唐苑手里一塞，然后拎着鸡腿冲他跑过去，硬塞进他手里。

他确实有点营养不良，十一二岁了，身高却还不到她肩膀。莫思瑶善意地冲他笑了笑，不等他甩脸，又小跑步回来，拉着唐苑赶紧走了。她心里想着，这个叫顾南的小孩估计是自尊心极强吧，所以才会给钱不要，给饭不吃……反正，她能帮就帮吧。

直到走远了，唐苑才不满地问："你干吗把鸡腿给他啊？一看就不是什么好孩子，脸上还有伤，估计是打架打的。"

莫思瑶拿回程颐那袋衣服："你就别问了，我快到家了，你下午怎么安排？"

"我下午不过来了，我爸说晚上开车送我，那晚自习见了。"

"嗯，拜拜。"

莫思瑶又往顾南那个方向望了一眼，可以想象到他一脸不屑地把鸡腿丢进垃圾桶的样子，她轻叹了一口气。大概因为比起他来，她过得太幸福，所以看到他时，她总有点儿难受得慌。唉，希望他能过得更好吧。

家里给莫思瑶准备了一桌好菜，她吃饱喝足就去睡了一觉，只是午睡起来，她的眼皮就一直跳得厉害。嗯，这难道是啥不祥的预兆吗？莫思瑶调侃了一下自己，因为她向来不信鬼神，所以也没放在心上。

她起床洗了把脸，去附近超市买了点吃的，又去程颐家里把程颐交代的事干完，听程妈妈表面嫌弃实则慈爱地埋汰了自家儿子几句，然后拎走了程妈妈塞给她的几个苹果。

半天的时间很快就过去了，莫思瑶扒了几口晚饭才出门。很好，果然又没看书，早知道就听程颐的，不背习题册回来了！

晚自习是七点开始，这之前她还得赶回宿舍放东西，时间上就有点赶了，所以她加快了脚步。路过巷子口的时候，那个叫顾南的孩子已经不在那里了，莫思瑶也没在他之前站的那个地方看到鸡骨头或者丢掉的鸡腿啥的，不知道他吃没吃。

不过莫思瑶也就这么随意一想，没惦记太久。没承想，在离学校不远处的大街上，她又看到了他。

呃……从某种程度上来说，今天跟他也算有缘了吧……

莫思瑶撇撇嘴，归根究底是因为他那个发型实在太碍眼，那扑面而来的非主流气息让人想忽视都难。她提着个超大购物袋跟在他身后，心底一片嫌弃。她心道，天气已经很热了，小哥哥你身上已经散发出一股怪味道了呀，该不会两三天没洗澡了吧？

啧啧，莫思瑶忍不住多瞪了他后脑勺几眼。回学校必须得经过这路口，她只能无可奈何地跟在他后面。

路是前几年扩建的，因为学校附近是个小商圈，车流量比较大，难免有些抢绿灯的情况出现。眼看着人行横道上还是红灯，那小子居然不看路，不知死活地迈腿前进了。

"喂！"见车有点多，莫思瑶多管闲事的毛病又犯了，追出去两步，冲他喊了一句。

大概那家伙对旁的事都不关心，所以并没有回头。

这时，喇叭声由远及近，大概前边有辆车刚过去，后面跟着的那辆车的司机视野被阻挡，并没有减速，直冲而来。莫思瑶急得脑子一片空白，下意识地喊了句："顾南！小心——

她几乎是条件反射地冲上前狠推了他一把。显然，那辆车在看到顾南后也试图躲避，所以专门往莫思瑶这边打了方向……

"砰！"

她整个人因为受到剧烈的撞击，陷入了混沌。

她这是要迟到了吧？

莫思瑶从绿化带里爬起来的时候，还真没反应过来……

她昏倒了吗？昏了多久了？撞她的车呢？怎么这么大的太阳？

被她奋不顾身挽救生命于千钧一发之际的小屁孩呢？看热闹的人呢？

无语……莫思瑶看了看没什么异常甚至有点空荡的大街，突然觉得后脊背有点发凉。难怪下午她的眼皮一直跳呢……直到这一刻她仍惊魂未定，身上似乎还残留着车辆撞上她的那个瞬间的触感，那声巨响、周遭群众的尖叫声和汽车急刹车声，也持续在她脑子里回荡。

但是……一个围观的人都没有也太离谱了吧？就算她没受伤，也可以聊表一下关心吧？这……这未免也太冷漠无情了吧？莫思瑶脑子里充斥着各种问题，不仅有种被抛弃的无助感，还有些愤慨。

死小孩！早知道就见死不救了！

不过她心里清楚自己也只是说说，在某些节点，人的身体会先于大脑做出抉择，也没什么后不后悔的，就当做好事不留名了，反正她也没事。

嗯，虽然并没有人问她的名字……

身为一名资深的高三临考综合征晚期患者，即便此刻莫思瑶心里有很多疑惑、不安及怨气，她的身体仍再一次先于大脑做出抉择，坚定地朝学校的方向迈开脚步。她一边往学校赶，一边狐疑地检查了一下自己的身体。不对啊，怎么会连刮伤也没有？这也太夸张了吧？难不成她是什么天赋异禀、骨骼精奇、百年难得一遇的练武奇才？她惊魂不定地扫了一眼太阳光下被她牢牢地踩在地上的影子，微微松了口气。嗯，影子还在呢，书包还背着呢，双肩也沉甸甸的……不过莫思瑶快被气死了！装着程颐的衣服、一些零食、几个苹果加几盒牛奶的袋子没了，她刚刚找了一圈都没找着！

　　这代价也太大了！

　　啊，对，手机！她的手机呢？莫思瑶反应慢了半拍才想起从兜里掏手机，摸到那小方块还在，她长长地松了一口气。虽然这是她爸淘汰下来，旧是旧了点，但诺基亚的手机还挺耐用的，跟着她一起摔出去，屏幕都没烂。说起来，最近有几款新出的彩屏机她都挺喜欢的，索爱还有款音乐手机也看得她心痒痒。她这次一、二模考得很不错，老爸说只要她保持状态，高考结束后就给她买台最新款的，连 MP3 的钱都能省下来。

　　莫思瑶的小算盘拨得噼啪响，觉得又有了干劲。她想确定一下时间，不料摁亮屏显键后，眼睛不禁瞪大了几分——二○一八年十月二十五日下午两点二十三分？

　　什么鬼？！她几乎失手将手机甩出去——坏了？坏了吗？！

　　她搓了搓手臂，突然感受到了一阵阵寒意。她没来由地有几分心慌，于是她赶紧拨打了她妈的手机号。反正她救的那小浑蛋好像就是隔壁那栋楼的，让她妈去打听一下情况也好。却意外地听到手机里传来"您好，您所拨打的号码是空号，请核对后再拨"的话语。

　　见鬼！她不信邪，重输了一次，再次拨打，结果……

　　"您好，您所拨打的号码是空号……"

　　呃……太诡异了。

　　莫思瑶觉得整个人都不好了，她本来是个心很宽的人，此刻也没来由地心跳加速，有种面对脱离掌控的事态的恐慌感。她用手指迅速地摁下一个熟悉的号码，万幸的是，电话终于拨通了。好久之后，电话终于被接起……通话状态成功的那一刻，莫思瑶感觉整个人都活了过来，不等对方开口，她就急匆匆地说道："程颐！程颐！你都不知道刚刚发生了什么，我——"

"你是谁？"

"我……"莫思瑶澎湃的情绪被泼了一大盆冷水。没打错吧？不对啊，这个声音肯定是程颐的，这犯规的磁性男中音她都听过八百万遍，绝对不可能听错！莫思瑶忽略了他声线的些微不同，着急道："你傻呀，是我——"

然而对方再次打断了她的话："你为什么会有这个号码？篡号软件？你怎么会知道我的名字？你到底有什么目的？"

"什么'什么目的'？程颐，你发什么神经啊？是我，莫思瑶！"

"呵……"对方沉默了片刻，"好一个莫思瑶。"

不知怎的，莫思瑶硬是从那个"呵"里听出一丝悲凉感，但她还没来得及开口，电话便被挂断了。

莫思瑶只差没吐血三升，有股怒气"唰"地一下从脚趾冲到头顶！她整个人因生气而微微颤抖起来，好你个程颐！好你个死程颐！他现在要是敢站在她面前，看她不揍死他！她动作迅速地按下回拨——

"对不起，您所拨打的号码已关机……"

"……啊啊啊——"

莫思瑶连续拨打了十几遍，那个没有感情的声音只让她确定了一个结果：程颐的电话，真的已经关机。

能怎么办？她只能硬着头皮，揣着一肚子委屈先回学校。

莫思瑶是在高三时响应学校集中管理，提高学习效率的号召才转为寄宿的，这之前，她无数次往返家和学校之间，夸张一点说，这条路上的每颗石头她都在不经意间留下了印象，所以……嗯……那六栋高层建筑是怎么回事？！

她内心正在无穷崩溃，救命啊，那里怎么会有家超市？

这棵树啥时候长这么高了？

世界好可怕……她越走，心里越惊疑，越走，越恐慌。她拐了个弯，又过了一条马路，在学校大门口站定。抬头望去，学校依旧立在一片老建筑中间，红字招牌也一如昨日，虽然被时光与岁月打磨得有些暗沉，却遮掩不住那几个字的苍劲笔锋与底蕴。

就是不知道为啥，明明应该是晚自习返校高峰期，学校周围却显得有些清冷。所有的感觉还是熟悉的，几家开了好多年的老店招牌依旧灰扑扑的没啥光彩，像学校所在的这种老城区，还真是十几年如一日……呃？杭州小笼包？柳州螺蛳粉？晨光文具店？

啥时候开的？卖油煎饼的那家店呢？卖鸡腿的店呢？

莫思瑶细数了各种不同，有些慌张地吞了吞口水，突然觉得脚步有些沉重。

因为穿着校服，又长着一张乖学生的脸，莫思瑶很快得到了保安的认可，把她当成某个迟到的学生，为她放行了。不过这个保安叔叔有点面生啊，而且传达室的钟诡异地指向三点零一分……她是不是……在草丛里睡了一整晚？

两三晚？难道她被撞坏了头，记忆被撞错乱了？或者她根本没出车祸，是得什么妄想症了？

"怦怦，怦怦……"莫思瑶的心突然跳得厉害，她的脑子是蒙的，胸口也堵得慌，太阳穴也突突地跳，心慌意乱之下，她拔腿就往教室的方向跑。她拼命地奔跑，感觉有些事需要证明，迫切地需要证明！

学校还是熟悉的样子，她一股脑儿冲进了教学楼，一鼓作气地冲上了六楼，红着眼睛，熟门熟路地绕回自己所在的高三（5）班。

六楼整层楼都是被高三承包的，相对而言，这里的氛围更安静些，还透着一股特有的凝重感。而这凝重感，如今深深地盘踞在莫思瑶的胸口，她深吸了好几口气，尽量平缓一下急促的气息，确定了三遍没走错地方，才咬着牙，猛地推开门冲进了教室。

时间在这一刻仿若静止了。

在推开门的这一刻，莫思瑶不能自已地红了眼眶——怎么会这样？

教室内的摆设并没有什么不同，每个人桌子上的复习资料依旧堆得像座小山，墙上的挂画已极为陈旧，写着熟悉的励志标语"拼搏""天道酬勤""自强不息"……

在过去的那些日子里，她天天都看在眼底，记在心里。

教室里的学习氛围因她的出现被扰乱，每个人都疑惑地从书堆里抬起头看她，冲着她展露出一张张陌生的问号脸，气氛尴尬得可以。

台上的老师也不是她认识的任何一个，正因讲课被打断而明显不悦，蹙眉问她："同学，你哪个班的？"

哪个班的？

她还能是哪个班的？她就是这个班的呀，高三（5）班！

可是昨天早上才扶着眼镜喊了一句"同学们加油啊，离高考还有二十九天"的学委不在。

每天笑嘻嘻的，一下课就爱捧着足球问"谁去踢球"的李国明不在。

班里最出名的，一上英语课就打瞌睡，上物理课却龙精虎猛的"偏科侠"王刚不在。

估计有点嫉妒她，所以说话总是夹枪带棒的冯丽丽不在。

甚至今天中午还笑着跟她说"晚自习见"的唐苑也不在……

都不在！

哪儿去了呢？

莫思瑶"吧嗒"掉了一滴眼泪，自我否定地摇摇头。不！不！这一定是个玩笑，一定是个玩笑！趁着所有人没反应过来，她扭头又往外跑，径直推开了隔壁班的门。

"程颐！"她大叫。

她迅速扫视过几十张问号脸，内心几乎崩溃了。程颐呢？你在哪儿呢？

顾不上老师的询问，她死死按捺住心中的颤抖，双手拼命扣住书包的两条肩带，转身冲出教室一路狂奔。这一刻，她无所适从，整个人都是茫然与恐慌的。她在哪里？世界到底怎么了？明明程颐的电话还拨得通，那简短的几句话也表明他认识"莫思瑶"这个人！

可是……到底怎么了？！谁来告诉她到底怎么了？！

啊——

莫思瑶在三楼楼梯拐角处的宣传栏前停下了脚步，闭上眼睛，再睁开——玻璃框中映出来的还是她的脸，还好，还是她的脸……直到这一刻，她的身体彻底虚软，无力地靠在楼梯间的墙上喘着粗气，害怕，心慌，两眼像打开了水阀，开始拼命地往外流眼泪，模糊了她的视线。

到底是怎么回事？她穿越了吗？穿到哪里了？她解下书包翻了翻，里面都是她自己的东西不。她拼命擦着眼泪，试图把日期看清楚，只见手机顽固地显示着二〇一八年十月二十五日。

二〇一八年？

她眨巴眨巴眼睛，想把眼泪眨干净。灰扑扑的显示屏好像在嘲笑她的愚蠢，这分明给足了提示。该死的！她突然用后脑勺狠狠地撞击着墙面，莫思瑶，醒过来，快点醒过来呀！然而无济于事，她只能强迫自己冷静，强迫自己思考。快点想想办法啊！报警？不、不，她否定了。现在班级里的同学全部不一样了，家里的电话也打不通。如果现在是二〇一八年，她第一步要先搞清楚，这个世界到底有没有另一个"莫思瑶"。

她咬牙把认识的人的电话逐个拨了一遍，空号，空号，已停机，已停机。再度拨打了程颐的手机号码，却还是提示关机……

啊——她真的要疯了！

"丁零零……"下课铃声突然在此刻响起。

不多一会儿，一大群学生如潮水般朝楼梯间涌来，叽叽喳喳的，似乎要去集合。

莫思瑶察觉到前头几个人的打量目光，反射性地低下头，有些慌张地将书包重新背好。如今她不想受关注，于是往墙角缩了缩。可要去哪儿？要干些什么？她心里一点底都没有。但在这里干耗着也没有意义。她咬咬牙，干脆背着包，随波逐流地挤进学生中，但心里还是别扭。

就在昨天，她还是他们中的一员，可现在她感觉自己就像这个红色书包，在一群轻装上阵的学生中，显得格格不入。

集合向来是按班级来的，莫思瑶知道队伍排好之后，她的存在就会太过突兀。

正当惶然无措之时，她突然看到了一张熟悉的脸，这个发现让她直觉性地走向那人，强忍着情绪喊了一声："石、石老师？"

"哎？"被叫到的人并没有否认这个称谓，瞥了她一眼，大概也觉得面熟，接得很自然，"哪个班的？快去排队，怎么还背着书包？"

"我、我病了，等我妈……来接……"莫思瑶胡乱编了个理由，愣怔地看着石大春老师吹着口哨，继续维持着队伍秩序，心里却掀起了惊涛骇浪。因为接近高考，音乐美术这类的课程早就停了，但秉持着劳逸结合、运动强身的精神，体育课被保留了下来。而就在前两个星期，还在给她上体育课、祝愿大家马到成功的石老师，如今虽然还是同一张脸，眉宇间却多了几分老态，两鬓也有了白发……

莫思瑶站在他旁边，努力扮演一个"有事需要回家，所以背着书包随时就走"的学生形象，一动不敢动地愣怔在原地。她细细地在脑子里整理着刚刚所发生的荒谬的一切，以至于整个人浑浑噩噩的，周边及台上发生的所有事都自动被她屏蔽掉了，她只想凭借她有限的想象力及思考能力，拟定对策，却隐约好像听到谁叫了声她的名字。待回神时，她才听清了扩音器里传出的那个熟悉的声音："……思瑶助学基金会的主要目的，一是为了感念母校的栽培之恩，为教育事业的发展尽我绵薄之力；二是为纪念一个人……"

思瑶？啥？人总是对自己的名字格外敏感，待回神时，莫思瑶发现扩音器里传出来的声音也格外熟悉。这犯规的淳厚如中提琴音色般的磁性男中音啊……她歪着头分辨了一下。

"……你们都是我的师弟师妹们，希望你们好好学习，勇攀第一。"

下一瞬，莫思瑶心中惊现无数叹号，她猛地抬头朝那声音传来的方向望去——

程颐？！

眼下应该是秋季了，虽说她刚刚那样跑上跑下全身发热，但如今身穿短袖站在一群穿着统一的蓝白相间的秋装校服的学生中，还是有种反季节卖弄体魄的格格不入感。除格外打眼，还蛮冷的，尤其是冷风刮过时，她更是觉得四肢发凉。但发凉的不只是四肢，什么叫遍体生寒，她如今深有体会——她已然因这曾经熟悉又全然陌生的世界的所见所闻，而感到无所适从。

是啊，上午还扯着她的马尾，交代着要她买零嘴的那个少年，那个眉眼带笑，调侃着和她一辈子的男孩，完全脱离了记忆中的样子——褪去少年稚气后的他，衣衫笔挺，隔这么远，她都能隐隐感受到他眼神散发出的淡淡锐意。他简短地发完言后，便是公式化的捐赠交接，举手投足间，透露着陌生的、一个有阅历的成熟男人才有的稳重与魅力。

这个世界，或许真的不再是她熟知的那一个了。

这一刻，莫思瑶觉得自己就是个傻子。她就这样目不转睛地盯着台上的那个人，可她离台上的距离，不遗余力地强调着她与他、与这个世界的距离，伸手而不可及。

"吧嗒——"一滴眼泪掉了下来，莫思瑶心里百感交集……

她想起高一那年，他们也是这样，列队参加某归国华侨的捐赠仪式，她对着台上穿西装，梳背头的男人感慨了一声"挺帅"，程颐便信誓旦旦地说等他赚钱了，也回来捐点小款，命名为"思瑶助学基金"，让她也名垂青史。

——"吹吧！说得你一定赚得到钱似的。"

记忆如潮水般涌来，她还记得他明朗的笑容："赚不到你养我啊！"

"啊呸！"

如今他做到了，真的做到了。

莫思瑶强忍着痛哭一场的冲动，看着巨大的支票上写的"思瑶助学基金"几个字，鼻头酸得厉害。她呜咽了一声，感觉一股浓烈的澎湃的情感、夹杂着对这个世界的恐惧与惶然，快将她湮没。

她不管，不管现在是哪一年、哪个乱七八糟的地方，他就是她的程颐，他就是她的程颐！

怎么办？该怎么办？眼看流程就快结束了，莫思瑶抹了把眼泪，大概因为有了目标，她的脑子终于飞速地转动起来。

"……兴国必先兴教，治穷必先治愚。请同学们再次以热烈的掌声感谢程颐先生对我校教育事业发展的大力支持！"有人接过了话筒。

莫思瑶挺直了背，擦干了眼泪。

"好，全体都有，解散！"扩音器里新传出来的声音中气十足。

一见解散，莫思瑶便把握住机会，混在学生堆里往前走。她观察了一下程颐的动态，他已经被校领导围住，似乎相谈甚欢的样子，她清楚眼下并不是冲上去的好时机。

无论如何，来捐款的同志总不能靠公交出行或者靠腿走来吧？一定有车接送的！莫思瑶环视了一下四周，学校"这么多年"看起来也没什么太大变化。是的，她强迫自己在最短的时间内接受了时空错乱这件事……停车场还是在原来划的那片地，位于校园的东部，而唯一允许车辆出入的是学校正门，即便现在决定要走，从走到停车场到将车开到正门口也得二十分钟以上，她只要想办法堵在路上就可以了。

虽然不知道哪辆车是他的，但推算起来，现在是第一节课的课间时间，这个点，校领导和老师都还没下班，所以能出入的车辆估计就是程颐的没跑了！

莫思瑶难得振奋了些精神，现在有件事她是百分之百确定的——程颐是她的"救命稻草"！

只不过，他们学校向来严进严出，没有通行条她肯定是出不去的，所以电光石火间，她连翻墙的路线都想好了。

当了一辈子的好学生，现在的莫思瑶说翻墙就翻墙！

她取下书包抱在怀里，悄悄从篮球场旁绕过。

短暂的捐赠仪式后，体育课仍在继续，一群孩子懒懒散散地集合，交谈着，嬉笑着，青春在他们脸上肆意挥洒。她想起篮球比赛时，曾经当"叛军"给程颐鼓劲加油的自己，想起他空投入篮，冲她得意地飞个媚眼的样子。

那是她曾居住过的宿舍楼。

那是校园内唯一一家小卖部。

那是她昨天还为了头碗饭而疯狂奔跑的食堂。

学校还是昨天的那个样子，你呢？等等我，程颐！

事情进展得出乎意料地顺利，除了第一次爬树有点紧张，翻墙跳下来的时候有点害怕，其余都是莫思瑶计划中的样子。莫思瑶重新背好书包"埋伏"在车出校门后的必经之路上，感怀地往教学楼的方向看了一眼，然后打量着眼前熟悉的街道，还不忘一次次拨打她爸妈以及家里的电话。

结果除了那个听起来冷漠无情的提示音，没有一丝改变。

莫思瑶也是看过几篇科幻小说的人，开始把自己往小说里套，大概是被车撞到十三年之后来了？

啊，程颐那么聪明，他一定可以理解所发生的一切的。莫思瑶握着手机反复说服自己。

只是等待的时间是那么煎熬，她一遍遍地在脑子里演练着说辞，想着如何跟程颐解释自己的存在，可越理越乱，最后脑中一片糨糊时，看到有车缓缓从校门驶出。

眼看着车辆就要加速扬长而去，莫思瑶想都没想就冲出了马路，闭着眼睛，张开双臂横在车子前面。

"吱——"轮胎因摩擦发出刺耳的声响，莫思瑶心有余悸地往车里望了一眼，脑子嗡嗡地响，约莫是早前被车撞的心理阴影还在。但从她这个角度只能看到司机的样子，她有点担心搞错了对象。见司机打开车门下了车，她风一样地绕到后座，打开了车门，然后……她傻乎乎地盯着坐在车里，正蹙眉对突发状况表达不悦情绪的……程颐。

莫思瑶的眼眶再一次泛红。

好委屈啊，她心里酸涩得不得了。怎么办？要说些什么？莫思瑶有些无措地指了指自己的脸，语速飞快："你、你还记得这张脸吗？你、你……"她自己都没料到有朝一日会对着这张脸紧张，连声音都是颤抖的。她赶忙深吸一口气，调节了一下情绪，"你——你这么震惊的样子，那就是还记得咯！"

司机已经走了过来，但似乎有点避忌她女学生的身份，并没有动手拉扯，只是挡在车门附近，试图隔开她与程颐："同学，你没事吧？没看到车吗？这么冒冒失失地冲出来，出了事谁负责？"

莫思瑶压根没心思理会他，她瞅准时机从他手臂下方进去，顺势把还处于惊呆状态的程颐往里面推了推，然后一屁股坐了下来。一坐下来，她就开始大口大口地喘着粗气。那司机被这小姑娘没脸没皮的行为震惊到了，作势就要去拉她。

"秦涛！"见莫思瑶缩了下想躲避的样子，程颐终于找回了自己的声音，突然呵斥了他一声，"把车门关上。"

待车门关上，车内顿时陷入死一般的寂静中。

"你是谁？"程颐狠狠地盯了她好一会儿，没忍住先开了口。他明显压抑着情绪，眼神凌厉冰冷。

"莫思瑶！"

"你鬼扯！"他的情绪猛然爆发，不等莫思瑶开口，他猛地一把捏住她的脸，用力地往外拉扯，声音冰冷，"莫思瑶？把自己整成这个样子就想勾搭我？你到底是谁？"

原来，以为被淡化的那个人的模样，只需要一次抬眸，就能在顷刻间拼凑起来，那么鲜活，那么……真实。

程颐一度以为自己已经淡忘了她，今天他来母校，只是想为所有的过去，为曾经的一切，画上个完美的句点。可这张脸就这样不期然地重新闯入他的眼底，程颐只感觉全世界在那一刻安静了下来，最后归于荒谬。

　　就连那个红色书包，他也是见过的……正因为如此，眼前这个伪装的女孩才更不可原谅！他的眼眶蓦地有些发热，下意识地加大了力道。

　　"啊——痛痛痛！"

　　疼痛来得毫无征兆，莫思瑶被扯得有些坐不稳，原本还有点小忧伤、小犹豫、小踌躇、小忐忑的心情不翼而飞。她一只手试图掰开他的手，另一只手直接用力拍打着他的手臂："放开我！"

　　"你到底有什么目的？你说！"人对声音的记忆甚至会强于对形象的记忆，那熟悉无比的声音勾起太多太多的过往，令他有些烦躁。

　　"我是莫思瑶！"

　　"不可能！已经化为一抔尘土的人会重新出现？你到底是谁？"

　　莫思瑶痛得飙出眼泪："程颐你这个浑蛋！你脑子被猪啃了？放开我！你生于一九八六年九月二十一号，你家住轩逸花园小区五栋六楼！最喜欢的漫画是《名侦探柯南》！捐款是受的那个归国华侨的刺激！你说我是谁？"

　　这声音、语调像魔咒一样缠绕在程颐耳边，太像了！可是，他去送了她最后一程，他亲眼看着她躺在冷冰冰的铁板上，被推进了火化棺。一想到那个场景，他就心神俱灭。他红着眼，手和声音都在颤抖："你是不是还装了变声器？对我调查得很彻底啊！"

　　莫思瑶把委屈打碎了吞进肚子，咬着牙死命掰开他的手指头："不认就不认了！放开我，你这个浑蛋！"然而悬殊的力量让莫思瑶第一次对他滋生出了恐惧的情绪，她红着眼挣扎未果，突然急了眼，"啪"的一声狠狠地甩了个巴掌过去，扯着嗓子吼，"你冷静一点了没？放开我！"

　　两人同时止了声，程颐被打清醒了一点，并未再施加力气，只是死盯着莫思瑶的眼睛。莫思瑶强迫自己不要畏缩退却，回瞪着他，但心底的委屈和难受情绪终于还是忍不住了，泪水开始在眼眶里打转。

　　见不得这张脸受委屈……程颐顿了一下，突然泄了气似的松开手，回避了她的视线，自嘲地勾唇："你要多少钱？你说。"

原本莫思瑶还有些心虚，毕竟甩他巴掌的手掌酥麻刺痛，他浑身散发的陌生的气息也让她感到了强烈的压迫感，可一听这话，她简直要被气死。谁要他什么钱？！

她扫了一眼后视镜里的自己，刘海濡湿，胡乱地贴在额前，马尾也歪了，看起来像个疯婆子，左脸颊更是被捏得火辣辣地疼。她只感觉糟心得不得了，特想一书包砸在这个程颐的脑袋上，再狠狠地踹他两脚。

可她需要他的帮助。她喘着气，抿着嘴，眨掉了糊住视线的眼泪，好不容易才找回了声音："我来之前那天是二〇〇五年五月八号，走到东风二路和人民南路交界处时，看到隔壁楼那个小屁孩不要命地往马路上走，于是我特英雄地冲上前推了他一把，然后司机往我这边打了一下方向盘，直接把我撞飞了。"

"醒过来时一切都不一样了，学校、同学、任课老师……还有永远打不通的电话，一切都让我恐慌。我装病躲在石大春身边，难得能碰上你，可我在学校不敢拦你，又怕保安师傅不放行，就跑去翻墙。说起那堵墙，在小卖部那栋宿舍后边，上学期你隔三岔五就偷爬出去和你们班那几个浑小子通宵打《魔兽世界》，后来滑了一跤，磕破了下巴，我气得三天没理你……"

说到这里，泪水再一次涌上莫思瑶的眼眶："那围墙修好了，我爬不上去，还好旁边的树长歪了，靠得也近。"她自嘲地笑了笑，"我算是明白了什么叫'狗急跳墙'。你都不知道我有多厉害，一次性就爬上去了。可是围墙好高，居然那么高，我害怕。可我更怕拦不住你的车，所以我闭着眼睛就跳下来了，你都没问我受没受伤！"

莫思瑶越想越难过，吼道："现在这情况又不是我刻意安排的！我能有什么办法！你以为我乐意啊？你呢？你又是谁？你把程颐还给我！你就是披着他那张皮的妖怪，你把程颐还给我！"

她吼完一眨巴眼睛，情绪上来后，开始捂着脸哭。

程颐心里乱得很，突然扣住她的手腕，眼神在接触到她大拇指与食指夹缝处那道不算太明显的白色伤疤时，内心掀起了滔天巨浪，怎么会？！

莫思瑶狠狠地抹了把眼泪，瞬间明白了他这个举措："小学四年级那年春节，你买了一盒手指粗的擦炮，天天在我身旁边玩边显摆，我不服气，和你比谁在擦燃后抓在手里的时间更久。每次都是你赢，我不服输，结果我拿的炮在手里炸了。你在找这道疤，对吗？"

　　从此他春节再没碰过烟花，C市禁烟花、鞭炮那年，他特地跑来她家告知，还蹭了一碗饭。

　　莫思瑶一把挣开了他的手，索性把右手臂内侧也展示给他看，一块硬币大小的，同样不太明显的白色疤痕露了出来："来，一起检查了吧。这是你烫的，就是你为了逗我，不小心把水杯弄倒了，开水泼我手臂上了。从此你大冬天只喝凉水，雷打不动。"

　　那才是她的程颐啊！她又默默地抹了把眼泪："我的理想是当建筑设计师，每年我画的图，你都会想办法将它做成模型当成生日礼物送给我。去年你生日，我送给你一对娃娃，你拿到我家，把它们放进了你做的小屋，你说这才是它们应该待的地方……"莫思瑶已经泪流满面，声音哽咽，"我明明今天早上还在问你回不回家，你说下午约了人打球，让我给你带点好吃的……可是袋子……袋子不见了……程颐，我害怕……"

　　莫思瑶话锋一转，"呜呜"哭出了声："我害怕，你在跟我开玩笑对不对？其实都是你们联合起来在整我对不对？我、我想回家，你能不能、能不能带我回家……"

　　她因情绪过激，整个身子都在微微颤抖。

　　程颐一直在沉默地听着，脑子嗡嗡作响，视线不自觉地瞥向她校服上用油性笔画的涂鸦。她向来喜欢画画，天赋也极高，那几只小熊猫画得活灵活现，栩栩如生。有一只当年被他恶作剧地点上颗媒婆痣，还有一只被添了好吃痣，如今这两个细节重现，他心里掀起了惊涛！

　　还有他偷偷在旁边加的那些元素，被她嘲笑是鬼画符的那些字母。那是他的小秘密，那几个乱七八糟的英文字母拼凑在一起是"MY DREAM"——我的梦想。旁边是他的亲笔签名——the one，这个名字，她去世后他再未用过。

　　这带着涂鸦的校服，当年他也看过一眼，血迹斑斑，最后随着她一块儿烧了。

他猛地指向熊猫旁边的落款"YY"，问："怎么读？"

一般人会以为这是她名字中"瑶瑶"的拼音首字母，但很少读出来，她也没解释过，直到有次她主动告诉了他。她说那是属于他们俩的甜蜜小秘密，不能告诉任何人，因为她脸皮薄。

"一歪。"她毫不犹豫地回答，吸了吸鼻子。

"一歪，yi，第一个字母是属于你的。"那时候的她说。

是她！程颐的脑子一下炸开，死盯着她。她额前纤细的发丝濡湿了，小巧的鼻尖上还渗着汗珠，她左脸颊上有两颗并排的小痣，她的手因过分用力而有些发白，她的神态、她的眼泪，还有她那无比熟悉的语音、语调……

这、这怎么可能？程颐只感觉上天给他开了个无比荒诞的玩笑，一个明明死去了十几年的人，居然活生生地站在他面前？

"你还不相信我吗？我想读 A 大的建筑学专业，还准备把土木工程当作备选，你说学不成建筑也没关系，我要真学了土木，你就在后面给我搬砖……"

程颐的脑子"嗡"的一声响，真的是她！她回来了……仍旧是那一年青春逼人的样子。

"你去哪里了？"他突然大吼了一声，指着她，所有压抑的情绪陡然爆发，"你这小浑蛋到底去哪里了？"

"从小你就吃定我，什么都得让着你，不让着你，你就发脾气。我要不是打算把你娶回家，谁会管你！你脾气又犟又臭，软硬不吃，最可恶、最可恶……"他猛地怔住，眼里含泪，笑得无力又心酸，"怎么能留下我一个人呢……从小咱俩干什么都一块儿，你怎么能留下我一个人呢……"

"呜……"莫思瑶呜咽了一声，坐过去一把抱住他，"程颐！"

他顿了一下，没作声。莫思瑶却听到他重重呼吸的声音，似乎在努力平复情绪。

"我、我现在不是还活着吗？我、我再也不丢下你了……"

两个人维持这个姿势好一段时间。

"嘁——"他突然用双手用力地搓了搓脸，红着眼望了她一眼，很努力地挤出一抹安抚的笑，"回来就好。"

莫思瑶下意识地微微坐开了一点，感觉到了强烈的陌生感。她想了想，又把右手朝他面前伸过去，也挤出一抹笑容："你看，小时候你说我生命线特别长，我、我会好好活着的！"

程颐又红了眼眶，抹了一把眼泪，哑着嗓子，仍带着不确定的语气问道："是你吗？真的……是你吗？"

"是！是我！"

看着她透着稚气的年少模样，想想早上在镜子里看到的自己和剃掉的胡楂，再想到刚刚失控的眼泪，他突然有些别扭，怕她会觉得这十三年自己并没有变得好一些。他狼狈地别开视线："我、我们换个地方聊。"不待她回应，他就掩饰性地摁下了车窗。

"程总？"见车窗终于打开，秦涛焦虑地抖动着的腿立马停下来，忙收拾了心情凑过去。不过好奇心害死猫，他克制住自己，并没有往里边张望，但程颐的声音告诉他，刚刚两人在车子里大吵了一架。然而……怎么可能？平日那么冷静自持的程总……和人吵架？对方还是个软妹子。

"开车。"

"是、是！"秦涛凑近了，心里更为吃惊：老板的眼睛怎么红了？

程颐没给他机会细看，就又关了窗。秦涛忙上了车，惊讶地发现，那妹子……还在。

秦涛心里痒痒的，却不敢多问，余光瞄了一眼眼眶红红的妹子，和不知从哪里搞了副墨镜戴上的老板，觉得脑容量不大够，犹豫地问："回……回公司？"

"回家。"

"啊？"秦涛迅速领悟了老板的指示。怎么说他也跟了程颐三年，默契还是有的。他瞥了一眼那个妹子，做恍然大悟状，"哦，同学，家住哪里？"

程颐从后视镜里给了他一记死亡凝视，冷漠地补了两个字："我家。"

莫思瑶看了看贴着玻璃坐的程颐，感觉到他的尴尬与下意识的疏离。她突然意识到一个问题——眼前的程颐，早不是当年的那个他了，虽然他背部的温热感还残留在她双臂之上。

莫思瑶收回视线，打开车窗，任风扑面。

"冷不冷？"程颐突然哑着嗓子问。

她摇了摇头，又点了点头，回了一句："没关系，年轻。"

程颐被噎了一下，但片刻后还是脱下了外套递给她："穿上，冻病了挂号还得要身份证。"

如果是以前，他估计就直接把外套给她披上了吧……终究还是不一样了。莫思瑶再一次感觉到了不适应，格外想家。

"不用了。"她索性关上了窗户。

一路上，谁都没有再说话，气氛凝重得可以。

车子很快驶出了学校所在的老城区，熟悉的场景渐渐变得陌生，宽敞的马路上，车辆密集而有序地排列着，以往胡乱穿插在车流中的摩托车没了身影。神奇的是，几乎所有单车统一了款式……

过了两个红绿灯，莫思瑶看到旧人民广场也已经全面翻新，巨大的屏幕上陌生的明星正甜甜甜地笑着。

一路走来，她看到了好几个地铁出入口的标志，站牌名都是陌生的。

万丈高楼平地起，有种认知，叫作天翻地覆……她所有的思路都被印证了。

"所以现在真的是二〇一八年？"她没头没脑地说。

秦涛表面一直保持着平静，内心却波涛汹涌，听到这话没经大脑就直接回了一句："假的。""

程颐瞪了眼秦涛，说："真的。"声音里带着一点鼻音。

她便不再作声。所以她是被撞到了一个平行世界？她唯一可以确定的是，这个世界的她，已经……入土为安了，哦，不，是入骨灰盒为安了……

要不要去拜祭一下自己啊？她脑洞大开地想。

车子拐进了位于市中心的高档小区，程颐先下的车，他绕过去打开了莫思瑶那边的车门，并接过了她的书包。

书包有点重，程颐掂了掂，很自然地侧背上肩头。这确实是她的作风，哪怕回家这么短的时间，她也会习惯性地背几本书，明明就不会看。

她活着，这件事很神奇，可他就是信了。她的一举一动，和从他记忆中调取的画面一一对应，就连瞪人时眼眉上挑的弧度都对得上。他们那个年代电子产品还不是很发达、流行，除了照片，并没有影像资料留下来，再怎么处心积虑地去模仿，细节处也不可能模仿得这么自然。他看着她，就像在看一部回忆录。

在她望向车外的时候，他也静下心来偷偷摘下墨镜观察她，她左耳垂窝窝处的那颗痣也对上了，还有她那个略显陈旧的红色书包，肩带处画满了她喜欢的插图。有些细节他其实也忘了，可拼凑起来就是那样。

莫思瑶如今心情已平复了很多。再怎样，贱命一条还在呢，创富靠双手。她问："那我家呢？"

他忍不住想伸手揉揉她的头，手举到一半时又放下，语调轻柔："回去再说。你先去开门，密码……"不知道为何，他突然顿了一下。

"让我猜一下。"她试图调解一下气氛，"几位数？"

"八位。"

"11150921？"以他的习惯，密码通常是她和他的生日……

"你直接刷卡吧，到楼下等我一下。"程颐并没有直接说出密码，把卡给她再目送她走过去之后，他敲了敲车窗，交代秦涛道，"今天的事，谁都不能说。"

"啊？那——"

"不能。"程颐知道他要说谁，直接打断，"如果泄露半句，你直接去人事处领辞退信。"

秦涛心里一惊："是……"

"我明天不回公司了，重要的事再联系。"

"啊？那她——"秦涛总觉得老板衣冠楚楚，侧背着个红色书包很突兀啊，还有，对方成年了没有？

"她你不用管，管住嘴，管住好奇心。"

"是……"

莫思瑶这边已经按下刚刚她猜的密码了，只是在交换了顺序还提示错误后，她有点发怔，哦……密码也已经改了啊……

她掩藏住莫名的失落感，拿出程颐给的卡在那个金属底座的高级门禁系统上刷了一下，玻璃门就自动开了。莫思瑶推门而入，只见内庭装饰得富丽堂皇，暗金浮雕壁纸墙上挂着欧式的宫廷画作，大厅东西两面嵌着同色系的落地玻璃，两盆发财树似乎经常有人打理，显得生机勃发，靠墙摆设着沙发与茶几，脚下的大理石砖面亮得发光。

她自动做出"O"形嘴。这只是个过道吧，有必要吗？

电梯过道末端的墙上是电子宣传屏，正循环播放着的广告画面，一副嘲笑她"哎哟，没见过世面"的架势，让她心里有些不是滋味。

莫思瑶感觉自己有点像刘姥姥进大观园，暗暗摸了摸肚子，感觉有点饿。晚上那顿，她只吃了两口，原本是打算晚自习后和程颐一起去吃夜宵的，结果……

真是人算不如天算。

正当她发愣时，程颐也走了进来，看到她的动作，声音柔和："饿了？"莫思瑶摇摇头："还早，就是突然有点馋。不过我还有好多问题，先聊正事。"

"行。那今晚想吃什么？吃什么都可以。"

"什么都可以？"莫思瑶歪头看了他一眼——他的眼睛因哭过，显得亮晶晶的，微微有点肿。然而望着成熟稳重版的程颐，她有些不自在，又别开了视线。

程颐也颇为不自然，好在电梯门在此刻打开，他率先一步走进去摁亮了二十一楼的按键，然后按着开门键望向她，承诺道："什么都可以。"

"真的？"

"真的。"

莫思瑶眼睛一亮，不假思索地说道："麦当劳！"

程颐张了张嘴，最终还是什么话都没说。

你真的out（过时）了，姑娘。

整栋楼是两梯两户的户型，程颐出电梯时摘下墨镜，低调地说道："两户都是我的，打通了，一般从那边那个门进。"说着，他指向左边那扇黑亮的、很显气派的防盗门，走过去，在指甲大小的荧光屏上摁了摁，门直接开了。

莫思瑶很没见识地心里一惊，心想：怎样？用高科技吓唬人？

随后，她的心思很快被勾走，轻轻地"哇"了一声。入眼是一大片落地玻璃，视野开阔，直面江景。此时隐隐有马达声入耳，隔窗望去，江水粼粼，波涛翻滚，江对岸高楼耸立，散落的三五艘游轮缓缓游过江面，翻卷起白色的水花，又随之消逝。

这下子贫富差距一下子凸显出来了，莫思瑶感觉到了强烈的落差感。她跟着程颐进门，在玄关处打量了一下四周。屋内装饰色调偏灰冷，简约中带着不失低调的奢华感，偏厅设置着酒架、小吧台，一盏暗红色吊灯特别显出韵味，正厅陈设着黑色的沙发，对着巨大的电视屏幕，干净且……冷清。

唯有靠近落地玻璃处的藤制吊椅，展露了仅有的温馨感。

程颐躬身将一双新的灰黑色的软布拖鞋搁在她脚下。

她顿了一下，脱了鞋，袜尖处被磨破的小洞一览无余，就连她新买的杂牌板鞋，也顿显寒酸。

换作是昨天，她还敢直接把穿着破洞袜子的脚往他身上踩，如今在这陌生的空间内，格外突显了她的局促。她下意识地动了动脚趾，躲避他的目光，迅速踩进拖鞋里。

一切都不同了……这个认知竟如此深刻。

"喝什么？"程颐想让气氛显得轻松一点，在确定身份后，眼前的莫思瑶反而突然乖得……让人心疼。见她欲言又止，他接话，"想喝可乐对不对？"

她点点头。

"想喝可乐压压惊？"他想起好久以前她说过的话，轻轻勾了勾唇，有些尘封已久的记忆突然鲜明起来。

见她又点头，他随手将书包搁在鞋柜上，看见了挂绳系在肩带上，另一头插在侧兜里的胸卡。他抽出来看了看，上面还贴着她中考时拍的照片，齐刘海，学生头，粉粉嫩嫩的。胸卡上写着"姓名：莫思瑶；班级：高三（5）班"，后面夹着一张用一块钱叠的心形，空白处依旧是小插图。真的是她！程颐又红了眼眶，吸吸鼻子拐进了隔壁的厨房。

不知从何时起，补充冰箱的时候，他总习惯让人多带一瓶可乐。这么多年了，可乐被搁置得一次次过期，却从未打开过。他拿出可乐搁在桌上，却还是先给她倒了杯温水。

家里装了室内供水系统，饮水器直接装在墙上，二十四小时恒温。

"可乐有点凉，先晾晾。"程颐说着把水递给她，微微叹了一口气，"可乐真的要少喝，不是爱管你，你后槽牙不大好，可乐中的碳酸和磷酸酸性成分会对你牙齿表层起保护作用的牙釉质产生腐蚀，回头你又叫牙疼。"

她这不是还没喝吗？她努努嘴，终于松了一口气："……你还记得啊？"

"嗯。"记得的。

他又转身进了小吧台，给自己倒了点红酒，然后看向她，再没挪开视线。

莫思瑶被看得有些不好意思，抿了一口水。她有好多想问的问题，一时不知从哪里开口，但不明不白更难受，于是她鼓起勇气问道："所以说，我爸妈呢？"

他轻轻晃了晃手中的红酒："他们很难过，现在……人都在美国。"他并没有详细说，只是说，"我暂时没有他们新的联系方式，但我会帮你找到他们的，不过可能需要些时间。"

"美国？确定不是国美？我爸连英文的'你好'都发不准，我妈对英语也是一窍不通，他们去那里干什么呀——"莫思瑶突然顿住，颓靡地叹了口气，"十三年还是太久了，对吗？"

"你呢？你知道你是怎么……过来的？"

"不知道，反正好像是眼前一抹黑，浑浑噩噩的，清醒后就到这里了。"

"……真好。"

她轻哼一声："你现在相信我了？不怀疑我了？"

他轻轻摇头。

她却仿佛还要再证明一下，指着自己的左眼："我这只眼睛有七十五度近视的样子，右眼是五十度，上个月你陪我去验的。因为我说有时候黑板上的字太小，看不大清。我还问你会不会影响高考填报志愿，你说不会。然后你还跑到我班主任面前，说希望把我的座位往前调一点，你以为我不知道啊？我们班主任都跟我说了。她还说，横竖就一个月了，让我们咬咬牙，坚持不要早恋。还好，我成绩还不错，不然她肯定又抓我去谈心了……"

说到这里，她抬头看他一眼，别开视线，感慨了一声："发生了很多事吗？"

　　他点点头，感慨："很多，毕竟这么多年了。但无论发生了多少事，我都坚信一点，你活着他们会很开心。"

　　"这么荒谬的事，他们真的会相信我吗？"

　　"我相信了，不是吗？"他安抚道，又想调节一下气氛，用略带开玩笑的语气说道，"放心，现在科技很发达，DNA测试的结果几个小时就出来了。而且，你一点也没变……"变的是他们和这个世界。程颐把这句话藏在心底，吸了口气，"叔叔当年是因为工作变动去的美国，去了半年后，阿姨也跟着去了，应该是二〇〇九年左右的事了。抱歉的是，这之后的事情，我不是太清楚，需要花时间去打听一下。"

　　"没关系，我懂。我小舅舅呢？"

　　"他从原单位辞职了，听说去了B市，但有没有在那里定居我也不清楚，也断了联系。我也会帮你找他的。"

　　"那我外婆呢？"

　　"林婆婆她……是二〇〇八年走的，听说是在家摔了一跤，后来炎症引起并发症，没抢救回来。"

　　"外婆死了？！"莫思瑶猛地站了起来，紧紧握着水杯，"死了？"她的脑子有些空白，不知道该如何表达自己的情绪，"我、我、我……"

　　"等你安顿下来，我带你去看看她，好吗？"程颐放下酒杯，走近她，终于伸出手摸了摸她的头。看着她强忍着眼泪的样子，他那颗原本已经被时光打磨得坚硬的心，变得有些柔软。他轻声道，"瑶瑶，有些事发生了就无法改变，不要因为你的无法参与而过分自责。"

　　听到这熟悉的称谓，莫思瑶的眼泪再一次夺眶而出。而且因为他的回应，她的情绪彻底爆发，一把扑进他的怀里大哭："程颐！呜呜呜……程颐！"

　　程颐因为她突然的举措显得有些僵硬，他下意识地举高双手，并没有给她回应，却也没有推开她，见她那样伤心，他安抚性地拍了拍她的肩膀："别怕，我在。"

　　他的身上有股陌生的淡淡的烟草味，肩膀宽厚结实，能给人莫名的安全感。

她脑子里突然闪过许多关于他的画面，从前那个会偷扯她的辫子，被惹毛了会咬牙切齿地喊她"莫思瑶你等着"的男生，在一瞬之间，长大成男人了。

她见证了他从小男孩成长为男生，却错过了他成长为男人的这十三年。莫思瑶的眼泪瞬间决堤。

她肆意地哭着，宣泄着内心的惊惧，宣泄着骤然得知亲人已逝的悲痛，以及面对世事变迁、物是人非的彷徨、迷惘与惊慌。她哭了许久……终是缓了下来。

"瑶瑶，不要过分强迫自己，你今天接收的东西已经很多了。"

她点了点头，眼泪、鼻涕不小心蹭到他看起来价值不菲的衬衣上，这让她有点尴尬，她抽噎着轻轻推开程颐："这个……"

他顺着她的视线望去，轻轻勾了勾嘴角："这个不重要。"他毫不嫌弃地用手揩了揩，"在我面前，你永远不需要拘谨，也不需要客气。"

莫思瑶没吱声。

程颐知道她还需要时间去接受，便转移话题："饿不饿？要不咱们不去吃麦当劳了？我给你做点吃的，明天再带你去吃大餐怎么样？刚刚看冰箱里还有点存货。"

她抹去眼泪，吸吸鼻子，睨了他一眼，抽噎着："你、你会吗？"

"不要小看十年单身狗啊。"他说完突然顿了一下，再次揉了揉她的额头，然后边捋袖子，边拐进了厨房。

莫思瑶没大听清："什么狗？"见没回应，她嘟囔了一声，"能做出啥吃的？去年暑假在我家做的那顿饭，难吃得差点把我吃进医院……"

大概是因为大哭了一次，发泄了情绪，莫思瑶放松了一点。

只是身为高三综合征晚期患者，在这种做什么都好像不大对的氛围下，她反而想做题。她倒也没挣扎，去鞋柜上把自己的书包拎了过来。

她习惯性地想先挖出自己的日记本，写几句关于今天的人生感言，结果把书包翻了个底朝天都没瞧见。那本子还是初中时买的，保存至今，写了厚厚的一大本。因为里面记载了很多她的小秘密，所以她走到哪里都爱背着。

"啊，怎么不见了？"莫思瑶感觉特别郁闷，把所有东西翻出来找了好几遍还是没找着。难不成她没背回家？不，今天早上她肯定塞书包里了。去哪儿了？

"在找什么？"程颐听到动静，探身出来询问。

"你还记不记得我那个日记本？我找不到了。"

"日记本？"他还真花心思去回忆了一下，"红壳的那个？"

"嗯。"莫思瑶一脸不高兴地将课本摞一块儿，然后自暴自弃地说了句，"算了算了。"

今天的糟心事已经够多了，就不给自己添堵了……但还是很不爽啊，郁闷！

程颐突然有点不知怎么应付这种明显的少女情绪："要不你在屋里随便逛逛？无聊的话，还可以看看电视。哦，要不要玩平板电脑？"

"啥？"她见程颐明显愣了愣，感觉那答案会显得自己很没见识，于是她掏了张纸巾擤了擤鼻子，赌气道，"算了，我还是做试卷吧。"

她直接坐在客厅铺的地毯上，然后把习题册搁在茶几上做起来。

程颐看了看她，目光很柔软，回厨房鼓捣一下就出来看看，鼓捣一下又出来看看，就听见她顺口问了一句："'帝子降兮北渚，目眇眇兮愁予'的下一句是什么来着？"

程颐露出"我是白痴吗"的表情："什么？"

莫思瑶隔着客厅抬头看了他一眼，意味深长道："没事，我自己翻书吧。"

"呵……"程颐不觉有些好笑，"你那是什么眼神？"

"啥？"莫思瑶晃了晃笔，人一放松，本性就自然流露出来，"我就是觉得，年纪大了，大概脑子没那么好使了。"

"大姐，我们同一年的好吧？"

"不要脸，谁跟你同一年？"

程颐笑了："来，再来一题。"

"你这不是自取其辱吗？"莫思瑶毫不客气地说道，"那好，'况吾与子渔樵于江渚之上'和'驾一叶之扁舟，举匏樽以相属'的中间是哪句？"

"……我们学过这个？"

"'侣鱼虾而友麋鹿'。这篇文章是统考范围。"

　　"再来。"他不服输。

　　莫思瑶白了他一眼："'雁阵惊寒，声断衡阳之浦'的上一句呢？"

　　他直接就提着刀子走到客厅的沙发上坐下："等等，这句我听过……"

　　"声断衡阳之浦……"他复述了一次，然后望着她，"我放弃，上一句是什么？"

　　"'渔舟唱晚，响穷彭蠡之滨'。这是王勃的《滕王阁序》啊。"

　　"……你能不能来句诗词？"

　　"可以，这句超难，你听好了。"

　　"说。"他握紧刀子。

　　"'锄禾日当午，汗滴禾下土'的下一句。"

　　程颐感觉自己被摆了一道，提了提刀："……小心刀剑无眼。"

　　见莫思瑶又埋头做题，一副懒得理他的样子，他默默地起身："很好，你今天晚上吃进肚子里的不会好吃了。"说完他顿了一下，没等到回应，他摸摸鼻子，提着刀想回厨房，又不死心地转身，"你问几个数学题看看？数理化都行，保证给你答上来。"

　　莫思瑶将笔一搁："我要吃麦当劳。"

　　输了输了……程颐叹气："我去做饭。"

　　"保证好吃。"他又补了一句。

　　回到厨房，程颐默默地握了握拳，他刚刚假装随意地翻了翻她的课本，上面都是她的字迹，她的习题册里还有他修改、备注过的笔记……

　　是她。

第二章

一辈子，眨眼
就成了奢侈

"两千九百九十八？"

装修得精致高雅的专卖店里突兀地传来一声惊呼，站在门口打电话的程颐听到动静，交代秦涛的语速加快："对，我要《海贼王》第一话到最新一话的中译版，不要电子版，还有，我要尾田的亲笔签名。"

程颐现在只有一个想法，以前她特别想做却没能力做的事情，如今他能为她办妥一件是一件。

"好的，程总，还要跟您汇报一下，信和的老总想约明天和您碰个头，谈谈合作的事……"

"那事先延后两天，漫画在这个周末之前拿给我，我还有事，先挂了。"他说着，人已经回到店内。

莫思瑶一见他，就像只灵活的小兽一样奔了过来，一把扣住他的手腕，催促道："快走快走！"然后压低嗓音道，"这家店抢钱一样。"

店员一脸尴尬……压低了声音也听得见的，小姐姐。

莫思瑶才顾不上这些，她还处在住宿费、伙食费统一上交给学校的阶段，每周只有三十块的加餐费，因为亲戚少，她过年能收到的红包也不多，平日里算是个抠门的小姑娘。对她而言，高二时参加作文竞赛获奖刊登后拿的三百块稿费就是一笔巨款。

吃完饭见时间还早，程颐说带她出来逛逛，这种要花钱的状态让她心有不安，她现在全部身家就剩下钱包里的九十三块六毛，外加一张舍不得用的，折成心形的一块钱的崭新钞票。

而她现在除了身上这套校服，其他衣服都没有，但晚上的气温确实有点凉，穿着已经不能凑合，但如果她以后得在这地方扎根的话，等于所有衣物都得备两套以上。看形势，找爸妈的事也不是一两天能完成的，这之前她得吃程颐的、花程颐的、住程颐的，按照以前他们俩的关系，其实也没啥，但不知怎的，现在她总觉得有些别扭。

以前的程颐和她无话不谈，整个人也是放松的状态，但现在他处处透着拘谨，和她也刻意保持了距离。也是，程颐这年纪搁以前算是糟老头子的标准了，但说实在话，这种距离感对现在的莫思瑶来说算是舒适的，他要是动不动还像以前那样揪她小辫子，她也是会很尴尬的。毕竟他的脸不一样了！眼角也有褶子了……好吧，是淡纹。

看来，这些年他操心劳碌得不少啊。

唉，想这么多也没用，莫思瑶打算随便买几件运动衫先应付下，然而眼下正是十月金秋，店铺里换季上新，陈设的大多是……成熟套装？好看是好看，但品位让人不敢苟同啊，她主要是给程颐面子才"勉强"试试的，但那服务员说啥来着——不打折？

啊呸，不打折三千块的小外套是啥？是奢侈！是腐败！是堕落！是犯蠢！

程颐瞥了眼一脸黑线的销售员，表面冷漠，心里默默期望这几个销售员平日里并没有关注财经版面新闻的嗜好。

说到底，他也是一个要脸的人。

再者，因为 A 大附中这块招牌在 C 市太响，连校服都自带光环，而出门时，莫思瑶说自己不背着书包就没有安全感，于是硬要背着书包，所以他们这么并肩走着，颇有几分怪叔叔诱拐少女的味道。

程颐越发不自在了——确实像。

他也反省到在这种地方给莫思瑶买衣服不大好，可他又想给她最好的……毕竟他现在算是有经济能力的人了，而且对于当年那事，他心里有些愧疚。

"不用考虑钱的问题，你只用考虑合不合身、喜不喜欢。"被硬拖着出了店门，见她一脸不可思议的样子，程颐开口道。

"那我说买个镶钻的，你也买？"莫思瑶歪头，白了他一眼。

"如果你穿着舒服，又很喜欢，我会买。"

钱没了可以赚，人没了，却不能都像她这样"复生"。

程颐这般想着，发现莫思瑶的眼神再一次意味深长起来，他有点在意地道："你这眼神看起来，不像是被感动的样子。"

"你果然变了，程颐。"莫思瑶"啧啧"两声，"你以前没这么奢侈啊，智商增长和年龄增长是不是成反比啊？"她调整了下书包，说，"远了不说，今天早上你让我买零嘴，我问你拿钱，你说钱都充点卡了，让我先给你垫着。但按照惯例，这个钱应该是'肉包子打狗，有去无回'。告诉你，你欠我多少钱，我日记本上可是记得清清楚楚，可惜它现在丢了。不然你想想看，十三年利滚利都多少了？"

程颐心底柔软得很，又觉好笑，道："还给你，十倍百倍连本带利都还给你。不过，我到底借了你什么钱？怎么我印象中总是你在占我便宜？"

"哼！"莫思瑶皱了皱鼻子，一脸嫌弃，"去年发神经跟隔壁班的贺聪打架，把他眼镜打烂后说要展现男人气魄，结果问我借了两百块甩他桌子上的是谁？钱还了没有？！"

"贺聪？"他皱着眉回忆了一下，"……好像还真有这事。"

"什么叫'好像'！钱还了没有？"

"我怎么记得那年过年，我妈给了你一个两百块的红包？"这些年，他说话都以精简达意为主，今天的话却不自觉地多了起来，甚至连心态也年轻了些。

"脸呢？红包是红包，欠债是欠债！"

"来，书包给我，先用体力偿还部分，余下还多少你说了算。"

"走开走开，我不背着就没安全感。哪有学生穿校服走在路上不背书包的？话说回来，你还记得当时你们为什么打架吗？"

为什么？程颐又开始调取记忆，关键是，他现在和贺聪的关系还算不错。

那真是久远的年代啊……好像是那家伙在男生堆里说了些跟她有关的胡话？耳闻后他气不过，自然就撸起袖子干了一架，干完架后还互放狠话，此后更是彼此针锋相对了一年多。想起来，他也有过那样幼稚、冲动、热血的岁月。

他笑了笑，在心里感慨，也算不打不相识吧。

"那么久远的事就不用纠结了，贺聪那家伙前两年当爸爸了，生了个女儿，当宝贝一样，心疼得很。"

"哇！当爸爸啦？"结婚生子这种事在莫思瑶的认知中还是挺不可思议的，毕竟她"这个年龄层"还处于祖国花骨朵的层次，然而……

"那你呢？"她突然试探。

程颐沉默了一会儿，突然伸手揉了揉她的刘海："说起来，你现在就是给我当闺女的年纪啊。"

"滚滚滚……"这种明显的回避让莫思瑶的心隐隐下沉，"头可断，发型不可乱！"

"那当妹妹吧，叫我一声哥。"他又道。

她当听不见，加快步伐，冲到了前面。

繁华喧闹的街道在绚烂的霓虹灯光中向前延伸，街道边的落地玻璃映出她的身影，和他的。他此刻穿着偏休闲的黑色风衣，侧脸的轮廓立体好看，气宇轩昂，步履稳健，看起来既优雅又迷人。

她突然意识到自己的别扭是为什么。

这样的程颐让她感到压力，这种压力来自对未来的未知。

他……生气了怎么办？不追上来怎么办？翻脸不认人了怎么办？以前觉得理所当然的那些东西，突然带上了问号，她还有使性子的资格吗？

这个认知，突然让她整个人都难过起来。

往来千里路长在，聚散十年人不同。

十三年时光悠悠、岁月匆匆。世事沉浮间，有多少变更她不敢细想，从与他相认至今，虽说心情稍有平复，但她每一步路都走得很虚，她只能紧紧抓住程颐这棵救命稻草，依仗的不过是过去十几年的交情。

可她心里清楚，这交情，对他而言，中断了十三年。

他或许会花十三年去回忆从前，但更多是构建新的社会关系和人情往来。

她父母的事，他不再关心，他已从他们相识相知的家属区搬离，他指尖有了淡淡的烟草味，他也怕唐突了她，一直和她保持着一米以上的安全距离。

而且，他知道贺聪生了孩子，言语中不乏熟稔感。可在她的认知中，几天前的体育课上，他们还为争场地彼此推搡……

呵，是几天前，还是十三年前？

她不敢再想，眨眨眼让眼眶中的湿意退去，深吸了一口气，告诉自己：莫思瑶，不要怕，至少你还活着，爸爸妈妈和小舅舅也还活着，再糟糕也糟糕不过回到那个案发现场，至此陷入无止境的长眠。

她低下头，放缓了脚步，由得他追了上来，可他还是那样，保持着……安全的距离。

她想念下午的那个拥抱，虽然陌生，却心有所依的感觉。她又下意识地调整了一下肩膀上的书包，舒缓心中的抑郁。

程颐知道她不高兴，又敏锐地察觉到这和她过去闹脾气有一丝丝不同，可哪里不同，他一时也说不上来，更不知道说些什么，气氛有些尴尬。

这些年，他早已习惯了寡言，奇妙的是，寡言这件事随着年纪的增长，逐渐等同于成熟稳重。

他一直是自责的。

那年那天，她问他回不回家，他们当时就住在同一栋楼。他说约了人打球，实际上，她前脚一走，他就跟同学去了她出事地点对面街上的网吧里打游戏，浑然忘我到她出事的那个时候。

当时那场撞击的动静很大，现场有很多人围了过去，他跟同学也恰好在那个时间为了赶晚自习从网吧出来，当时他也想去看一眼的……

可为什么他顺嘴说了那句"走了，要迟到了"，然后就毫不回头地走了呢……

医生说，她是在上了救护车赶回医院的路上永远合上眼的，没能抢救回来。

每每想到那个时候，想到当她濒临死亡躺在冰冷的马路上感受着生命的流逝，而他居然转身走了的时候，他便心痛欲裂。

那是他的瑶瑶啊，是他本想在高考成绩公布时给个惊喜的告白，不给她拒绝的机会，牵她的手走过一辈子的瑶瑶啊……

什么都没了，关于未来的构想戛然而止……

她一定不知道，此时此刻，她能完好无损地站在他的面前，他有多感恩。只是，他也承认自己的自私，他下意识地把这一切当成救赎。然而毕竟不一样了，他已无法再像从前那样毫无顾忌地拉拉她的小辫子、捏捏她的脸，甚至，他的身边已经……

想到自己的现状，再看看对未来感到迷惘及焦虑的莫思瑶，程颐只觉得自己要倾尽一切来帮助她，让她尽快适应这个对她而言陌生的社会。

"你要不要喝点什么？"他打破沉默。

"还好，不渴。"

"有比可乐更好喝的东西，要不你试试？"

"不想试。"

"吃的呢？晚上吃饱了没？"

"吃饱了。"

"要不还是再吃点吧？不是说女孩子都有两个胃？一个装主食，一个装甜食。"

莫思瑶抬头看他一眼："吃饱了。"

"哦……"

过一会儿后，他又问："你要不要喝点什么？"

"程颐。"莫思瑶停下脚步，给了他一个生无可恋的表情，说，"看我的眼神。"

程颐清了清嗓子："那……"他脑子转了一圈，发现真的不知道要说什么，又生怕冷场，想来想去，干咳了一声，"要不咱们去麦当劳坐坐？"

"不用了。"

"麦辣鸡翅怎么样？"

她不理他。

"薯条呢？薯条以前你爱吃。"

"甜筒？"

"汉堡？菠……"他艰难地搜索着记忆中的名词，"菠萝什么？"

莫思瑶直接翻了个大白眼，无语地说道："麻烦看我的眼神……

懂了吗？还是说，这个年头连诠释鄙视的眼神也变了？"

真是的，这个烦人的大叔到底是从哪儿蹦出来的？

好在步行街还是那个步行街，即使过去十三年也没啥变化，莫思瑶抓住了国庆节的尾巴，买了好几件特价T恤和运动裤，还有一件运动外套。

程颐按捺住心里想冲她摇旗呐喊"多买点"的冲动，称职地当了回人形"移动支付"工具。

至于内衣内裤什么的，莫思瑶路过这种店铺好几回，但程颐待在身边她就觉得特别尴尬，就一直忍着没开口，好在他难得脑子开了下窍，把卡递给她，还特别豪气地说了一句："随便刷。"

说到这卡，还是程颐出门前特地从抽屉里翻出来的。近两年，他出门只要带着手机和秘书，基本走遍天下都不怕了。

验收了下数量，程颐再次强忍住让她"多买点"的冲动，感觉过两天等她适应了，可以向她推荐网购这个伟大的发明。嗯，到时候，他一定会为她清空整个购物车的！

总之，逛街购物这件事，还算是愉快地结束了。

回到家，程颐仍下意识地与她保持着距离，也正式思考了"孤男寡女"这个问题。留她在家里多少有点不方便，然而在这个时间点让她独自出去住，哪怕请个阿姨照料她，他也觉得对她是莫大的残忍——生活上可以解决，但心灵上的呢？怕是她连个可以倾诉的人都没有。

程颐有些犯难，但已然将莫思瑶当成小孩子，没有和她商量。

莫思瑶是多敏感一个小姑娘，简单地收拾了一下新买的衣服，然后就坐在沙发上等"安排"，顺便掏出了她的手机。

这款诺基亚的直板机，在当年还是挺流行的。

"看什么呢？"不忍见气氛太尴尬，程颐没话找话。

莫思瑶本来也没看什么，听他一说话，反倒是直接摁到短信界面，清清嗓子突然读了出来："唉，昨天晚上没睡好，彭立的呼噜打得比猪还响，早上刷牙的时候，我在他课本上画了几个猪头，他把宿舍的其他人都怀疑到了也没怀疑我，现在在请我推断是谁下的手，哈哈哈。有机会请你来男生宿舍走走，这里的空气都弥漫着脚臭气，我猜你一定很喜欢。"

程颐的第一感觉是自己的话太多，他就不该起这个话题的头。如今不但受震撼于那个被时代淘汰的手机，最让他震惊的是，以前的他居然是这样的人？

"哦，还有这个。"莫思瑶随意地翻了翻，"今天上课我偷偷放了个屁，然后我把这个屁嫁祸给了周明，到现在他都在认真地向我解释，这个屁不是他放的。括号，偷笑偷笑。"

读到这儿，她朝他晃了晃手机，说："这两位兄弟还健在吧？不知道有没有认清你的真面目？这都是你手机号发出来的，做不了假。"

"不可能！"程颐直接否认这短信是他发的。他也确实想不起那都是什么时候的事，除了提及的那几个名字，其他的他一点印象都没有了。

只是看到这部手机，程颐对莫思瑶的身份就深信不疑了。当时遗物移交的时候他也在场，当中就有这部被撞得支离破碎的手机，上面的吊饰是她最爱的路飞的草帽，如果她是伪装的，那得有一整个道具组在帮她张罗着做假道具。

安顿好莫思瑶，程颐进了书房，窝进转椅里，熟稔地点了一支烟，然后闭上眼假寐，身子控制着转椅，轻轻地摇晃着。

他再度回味着这件事：莫思瑶回来了。

很长一段时间，他都在烟酒中放纵自己，这些年走出来，真的不容易。

他突然感觉一直压在他胸口的那块石头终于被搬开，他长长地舒了一口气，但心头又被另一股无形的压力所笼罩。

程颐掏出手机瞄了一眼，各类信息提示布满了屏幕，只是他从下午起便调至静音状态，图了一个清净，到现在，他还是一个都不想处理。他随意地将手机搁在书桌上，深深地吸了一口烟，感觉大脑仍然异常亢奋，便打开电脑打算处理一些杂事。

随后，他突然听到一阵呛咳声。

程颐抬头一望，迅速起身，将烟掐灭，道："怎么还不睡？"

"睡不着。"莫思瑶用手在鼻子前挥了挥，试图驱散烟味。她有些意外，却又觉得不应该意外——他吸烟。

程颐转身将窗户打开，临江的高楼，只需一点点缝隙，秋夜的冷风便呼呼地灌了进来，吹淡了烟味。他叹气道："我得跟你强调一点，乖女孩不应该在晚上单独与男人接触。"

"你也不行？"

"对；我也不行。"看到她单纯的脸，他叹了口气，"不过今晚例外。过来吧，我知道你还想聊聊。"程颐顺手将搭在椅背上的睡袍扔给她，"冷，你披个外套。"说完，他移开椅子，离她更远了一点，保持了安全距离。

莫思瑶心里隐隐有点受伤，她将睡袍披上，然后靠在门边直接坐在了地上，抬头看他："我睡不着。"

她害怕，她觉得自己的心揪着疼。

"这很正常，我也睡不着。"程颐自嘲地笑笑，索性也靠着书桌坐在了地上，两人隔着三四米的距离，相对而坐。夜色中，他的表情看起来很温柔，"想聊什么？"

莫思瑶头微微靠着墙，沉默了好半晌，她也在打量他，想从他身上找回一点点熟悉感，可是……并没有。

程颐一直耐心地等她开口，许久，才听到她幽幽的声音："程颐，你说我爸爸妈妈那会儿知道我死了，是不是哭得死去活来的？我爸最疼我了，什么都让着我；我妈虽然老埋汰我，但也疼我到骨子里。我只要一想到那个画面，就好难过好难过，你说，我是不是很不孝啊？"

"别什么都往身上揽，这个事也不是你可以决定的。"

"我知道，我就是有点心疼……那你说，我外婆会不会也在若干年后，突然出现在我面前？"

"到时你可不要被吓到。"

"不会的。"莫思瑶浅浅地勾了勾嘴角，掩饰着悲伤的情绪，"你会帮我找到他们吗？虽然有点麻烦，但你知道，我现在能拜托的人只有你，我——"

"瑶瑶，我说过，你的事，永远不要觉得是在麻烦我。"程颐打断她，认真地承诺，"我会倾尽我所有帮你找到他们。"

莫思瑶红了眼眶："谢谢。"

"傻丫头，你以前从来不跟我说谢谢，以后也不需要。"

"那……"莫思瑶咬咬唇，望着他，"那你呢？"

她眨了眨眼睛将眼泪硬逼回去，又低下头，看着自己的脚尖："我刚刚一直在想，这件事如果我们对换了角色，我会怎么办？我发现我完全没有办法接受这件事情，如果……如果，当年离开的是你，我会崩溃的，我……我根本没法想象。"她猛地抬头看他，眼泪滑过脸颊，"你一定很难过对吗？这些年……这些年，你到底是怎么过来的？"

　　程颐想过去将她的眼泪拭去，但他克制住了，只露出一抹安抚的笑："不重要，都过去了。"他目光温柔地说，"你不会知道，我有多庆幸，经历这一切的人不是你。"

　　莫思瑶抿嘴，又心疼又心酸，眼泪大颗大颗地往下掉。

　　"对不起。"她没头没脑地说了一句。

　　"傻，跟你有什么关系？不要有压力，真的，都过去了。"

　　莫思瑶擦了擦眼泪，一时情绪上涌："你想我吗？"

　　"想。"

　　"现在还想吗？哪怕过去了十三年，也还想吗？"

　　"想。"

　　"很想很想吗？"

　　"很想很想。"

　　莫思瑶吸了吸鼻子，说："有你这句话就够了，真的，够了。"

　　他笑，眼眶里也有泪光："什么够了？很晚了，你回去睡觉吧。"

　　"不要！"她突然爬了起来，朝他走近，居高临下地看着他，"你在做什么？"

　　这下换他抬头看她，说："打算处理一些文件。助理说给我发了几份律师拟订的合同，我看看还有什么需要修改的地方。"

　　"你现在很有钱吗？"

　　"还可以吧，给你口饭吃没压力的。"他突然将手递给她，莫思瑶很默契地一把将他拉了起来。

　　"感觉你在说我是个饭桶。"

　　他又笑，转移话题："唉，人老了，骨头都硬了。"

　　"说得你七老八十了一样。"她感觉人放松了不少，"老人家，请问您现在要睡觉吗？"

　　"怎么了？"

"合同一定要现在处理吗？"

"倒也不是一定要现在……"

"你等着！"莫思瑶一阵风般冲了出去，不多会儿就将她的红色书包拎了过来，随后鸠占鹊巢地占据了他的书桌，将数学练习册拿了出来，对他说，"来吧，咱们一起来做题吧！"

程颐其实想拒绝，但看着她难得轻松的样子，又觉得拒绝很残忍，矛盾中，他还是决定把她当小妹妹宠，顺道证明下自己的实力……

程颐好不容易研究出一道题的解题思路，在旁边指点了不少的莫思瑶嘻嘻一笑："还行，宝刀未老。"气氛已明显轻松了不少。

"那当然。"虽然有些还是得翻翻书，才回忆起来。

莫思瑶笑了笑，突然问："话说，你结婚了吗？"

"……还没。"

"那有女朋友吗？"她没看他，抓着笔，假装做题。

在短暂的沉默之后，程颐点头："有。"

"抱歉。"他的声音在这秋天的夜晚显得格外寂寥，"她等了我十年。我想，我是爱她的。"

莫思瑶突然慌乱起来，夜色中更显得她手足无措，她匆匆退离了好几步："那个……我是说……"莫思瑶想起顺手拿过来的手机，"你有没有这个型号手机的充电线？"

"哦……"程颐知道或许应该安慰下她，但又觉得应该快刀斩乱麻，所以他什么都没说，只摇了摇头，"没有。你这手机已经被淘汰了，今天把这事忘了，明天让人给你买部新的。"

"哦，不不，不用……"临别前，莫思瑶偷偷看了他一眼，又赶紧别开视线，有些慌乱地道，"晚、晚安了。"说罢，她几乎是落荒而逃。

"好梦。"

二○一八年十月二十六日，C市，天气晴。

这是莫思瑶在这全然陌生环境里的第一个夜晚，漫长且煎熬。

她把自己闷在被子里，哭过了整个后半夜。

她的竹马，她打算与之携手一生的竹马，有了别的爱人。

他或许会与那个人，走过人生余下的十年、二十年、三十年、四十年……

再不会有她。

从此以后，她再也不可以在他面前肆无忌惮地撒泼、撒娇、无理取闹，她再也不可以用最舒服的姿势或坐或躺或站在他面前，再也不可以在无聊的时候找他，在伤心的时候找他，在受委屈的时候找他，在快乐的时候找他……那个权利，再不属于她。

这一天，她经历了最可悲的事——她弄丢了爸爸妈妈，弄丢了同学老师，唯一的浮萍程颐，却把她丢在时间这条路上，但她连指责他的资格都没有，毕竟她在他的生命里缺席了十三年。

程颐，程颐……她亲爱的、最最亲爱的程颐，从此再不是她的"亲爱的"。

她哭得不能自已，可她亲爱的、最最亲爱的程颐，再也不会像从前那样，手足无措地在她身边绕来绕去，最后揉揉她的头发，抱抱她，安慰她，与她同仇敌忾。

"抱歉，她等了我十年。"他这样说。

那个在她生气时比她更生气、在她难过时比她更难过，会为她忘记恐惧、只身挡狗的男孩，成了别人的男人……

"你哟，再这么凶，小心嫁不出去。"

"要你管。"

"我要管啊。"他笑，"以后咱们找个像今天这样阳光明媚的日子吧……"

"找日子干吗？"

"娶你啊。"

"……去你的。"

"干吗？害羞了？哇，莫思瑶，你脸红了！"

"滚滚滚！"

"才不滚，这不是担心你嫁不出去吗？"

……

她蜷缩在一起，感觉身子有些发冷。也不知道过了多久，她渐渐收起眼泪，却不能自已地抽噎着。突然间，蒙在头顶的被子被轻轻揭开，阳光透过窗帘洒在卧室的木质地板上，已是清晨。

她听到了他的叹息："不要再哭了。"

好不容易止住的眼泪再一次夺眶而出，一块热毛巾递到她的面前，他的声音很柔软："擦擦吧，眼睛都肿了。"

莫思瑶翻了个身，把脸埋在被子里，擦眼泪，又过了会儿，一只温暖的大手摸了摸她的头，她听到他说："抬头，快，毛巾快冷了。"

她把头一偏，躲了过去。

他又叹了口气："头疼不疼？"

莫思瑶感觉到他放下了毛巾，坐在了床边。

讨厌，眼泪又涌了出来。莫思瑶不想在程颐面前显得那么可怜，可是又下意识地想卖卖惨，她觉得自己真是可悲，她就是个有心机的坏女人——昨晚回房间时，她还故意虚掩了门，等着他像从前那样前来安慰……

可一直未被推开的门表明了他的态度。

"我以后……"她听到他说，"会把你当亲妹妹一样来照顾。"

谁要当你亲妹妹？！这不是她的程颐！不是他！

可莫思瑶说不出口，残存的自尊让她开不了这口，只能倔强又顽固地抽噎着。

"别哭了。"他说，莫思瑶感觉他的手停留在自己头顶，不多一会儿，他又叹了口气，转身离去。

回不去了……

莫思瑶和程颐，再也……回不去了。

莫思瑶后来还是睡着了，她做了一个冗长而沉重的梦，梦的最后，她手持捧花，却眼巴巴地看着程颐和另一个穿着婚纱的女人走进了教堂。

不要……不要！

她流着泪醒来，然后痛恨起这个自怜自艾的自己。她坐在床上发了许久的发呆，只感觉眼睛干涩得厉害。程颐应该出去了，她愣怔了会儿，拖着有些虚软的身子想去卫生间洗个脸，结果——

"真丑……"

镜子里的她眼睛肿得像个核桃，脸色苍白，头发也乱糟糟的，真丑。

莫思瑶，醒醒吧！看看你现在的样子，谁会喜欢你！

她狠狠地抹去眼泪，吸了吸有些堵塞的鼻子，打开水龙头使劲往脸上泼水。

醒醒！醒醒！醒醒！睁开眼，就能回到过去了，回到那一年，回到真正属于她的地方！

可现实很残忍，莫思瑶睁开眼睛，看着镜子里那个丑丑的自己，突然无力地摊坐在地，再度放声干号。她深吸一口气，给自己鼓气：勇敢点，勇敢点莫思瑶！

人生没有过不去的坎，再不济，你还能比他们多活十年！

一定要多活十年，看谁笑到最后！

可是，程颐你知不知道？没有你的未来，不管有多少年，都将是一片荒芜。

她感觉心里空落落地疼。

"有人吗？"卧房的门突然被谁敲响。

莫思瑶愣怔着，没有出声。

"莫小姐？"那个声音温温和和的，听起来很慈祥。

莫思瑶像是突然回神，在外人面前她向来是偏强的，是那个无忧无虑的阳光女孩。她抹了一把眼泪，爬起来，然后擤了擤鼻子，应了一句"哎"，话音中带着浓浓的鼻音。

然后，她振奋了点精神迎了出去。

只见门口站着一个四十来岁的中年妇女，慈眉善目，手上捧了一沓衣物，见了她，笑道："呀，你就是莫小姐吧？睡醒了吧？这是你的换洗衣物，我都给你叠好搁这里了！"她大概知道这是程颐的房间，并没有自作主张地收拾，而是放在外头的柜子上，然后直起身子冲她笑，"程先生早上有事出去了，他特地和我交代过，让我中午给你做点好吃的，不过刚刚见你没醒，我就没吵你。菜还温着，莫小姐赶紧出来吃吧。"

莫思瑶有些不知所措，她"哦"了两声，有点不自在地说："阿姨，您别叫我小姐，叫我思瑶就可以了，我……"她强行压抑住想哭的冲动，吸吸鼻子，"谢谢您。"

"别跟我客气，这是我分内的事。那我就叫你思瑶了，我是林芳，你叫我芳姨就好。"

"芳姨。"

芳姨温和地笑："跟我来吧，吃饭了。"

昨天一直没把程颐家逛完，莫思瑶今天才知道除了正门旁边的小厨房，从卧室往那边走，还有间小餐厅，如今餐桌上面全摆着她爱吃的菜：红烧茄子、糖醋排骨、红烧肉、小炒牛肉，还有简单的酱白菜，应该是刚做好没多久，还热乎着。

一看到这些，她又想哭，想妈妈。

"我吃不了这么多的。"

"没关系，这都是程先生安排的，吃不完也没关系。"看到这个小姑娘眼眶红红的，林芳想宽慰几句，但职业的本能让她并未多嘴问，只是尽量放柔语调。

"芳姨，现在几点了？"

"下午一点多了。"林芳看她坐下，笑了笑，"你慢慢吃，就怕不合你口味，我先去忙了，你吃完叫我，我来收拾。"

"没事，我来。"

林芳佯装责怪地看她一眼，笑道："我来我来，别跟我抢生意，阿姨要被罚钱的。"

"哦……"

莫思瑶没再说什么，一口一口慢慢吃着。其实她没什么胃口，却把自己吃到撑。她还是主动洗了碗，收拾完了后突然觉得胃撑得特别难受，只感觉房子里的一切都让她不舒服。

她不想待在这里。

凭什么？凭什么扔她一个人在这里？

她恍然记起昨晚程颐给她的那张卡好像还没还，虽然他没告诉她余额，但莫思瑶觉得一两千块的"巨款"里边应该是有的，她决定携款私逃！

莫思瑶也是想做就做的人，她回程颐的卧房换了套衣服，再出来客厅拎包的时候，瞥见程颐昨天搁置在玄关处的墨镜，顺手拿了过来，然后走人。

"芳姨，我出去走走！"

"哎？去哪儿？"林芳从里边屋里探出个头，"程先生说……"不让你出去的。

后半句戛然而止在关门声中。

这世界变化太大了。莫思瑶背着包走出小区，一时间也不知道何去何从。

老实说，作为一个高三综合征晚期患者，不能上学这一点让她很焦虑。她原本憋着一口气就等着高考，等着临考前狠狠放纵一回，在楼顶扔尽备考资料，等着考完了，含着眼泪拥抱下她亲爱的爸爸妈妈，还和同学约好了，在拍毕业照的日子要摆的姿势。

她对未来有美好的期盼，她会考上理想的大学，会有个竹马男朋友，会加入学生会，再参加几个社团，结交一群新的朋友……

可现在，她什么都没有。

这一年的秋天，气候有点反常，昨天还凉飕飕的，今天的太阳却不逊色于夏末时的毒辣，又兴许是哭得太凶，她只感觉阳光明晃晃的。

莫思瑶戴上墨镜，竟觉得眼前的画面如内心般，黑白色汇成了一个世界。

行了，别多愁善感了，谁可怜你呢？莫思瑶再度吸了一口气，啊，中午实在吃得太撑，希望伤什么都别伤胃。她大概判断了一下江边的方位，走了过去。

这一走就走了大半个小时，没想到江边竟然这么远。

今天并不是周末，所以人不算太多，可对比她刚刚走过的路，还是蛮热闹的。沿江堤岸如今修建得很漂亮，隔不远便有一小片广场，有人抱着吉他在满目沧桑地唱着《丁香花》，也有新人趁着这艳阳天在拍摄婚纱照。她驻足看了看，心里又酸又涩，眼睛发胀。

又沿着江边走了会儿，因为太热，戴着墨镜不舒服，莫思瑶摘下墨镜随意抓在手里，在另一个小广场上顿足，深深地吸了一口气——扑面的风带着特有的腥味，不能说多好闻，但很舒服。

她重重地吐了一口气，倚在栏杆上发了好一会儿呆。明天该怎么过她一点想法都没有，她如今算是黑户，连个临时工都打不了，只感觉前路一片迷茫，爸妈也找不到，唯一可以依靠的程颐……她甩甩头强迫自己不要想。

也不知过去了多久，她突然攀着石栏，扯着嗓子喊："程颐你这个大浑蛋！"

"老娘要把你扔河里喂鱼！"

"谁稀罕你！浑蛋！去死吧！"

为什么不多等她几年……说好的天荒地老呢……

可是，如果明知等不到呢？程颐有什么错呢？想到这儿，她又觉得难受。

莫思瑶强忍住又涌到眼眶里的泪水，突然感觉腿酸极了。

她蓦地泄了气，余光一瞥，惊觉旁边不远处有个人，因没设防，倒是把她吓了一跳。

那人长得极高，黑色衬衫搭配九分牛仔裤，头发被修剪得非常干净，前额头发上梳，露出光洁的额头，凸显得整个五官立体深邃，看起来英俊时尚，但表情冷漠，一双眼眸暗敛锋芒，给人十足的距离感。

如今这人侧身向着她，一块画板微微抵靠在栏杆处，轻轻合着一只眼，正用笔朝她的方向定了定位，似淡漠地看她一眼，然后就埋头在画板上勾勒涂画。

这人什么时候来的啊？！

莫思瑶遮掩性地把墨镜戴回去，戴上了又看得不大真切，但想到刚才自己情绪激昂的样子，她倏地有几分脸红，直觉他将她当素材画进了画板，指着他斥责道："你……你画什么画？！"

那男生却充耳不闻，只我行我素般，又拿笔朝她比了比，然后低头继续。

因没被搭理，莫思瑶内心的火一下就被点燃了，现在是怎样，是个人都敢欺负她吗？

她素来是欺软怕硬的性子，面对这种看起来像"硬茬"的人，通常是走为上计。可今天也不知撞了什么邪，在他不理不睬再次举笔时，她猛地冲上前一步，狠狠一拍，打掉了他手中的笔。

"啪！"只听到清脆的一声响，他终于与她四目相对。

或许有墨镜加持，莫思瑶难得敢于与对方直视，然而他睨她一眼，仍不打算搭理她，只弯腰去捡被打掉的笔。他的画板也因他的动作往下摊开，一张简单又不失精致的江景图展露出来。

呃……画得真好。

莫思瑶怔了怔，领悟过来自己的行为有多唐突，只感觉心里一虚，整个人都紧张起来："对、对不起！我误会了……我以为……"你在画我。

莫思瑶恨不得猛敲自己的脑袋。想啥呢？画你哭得肿肿的鱼泡眼吗？

见对方看着她一声不吭，她心里越发没底，其实他当时只要解释一句，她也干不出这事……但错已经犯了，莫思瑶挠了挠头，想抢在他前面把笔捡起来。谁知太过心急，她一步向前，竟踢了那笔一脚，那炭笔骨碌碌地被踢出更远……

莫思瑶眼尖地发现，炭笔的笔尖似乎折断了……

"呃……"是她的错，怪她。

那男生索性连笔也不要了，随性地将画板收拾了一番，塞进随身携带的袋子里。

"咦？"莫思瑶看见里面还放了一本软皮抄，只觉得眼熟，但见男生开始收拾东西，知道得罪了人，她忙冲上前捡起笔，然后重新靠回来，说，"哎，你不用走，我走就好，对不起！我、我以为……唉，我心情不好，有点浮躁，你这笔多少钱？我赔给你吧？喂！"

那男生却头也不回地离开了。

莫思瑶吃了个瘪，满腹的委屈，难不成这个时候的人的审美观也产生了巨大的变化？她这张脸放到现在已经不好看了？想当年，她也曾是被星探邀请过去拍广告的……

莫思瑶手里握着那个男生的笔，无奈地站在原地，朝他的背影看了一眼，突然想起他袋子里的那个软皮抄，款式与她丢掉的那个日记本一模一样……倒是颜色隔着墨镜她没看清楚。

她没留意的是，被收起的那幅画上，被他手臂遮掩住的江景对岸一角有个女孩轮廓，只寥寥数笔，却格外传神……

莫思瑶是真的觉得刚刚那男生的画画得很好，只是一瞥，就觉得很是钦佩。

她的理想是当个建筑设计师，说起这个志愿，那年刚好碰上 B 市奥运会体育馆面向全球征集设计方案，她一腔热血地报了名，画了好几版稿子，觉得挺有意思的，便立下此志向。想来这行业并没有什么很出名的女性，所以那时的她也有点逆其道而行的意味在吧。

老师曾经称赞她的画有灵气，约莫也是受这个鼓舞，小学二年级那年，她就开始学画画，一直坚持了好几年，后来因为上了高中课业重，才搁置下来。

但她到现在还是很喜欢。

可惜她爸妈一直不大赞成她走美术生这条道路，觉得太苦，意外也多，毕竟艺考这类有主观性的成分在里头，再者，她的成绩也是拔尖的，应该老老实实走应届生路线，将画画作为兴趣爱好。这也没毛病，她没啥意见。

今天算起来有一整天没有做题了，想到这儿，她不禁有些忐忑，虽然目前的状态已没有人会再督促她，可她就是不自在。一个人要从熟悉的生活习惯中抽身而出很难，但莫思瑶担心更难的是，抽身而出之后再回归从前。

她不能放纵自己，一旦连她自己都放弃自己、放弃学习，她就真正变成一无是处、一无所有了。

她就这样在江边逛荡了好一会儿，直到夕阳西下，把风景都看腻了，才收拾心情打算回去。

是啊，是"回去"，那里连家都不是。

莫思瑶，你可真够没用的！她暗暗地骂着自己。

因为走累了，莫思瑶摸摸钱包里的钞票，想奢侈点打个车，结果抬头想了半天……程颐住的那个小区叫啥名字来着？手机也因为没电没带在身上……

好在她记路的本事不算太烂。

莫思瑶就这样拖着疲惫的身子原路返回，心里只有六个字——

自作孽，不可活。

"那个，程先生，还是联系不上吗？"林芳一脸焦急，"我们还是报警吧？"

"不能报警。"

"怎么就不能报警了？警察还能不管这事？"

"不够二十四小时。"他胡乱找个理由。

"那咱们总得去哪里找找吧？"

"不用。"程颐紧抿着唇，也不知是在说服林芳还是在说服自己，"她会回来的。"

"您不是说她是您远房亲戚吗？那她对 C 市应该不熟吧？哎呀，那万一迷路了咋办？看她也不像贪玩的女孩……您有没有她的近照？现在年轻人不是有那个微信朋友圈什么的，可以转发求助啊！不对不对，我看还是报警吧，现在网上不是常有女大学生失踪的新闻？"

"我说不用。"他一脸克制。

林芳快急哭了："真对不起，程先生，我、我也没想到……"

程颐不再作声，他站在小区门口，抱着胸，全身绷紧，只是不停地踱来踱去。从林芳通知他赶回来至今，他一直保持着这个姿势与动作，心里充满无尽的悔意。

他……为什么要躲……这是她回来的第二天，他为什么要躲？！

他明知她是多敏感的一个姑娘，却……是怕太亲近她，导致她对他过分依赖，担心她受伤更甚？可是她刚从那个熟悉的环境来到这里，被迫接受这么多新的信息，接受她父母暂时失联，接受他的移情别恋，难道还要接受他的冷漠疏离吗？

他应该再给她一个拥抱，多和她聊聊天，多陪陪她说话……那曾是他最珍惜的姑娘啊……程颐的下颌绷得极紧，因用力握拳导致一向坚挺的肩膀都微微有些拘着，他不时朝进出小区的两边道路张望，显得焦躁而不安。

突然，拐角处有个疑似她的身影出现……待看得再清楚些——是她！

程颐猛地加速朝她飞奔而去，冲到她面前时又急急停住，大声斥道："你疯了吗？你去哪儿了？"却又在她欲出言解释的时候，将一脸疲态的她狠狠抱住。

莫思瑶错愕了下，随之在他怀里剧烈地挣扎起来："你干吗啊！"心底明明是高兴的，可这样的高兴只会让她难堪，甚至现在一见到他她就想哭，看不见……就好了吧……

程颐深吸一口气放开她，保持了距离，然而一下午的焦虑累积到爆发点，他扣着她的双臂，压抑着情绪，严肃地问道："你到底去哪里了？"

莫思瑶抿着嘴，不想理他，她的脚都快断了。

"你不知道你现在的处境吗？为什么不好好待在家里？"

"为什么我要待在家里？那是我家吗？"莫思瑶红了眼眶，"我出去走走不行吗？难道要我憋死在你家里吗？"

"不是限制你的自由，你出去前，就不能给我打个电话？"

"为什么要给你打电话？给你打电话你女朋友同意吗？"

程颐无言以对，沉默了片刻，才说："我会找机会跟她说的。"

莫思瑶心里异常嫉妒，她强忍着这种陌生的情绪，低着头不看他，又恨自己此刻偏偏需要他的帮助，也只有他能帮她……

"我很累了，你能不能让我休息一下？如果这里不欢迎我，我到外边找家旅店行了吧？！实在没钱，我去睡火车站睡大马路行了吧？"

"你——"程颐知道她犟起来什么话都敢说，"你怎么老是这么任性？你也不小了，能不能考虑一下别人的感受？"

莫思瑶感觉被甩了一巴掌一样，脸火辣辣地疼，她强忍着泪水："我现在连任性的权利也没有了吗？是啊，我现在就是幼稚！就是比你年纪小啊！你想怎么样，打我吗？"莫思瑶几乎是用吼的方式说出这番话的，好在路上人不多，并未引起太多关注。

要换成从前，这种情况她绝对掉头就走，天皇老子也哄不好的那种。可是现在，她好气现在的自己，恨自己没有骨气，爸妈全部联系不上，没了家，没了身份……她居然、居然……

只能妥协。

没骨气！莫思瑶狠狠地鄙视着自己，愤愤地抹掉眼泪。

"瑶……"

她深深地吸了一口气，突然低头冲他鞠了一躬打断他："对不起。"

"莫思瑶！"程颐突然火了，"我们十几年的交情难道都是假的？你光着屁股跟在我后面跑的情义难道都是假的？你现在居然跟我说对不起？"

莫思瑶红着眼睛不说话。

"除了我家，你现在哪里都不能去！跟我回去！"程颐一把扣住她的手腕，将她往小区里拉。

"我要读书。"莫思瑶手被拉着，突然没头没脑地开口。

她强行抽回自己的手，一脸认真地看着他，说："程颐，我要读书。我知道这很困难，可是，我一定要读书！"她不能就这样无所事事地待在他家里，她迟早会和他那个女朋友碰面，迟早要经历他结婚生子的事情，她想不出她能用什么身份这样死皮赖脸地赖在他家里，她要有自力更生的能力，才能在未来很长一段时间舔好伤，振作起来。

"先回家，我来想办法。"他也冷静了一些。

"……谢谢。"

"嗯。"他们，终究是生疏了。程颐也不知道这样是好还是不好。

进了屋，莫思瑶一声不吭地回了房间，似乎冷静了一些，她又出来，说："我要换房间，我不要住这间。"

"喝点水。"程颐给她倒了杯水，刚才趁她进房的工夫，他在茶几上备好了一个白色的精致小盒子和一台笔记本电脑，递水给她后，他放松了下来，"以后你想出去就出去，只要告诉我一声你回来的时间就好。我的手机号码你是知道的，一直没有变，以后也会随时保持开机。这是时下最新的智能手机，里面的说明书可以看，如果不懂，你可以上网搜点教程，现在的互联网比我们那个时候快捷很多。"

她微微别开脸，一副还没被哄好的样子。

程颐试图改善关系般微微一笑："想当年，我们还是拨号上网的年代，二〇〇五年……咱们那会儿应该有宽带了吧？我怎么感觉那个时候我老钻网吧？挺怀念和几个哥们打游戏的日子。"

这个浑蛋……莫思瑶吸了吸鼻子。

"以前我还试图把你拉下水，你都懒得理我，我一直觉得以你的学习能力，会是个很好的队友。好吧……其实是玩游戏被你骂怕了。"

莫思瑶怎会听不出他试图和好的意图，但她坐在沙发上，还是一声不吭。

他叹了一口气："我刚有点急，很抱歉，我保证以后不会了……"

见她还是不吱声，程颐有种哄女儿的错觉，他难得回忆了一下以前的自己会怎么做，但又觉得以自己目前的身份来做不合适，只能更加放软声音："莫思瑶，你是不是嫌弃我老了，没以前帅了，然后就找到一个不原谅我的原因了，嗯？"

莫思瑶紧抿着嘴，感觉鸡皮疙瘩爬了一身。她瞥了程颐一眼，知道这种哄小孩的口气大概是他能做到的极限了。她忍不住开口："我才没有生气！我就想一个人待着，你能不能不说话？"

"是是是！我闭嘴。"程颐一本正经地在沙发上坐好，"领导还有什么指示？"

莫思瑶白了他一眼："程颐，你眼角那是不是鱼尾纹？"

"骗人！我明明保养得很好！你这分明是蓄意打击报复。"

"呵！"莫思瑶懒得理他，又停顿了一会儿才搭了腔，"我们那时候怎么会没有宽带呢？你忘了？我告诉过你我爸说等我高三毕业就把我们家宽带升级为包月的，你还厚着脸皮说要来我家蹭网。"

"是、是，有这回事。没办法啊，我妈对我管得太严，一直不同意买电脑，还担心我高考后的暑假把心玩太散，说上大学才给买。"

"她要是知道你一直在偷打游戏，应该会气死吧。"

"气不死，她就喜欢小题大做，但承受能力还蛮强的。我姐那么闹心，她不也活得好好的吗？"

"叔叔阿姨他们都还好吧？"

"挺好，越活越年轻。"

"身体呢？"

"也好。我爸平日就约老友钓钓鱼，我妈现在特别爱打太极，跟了个师父，每天修身养性，保养得挺好的。"见小姑娘的情绪稳定下来，程颐隐隐舒了一口气。

"程熙姐呢？从英国回来了吧？"

"回来了。她硕士毕业后说想去世界各地看看，在全世界很多地方都待了待，前两年才回国，快四十岁了还不肯结婚。说起这个，你知道我妈那人特别传统，以前人生第一大事就是催婚，老念叨着说女人要找个人照顾自己，我姐就嘻嘻哈哈地打太极，结果她自己去学了太极，还悟出了一点禅意，就淡了心思，随我姐去了。"

"咦？程熙姐还没结婚？"

"对啊，爱玩，快四十了心还野。"程颐看着她，"到现在他们有时还会提起你。"

"哦……"莫思瑶自知现在的身份不方便暴露，有点灰心，拿起那个小盒子，转移话题，"这是手机？其实不需要这么浪费，我只要有一根充电线就可以了。"

"你那种手机的充电线应该绝版了，估计一些近现代博物馆会有……"

"程颐，你够了。"

程颐微微一笑，气氛明显缓解了不少。但瞥见莫思瑶的神情有点低落，他安抚地笑了笑："放心，我已经安排人去查了，会找到你爸妈的。"

"嗯……谢谢你。"

"这句谢谢我听到耳朵长茧子了。说起来，你的身份证肯定是不能用了，我早上请业内的朋友帮忙去了解了一下，像你这种三无人员，如果要合法合规地补上户口需要一些什么程序，对方回答说有现有程序可行的，只是要补齐资料还有点周折。只要有了身份，学籍什么的都可以补。"程颐多少能感受到莫思瑶的迷茫无助，安抚道。

"那就好。"

"你有什么想法都可以跟我说，咱们可以一起商讨，具体还是在你，不需要有压力。"

"嗯。"莫思瑶摆弄了一下那个盒子，拆了封。

"你看看喜不喜欢，不喜欢再换——我来。"程颐从莫思瑶对面挪到她身边坐下，帮她摁下开机键，在等待的过程中说，"你的卡号看起来还能用，我……我怕你停机，一直有充值，有时也会给你打打电话。不过，应该要剪卡。"

"什么剪卡？"

"以前的芯片有这么大，现在只有这么大。"程颐比画了一下，"哦，你还得改 4G 卡，要不还是给你弄个流量多的新号。"见手机开机，他鼓捣了一阵，然后划到一个界面，"这是我家的无线网名，密码我给你输进去，以后就可以自动连接了。"

嗯……什么是 4G，什么是无线网？莫思瑶默默地挺直了背，听不懂怎么办？感觉智商被时间伤害了……

就在这时，程颐的手机突然响了起来，然而响了好一会儿，他都没有要接的意思。

莫思瑶忍不住提醒："你电话响了。"

程颐看了她一眼，说："你先自己摸索一下。"然后站了起来，似乎想避开。

莫思瑶吸了口气，说："不用了，我回房了，你接她的电话吧。"

程颐看着她欲言又止，却没有否认，最终叹了一口气，在轻柔的铃声中点了点头。

犹豫间，铃声断了。

程颐并没有在第一时间按下回拨键，他的心微微揪着。很久以前他就有个可怕的认知，从小到大，无论他讲什么谎话，无论掩饰得怎么天衣无缝，最后一定会被莫思瑶拆穿，有些甚至是当场拆穿。

她太了解他。

就连她发生意外的那天，中午在学校分开时她带着情绪走，也是因为看穿了他说去打球是撒谎，只是懒得戳穿。

至今他仍记得她发给他的最后一条信息："还是黄瓜口味的吧？啧，又在玩游戏。"

也只有在给她准备小惊喜的时候，他才能面不改色地撒点小谎，大多会换来她心照不宣的微笑。可是，看着她毫不掩饰的笑容，哪怕明知只有一丝丝装惊喜，也会让他心满意足。

在过去的很多年里，他们享受着彼此间的默契，以为能这么平稳地一路走下去，却被现实生生撕裂。现如今，这种默契带给她的反而是加倍的伤害。他深知她倔强的自尊，他这隐瞒被戳穿之时，必定会刺得她鲜血淋漓。可眼前这个眼睛还有些浮肿的女孩用她的平静告诉他，她可以独自承受这尘世变迁、人情变幻。

她才十八岁，背影却懂事得让人心疼。

手机铃声再次响起，程颐刚好目送她回房，房门发出轻轻的响声。

他心底有些堵，隐隐有点酸涩、胀痛。

她其实并没有做错什么事，却要承担那件事情的所有后果，他突然觉得上天其实有点残忍，她不该在这样天真的年纪，被迫承受着这一切，但是……手机那端的人也没有错，程颐逼着自己将这情绪甩开，按下接听键。

他心知肚明，他的初恋早已死于二○○五年五月，然后生活告诉他，这世上还有比爱更重要的东西，譬如责任，譬如朝夕相伴，所以所有的遗憾都只能止于一声叹息。

他脑子里浮现出林茜那张明媚的脸，心情竟在不知不觉中恢复平静，柔柔的，如暖风吹过，当她轻快的声音穿透耳膜，他突生了几分愧疚与心虚。他该怎么办？生活经验并没有给他明确的答案。

"喂？"

"亲爱的，怎么这么久才接电话？"对方的口气有些嗔怪，却像是习惯了，倒也没放在心上，"我下周六才回来，你……能不能来机场接我？"

"好。"

对方的语调明显上扬："吃饭了没？最近忙不忙？想不想我啊？"

"想。"

……

之后的三天，空气中还是弥漫着一种尴尬的气氛。

程颐显然贵人事多，每天早上他打声招呼后，会准时在九点半出门，晚上七点前一般会赶回来陪她吃个饭，简单聊会儿就各忙各的。

其余的时间，她大多是一个人。

莫思瑶知道电脑是个好东西，网络也是个好东西，就连那个方块手机，也散发着一种"快来玩我吧"的诱人气息。可她深知这一切容易让人沉迷，就像从前的程颐一样。

沉迷容易，抽身太难，莫思瑶还是只想要一根充电线。

她其实是鄙视自己的。

你能不能分手——这句话梗在她喉咙处，咽不进吐不出，就像"她等了我十年"这句话一样刺痛着她，让她看到自己的可悲及可恨之处。

她开不了这个口，一方面坚持着自己残存的自尊，一方面害怕说出口会换回一句——对不起，我爱的是她。

日子就这样继续，莫思瑶每天起来会大声朗诵英文单词，会背诵诗句，会翻看程颐给她买的新教材和习题，会很自觉地给自己安排学习任务。只有在当天的学习任务完成后，她才会窝在沙发上看他买回来的漫画，有时也会自己乱画，画栋大楼，画扇窗户，画两个寂寞的人。

想充实自己了，就去他的书房逛逛，看点时事和技术类的书，读两句心灵鸡汤。

唯一让莫思瑶奇怪的是，搞卫生的阿姨换人了，新来的阿姨更为沉默，她主动跟她搭话，那阿姨都不怎么搭理，中午她也主动帮着择菜，却被果断拒绝。

这天午饭过后，阿姨收拾好东西就走了。

那日在莫思瑶的坚持下，她换到了客房，和程颐那间一南一北，隔得有点远。这会儿午睡了一觉爬起来，她突然听到中厅传来了声响，有谁在招呼着把什么东西放下。

莫思瑶先是一惊，待壮着胆子走近仔细一听，只觉得心凉，那是一个女人的声音。

"好，放在这里就好，谢谢了。"

随着关门的声音，莫思瑶莫名地双腿一软，她背靠墙，被这突如其来的偶遇弄得不知所措。她如今的处境竟像个入侵者，突兀又荒谬。

方才匆匆一瞥，莫思瑶看到除了让保安帮忙搬进来的东西，那个女人手里还拖着一个旅行箱，似乎刚从外地回来。莫思瑶一眼就看穿了她的打算，这是个要给程颐准备惊喜的女人。

她头发齐整地束着，简约却不失风格，搭配一身干练的黑色连体裤，透着一股轻熟女的魅力。大概是完全没想到家里还有别人，她显得很放松，莫思瑶完全能想象到她脸上挂着的期待的微笑。

莫思瑶并没有看清她的脸，却大概可以勾勒出她的轮廓，成熟、漂亮，脸上溢满幸福。

莫思瑶感觉自己无地自容，就像一个藏匿在暗处的偷窥者，见不得光。她确实要躲起来，因为耳边一直有个阴暗的声音告诉她，破坏他们，破坏这个惊喜，给程颐打个电话，以她对程颐的了解，他必定会火急火燎地赶回来，将那个女人带离。

那么，这之后呢……躲得了一时，躲得了一世吗？

不、不……不回来更好。

莫思瑶越发觉得自己可悲又恶劣，她居然是这样的一个人……

莫思瑶放轻脚步回了自己的房间，反锁上门，窝在里面，听见自己荒诞又寂寥的心跳。

她注意听着门外的动静，时间又过去了一会儿，然而，就在她犹豫着到底是给程颐打电话，还是想个办法偷溜出去的时候，门把手突然被人拧动，然后响起了那个女人的声音："谁？谁在里面？有人在里面，对吧？"

　　莫思瑶顿时吓得大气都不敢出。

　　她蹑手蹑脚地窝进了卫生间，赶忙给程颐打了电话。

　　程颐说："知道了，我马上赶回来。"

　　电话挂断后，莫思瑶竟觉得十分委屈，她到底造了什么孽，竟落魄至这地步……

　　"外面那双鞋和阳台上的那些衣服是不是你的？"门外的女人像个侦探一样，将所见所闻一一道来，"我刚刚打电话问了保安，知道你是被程颐领回来的，已经在这里住了几天，住得还习惯吗？"

　　"你是谁？"她又问，"我相信程颐，他是不会随便让人住进来的，所以，你到底是他的谁？"

　　"我在外屋看到了一些高三备考资料，夹在里面的还有些画，都是你的，是吗？"她又敲了敲门，声音并没有过多的敌意，"开开门吧，咱们见一下，不用这么紧张。"她的声音温和婉转，让人听着很舒服，"哦，对，你现在对我有警戒是应该的，我还没有自我介绍呢，我是程颐的未婚妻，林茜。"

　　林茜？！听到这个名字，莫思瑶的脑子"嗡"的一声响，如炸开一般。

　　然而门外的人仍在继续，她言语间微微带笑："虽然我对我未婚夫很信任，但是既然你已经上高三了，年龄也不小了，应该要知道些男女之防了，这是对自己的保护，也是对他人的尊重，对吗？你给我未婚夫画的那几张画，画得很传神，我代他谢谢你。"

　　"相处这么多年，我自己知道这个未婚夫有几斤几两，看着是个好相处的，实际上冷情得很，但无论如何，总归是别人的，对吧？"那人娓娓地宣告着主权。

　　莫思瑶的心"扑通扑通"地跳着，默默念着那个名字：林茜，林茜。

　　居然是她！莫思瑶心底滋生出一种荒谬的情绪。

　　林茜低她一个年级，想当年，也得称她一句"师姐"。

　　前些日子，她的死党唐苑还耳提面命地让她一定要警惕这个女生，说眼神是骗不了人的，说她对程颐肯定有意思，虽然没过分表露出来，但总是若有若无地故意散发魅力。

莫思瑶都一笑置之，总觉得虽然程颐还算优秀，但……不至于。

毕竟她是林茜啊，在Ａ大附中也是个响当当的人物。五官不算顶漂亮，却也眉清目秀，最主要的是气质过人，让人看着很舒服。听说她出身书香世家，早些年家里还出了不少人物，来头都不小，所以林茜为人处事有些端着身段，让人有距离感。只是她尺寸把握得很好，笑容虽疏离却得宜，不会让人生厌。

有别于十六七八岁少女的聒噪喧闹，林茜给人一种沉稳恬淡的感觉，越看越有韵味。加之她身材高挑，当年在班里乃至全年级女生中，颇有种鹤立鸡群之感，是很多附中才子的初恋女神。

最重要的是，她多才多艺之余，成绩常年占据年级第一，绝对担得起一句"女神"。说实话，好在林茜低他们一届，否则程颐这个年级第一坐不坐得稳还是个未知数。

程颐这人说白了就是特别会装，长得人模狗样，一正本经，但私下特别能来事，男孩子该有的毛病一个不少，偶尔还有些异于常人的幼稚，说句难听的，就是表里不一。

莫思瑶留意过，林茜和他相处的时候也是端着身段的，并没有热情一点、奔放一点。毕竟程颐和她在家世背景上还是有些差距，凑不到一块儿。

——她等了我十年。

这句话再度冒了出来，惊得莫思瑶太阳穴突突直跳，心里百般不是滋味。

"我给程颐打过电话了，他说他马上赶回来，这之前，咱们见见吧。不过，在他身边这么多年，我还真没听说过你。"她又呵呵一笑，"你知道我们年后就要结婚了吧？到时候来喝喜酒。"

莫思瑶一声不吭，又回到床上用被子蒙住头，开始回想自己到底是什么时候开始觉得程颐不一样的。

哦……是两年前的夏天。程颐不知怎的突然发了高烧，程妈妈管得严，觉得男孩子家小病小痛的没啥大事，给了两颗感冒药就让他去上学。后来他们一起上体育课，她突然听见他一声惨叫，回头瞥见他捂着下腹冷汗淋漓。

老师当即让大家自由活动，安排车辆送他去医院。

她当时吓得半死，也不顾闲言闲语，硬跟在老师身边陪着上医院去了。程颐还故意吓唬她，说自己会不会没来得及写遗言就去了……后来想想，她也是傻，在手术室外面哭得撕心裂肺，当时等在手术室外一个产妇的亲属硬是被她哭得疑虑重重、眉头深锁。但其实就是一个简单的阑尾炎手术，把程颐推出来的那个小护士看到她时满眼的费解——咱们医院的医疗水平这么不值得信任吗？

做完手术醒过来，程颐的第一句话就是"丑死了"。

她难得没顶嘴，主动抱着他。

那时，她心里确定了一点，哪怕他真的残废了，她也要照顾他一辈子。

一辈子，眨眼就成了奢侈。

门外似乎没什么动静了，过了一会儿，林茜又敲门问她要不要喝水，又说要做饭了，问她晚上想吃什么。莫思瑶都没有吭声。

林茜后来用类似玩笑般的话问："瞧你这架势，我都快误会你是误入凡尘的天使了，一见就烟消云散了，有这么不能见人吗？我又不会吃人。还是你对我未婚夫有什么心思，怕见着我心虚啊？我刚刚给程颐打了电话，他说快到楼下了，待会儿可别说我不让你出门啊。"

这个"待会儿"并没有很久，门外很快传来了交谈的声音，是程颐先开的口："你怎么在这里？你不是明晚才回来？"

"对啊，只是行程提前结束，我连夜赶飞机回来了。本来想给你一个惊喜，你倒好，直接给我一个惊吓，金屋藏娇！"林茜语气冷冷的，似笑非笑。

程颐顿了一下，说："说什么呢？"

"怎么，连反驳都不反驳啊？"林茜半真半假地说道，"里面躲着的是个妹妹吧？你这位妹妹一直把自己反锁在屋里，我叫了她好几回了，她都不肯搭理我。是谁啊，这么大架子？"林茜突然勾唇反问，"怎么，你没跟她提起过我吗？"

程颐没有正面回答她，只说："咱们去客厅聊。"

大概因为彼此知根知底，虽然他知道谎话开了个头就必须用更多的谎话来弥补，但他并没想到最佳的答案。

"为什么呀？我还想和你这位妹妹见一面呢！哦——"她做恍然大悟状，"你前两天在电话里问，如果一个人丢了学籍档案，有没有办法补一套、赶上高考报名什么的，就是指她吧？办法肯定有的啊，可是你总得告诉我她到底是谁吧？"

林茜吸了一口气尽量平复情绪，但显然失败了，语气还是有些冲："我们正式恋爱将近三年，前几个月我才拿到你家的钥匙，里面那个姑娘你认识了多久，啊？你就往家里带了？你让我如何自处？"

"对不起。"

林茜冷笑了一声："说对不起可没用，但凡是个人就得为自己的错误行为负责任，狗错了还有主人担着呢。今天她必须出这个门，不然我就请开锁的。你……"她突然轻"咦"了一声，话锋一转，"难不成你中了什么计，喝酒误事……她怀孕了？"

"林茜！你能不能别在这时候发挥你的想象力？"

林茜顿了一下，尚且保持了良好的仪态："那开门啊，这把自己锁房间里算什么事？刚才没事我翻了一下她的学习资料，不是才高三吗？有书不读跑这儿来干什么？家长都是怎么教的？"

"先走。"程颐现在一个头两个大，直接上前揽了她，打算先冷静一下想想怎么和她解释。

在两人的关系中，林茜主动惯了，此刻轻轻拍了拍他的脸，想想这些年他的清心寡欲，大抵还是放心的，所以她压低声音问："难不成是你哪个已婚兄弟的？出事了？"

话音刚落，她就听见了房门被打开的声音。

一个女孩逆光立在门边，脆生生地开口："我家长把我教得很好，我很满意。"

看清她的模样后，林茜愣怔了好一会儿，突然捂着脸尖叫了一声，指着她语音发颤："莫、莫思瑶？！"

这张脸，她一辈子都不会忘记。

第三章
当我一天师父呗，
让我偷偷师

程颐知道林茜心思缜密，莫思瑶的事瞒不了她多久，所以从一开始他就没打算瞒。只不过他也没想好以什么方式告诉她，打算走一步算一步。如今她发现了也好，他简单扼要地将莫思瑶的出现告诉了她，并说了想给莫思瑶补办身份证及学籍资料的打算。

林茜听他解释完，窝在沙发里好一会儿，突然一声不吭地拎包站起来，不复之前追究到底的架势："我先回去了。"

"我送你回去。"程颐给了莫思瑶一个"好好待着"的眼神，立马跟了上去。

等电梯的时候，林茜脸上已经完全没有了笑容："知道我为什么走人吗？因为我清楚地知道无论我说什么，你今晚都不会把她'请'出门，再者，我不想让一个女孩成为我们争吵的原因，那样显得我们的感情太不堪一击。"

"我没有处理好这件事，抱歉。"

林茜把头偏向一边，别开视线，眼眶微红。

两人一路无言地走到停车场，直到车子发动，林茜才慢悠悠地说了一句话："我还是对这件事持怀疑的态度，太荒谬了。但我知道你认定了，所以即便我觉得你是错的，我还是决定支持你。你在电话里问我的事情，我已经帮你去了解过，可以给一个借读名额，学籍资料也可以补，只要说是外地回来备考的就行，但要先上户口。"

"谢谢你。"

"你要让她谢谢我，而你只需要爱我就够了。"

莫思瑶发现自己刚才虽然一直被讨论，但从头到尾就像个透明人，被忽视得很彻底。刚刚程颐满心满眼都是林茜，当残酷的真相来临，她只想大哭一场。又怕这种自怜自艾的情绪会让她低进尘埃，卑微进泥土里。

爱情是什么东西？比面子大吗？她恨恨地想。可莫思瑶后来还是没忍住在梦里哭了一场，是的，即使她这么难过，可她还是睡着了。

在陌生的房间里醒过来的那一刻，她发疯似的想妈妈，想妈妈做的饭，想和她说说话，想和爸爸再拌拌嘴，想回家。

想回到那年，想一切都是一场梦。

然而，现实总是残酷的，莫思瑶从床上爬起来发现全身透着冷飕飕的寒意——降温了。这个世界连天气也是反复无常的。

莫思瑶穿上了上次买的外套，开始思考接下来怎样才能离开程颐而饿不死、穿得暖、活得潇潇洒洒。不能再逃避了，她暗暗握拳。

"我们谈谈吧。"莫思瑶主动找到了程颐，"你打算娶她？"

他深深地望着她，点了点头。

"很好……"她笑了笑，却比哭还难看，但她勇敢地挺直了脊梁，红着眼睛说，"这样想想也挺好的，我们会长大，会为了生计忙碌奔波，会因为生活琐事斤斤计较，你去应酬我嫌你不顾家，你在家我又嫌你不挣钱，说不定，我们都会成为曾经最讨厌的那个人……"

"程颐，我、我真的很想陪你去尝试无数的可能性，哪怕争吵也好，冷战也好，开心快乐也好，苦累也罢，都想陪你去试试，去这个大千世界看一看，去远方走一走……可是、可是我们输给了这该死的命运……程颐，我现在还做不到祝福你们，但我会接受这一切的。"

程颐没说话，突然叹了一口气："来吃面吧。"

沉默地吃完之后，程颐和她说起了她的身份问题。她父母在去了美国后，大概有其他的发展，从原单位离职了，之前的联系方式已经联系不上了；而她小舅离开 C 市也有些年头了，这几年也没听说他回来过，所以户口的问题有点周折。可要读书就必须得有身份，于是程颐咨询了相关部门的意见后，替她联系了一对失独老夫妇。

程颐当天下午就领着她去探望他们。

他们是程颐一个朋友的女朋友的父母，他们的女儿几年前去世了，去世时才二十出头。两位老人老年丧女，悲痛欲绝，但因为年纪大了，重新收养一个感觉心有余而力不足，在退休后一直独居，深居简出，和朋友亲戚也不怎么往来了，但听说还是想找个人送终。

程颐和他们聊了聊，提到了莫思瑶，只说她意外受伤后缺失了部分记忆，一直没找到父母，已经在社会上流浪了半年，机缘巧合救了醉酒的程颐结下了缘分。程颐希望对方帮帮忙，名义上，他们算作养父母的关系，以后节假日、隔两个周末莫思瑶会去看看他们，陪他们吃顿饭，让他们有个挂念。

数日后，莫思瑶的新身份终于确定下来——叶思瑶。

两位老人痛失独女，虽然已经过去几年，悲痛也沉淀了，但留下一身病痛，尤显苍老。倒是见到她的时候，振奋了些精神，看得出来有特地打扮过，对她竟也是一见投缘。相聊之后，送别时望着她的眼神混浊中夹着泪水，由此可见，多一个"女儿"，对于他们更是一份心理慰藉。

莫思瑶却更加想念她的父母。毕竟同样的遭遇也降临在她父母的身上，她甚至能从二老身上看到父母的影子，想到他们叫"瑶瑶"时再也无人应答，只能用远走他乡来逃避中年丧女的悲痛，她就心痛不已。

但她除了振作，别无出路。

她不想在重遇之时，因为沮丧和自怜变得一无是处，连笑容都彻底丧失。

那不是她父母所期待的女儿，哪怕是在黄泉之下，他们肯定也希望她过得很好。而此刻的她，还承载着另一对老人的期盼，她至少应该表现得优秀体贴一点，让他们重拾久违的笑容。

叶爸爸原先是国企的一名干部，女儿去世后因白天工作、晚上喝酒大病了一场，出院后，身体及思考能力皆大不如前，办理了病退，提前离开了工作岗位。叶妈妈是一名退休的高中教师，因为知道莫思瑶打算备考，特地找以前的同事复印了不少高三的复习资料，还找到校长，咨询能不能先让莫思瑶暂且去班上旁听。

这件事说是过两天学校开会讨论一下，就能有回复了。

生活有了奔头，不过三两天，两位老人的精气神就好了不少。

莫思瑶感觉自己占了个大便宜，两位老人都很好相处的样子，而且她有身份了，总算能放下心里的第一块大石头，也算迈出了独立的第一步。

后来，听叶妈妈说"咱们这里上学也方便"之类的话，莫思瑶心里颇有感触。

目前，她和程颐住在同一个屋檐下，孤男寡女的总归是不方便，更何况中间还隔着个林茜。而二老就居住在离学校不远的教师村小区内，家里还有两间空房，她就想厚着脸皮问问能不能让她搬过来，平日里也给他们做做饭、多陪着聊聊天，缴纳点生活费。反正程颐看着也不是缺钱的样子，她就多借点吧，以后带利息一起还。

可她和二老毕竟还不算太熟，这样贸然提出来，感觉太麻烦他们。莫思瑶就和程颐商量了一下，想让他代为开口咨询下。不料，程颐觉得这样功利性太强，说他才拜托对方给了她一个新身份，现在她就迫不及待地要住进去，像是要谋人家家产。

莫思瑶想想也对，就暂且打消了这个念头。

但她不知道，这件事引起了林茜与程颐的一场大吵。一个想让莫思瑶搬出去，一个出于愧疚也好，出于对过去的悼念也好，或不放心等别的原因，不赞同莫思瑶搬。这个基本矛盾点让两人不欢而散，两人安排在明年五月中旬的婚礼就显得有些"不合时宜"，可程颐坚持婚礼继续，以证明对莫思瑶所有的情愫都已经成了过去式。

并不知情的莫思瑶，这些日子几乎每天都往叶爸崔妈那里跑，人总归要往前看，哪怕一个人走过去的路是那么长、那么寂寞。

她记得班主任老是说，人不能太沉浸在过去，过去成绩好不代表高考成绩就一定好，但没有过往知识的累积，高考也很难一击即中，现在的每一次阅读、每一次做题，都是知识的累积。同理可证，她现在做的每一件事，都应该是为了将来更好的自己。

想到这一点，她学习就更有干劲，尤其是崔妈妈多年的职业病使然，总会忍不住念叨她几句。她现在总算是知道了，有个人肯对你唠叨，真的是一件再幸福不过的事，至少说明你是被关注的。

虽然这么多年过去，教材内容也有些变动，但是万变不离其宗，一些新增的知识点，莫思瑶一点就通。这足以证明她的基础打得很扎实，毕竟她也当了十余年的学习尖子，"过来"之前也完全进入了备考状态。适应了几天之后，对于新买的模拟测试卷子，莫思瑶都能应付自如，做起题来也算得心应手。

这对崔静来说大概是意外之喜，看起来她对莫思瑶挺满意的。崔静虽说是教语文的，又已退休两年，但平日也会留意新的时事资讯，这几天，不时就会和她聊一聊考试大趋势什么的，莫思瑶才不得不感慨这世界变化之快……

莫思瑶把过去十几年的高考题都做了一遍，基本能应付，又选择性地背诵了过往几年的热点时事，再凭借着悟性举一反三、由点及面，面对陌生环境的应试能力，她如今说起来也有点底气了。

倒是叶爸不是那种善于表达的人，除了日常闲聊几句，并不多话，但偶尔莫思瑶能发现他眼角泛着泪光，似乎透过她在思念自己的女儿。莫思瑶觉得他们都挺不容易的，再想想自己的爸妈，她的手脚就更为勤快，但处事说话还是小心为上，不敢触碰边界。

总之呢，她瞧两位还是挺亲切的，从刚开始相处有点尴尬，到现在算是半个熟人了。然而莫思瑶多少有点愧疚，她很清楚自己的身世不能多说，因而大多用不记得了搪塞过去，怕引起风波。

出于弥补心理，这天做完试卷，莫思瑶特地给叶爸爸画了张画像，因为对特征抓得还不错，一看还挺像，而且莫思瑶自作主张地把他画成了咧嘴大笑的模样，终于让这个家庭重拾了笑声。

笑完，莫思瑶灵光一现，觉得自个儿指不定找到了一条"生财之路"。

是的，她觉得自己是真的穷，当务之急是要挣点生活费，但苦于没有生财之道。她对现在的物价并不了解，也不清楚借多少才比较合理，怕借少了再伸手问程颐借钱也不好，又怕万一学费生活费什么的不够寸步难行，导致心里一直没底。

现在想想——她可以给人画画像啊，一个周末什么的，应该能赚点吧？折算下来，她的复习时间反而是多了几个月的，如果好好规划一下时间，应该能兼顾。

至于地点，她感觉上次江边的那个小广场就不错。

说做就做！星期六这天，莫思瑶打电话给崔妈说不过去了，然后就骑着她的小单车摸索着出了门，并郑重其事地背上了画板。

前些日子，程颐大概是担心怠慢她还是怎的，每天都要给她带回来不少东西，这画板就是他带回来的。她制止过也没什么用，程颐一副"反正也不贵，不喜欢就扔了吧"的态度，搞得她也不知如何应对。

这些天，他们交流的时间越发少了，自上次沟通后，他们就突然间陷入了一种尴尬又沉默的状态，就算在家里碰面，也仅限于点点头，打个招呼。

原来，他们之间也会变成这样啊……她虽然心里难过，却快速地适应着。

那堆东西里，包含了所有她以前梦想中的那些牌子的颜料、炭笔……说不心动绝对是假的，这都是白花花的银子呀，折算成感情还是挺沉重的。

然而她也不想太矫情，买都买回来了，不用就是真的浪费了，得把以前心安理得蹭吃蹭喝的那股劲找回来！程颐既然都能凭借自己的努力在十三年后混得人模人样，她莫思瑶又不比人差，咬咬牙拼搏努力个几年，总能把欠的债还上吧？

人毕竟还是活给自己看的，有些恩情牢记在心里就是了。

当然了，莫思瑶还是能感受到不妥当的，自家的男人给别的女人买东西，换作是她，那是一百二十万个不同意，估计林茜现在正在哪个角落狠狠诅咒自己吧。

莫思瑶甩甩头，骑着单车到达的目的地。一想到能赚到第一桶金，她整个人难得有点亢奋，夹杂着点兴奋，然而兴奋过后更多的是紧张。毕竟小姑娘脸皮薄，而且她完全不知道会不会有顾客……她小心地抽出一张纸，揣着忐忑的心情，写上"素描"两个字，然后就安安静静地等待着。

这个时间其实有点早，周六的上午，天气稍微回温，但还是有点凉意，莫思瑶的小档口清冷得厉害，乏人问津，她这才想起没在上面摆几张样图……可现在也没有人提供脸给她画样图啊。

呃……要不要放弃啊？

大概她坐在小板凳上一副期盼又忐忑的样子还蛮让人可怜的，终于在一个多小时百无聊赖的等待之后，有人在她对面坐下了。

这会儿，莫思瑶已经耷拉着脑袋望着砖块纹路数蚂蚁了，入目是一双修长的大长腿，质地挺好的卡其色风衣的衣摆轻轻拂地，她没来得及抬头，就听见有人用好听的男中音略显淡漠地问："给人画像？"

"嗯！"莫思瑶把头点得像小鸡啄米。

再往上看，一张陌生中又带着熟悉感的俊脸映入眼帘。

啊？是是是……

"是你？！"

莫思瑶一眼认出了他——是那天在这江边的小广场上造成误会的那个男生！

主要还是气质太出众。

这样猝不及防的重逢真让人尴尬，想起上次自己还意外踢断了他一支炭笔，莫思瑶恨不得马上从自己的笔袋子里抽出一支还给他，但是——很贵的好不好？

想到那天见识过他流畅的画技，莫思瑶突然有了上考场的心情，整个人越发紧张起来。

"画吧。"他惜字如金。

因为个子高，他坐在袖珍的小板凳上的画面稍微有点滑稽，但他很快调整了一下姿势，大长腿很随意地摆出了一米八的架势，往那儿一坐，稍一定格，便成了一幅精美的仿真画。

身后奔腾的江水、隔岸的建筑，皆成了他的陪衬。

莫思瑶这才发现，他有一双漂亮得过分的眼睛，深邃如寒星，眼底有星辰。只是，他整个人隐隐散发出一股拒人于千里的气息，不知怎的，莫思瑶可以在他身上看到"寂寥"两个字。

仿佛背负着什么……很沉重的东西。

喀喀……这跟她也没什么关系。

莫思瑶打起精神，才发现自己的手有点微微颤抖，他居然在无形中给了她这么大的压力？

她甩了甩手腕，觉得赚点钱真不容易。她吸了一口气再打量了一下他……很帅呢，这种不敢直视的感觉是怎么回事？她再吸一口气，终于鼓起勇气开始下笔。可大概动笔动得有点犹豫，以至于完全没发挥出给叶爸画像那会儿的水平……

鼻梁好像有点画歪了……

呀，手又在抖……抖什么抖？

但偏偏因为紧张影响了发挥，莫思瑶竭尽全力地保持住一本正经的模样……画得好丑，好想死。

质量太好的炭笔橡皮擦都擦不掉！

莫思瑶一直不敢动笔画他的眼睛。

开玩笑，那可是被上帝塑造的一双堪称完美的心灵窗户，画歪了怎么办？

她却又被他的视线看得双颊有点烫，大概也是失水准的画技让她心里有愧，她的头越埋越低，竟是一直不敢抬头看这位顾客。眼看着越画越歪，莫思瑶索性一不做二不休，在眼睛那位置上点了两个黑点，一个本来还有几分风骨的人像顿显呆萌。

她咬了咬唇，偷偷在心里笑了下，默默地又换上一张纸。

莫思瑶凭记忆把刚才的轮廓加以修饰再复制在新的纸张上，虽说有时候画画跟下棋一样落子不悔，但是，感觉还是没画好怎么办……不管了，眼睛……嗯，他的眼睛好像是这样的，她壮着胆子小心地描了一笔，再添了两笔。啊，要死了！她好像一不小心就把那男生的眼角画得……稍微厚了点，乍一看就像化了烟熏妆……

要不是这画是她画的，她得嘲笑三个小时！

莫思瑶尽量将这个修饰得像故意呈现的艺术处理，但显然……很烂！她哭丧着脸偷偷瞄了一下那个男生，试图在现实与画纸上对比出差距，可是……咦？

人呢？！

"画歪了。"突然有人在她耳边开腔。

"啊！"莫思瑶吓得尖叫了一声，手里的炭笔差点掉到地上。

莫思瑶歪着身子偏着脑袋抬头往上看了一眼，哇！他他他……他啥时候站到她背后了？画得这么糟糕岂不是都被看到了？莫思瑶顿时有了一种被五雷轰顶的挫败感。

"这是……我？"他看着那"烟熏妆"，一脸高深莫测。

莫思瑶对自己的画技向来是充满自信的，她一定是太沉浸在被老师赞赏的糖衣炮弹里了。

"……我我、我……我还没画完！"

"你不看我还能画成这样……"他沉吟了一下，"还不错了。"

"我看了……"她弱弱地辩解。

请问这是讽刺吗？！

他像是忍不住了，突然抽走她手中的笔，躬下身子，顺着她画的轮廓修饰了几笔，画像突然变成了有点夸张的卡通形象，却精准地捕捉到了特征，整幅画顿时栩栩如生起来。

莫思瑶惊讶得微微张嘴，顿时觉得自己那些三脚猫画技完全不够看……

"收钱吧。"他把笔搁在画板上，直立起身。

"啊？不用了……"要不您收钱顺便教教我？莫思瑶在心里想。

"支付宝？"

"什么是……支付宝？"她问得略显小心，免得泄露自己很落后的事实。

他微微顿了一顿，似乎对她的无知也有点疑惑的样子，倒是没有冷嘲热讽，解答道："第三方支付平台。"

"哦……"她先是做出一副恍然大悟的样子，随后停顿了一下，"为什么付款要涉及第三方？"

"因为支付宝本身就属于第三方啊，它算是个媒介。还是你想用微信？"

"微信……又是什么？"大概是因为太普遍太理所当然了，所以程颐并没有给她解释过这些。

"一款提供即时通信的 App，也有支付功能。"

"这样啊。"莫思瑶头一次深刻地感受到自己来自另一个世界，可她还是弱弱地问了一句，"App 是什么？"

他挑了挑眉："Application，是安装在智能手机上的应用程序，不同的软件有不同的功能，丰富用户体验。"他顿了一下，接着说，"类似于电脑上所用的聊天工具，在手机上就是 App。"

听不懂，但是……听长得好看的人说话完全是视觉与听觉的双重享受，莫思瑶往乐观了想，反正也是萍水相逢，无知点又有什么关系呢，她索性问到底："聊天工具……是指 QQ 吗？"

"算一种。"

当年她爸说给她换新手机，应该就是附带 QQ 程序的，难怪程颐说手机可以购物，她还以为是电话购物呢……

"不过聊天不是发短信比较方便吗？"

"以即时通信来说，短信收费太贵。"

莫思瑶被噎了噎，心想这个男生看形象酷酷的，却是出乎意料地……有耐心？难道上次他的不耐烦全是错觉？话说回来，他为何要坐在这里让她画？难不成是为了羞辱她……的画技？感觉他坐镜子前自画完全没有问题啊……她的心思千回万转。

"多少钱？"他又问。

"啊？"莫思瑶连忙摆手，"画算是你画……画龙点睛的，你喜欢就拿走吧。"也当作赔偿之前那支笔。

"我是指地上那一张。"

"哈？"

"丑得挺有个性的。"

莫思瑶无言以对，她平时画画没这么丑的，连忙拒绝："不卖！"

"那送给我吧。"

为什么？！收藏着用来羞辱她吗？！

"不送！哎……哎？你干吗呢？"

说话时，男生已经躬身捡起那幅画来，看了一眼，便将它工整地卷了起来。他无视莫思瑶的抗议，睨了她一眼，道："严格说起来，这算是你丢掉的，我捡起来应该不再需要经过你同意吧？"

莫思瑶怔了怔，指着她画板上的那幅画："这幅才是给你的。"

"这幅难道不是我画的？"他问。

这下莫思瑶是真的不知道要说什么了，再抬头时，隐约觉得男生看她的眼神有点不对，却不是那种让人厌恶的，反而掺杂着一些说不清道不明的情绪。莫思瑶直觉这个眼神她在叶爸爸身上见过，这是透过一个人思念另一个人的眼神。

思……念？思念谁？

难怪她觉得不对，以一个陌生人来说，他对她的态度有点意外地包容了。

对方也是意外地敏锐，似乎察觉到了她的探究，直截了当地开口："你很像我一位故人。"

莫思瑶居然觉得这个回答有点在意料之中，但是……像谁呢？

也不知怎的，莫思瑶莫名心虚起来，按理，以她的交际圈子，在十三年后，应该不认识这个年纪的男生……但他这么一说，她竟觉得他看起来还真的有那么一点眼熟……

没理由啊，这么帅，她不至于一点印象都没有啊……

"你——"像哪个故人啊？这话她都没敢问，没头没脑地问了一句，"你叫什么名字？"

这算是个有点唐突的问题了，可他并没有遮掩，一字一顿："顾南。"

莫思瑶狠狠地怔了怔，震惊地望着他，低声重复："顾……顾南？！该不会是'东盼西顾'那个'顾'，'东南西北'那个'南'吧？"

他轻蹙起眉头，意味深长地问了一句："你认识我？"

"怎么可能？"莫思瑶直觉地否认，随即尴尬又不失礼貌地笑了笑。

是顾南啊……她怎么会不记得……

——谁啊？

——好像叫顾南。

——就是"东盼西顾"那个"顾"，"东南西北"那个"南"。

她妈的声音依稀还萦绕在耳边，那叹着气感慨着他瘦得像根竹竿、真让人心疼的情景仿佛就在昨天。

也是因为他，她才……沦落至此。

如今他就这样立在她对面，十三年她错过的日升日落，仿佛天地万物的一个轮回，眼前的男生渐渐幻化成当年的那个少年，孑然而立。

为什么没认出呢？约莫是他当年总是挂彩的缘故，抑或是因他个性太张扬以至于会让人忽略他的长相，而只记住他愤懑不羁的眼神。

她想起她妈说过的他的那些事，林林总总，大多离不开一个形同虚设的家和一对不负责任的父母，因为太值得同情，所以她深深地记得他。

莫思瑶讷讷地看着他，突然有些感触，想起当初因学业繁忙，那仅有的几次在黄昏日后见到的他孤独的背影，想起他留着那会儿莫名其妙地流行起来的杀马特发型，想起他十一二岁的年纪，偶尔还会叼着半个烟头，想起他脸上总是挂着彩，眼睛是好看的，却隐隐透着一股戾气，硬是瘦出了一身的狠劲，果然是让人避而远之的存在呢。

如今，他却是如此平和的样子。

真好呀。

是那一次车祸改变了他吗？因为她救了他吗？她不禁想。

那日傍晚，大概就是为了这样的期待，她才会选择在生死关头推开他吧，居然……也不后悔呢。

莫名地，莫思瑶的眼眶有些湿润，她没头没脑地说了一句："没关系的。"

他背负的，或许就是这份负罪感吧。

"嗯？"或许是这一刻江边的风有些大，顾南并没有听清，他站在她对面，似乎只是想多看她一眼，或者，多看"她"一眼。

不管是哪个她……

"都过去了。"莫思瑶说着，微微一笑。

都会过去的。

同时，她这般鼓励着自己。若干年后，她也会成为这般优秀的人。上天安排她来这里，总归有它的用意吧。说实话，今天之前，她也曾埋怨过，尤其是程颐有时看着她那种充满遗憾与抱歉的眼神，总会让她隐隐作痛，可太阳还是会照常升起呢。

莫思瑶，加油！

"什么过去了？"

"天气很好呢。"她又笑，竟觉得释怀了不少。

"哇，这个画得好可爱，能不能也给我们画一张？"就在此时，一对情侣走近了莫思瑶摆的小档口，问道。

莫思瑶立马点头："好啊，稍等。"然后很自然地给顾南让出位置，比了比便携小板凳，指挥道，"你来吧。"

顾南沉默了，微微挑眉，睨了她一眼，大概是意外她的……放肆？

"感觉你画得比较好，当我一天师父呗，让我偷偷师。"她眯眼笑笑。

怎么说，她也救过他啊。这么一想，莫思瑶瞬间理直气壮了。

或许是这抹似曾相识的笑容感染了他，顾南没有再拒绝，他一言不发地坐下，真的动笔画了起来。

大概是顾南的颜值也有几分吸引力，之后陆续又来了三四人，空闲时，莫思瑶就问起一些画画技巧，他也是知无不言。

就这样，一上午居然在眨眼间就过去了，直到感觉到饿意，莫思瑶才打算收拾东西回去。

"今天谢谢你了。"莫思瑶背起画板与他告别。

而且今天她学到了一招，当人问多少钱时，你可以直接反问对方，你觉得值多少……大概就是看着给的意思，嫌低就不卖了，哈哈哈。

画得确实好算一码事，但估计顾南的颜值影响也挺大，连续三个人都没开价低于一百的……一百块！她想都不敢想！

只是为啥人人都是直接掏出手机付款？那个收款二维码究竟是什么？甚至有个单身的妹子问顾南可不可以加微信。结合刚刚他粗略的解释，莫思瑶似懂非懂。她是不是可以理解为跟从前的"要联系方式"是一个概念？所以说，她已经完全与这个世界脱节了？

莫思瑶恨不得摸脸做呐喊状，但表面上还是维持了一个萌妹子应有的矜持。

"给个微信号。"眼看她要离开，顾南突然开口。

她有些丧气地直接摇头："我没有那种东西，不管你信不信，相对你而言，我算是活在上个世纪。"QQ号她倒是有一个，但因为高三的关系被她妈禁用了。

"我把钱给你。"

"给我？哦，我出了材料费，那咱们……二一添作五，平分了？"想了想，她又补充了一句，"麻烦现金交易，谢谢。"

就当她厚脸皮吧，毕竟她是缺钱的穷学生呀，有钱分挺好的，开心。

他沉默了一会儿，掏出了钱包。

"哇，你身上居然带着现金，不知道为什么，我突然好感动。"

能不感动吗？今天愣是没有一个人给现金的……在看到他掏出来的钞票后，她愣了愣："咦，咱们说好平分的，毕竟都是你画的，全给我不好吧……"

他轻轻勾了勾嘴角："我不缺钱。"

你这样是交不到朋友的，孩子。

莫思瑶暗戳戳地瞪了他一眼，见顾南始终保持淡定状，她索性也不再矫情，一把将钱接过来，心里琢磨着自己当年要是不推他那一下，凭她的聪明才干，现在可能也是个有钱人啊……算了算了。

她开始收拾东西，然后朝他晃了晃那些钞票："那我走了。"

"喂。"顾南一直沉默地看着她，然而在她转身之后，他突然叫住她，只见他迟疑了一下，问她，"还来吗？"

莫思瑶又笑，或许总会不经意地想起他曾经杀马特的发型吧，她偏着头问："重要吗？"

他想了想，说："重要。"

"那……"她撇撇嘴，"不来了吧。"

江湖一别，从此山高水长，各自珍重了。

莫思瑶回家后发现程颐居然在家，而且亲手做好了一桌饭菜在等她回来，进屋时刚好看到他单手托腮百无聊赖的样子，另一只手夹着手机胡乱摆弄，似乎是在强忍着给她打电话的冲动。莫思瑶心里有一丝不忍。

"回来了？"见她回家，程颐眼神一亮，忙把手机放下，很温和地笑笑，"你洗个手，我把菜热热。"

"……嗯。"莫思瑶难得不错的心情，突然不可克制地低落下来，或许多少觉得他小心翼翼的样子有点碍眼。

"程颐。"她喊。

"嗯？"

"我……"我看到当年那个孩子了。可话到嘴边，她不知怎的又说不下去了，"没什么，谢谢，给你添麻烦了。"

"不麻烦。"他柔声说，"还是那句话，永远不要对我说谢谢。"

她轻轻地笑："礼多人不怪嘛。"

两人相对无言了一会儿，发现果然没办法打破时间铸成的钢铁屏障。

"今天去写生了？"程颐只能没话找话。

"嗯。"

"好玩吗？"

"挺好的。"

"那就好……"他张了张嘴，似乎还想说些什么。

莫思瑶打断他："我先去放东西了。"

"好。"

莫思瑶走了几步突然又转身回来，一副没得商量的样子："我想了想，叫你哥是不可能的，以后你得管我叫姐！好了，我走了。"说完，她不给他开口的机会就进了房。

她把由她起笔、顾南修改后的那幅画收到抽屉里，然后深吸了一口气，觉得心情仍然有些沉重，便再次把画拿出来，看了看，往那Q版人物的额头上弹了弹，感觉空气里依旧弥漫着尴尬的气氛。她已经尝试着尽可能自然地和程颐相处了，可感觉还是少了从前那种无话不谈的畅快感。

昨天仿佛还在昨天，却永远是昨天了。

吃完饭，莫思瑶还是选择了逃避，一下午都把自己关在房间里做题，自觉性这一点，她从小就培养得不错。

第二天一早她就爬起来，骑单车到附近去逛了逛，熟悉熟悉环境，也想另外找个适合的地方摆摊画画。正闲逛着，她接到了崔妈妈主动打过来的电话，大概就是问她忙什么，要不要去她家吃饭什么的。

莫思瑶无形中感觉到了一股人情的压力，可这是应该的。虽然路途有点远，但她也不嫌累，在告知了程颐之后，就赶过去了。然而让人始料未及的是，她居然在叶爸崔妈家看到了林茜，这让她全身都不自在起来。

更何况，她们看起来还是很熟稔的感觉。

不舒服。

莫思瑶深吸了一口气，和叶爸崔妈打了招呼后，微微僵硬地在沙发上坐下。

"终于来了？"林茜先开的口。

"……嗯。"

"怎么装作不认识我了？"林茜似笑非笑，也没太跟她客套。

崔妈和稀泥："来，瑶瑶，这是你林茜姐。林茜姐可本事了，刚晋升为 A 大最年轻的副教授，快打招呼啊。"

不想叫，可是……她不能让崔妈下不了台。

"……林教授。" A 大最年轻的副教授……这鸿沟般的差距，让莫思瑶滋生出一种微妙的酸涩感。

"傻孩子，叫姐不更亲近点？对了，前两天你不是说想考 A 大？加把劲应该没问题的。以后呢，还得拜托你林茜姐多帮衬点。"崔静笑，又向着林茜说，"这孩子啊，少根筋，以后还得麻烦你多多关照。"

林茜笑得很得体："哪里的话。这长江后浪不把我拍死在沙滩上，我就阿弥陀佛了，呵呵。"见崔妈的笑容有点僵硬，林茜又补了一句，"说笑的。"

林茜慢慢地看向莫思瑶，轻轻眯起了眼睛。这段时间，她做了一些事，特地去母校查了一下旧时档案，当年莫思瑶在学校里也算是小有名气的人，作文竞赛什么的都是有笔迹存底的，她特地比对了眼前这个"莫思瑶"的字迹……对上了。

她甚至找了专业的人比对过，能确定是同一个人的字迹，力度也符合同一年龄段特征。

一个尚算年轻的孩子，演技也是出神入化的样子，电话号码在通信公司查到的通讯记录是一串乱码，这段时间她也没有和任何人联系，不提钱的事，情绪模仿什么都到位，仿佛真的就是凭空出现，没有过去，唯一的羁绊是程颐，对程颐过去的事似乎也了如指掌。

她是谁，到底有什么目的……

不管如何，只要程颐相信她是莫思瑶，她就只能把她当作莫思瑶来看，别无选择。

想到这里，林茜突然轻轻笑了笑，而后慢慢敛去了笑，似是语重心长地开口："我说思瑶啊——有些话啊，林老师我憋在心里是不吐不快啊。毕竟你也是该懂事的年纪了，这样做可不对啊，大周末的，把人叶总和崔老师搁家里晾着，这孝顺可不是嘴上说说的，懂吗？不知情的人，还以为你就是利用崔老师给你补课的呢。"

林茜说完又挂上温和的笑容，话的内容却像是一记大耳刮子，抽得莫思瑶脸上火辣辣地疼，又说不出一句辩驳的话来。

"哎，小林。"崔静轻轻拍了拍林茜的大腿，示意她话说得太重。

"好好好，我不说了。"林茜一副会意的样子，笑着抬头，"思瑶啊，你看崔老师多心疼你，主要就是担心你，大周末的，从家里出来没个交代就不知跑哪儿去了，你都是快高考的人了，还不上心。"

莫思瑶握了握拳，没吱声。

"现在的教育问题日益严重，就怕现在的孩子个性十足，却忘却根本，不知感恩。"林茜故意顿了一下，说，"总以为什么事情都是理所当然的，就连做了坏事，也一副理直气壮的样子。"

莫思瑶深吸一口气，克制着情绪。

崔静活到她这个年纪，再心大也能听出这话中不同寻常的火药味，张口想说些什么。林茜看在眼底，冲崔静得体地笑了笑："只是我也做得不够，因为工作太忙，也没怎么抽空来看您二老——"说到这里，她站了起来，"所以叶总、崔老师，你们今天可一定得给我俩一个将功补过的机会，下厨给你们煮点好吃的。"

"什么话……"

"没事，我教教她。"林茜很自然地向崔静撒娇般地眨眨眼，笑道，"我的课平常也不是那么容易上到的哦。"随即就站直了，朝莫思瑶吩咐道，"你来，帮我打打下手。"

"不用不用，还是我来。"

"什么不用呀，她昨天都玩了一天了，也不差这一个小时。好了，崔老师，您可别劝了，别把这丫头宠得不知天高地厚，将来不知感恩。"

莫思瑶很想任性点直接不去了，她甚至想指着林茜说你什么身份，有什么资格这么说她。可她看了看略显尴尬的崔妈妈，还是一言不发地跟着林茜进了厨房。

两人都没说话便开始洗菜，不久，林茜先打破了沉默："崔老师人不错吧？"

"……挺好的，但跟你没什么关系吧？"

"程颐没跟你说啊？是我介绍给他的。"她笑。

莫思瑶觉得头疼。

"怎么不跟我道谢？"林茜又笑，"说谢谢是你应该的。"

莫思瑶把青菜往篮子里一放："你想怎么样？"

林茜回头给正从客厅向厨房张望的崔静一个笑脸，然后轻轻睨了她一眼："这句话应该我问你才对吧？你这样横在我跟他之间，是想怎么样？"

莫思瑶像是突然打了败仗，垂下头："我听说，你等了他十年。"

"是。"

"无论如何，这十年我……"

"把你的谢谢收回去。我为他所做的，不需要你来道谢。我这个人爱憎分明，谁欠的谁还，轮不到你一个外人来指手画脚。"

"那十年，是因为我吗？"

"是。"林茜没有否认，"讽刺的是，这点成了他身上的闪光点，深深吸引着我。但可惜啊，男人……都熬不过时间呢。"

林茜不等她回话，直接抓起新买的还活蹦乱跳的虾，面不改色地掰去虾头，见莫思瑶瑟缩了一下，她笑了笑："程颐最爱吃我做的龙井虾仁，以前我也不敢生剥虾头的，虾子一跳我就惊慌失措，只是为了他，我也练就了一副铜墙铁壁。你——还是习惯他为你付出吧？"

莫思瑶第一次被生活泼起盆冷水，透心凉。

"听程颐说，你觉得崔老师家不安全，所以不愿搬，是吗？"

莫思瑶一怔，扯了扯嘴角："他这么说？"

林茜笑了笑，没出声，利落地剔除虾线。

"我会搬。"莫思瑶深吸一口气。

"该搬。"林茜微笑着下了定论，"以成年人的角度来说，现在是你所得利益的最大化了。你看，在爱情里付出得多的那个人总是落于下风，我心里明明不爽得要命，却还是愿意为他去帮你张罗这些事。你不说谢谢吗？"林茜干净利落地处理着手里的虾，岁月其实很优待她，这种因历练与处事经验，让时间在她身上沉淀出一种气定神闲的韵味，显得她比同龄人优秀——这是莫思瑶不得不承认的。

有种嫉妒的情绪在心底蔓延，莫思瑶张了张口，明知道自己确实欠她一句道谢，却还是说不出口。

林茜只抬眸瞥了一眼，便了解她内心的百转千回："难受吗？难受是对的，人在江湖，有些事无可奈何也好，被逼接受也罢，想成长，就要学着妥协，这就是成长的代价。当然，你要真的拒绝我，我其实会更开心，因为这代表你和我的差距……会越来越远。"

不得不说，林茜的气场与气质皆过人，这个时候，她笑起来还是淡定得体的样子，莫思瑶已被打击得有点颓萎，又听见她道："学校离这儿不远，我托人在学校给你腾出了一个床位，只要你愿意，明天就可以搬过去。高考报名的事你也不用操心，再过几个月，你就可以长出翅膀起飞了。"

莫思瑶埋着头洗菜，她深深地调整了一下呼吸，终是挺直了脊背，堂堂正正地回视林茜："无论如何，谢谢你。"然后她顿了一下，说，"林茜，请好好爱他。"

"无论如何……"林茜放下手中的虾，用水冲洗了下，甩了甩手，"你是个值得尊敬的孩子，如果不是程颐，说不定我们可以做朋友。"

莫思瑶自嘲地笑笑："放心，我明天就搬。"

一个红色书包、一辆单车、一个简单地装着她画具和衣物的行李箱——便是她的全部家当。

莫思瑶在没有告知程颐的情况下，离开了他的住所，住进了宿舍。

就在从叶爸崔妈家回去的那个晚上，她抱着枕头在他卧房门口坐了一个晚上，直到手脚冰凉，四肢发麻。深夜之中，她似能听到他浅浅的呼吸声，明明是让人安心的存在，却仍然让人心痛。

程颐，祝安。

第四章
我所做的一切都是
因为你很像她

第二天，程颐前脚刚刚出门，林茜后脚就到了："我来帮你收拾一下。"

莫思瑶表现得很配合。

或许林茜说得对，再过几个月，她长上翅膀就能飞。

"他这两天有点咳嗽，可能有点着凉了，你记得提醒他穿衣。"莫思瑶犹豫了一下，开口。

"这不需要你操心。"

"我知道。"莫思瑶冲她一笑，然后招停了一辆的士，"那，我也就不需要你操心了。"

车门关上的那一瞬间，她知道，她将彻底长大。

插班生的日子她适应得很快，毕竟这才是她原本应该过的日子。

然而在一夜之间没了朋友，没有了可以倾诉的对象，她多少是有些寂寞的。备考的压力加上固有的情谊，新同学们似乎都没有再结交朋友的打算，顶多有几个班干部一样的角色给予她面子上的照顾，她也很识趣地没有再去打扰他们。

莫思瑶唯一可以做的，就是徜徉在题海之中，因为忙碌……才能忘却。

时间一晃就过了，眨眼临近过年，好像就在不久前的冬天，他们还一同去河边看了烟花表演，而今物是人非，她的心境也大有不同了。

放假前，程颐来看了她一回。对于她突然出走这件事，他没有给予任何评价与回馈，没有怪她的不辞而别，也没有试图让她搬回去，他来看她的时候很平和，仿佛她一直就住在学校的宿舍里。

搬出来这件事用一种过分顺遂的方式平安过渡。

程颐给她带了很多年货，大多是她曾经爱吃的那些零嘴，包装虽有不同，但依稀能辨别出当年她爱的那些滋味。他叮嘱她吃不完的可以分给同学，叮嘱她在叶爸崔妈家好好过个年，并提前给她包了个大红包，沉甸甸的，她推了，推不过，收下了。

看着他的脸，莫思瑶在想，或许不辞而别这件事他还是有些生气的，当初打电话问她去哪儿了的时候他沉默了许久许久，其实他内心知道这于他于她都是最好的抉择，她想说的其实在告别的信里都写得很清楚，但她还是回了一句"学校宿舍"。这句话后的很长时间，她只能在电话里听到他的呼吸声，后来他叹了口气，叹的是无可奈何，是不得不如此而为。

之后的这些时日他们便淡了联系，大概是怕影响她复习，大概是彼此都不知道怎么去面对对方。莫思瑶一直想主动打电话过去问个好，但也就是想想。

以后他大概就会这么悄然无声地淡出她的生活吧，或许偶尔间她还是会接到他的电话，但换来的只是更多的沉默吧。

因为光阴犯了错，错开的十三年是我的青春、你的成长。

也错过了未来。

"我来看看你。"岁月其实对程颐真的挺好，他脸上只是青稚褪后成熟的样子，只是他的眼中，总有一抹挥之不去的……感伤。

"学习还好？"

"都好。"

"你要好好照顾自己，缺什么记得跟我说。"

莫思瑶点点头，昔日挚友，竟生疏如斯。

临走时，程颐摸了摸她的头，一别，已是劳动节后。

天气渐渐炎热起来，做完手上这套卷子，莫思瑶搁笔往教室里看过去。最后一排这个位置对一直算是优等生的她而言，无疑是陌生的，但也没有那么难以接受。从这个角度看过去，能看到许多她以前忽略的东西。

课间文化，也能浓缩成人生。

重复的这段高三岁月，她再度经历了高考百日誓师大会及各种考试，闲时也能和周围的同学聊上几句，点到即止的样子。

莫思瑶觉得自己沉默了许多。偶尔也会收到程颐的问候短信，她一律没有回复。很多时候学累了，她就在崭新的课本上画点什么，什么都好，发会儿呆，又振奋精神投入紧张的学习。

A大，终究是她拼搏的方向。

这日晚自习过后，莫思瑶洗漱完打算上床睡觉，可是她新买的那部手机锲而不舍地响着，室友们纷纷投来疑惑的目光。

电话是程颐打来的。

挂断了会再响，莫思瑶思前想后，还是忍不住接了电话，并自觉在熄灯后走到了宿舍楼梯间的拐角处。

多年的默契始终在的，莫思瑶知道他或许有事。

"怎么了？"她问。

"哦……"程颐或许没料到电话会被接起，似乎哽了哽，喊她的名字，"瑶瑶。"

"嗯？"

"你还好吗？"

莫思瑶无声地笑了笑："这些日子你问得最多的就是'你还好吗'，怎么，在你心里，我是过得有多不好？"

"……就是不知道该和你聊些什么。"他的语气有点自嘲，"大概是因为不年轻了吧。"

"我也不知道要跟你聊什么，大概因为我们之间只剩下回忆了吧。"

"还记得小时候，我们家就住对门，每天上幼儿园，我都提前几分钟去你家门口等你，然后牵着你的手去幼儿园。牵啊牵啊就牵到了小学，结果开学第一天，我牵着你一块儿摔着了，还把你的羊角辫弄歪了，后来好长一段时间，你都不让我牵，我还难过了好久。不知道为什么，我对这件事记得特别清楚，可能这对那时的我来说，真的很重要。"

"哦，这个我倒没什么印象了。"莫思瑶耸耸肩，"我倒是记得有次我们学校派人去参加演讲比赛，咱们班只有一个名额，老师本来想让你去的，她都私下给我做思想工作了，什么集体荣誉最重要啊，结果你得意过头，参加比赛前几天晚上唱歌唱破了嗓子，老师就把这机会给我了，还对着你咬牙切齿、一副恨铁不成钢的样子。"

"我那是故意的。"

"我知道啊。"

"你那个老是喜欢叫我'橙子'的闺密叫什么来着？"

"唐苑。"

"哦，对，汤圆。"

"人家不是汤圆，是唐苑！对了，苑苑之后混得怎么样？"

"你去了之后，我和她就断了联系。听说那年高考她考得也不怎么样，这些年的同学聚会，我从来不敢去参加，怕听到你的名字，所以也没怎么打听到她的事。倒是后来在一次商业聚会结束后偶尔碰见了，她正带着两个孩子逛商场。"

"两个孩子？哇，好厉害。她对象不会是你同桌梁亮吧？"

"应该不是。梁亮现在应该还没结婚吧，他好像考上公务员了。"程颐话锋一转，"喂，说真的，你不觉得唐苑这名字真的是绝了？她长得真的真的很像汤圆，不是吗？"

"相信我……唐苑一定会掐死你。"

"呵呵，有你在，她才掐不死我，你会保护我的。"

"程颐。"莫思瑶顿了一下，说，"你现在应该由林茜来保护了。"

"高考加油！"程颐没头没脑地开口。

"知道了。"

"有信心吗？"

"还行。"她顿了一下，说，"一二模的成绩都出来了，还是蛮靠前的。"

"高考制度我了解过了，和我们那年不一样，是成绩出来后再填报志愿，所以压力也不需要那么大。"

"我知道了，那……"最怕气氛突然尴尬，莫思瑶顿了一下，说，

"那我睡觉了，明天还得起床晨跑呢。"

"嗯……"可程颐嗯完，突然又起了头，"我没有放弃找叔叔阿姨，你放心，一定会找到他们的……"

"嗯，我现在也不强求，主要是我现在这身份太尴尬，不然我一定敲锣打鼓地找。"

"会找到的。"程颐给了她信心，又找了话题继续，这一继续，居然聊到了她的手机发烫。

莫思瑶讲了许多她还记得的事，事实上，这么多年之后，这些回忆还能剩下多少，她也不敢保证。

"手机快没电了。"在"叮"的一声提示之后，她说。

"嗯……"程颐终于止住，"那——拜拜了，好好读书。"

"知道了，别啰唆。"

就在她快挂电话的时候，程颐突然提高了音量叫她："瑶瑶！"

"嗯？"

"我……"他欲言又止。

"有屁快放，我手机真没电了。"

"没事了，早点睡，好好读书。"

"……滚吧。"

就在莫思瑶收拾了心情打算回宿舍的时候，手机突然又响了起来。

见是个陌生来电，她拒绝了，但电话再度响了起来。

"师姐。"

电话一接通，对方劈头就来了这么一句，声音优雅淡漠且带着淡淡的挑衅。

莫思瑶怔了怔，有点恍惚，突然意识到这是林茜的声音，可能对方在气质上真的压了一头，她听着总有说不出的别扭感，但要说不敢当，她又是担得起这句师姐的。

林茜显然是有火气的，不等莫思瑶开口，她又道："师姐千万别以自己年纪小涉世未深为借口来掩饰自己的过错，你难道不知道和别人的未婚夫聊天这件事，很冒犯人吗？"

"你什么意思？"

"就是在给你张罗学籍的时候，我留意了你的联系方式，因为未婚夫失联，所以我尝试性地拨打你的电话，并有了大胆的揣测，以你现在的人际关系，可以聊天的，是……程颐吧？"听似问句，但她的口气是笃定的。

每个恋爱中的女人都是名侦探。

莫思瑶其实想说点什么，可她确实有一丝丝理亏，说什么都有点强行辩解的味道。

林茜平缓了口气，却牢牢占据了道德高点："你过分了，师姐。"

莫思瑶艰涩地咽了口口水，既不想在林茜面前认输，却惊觉，自己早丧失了足够的底气……

"其实男人嘛，你要就拿去。"然而话刚落地，林茜暗压的火气又蹿上胸口，她毕竟是女人，也会嫉妒上火，"只是那家伙前几天还满心欢喜地给我挑选着婚纱，今天的通话，我权当他是在通知你我们的——"林茜有种报复式的快感，一字一顿地道，"婚期。"

"婚……"婚期？！

莫思瑶深深地吸了一口气。

尽管在这个世界，她一次又一次地自我暗示已做好心理准备，但这个消息还是禁不住让她一股酸意涌上眼眶。面对这样不争气的自己，她却无能为力。

"就在这个月的十三号。你知道的吧？这个男人，以后是我的了。"

"所以……"莫思瑶的声音竟有一丝哽咽，"你想从我这里听到什么？"

"恭喜啊。"

莫思瑶感觉有什么尖锐的利器，毫不留情地刺穿了自己最后的伪装，心一揪一揪地，痛到发慌。

"我们会请很多我们以前的'老同学'，毕竟你知道的，A大附中是我们缘分开始的地方。"林茜顿了一下，说，"师姐，你会祝福我们的对吧？"她的声音不紧不慢，字字戳心。

莫思瑶吸了一口气，维持着倔强："别人的祝福有什么用？"她违心道，"一生一世，永结同心这种事，需要两个人的努力。"

"你放心，我们会的。"说完，林茜突然觉得这一切都没了意思，她在电话那头无声地笑了笑，"香格里拉酒店宴会厅晚六点开始迎宾，你还要上课，估计来不了了吧？不过你就算来了大概也不能露脸，认识你的人那么多，一不小心就能上新闻头条。"

莫思瑶抿紧了唇，慢慢地道："你放心，抢不了你的风头。"

"是啊，这点自信我还是有的。"

语毕，两人都没再吭声，陷入了短暂的沉默。

手机又"叮"了一声，提示剩余电量不足，那声音却像一记重锤，撞击着她心房。

"莫思瑶。"林茜突然打破了沉默，时至今日她始终是有顾虑的，她怕这个年轻的女孩真的会不依不饶，动摇程颐原本就不坚定的决心……她微微放软声音，"不管你是不是真的莫思瑶，我想要你知道，我是真的真的很爱他。十年坚守，风雨同舟，我只希望，这是我们的最后一次对话了。"

莫思瑶没有接话，过了好一会儿，她才听到自己的声音："……恭喜。"

"好好读书，好好过日子，你有大把精彩的人生……"

莫思瑶没再有机会说话，手机因电量不足彻底黑屏了。

真好，终于挂断了……她愣怔地握着手机，好半天才缓过神来，整个人有些脱力地摊坐在宿舍楼梯拐角处，眼泪悬在眼眶，一滴一滴滑落。

晚上十点半宿舍是统一拉总闸的，只有走廊还留着照明的昏黄的灯，但挺大一部分人会选择打着手电筒在宿舍背背书，也有一部分人会搬着小板凳在走廊上再做会儿题，而莫思瑶待的这个地方的光线实在太差，周边并没有人，但隐约能听到背诵的声音，还有窃窃私语声，或许是在畅谈着将来，每个人都在为触手可及的未来奋斗拼搏着。

她却像是突然失去了拼搏奋斗的理由，眼前一片茫然。

程颐，程颐……他打电话过来，其实是因为这个吧？彻底告别。

关于我们，我也曾做过各种各样的设想，却从未设想过，有一天……有一天你真的会离我而去……程颐，我舍不得你。

莫思瑶拿着手机，身体微微颤抖着，她靠坐在墙根处，咬着下唇，无声地哭泣着。

"喂！"

突然有人冲她嚷了一声，莫思瑶下意识地把腿往里面缩了缩。

"你挡道了。"

"我……"明明还隔好远。

"吵死了。"对方推了推厚厚的黑框眼镜，却立在原地，并没有越过她回去的意思，"我是说你刚才，不知道会影响到别人复习吗？"

莫思瑶抹了把泪，很多时候女生和孩子一样，情绪点和注意点只能集中在一件事上，她暂且没有太多精力再去想程颐和林茜，因为眼前的女生有种咄咄逼人的锐气。

"想想那些因为你的存在被挤下去的人吧，你还有什么哭泣的理由？"

"我……"莫思瑶愣愣地反应过来，这是在劝她别哭？所以这是一种安慰？她打量了一下对方，是个戴眼镜的小个子女生，留着方便清洗的短发，手里捧着几本书，好像……是她班上的，似乎也见过几次，可惜的是，班上的人她现在还没认全。

但无论如何，像是在深渊中有人拉了她一把，让她不至于……那么无助，那么可怜。

"谢谢。"莫思瑶脱口而出。

对方怔了怔："……你有病吧，为什么谢我？"

莫思瑶无声地笑笑："要聊会儿天吗？"

"没时间。"

"哎，你叫什么名字？"见她要走，莫思瑶叫住她。

女生的脚步顿了一下，说："傅盈。"

莫思瑶突然爬了起来，追了上去："我叫……叶思瑶。"

十三号这天是星期五，大晴天，阳光明媚到刺眼的程度。

高考就在下个月的七八号，自电话挂断之后，莫思瑶就再也没有开过机，周末休息去探望叶爸崔妈的时候，她特地把手机留在了他们家，并交代了自己想专心学习。然而始终是有些不在状态，学习起来心不在焉，感觉思考能力及记忆力都降低了不少，反应速度也差了许多。她想，这样下去，她或许考不上Ａ大吧？

真不像样啊……莫思瑶整个人都有点魂不守舍，她咬咬牙，突然下了决心，五点半时混在走读生中出了校门就直接打了辆车，直奔酒店旁的大商场。

她头一次忽略价格，用程颐借给她的卡刷了一件死贵死贵的白色小礼服裙，当场换上，并在化妆品销售员对她皮肤的赞美声中，花钱化了个淡妆。

到酒店的时候差不多七点，莫思瑶顺着酒店服务员的指引来到了他们迎宾的地方，只是当大片的粉色映入眼帘，在临门一脚之际，她像是突然惊觉，猛地一个闪身，躲在了高大的盆栽之后。

莫思瑶偷偷探出头去，却不敢去看程颐，大概怕看到他的笑容，然而眼前的一对伉俪情深的剪影还是让她感到一丝眩晕感。她就这样静静地藏在一角，呆呆地看着不停涌现的宾客，看他们面带笑容，言道恭喜，自觉地忽略了她，将目光集中在那对新人身上。

并没有想象中的失控，却是自己找虐。

或许是料到她今天会来，林茜在迎宾之余偶尔会用探寻的目光扫视全场，但莫思瑶终究没有勇气再踏出这一步。

看着程爸爸程妈妈满面笑意地站在那里，看到那些陌生又熟悉的脸孔，莫思瑶深吸一口气，绕出宴会大厅，拐进了洗手间，不料听到有人在闲聊。

"……在这里办酒宴不便宜吧？"

"对他们来说不算什么吧？你知道他们那个承办婚庆的团队吧，收费都是以万为单位的。"

"说起来，你记得咱们那年高考，程颐除了第一门，全部缺考了吧？"

"记得，是因为那个谁出车祸死了吧？就他那个小青梅，隔壁班那个。"

"也够痴情了，听说第一门他还是被家里人架着过去的，交的白卷。后来就直接放弃了。"

"不过缘分这种东西怎么说得清呢？也是因为后来咱们学校特许他在本校复读一年，林茜才有机会的吧。"

"能娶到林茜，程颐也不吃亏好吧，人家什么身份啊。"

"那是，蛮般配的，啊……好羡慕啊。"

"唉，你说如果当年那个青梅没死，今天站在程颐身边的，应该是她吧？"

"不一定吧，青梅竹马的事谁说得准啊，说起来，我都忘了她长什么样了……"

"……"

莫思瑶推门而出洗了洗手，甩了甩水珠，把所有背负着的负面情绪一同甩去。

"你在看什么？"先前闲聊的人问旁边发呆的那个。

"哦……"那人回神，"没什么，刚刚那个女孩莫名眼熟呢。"

"来，新郎官不要这么矜持嘛，结婚的大日子是不是有点小紧张呢？放松放松，哈哈，来，笑一个。"正在留影处帮忙拍照的摄影师发声，拉回程颐的注意力。

程颐对着镜头展露出一抹不算太自然的微笑。

就在这个时候，也不知道为什么，他突然抬头往酒店大厅入口处望了过去，恰好看到一个似曾相识的背影走了出去。

那背影有点像她。

可一定不是她，她此刻应该在学校里上晚自习。

程颐自嘲地笑笑，不知为何心情突然有点难过。

莫思瑶，你知不知道，我曾经有一个梦想，在一个春光明媚的日子里迎娶我心爱的女孩。她会穿着洁白的婚纱，手持捧花，站在阳光下，绚烂得一如世上最美的花。

那时，我一定会带着像是拥有了全世界一样的傻笑，紧张又雀跃地看着她，看着那个如花般洁白又芬芳的我心爱的姑娘。

我会被她的美丽所震撼，欣喜得无法呼吸，于是只能屏住呼吸看着她徐徐向我走近，半透明的薄纱轻轻地披在她身后，拖曳出一地鲜花。那将是我人生中最重要的日子，是我最珍惜的画面。

待我儿孙满地，我会给他们讲爷爷奶奶的故事，然后我与她相视而笑。与她一起迎接每一个阳光明媚的早上。

可她在最美好的年华，如流星般悄然逝去，就这样消失在我的生命中。

莫思瑶，你知道我说的是谁。

再见了。

程颐别过头看了看身边的林茜，笑容同样柔软。

有个女孩，在我最黑暗的时候陪我走向光明，她将成为我的妻子。

那天晚上，莫思瑶以那副装扮回到班上，所造成的骚动她已经懒得去理会了。她已经没有多余的心思去思考那些，她开始拼了命地读书，最后这段时间，她憋着一口气，尽力把自己的状态调整到最好。

高考时，叶爸和崔妈都来送考了，考完她吐出一口浊气，有种解脱的快感。程颐并没有出现，听崔妈不经意地提起，林茜和他好像在筹备蜜月之行了，又说只要莫思瑶想，她愿意出资让莫思瑶也出国玩玩放松一下。

莫思瑶拒绝了。崔妈摸摸她的头说她懂事，然后又婉转地说，程颐是个好男人，最近一直有打电话来关心她的情况，但这种关心有点太过了，毕竟是已婚的男人，最好还是保持合适的距离。

莫思瑶想起那天看到他身着西装与穿着婚纱的林茜手牵手的样子，装作不在意地挥了挥手："别人的男人我不要，我这儿又不是收破烂的。"

"你这孩子。"

之后的填报与录取都很顺利，莫思瑶顺利地收到了Ａ大的录取通知书。

像是肩上的担子突然被放下，看着录取通知书上的"叶思瑶"这三个字，她像是误闯入这个世界的旁观者，与之格格不入，整个人有种虚无感。

为了弥补这种虚无感，她没有直接回去，想出去走走。

莫思瑶先去了Ａ大，作为附属学校的学生，从前夏令营的时候，她来这里参观过的，气派的学校大门还是记忆中的样子，立于风雨中流露出历史的沧桑。抬头望去，有种不可言喻的庄重感。

过门不入，她又搭车去了她原本的住址。这地方终是在城市规划中被淘汰在时间的巨浪中，如今被围了起来，起重车或不知什么机器发出的隆隆声不绝于耳。隔着围栏向里望去，她从前的住所已经被拆得不成样子了，想着几个月前，那里还是她温暖的家，莫思瑶一时悲从中来，眼泪夺眶而出，哭得不能自已。

后来，她漫无目的地闲逛，沿途的小叶榕郁郁葱葱，老城区的变化远没有别的地方大，大多还是她记忆中的样子，让她稍微找回了一丝归属感，只是车水马龙，时光早已在指缝中偷偷溜走，瞬息十三载。

走着走着，莫思瑶不知不觉中走到了两条街以外的人民公园门口，这是小学时的她最期待来的地方。想起那会儿，她和程颐为了得到批准，主要是为了得到玩机动游戏的那些经费，加上也有彼此较劲的意思吧，都铆足了劲学习。这种勤奋使他们从没掉下过全班前三，排名一出来，他们就能在公园里疯玩一天。

这公园确实是有些历史了，许多设施已陈旧破损，但树木茂盛了许多，是这城市中央难得的一抹绿意。公园中心有一处人工湖，她小时候觉得特别大，如今看来还好，带有儿时记忆中那固有的湖腥味，让人感到亲切。沿着湖岸前行，有阶梯可下行，一排木板搭就的小桥通向湖中，小桥两边停靠着好些辆破旧的天鹅造型的脚力船。

因已过了晨练的时间段，天气也有些炎热，眼下公园里的人稀稀拉拉的。莫思瑶顺着小木桥走了过去，两边有简单的防护措施，但因为有些年头了，缺这少那的，就连脚下的木板也伴随着"嘎吱嘎吱"的声音，有些摇晃。

莫思瑶想租艘船，踩到湖中心去，但一路走过来，并没有看到工作人员，只能作罢。

她突然想起在家里相册中见到过的，她爸妈带着她在这儿踩船游湖的相片，具体细节已经不记得了，但相片里的她站起身子，笑容灿烂，回想起来仿佛能听到爸爸在耳边呼喊："哎呀，你小心点，别摔下去！"

她一时感慨，突然扶着小木桥上的两处钢棍样的栏杆，然后整个身子探出去，"啊"地大叫了一声："爸——妈——"

"我回来了！"我考上Ａ大了！

"你们在哪里？"我想你们！

她含泪看了看湖中模糊的倒影，伴随着波光，她自嘲一笑，本来想收回身子，不料脚下一滑，大概这沿岸的木板上有些青苔，她调整了一步还是没找到着力点，只得将力施予双臂上，却感觉手扶着的栏杆也有些松动，加上木板摇摇晃晃的，蓦地，她心中一慌，整个人突然失去了平衡，径直往水里栽了进去。

我一定是白痴！这是莫思瑶的最后一个念头。

伴随着"扑通"一声，她整个人顷刻间没入水中！

救命！她想呼喊，却感觉水从四面八方涌入她的耳鼻口腔，她紧闭着眼睛，但失去方向感这件事更让她恐慌，她双脚胡乱地蹬着想踩到湖底，可脚底那一层黏黏糊糊软塌塌的触感让她一再滑开，借不了力。

没有准备的坠水让练过基本浮水姿势的莫思瑶极度惊慌，求生的欲望让她奋力挣扎，完全忘记了老师曾教过的自救方法。

就在这千钧一发之际，她隐隐听到身边又是"扑通"一声，她随着掀起的波浪浮沉了一下，随即肩膀被什么人坚强有力地一揪，她这溺水者终于见到了曙光，忙附着在那人身上，脚也终于找到了着力点，待站稳破水而出，大量的空气终于灌进口鼻，直到这一刻，她才知道可以畅快呼吸的滋味有多好。

水位其实只到她腰以上这个位置，刚刚大概是被吓了一跳，莫思瑶不可避免地呛了一大口湖水，一时间，苦涩难闻夹杂点臭水沟的味道让她站在水中剧烈地干呕起来，仍有点惊魂未定。

拉她一把的那个人似乎迟疑了一下，然后默默地用手轻轻拍了拍她的后背，待她稍微缓过劲来，那人又一声不吭地扶着她往岸边走去。莫思瑶艰难地在这潭死水中迈步，她拼命地抹去沿着头发滴下来的湖水，重重地喘着气。好在离岸边也不远，不一会儿就到了那小木桥旁，她只觉得四肢有些发软，爬不上去。

还是那个男人，他个头很高，侧身往后退了一步，随之两只手扶着她的腰部，往上一托，助她上了岸。

啊……终于活过来了。

"谢……谢谢！谢谢您！"因对方为了救她也跳进了水中，弄湿了衣衫，莫思瑶除了十万分的感激，还有种很强烈的亏欠感和丢脸的感觉。

而直到这一刻，她才有机会抬起头来看看自己的救命恩人的模样，然而当那人的容貌映入眼帘时，她整个人都惊呆了："啊？怎、怎么又是你？！"

顾南？！他怎么会在这儿？出现在她最狼狈的时刻？

顾南睨了她一眼，没有回答她，眉头皱得紧紧的："要不要去一趟医院？"

"不用，喀喀……不用了！真的谢谢你！谢谢！我……"

莫思瑶这一刻的心境特别复杂，感激又……有种微妙的感悟，这算是好人有好报吗？有一瞬，她甚至理解了他身上的那种孤寂感，如果这次他因救她受伤呛水什么的，她会觉得更加抱歉吧……

此刻她有些词穷，埋下头，觉得有些窘迫，只反复地说着谢谢。事实上，她除了谢谢也不知道要说些什么……她突然想起了什么，猛地惊呼一声："啊！我的录取通知书！"

好在她的红书包自带防水功能，以前下着大雨背着它冲回家，即使全身湿透了，书包里的书也没湿。眼下摔进去的时间还不算长，她打开拉链一看，录取通知书奇迹般地只在硬壳外有点水迹，这更加让她有种死里逃生的感觉。她小心地拿出来，用湿湿的手擦了擦外边的水迹，吐了一口浊气。

这个不能丢，绝不！

只是那种酸臭的味道又涌上喉尖，她再度干呕了几下，腥臭的湖水仍呛斥在鼻腔喉咙里，难受得要命，全身也湿淋淋的黏糊又恶心，还有她那双满是泥巴的跑鞋……

莫思瑶这才慢半拍地察觉到自己的处境，她今天穿着牛仔裤加 T 恤，如今全身湿透……

顾南似乎也察觉到了这点，因身高优势，他的衣衫湿得不算多。他突然不动声色地脱下上衣，直接罩在她头上。一股特属于他的男性气味，带着些温热感笼罩住她。

又听见他说："忍耐一下。"

莫思瑶莫名地有些脸红，但还是把手穿过袖口："谢、谢谢……"

抬头见他如今赤裸着上半身，身上有那种健康的、因长期保持运动习惯才能拥有的肌肉纹理，脖子上一条简单的黑绳吊坠颇有种诱人……犯罪的意味。啧啧，没想到当年的非主流小孩居然也男大十八变了……

她不好意思地别过眼去。

"走吧。"

"啊？"莫思瑶抱着录取通知书，抖了抖她空空如也的小红书包，"去哪儿？"

"送你回家。"

"啊？"她突然想到她刚刚经历了领张通知书，却在未告知崔静的情况下跑出来，还掉进了水里差点淹死这件事……

这事绝对不能让他们知道！

"我不回去！"

顾南的裤子也是湿淋淋的，他再度皱紧了眉头，却没有问为什么："那你要去哪儿？"

"我、我……我还没想好。"

"你的手机呢？"他问，"有什么可以联系的人？"

"啊！我的手机！"莫思瑶这才想起她揣在裤兜里的手机，赶忙掏出来一看，湿漉漉的，她哭丧着脸用手指扒拉了好几下，滑不动了，坏掉了。

"沾了水滑不动很正常。"顾南难得露出一个"你可不可以别这么傻"的表情，然后很通情达理地补充了一句，"屏幕还亮着，或许还能救……你记得谁的电话？"

"啊？"不瞒阁下，她手机联系人里很空！

莫思瑶很自然地想起能倒背如流的程颐的手机号，但她迅速地摇摇头："不记得。"

顾南突然勾了勾嘴角，被她发现了。

"你笑什么？"莫思瑶问。

"在我认识的人里面，你属于特别不爱玩手机的那个类型了，对手机没有依赖性这件事你做得很不错，这点很神奇。"

"你怎么知道？"

"先出去吧。"说罢，他拾起应该是在跳水前就掏出来的手机皮夹，然后走在前面。走了两步，他微微侧身看她，"我刚刚在先南路那里碰到了你，见你神色不对，便跟上来看看。"

被他意外的坦白微微惊到，莫思瑶有点结巴："先、先南路？那……你跟了我很久啊。"

那是她的旧居所在啊，他跟了她两条街？

"但一路都不见你掏出手机来瞄一眼，上次在河边也是，坐着发呆都不玩手机。"

"啊？我——"

"我没有恶意，我说过，我觉得你很像我一位故人……你神色不对，我就下意识地跟着你了。"说完大概怕被她误会成坏人，他又补充了一句，"怕你出意外。"

"哦……"

"所以你也不用介怀什么，我所做的一切都是因为你很像她。"顾南说这话时，有股意外的冷漠，"但你不可能是她。"

这是在警告她不要自作多情？莫思瑶在心里默默地翻了个白眼，不好意思，我还真是那位故人！不过也没有很熟好不好？故什么人，除了朝我踢过石头，您还干过什么好事？

"你似乎特别喜欢对着水抒发情感？"

"呃……"不知道为什么，莫思瑶有种很丢脸很丢脸的感觉……之前在河堤边，她也这么大喊大叫过。

"回家拿脸盆接一盆水，对着它喊，效果应该差不多。"

你可以闭嘴了。

"一盆不够可以多接几盆。"

莫思瑶拎着小红书包跟在他后面，死死地瞪了他一眼。

"我是说真的。"

"……够了！你别管我。"但她的心情意外地放松下来了，她隐隐有点察觉到他这是在分散她的注意力，虽然方法有问题。

"想好去哪里了没有？"他突然又问。

"没有。"莫思瑶突然有些自暴自弃，重重地叹了口气，一身狼狈。

他顿了一下，说："我家就在这附近。"

"啊？"

"你的录取通知书是 A 大的吧？"

"这是我的学生证。"他突然把皮夹打开，抽出一张证件给她，上面印着 A 大研究生证，系别是建筑学。莫思瑶被"建筑"两个字狠狠吸引住了，居然感觉有点微微刺眼。当年听她妈说，要不是义务教育，这家伙早被赶出学校八百年了，没想到现在竟然学了建筑学！

顾南接着道："你的录取通知书上有学校招生办的电话，你可以打电话过去核对一下我的信息，我是建筑学研二的学生，顾南。"

"如果没有联系方式，我家附近有个派出所，待会儿经过时，你可以进去说明情况，让他们半个小时后打电话复核下你的安危。我可以留下我的身份证号码，事实上，你有必要做这件事，这也是对你自己负责。"

见她没有回应，顾南顿了一下，说："我没有恶意，纯粹是因为你的长相才想帮助你。"

为什么莫思瑶感觉这不是一句好话？

莫思瑶沉默了一会儿，忍不住道："够了，你不要再提我的长相了！"

她其实多少能理解他的做法，就是突然看到需要帮助的人和自己曾经的救命恩人长着张一模一样的脸，忍不住想做点什么弥补一下自己的愧疚感吧。

看不出来啊，他还挺善良的。

她低头看了看自己的鬼样子："那……谢谢你了。"

莫思瑶越走越觉得自己疯了，跟着一个陌生人去他家？而且一路上还要承受所有人异样的目光，怎么样？没见过人掉水里吗？！

还有那边那位小姐，人家打赤膊而且很帅又怎么样？请不要再偷看了好吗？！

还有，请不要再用奇怪的眼神顺便打量她可不可以？

莫思瑶就这样胡思乱想地跟着顾南，只是当他们真的经过派出所，顾南提示她进去之后，她心里的顾虑消除了大半，或许她真的以小人之心度君子之腹了……

里面有个比较年轻的干警是认得顾南的，大概听了下来龙去脉，就笑着跟莫思瑶拍胸脯保证说绝对没事，劝了下她如果有啥困难可以提，还说如果真发生了什么丧尽天良的事，一定会将顾南绳之以法。最后，干警还表示可以帮莫思瑶查找下家里人的联络方式，并通知他们来接她。

莫思瑶只说记得回家的路，换洗后可以自行回家，最主要的是，她现在浑身难受得厉害，如果真联系上了崔妈，还得好一番解释，所以她打算还是给个机会让顾南把好事做到底，喀喀……算起来他也不亏啊，怎么说她也救过他一条命……

老城区沿街一带遍布小商铺，顾南给自己随便买了一件 T 恤套上了，给莫思瑶也买了一套，还递了瓶矿泉水给她。进屋之后，顾南就进了里屋迅速换了身衣服，随后把钥匙搁桌子上便主动出门了，还提示她反锁上大门。

将钥匙搁在桌子上这个动作看似随意，却解除了莫思瑶心底最后的一丝顾虑。

这小子算是"得人恩果千年记"，倒是个善良的人……从莫思瑶的角度，他那一脸不羁倔强的样子还很深刻呢……她突然滋生了一种可以凭她这张脸提任何要求、予取予求的错觉。

因为怕顾南久等，莫思瑶飞速地洗了个澡，只是心理作用觉得皮肤发痒，她还是节省出时间反复清洗了几次，然后穿戴整齐，擦着头发打算去开门。

临近门口时，她突然听到了一个莫名耳熟的声音，这个声音，让她的心脏突然"扑通扑通"地飞快跳动起来，当听到"那我先回去了"这句话时，莫思瑶飞快地打开了门——

她如着魔般着急地寻找声音发出的方向，当目光接触到那位中年妇女时，泪水迅速爬满了她的眼眶。她的四肢不自觉地微微颤抖起来，一种积压已久的压力在这一刻突然找到了释放的缺口。

那是……

"妈！"莫思瑶猛然失控地大喊出声。

"妈——"那是她的妈妈！

莫思瑶抹掉眼泪，不想让泪水模糊她的视线……岁月到底造的什么孽啊，她亲爱的妈妈怎么突然就被皱纹爬了满脸，头发斑白，神态也是带着憔悴的……

可见当年她的"去世"，对妈妈的打击有多大。

莫思瑶突然就哭了出来，狂奔着扑进妈妈怀中，拼命地反复喊着："妈——"

她妈妈当年也是一方才女，一九八〇年参加高考，一举考上了大学，和她爸爸是校友关系，在众人羡慕的眼光中结合，毕业后双双分配到了某国企，一九八六年生下她，后因形象好、业务佳，没多久就被破格提拔为财务科科长，待遇在当年属于中上水平，不愁吃穿，小日子过得挺滋润的，人人称羡。

可如今……

"你——"罗素梅的声音有些颤抖，莫思瑶的那一声"妈"，宛若利剑直直穿透她的心灵。原来有些声音就像用最锋利的淬毒的刀刻下的印记，你永远不会忘记。她应声望去，看到了那张让她魂牵梦萦的脸，那张脸上如今挂满了泪水，承受着万般委屈一样。而那个人，已经向她奔来。

因为过度的震惊，罗素梅全身无法抑制地轻微颤抖了起来："你是——"

"是我！是我啊！我是瑶瑶啊！是我……我、我回来了……呜呜呜……妈——"莫思瑶撕心裂肺地号出来，把这些天承受的孤独、难过、委屈、害怕通通抛开，不顾一切地紧紧搂住妈妈，紧紧地搂住她日思夜想的妈妈，号得哭天抢地，"妈——"

"瑶瑶？"罗素梅喃喃地吐出这两个字，却迅速自我否定了这个答案，她突然打了个寒战，浑身透骨地冷，只有心脏强而有力地跳动着。若不是她的瑶瑶，那她抱着的是谁？那模样、那神态，不正是……不正是她的瑶瑶吗？这孩子的身子是温热的，四肢有力地抱着她，哭得委屈又真实，是她的瑶瑶……

罗素梅不敢相信，可那张脸、那委屈至极泪流满面的模样，深深地震撼着她的心。眼前的一切像是个易碎的梦，让她一直僵直地立在原地，一动也不敢动，背也微微弓着，那是被无情的岁月压弯的脊梁。她不敢有任何反应，就怕这孩子消失……哪怕是假的，哪怕泪水模糊了她的视线，她依旧瞪大了眼——哪怕是假的，她也害怕她的瑶瑶消失。

她的唇轻颤着，眼睛都不敢眨，早已哭干多年的眼泪突然又悄然无息地爬上眼眶，许久许久，她突然怔忪着摸了摸莫思瑶还湿润的头发，轻轻地，背负沉重压力地，像个孩子一样语带责怪："你……去哪里了？"

莫思瑶只拼了命地号啕大哭。

罗素梅颤抖着重复："你去哪里了？过得好吗？你怎么把妈妈丢

下了？"她如自语般喃喃。

"呜呜呜……妈妈……"

"妈妈好苦……"罗素梅深深地吸了一口气，长久以来的压抑，让她的语调也变得激动而抑制，"妈妈想你想得好苦！"

"妈！"

"瑶瑶，我的女儿啊！噢，你这是去哪里了？你怎么就不要妈妈了？"

"妈——对不起，我回来了，是我！"

两个女人，仿佛隔着一个世纪，蹲坐在这楼梯间，相互拥抱着大哭起来，许久，许久，罗素梅终于从这种不可思议的重逢中抽出身来，她拍了拍莫思瑶的肩膀："你跟我进来，我有些话要问你。"

莫思瑶点了点头。她们几乎在同一时间抬头看了一眼几乎僵硬的顾南，并难得地在他脸上看到了一些不知所措的表情。她们哭了多久，他就站了多久。

顾南也在瞬间明白她们产生了想将他排挤在外的打算，他的言语有些着急："不可能！

"我有知情权！所有的一切！一点也不能少！

"我坚决捍卫我的权利！"

罗素梅的屋子就在顾南的对门，和顾南简洁的装饰风格不同，这屋子处处是仿照以前他们的旧居来装修的，当年他们家在装修上是费了点心思的，在当年而言，应该也能匹配上一句"低调的奢华"。

看到熟悉的环境，莫思瑶好不容易止住的眼泪，一下子又涌上眼眶。

罗素梅像是微微清醒过来，一直在暗中观察莫思瑶的神态，突然开口道："我孩子的房间基本是一比一还原的，她所有的东西我都没有动。"她缓缓地叹了口气，"孩子，你到底是谁，你……是不是认错人了……"

"以前我门后贴着的，那张我自认为得意的作品，你却说是鬼画符的那幅向日葵，你也给我贴上去了吗？你老说占地方的那些手办，也还在我柜子里吗？"

"妈！是我！"

莫思瑶像是为了说服罗素梅，说了许多母女间的私密事，说到后来，两人皆热泪盈眶。罗素梅这会儿心里只有一个念头，哪怕眼前的这个姑娘是个妖怪，她也认定了这是她闺女。

就在这"情到浓时"，原本一直没什么存在感的顾南突然插了一句嘴："验DNA你也没问题？"

母女俩同时抬眼给了他一个"滚"的眼神让顾南自己领会。

然后，莫思瑶又撇嘴，再度撒着娇喊着妈妈扑进了罗素梅的怀里。罗素梅摸了摸她的头，心情复杂，只道："怎么头发还是湿的？过来，妈给你吹吹。"

莫思瑶乖巧地坐着，就那么自然而然地脱口道："妈，我爸呢？"

罗素梅沉默了一会儿，长长地叹了一声。

"怎么了？你们不是去美国了？什么时候回来的？"见妈妈不说话，她又问，"妈？"

"晚点再跟你说吧。人老了，我还没完全接受你'死而复生'这件事呢……"罗素梅用手指戳了戳她的头，"哪里蹦出来的妖精。"

"哦。"

"你刚刚说你住在程颐给你牵线安排去的、失去孩子的那个家庭里，那今天你出来多久了？打招呼了没？报信了没？人家都不挂心的吗？"

"我……我手机坏了，电话号码不记得了……"莫思瑶突然感受到强大的人情债，却下意识地逃避了，"妈，我今天不想回去了……我就想待在你身边！"

"良心被狗吃了？"以前，罗素梅就是家里说一不二的"皇权中心"，她也不用发火，静坐在那儿挑挑眉，气场就出来了。眼下，她带着不认同的目光看了看莫思瑶的打扮，"瞧你身上穿的都是什么，什么眼光，走，换衣服去。"

顾南感觉胸口中了一枪。

推开房门，莫思瑶的眼眶又热了。这就是她熟悉的样子，细节上的摆设都一模一样。她还没来得及在床上打两个滚，就听到罗素梅似强忍着泪水，声音微颤地说："我每年都会给你买几件新衣服，就好像你从未离开过。"

大概见气氛有点沉重，她又故意调侃道："傻闺女还是傻人有傻福，模样、身材都保持着十几年前的样子。"

"妈!"莫思瑶心一酸,一转身又把她妈抱住了。

"换衣服,我带你去给人家道谢。"

直到坐上回叶家的车,莫思瑶还记得换好衣服从卫生间出来,她妈抱着她的衣服捂着脸不停掉泪的场景。

宣泄、释怀、欣喜,以及对过往的悼念。

莫思瑶就这样偎依在妈妈的身边。

说起来可能有点夸张,但她突然有种前所未有的幸福感。

直到这一刻,她突然明白了一个很浅显的道理——这世界上总有一些人会因为时间的转移、世事的变迁或这样那样的理由离你而去,但有些人永远不会,哪怕你不小心先背弃了他们,可回首时,他们往往依旧等在原地,这就是父母。

这些年,她被他们爱得太理所当然、太心安理得了,她小心翼翼地去适应、迁就、讨好着这个世界,却肆无忌惮地在父母面前任性妄为,挥霍着那份无私的爱而浑然不知。

以前她总觉得程颐是她最近的人,开心事、糟心事多半是与他分享,可时过境迁,十年之期,对他而言已是长情,对她唯剩遗憾,最后坚守在原地的,还是她的妈妈,她亲爱的妈妈。

"妈?"

"嗯?"

"我爱您。"从前羞于启齿的告白这一刻轻易脱口而出。

"傻闺女。"罗素梅摸摸她的头。

"我爱您!"

罗素梅眼中含泪:"……我也爱你,孩子。"

莫思瑶笑了,她知道,以后也将如此坚信。

"你还记得我吗?"自告奋勇当司机的顾南柱顾眼下的好氛围,突然插嘴。

莫思瑶觉得他打破了眼前的好氛围,不是太高兴,但还是从鼻腔里轻轻地"嗯"了一声。

他突然就笑了笑,又问:"被车撞的那一刻,痛吗?"

"……你说呢？"

"然后你就'嗖'的一声到了这边的世界？"

"没有'嗖'的一声。"莫思瑶没好气地道。

"那有没有一道白光？"

"没有一道白光。"

"被挤压感？五脏六腑移位？头晕目眩？天地颠倒？"

"你可以闭嘴好好开车吗，顾南？"

他认真地想了想，说："不可以，我还没问完。"

"……妈！"

叶家为那个早逝的女生保留了一间房，里面所有的东西都保留着它原本的样子，就像她妈为她所做的一样。

对莫思瑶来说，那是个禁区，她不曾想过踏足。

有时半夜去上卫生间，莫思瑶会路过那间房，偶尔房间的门缝里会透出点点亮光，里面传来温柔的说话声，大概因为夜晚太寂静，她会不小心听见"给你找了个妹妹""你会不会怪妈妈"这样的私语……

每当这个时候，莫思瑶就会格外想她妈妈。等待录取通知的这些天，她恶补了这些年发生过的那些大事件，她错过的奥运会、世博会，错过的经济腾飞，就连简单的网页浏览，居然也有种翻天覆地的变化——她是刚经历完拨号上网那个年代的，好不容易用上宽带，100KB左右的下载速度已经让她感恩戴德了，以前在线看个MV都能卡到你怀疑人生。

如今崔妈家的网络，下载单位从KB变成MB，真的就像单车换火箭，快到飞起。

莫思瑶就这么沉浸在思绪里，而叶家已经到了。

这时的叶家已然炸开锅了。

到了饭点人没回来，电话打不通又联系不上这件事，让这对曾经失去过挚爱的夫妇再一次惊恐——去哪儿了？会不会又出意外了？怎么还不回来？哪儿做得不对了？

学校的监控显示莫思瑶是在无任何胁迫下自己走出校园的。

大概……出去玩了？迷路了？情急之下的崔静将电话打给了林茜，

对方沉吟了一番只让她少安毋躁，又说怕孩子突然回来，还是让他们先在家里等等看，这一等，他们终于等到了门铃响。

"瑶瑶！"崔静飞奔着去开门，这孩子确实带给她很大的心灵抚慰，这些日子的相处，她也是把莫思瑶当闺女看的。

听到这急切的声音，莫思瑶自觉闯祸了有些心虚，她微微侧躲在罗素梅身后，门一打开，她便万分抱歉地躬身行了一礼，大喊："对不起，崔妈妈！"

"你去哪儿……"原本眼神发亮的崔静见到这阵仗，突然沉静下来，女性的直觉在这一刻发挥到极限，发问前她已隐隐有了揣测，"你——这是——"

罗素梅也行了一礼，直直地看向眼前这个与她历经过同样悲痛的女人，自我介绍道："我叫罗素梅，是这孩子的生母。"见对方万分震撼地沉下脸的样子，她轻轻拍了拍莫思瑶，吩咐，"你跟顾南在外面等，我有点事要和你崔妈妈谈谈。"

说完，她抬头看向顾南，言语中尽是信任："帮我看着她。"

崔静顿了一下，深深地看了莫思瑶一眼，还是微微侧开身，领着罗素梅进屋了。

莫思瑶感觉心慌得厉害，像是闯下天大的祸，只能惴惴不安地等待宣判结果。

"孩子呢？"听到声响，叶父叶国华搭了腔，当年因为饮酒过度，他患上了严重的痛风，自此腿脚一直不方便。

"这位是孩子的生母。"崔静答非所问，然后回头看了罗素梅一眼，"坐吧。"

气氛显得很僵硬。

"谢谢。"罗素梅应声坐下，并静候崔静与叶国华平复些情绪，过了好一会儿，她主动开了口，"在没当妈之前，孩子永远理解不了他们出门未归，父母心里的忐忑与担忧……这一点，我要给你们道个歉。"

"不需要。"向来温和的崔静，态度突然有些强硬起来。

"你——"叶国华开口，一时却也不知道要说些什么，"这孩子……"

"有什么话你赶紧说吧，你想怎么样？"崔静打断叶国华。

"我不是来抢孩子的。"罗素梅主动说，又顿了一下，"这孩子之前出了事故，说是把之前的事都忘了，忘了回家的路。今天领了录取通知书，大概是触景生情，突然对从前的事有了些记忆，就搭车往记忆中的地点走，然后上天垂怜，让我与她重遇……"

两人都没搭腔。

罗素梅像是陷入了回忆，声音轻轻的："孩子离开后，孩子她爸变心了，虽然现在人在美国，但多少还有点良知在的，家里的财产他一分没要，当年在美国赚的那些钱，也都在我名下。老区那块，我还有套房子，正在拆迁改造，回头回迁房一下来，可能还有分红。大哥大姐，我说这是想先表态，我不是图你们的钱。"

"我大概听瑶瑶说了你们的事，我特别理解，因为感同身受……"她的语调有些沉痛，"孩子是我们的心头宝啊，从那么小开始就抱在手里，软软的、小小的，看着她一天一天长大，会叫妈妈，会讲话，会哭，会笑，会哄你开心……她穿少了怕她冷着，穿多了怕她闷着，她生病了摔疼了你揪着心，担心她贪玩没吃饱，担心她在外被人欺负……孩子就是我们的命啊！"

"我……"罗素梅深深地吸了一口气，"我真以为这孩子死了。"

她的情绪突然找到了爆发点，眼泪瞬间就上来了，连声音都变得哽咽："我每天都躲在家里哭，一想到我的孩子再也不会推开门笑着喊我'妈妈'了，我、我就……撕心裂肺……我的孩子没了……每个人都在跟我说节哀顺变，怎么'节'？怎么'顺'啊？他们都不懂。"

"但是大姐，你们……懂吧？"她声音颤抖。

像是想到自己的经历，崔静的眼泪也涌上眼眶，叶国华低下了头。

"能见到这孩子，我、我……我高兴得快疯了，就像是在做梦一样，我简直不敢相信自己的眼睛……"罗素梅吸了吸鼻子，克制住情绪，"我真的感激你们，感激你们这些日子对这孩子的照顾，给了她一个身份，给了她一个家。我自己的闺女我自己知道，这孩子啊，打小性子就偏得很，有时候也爱乱发脾气，独生子女的臭毛病她都有，希望这些日子没有给你们添太多麻烦。她还算争气，考上Ａ大了，但我知道如果没有你们的帮助，她不会这么没有后顾之忧地勇往直前。我想过了，只要你们不嫌弃，孩子还是继续跟你们姓，还管你们叫爸妈。她闲暇时回来看我，我一定领她来你们家，因为这里离Ａ大近，若她节假日和双休来你们这儿蹭饭，还望你们不要嫌弃……"

屋子里陷入一种让人窒息的寂静之中，一时间谁也没再开腔，只有隐隐抽泣的声音。

许久，崔静擦拭了一把眼泪，吸了吸鼻子道："我早知道她有可能找回父母，只是一直抱着'大概找不回了'这种不该有的想法，我……我只是有点舍不得。"她重重地叹了口气，"其实你们能团聚，我们应该替你们开心的。我、我只是难过，我们家娜娜……我们家娜娜……"

她越往后说，声音越哽咽："是永远回不来了……"

罗素梅突然起身，默默地坐到崔静身边，拍了拍她的大腿。

崔静没再吱声，两位原本陌生的老人，互望了一眼，拥抱在了一起。

顾南不动声色地看着焦虑不安、来回踱步的莫思瑶，突然开了口："那天在河边，你听到我的名字时愣了愣，其实是认出我了吧？"

"啊？……嗯。"

"你……怎么会认识我？"他从头到尾表现得还算正常，但紧握的拳头透露了他的克制。这个问题，更是隐隐藏着他的期待。

莫思瑶抬头看了他一眼："你很有名好吧，就你当年那造型，多独领风骚啊。"

他似有感慨："你还记得我。"

"怎么说我也在生死关头推了你一把，还能不记得你？再说了，虽然很不可思议，但对我来说，时间过去得并不久。"

"知道是我……"他顿了一下，说，"还救？"

"就是因为知道是你，才救啊。"莫思瑶其实也有点想不起那一刻的想法了，只感觉如果他真的就这样去了，好像……人生太悲惨了。

他沉默了一会儿没搭腔，突然说了一声："谢谢。"

"哦……"莫思瑶摸了摸鼻头觉得有些尴尬，"没事，你也救了我一次。"

他深深地看着她，似乎想把她的样子印在脑子里，突然道："湖水的味道不好吧？"

莫思瑶横了他一眼，经他一提醒，这会儿，鼻腔、咽喉里那种不舒服的异样感又泛上来，胃里隐隐翻腾。

"没事了？"

"哎呀，你能不能闭嘴？"莫思瑶本来就有点心绪不宁，不客气地瞪了他一眼，"本来心情就不好。"

"哦。"顾南沉默不到三秒，"下次不要太靠近水了。"

"知道了……"这人烦不烦啊？

他又说："所以，你知道我说的故人就是你，对吧？"

"……知道。"

"我参加丧礼的时候看到了你的相片，不是一脸血的那种……"他怕忘记，这些年一直重复地描绘着她的眼睛、她的鼻子、她小巧的嘴唇……他的视线一直没有离开她，强调道，"你现在活着归来，我很高兴。"

莫思瑶想起他当时也只是个小屁孩，估计看到她满脸是血的样子心里还是害怕的，想了想，她有点心软，安抚道："……其实想想跟你也没关系，是我自愿的。"感觉双颊有点被他灼灼的目光烫到，她沉声道，"你不要老是盯着我。"

"哦。"他应声敛了敛视线，"你现在可以要求我为你做更多的事，包括要我的命。"

"神经，我要你的命干吗？"

"真的。"

"没必要！哎哟——"她又想起她妈现在在里屋和崔妈不知聊了什么，顿时更加心烦意乱，"你闭嘴！"因为一直认准他比自己年幼，所以莫思瑶也懒得客套，"如果你特别想弥补想为我做点什么，那么麻烦你为我闭嘴，把嘴巴拉上拉链，懂吗？"

顾南点点头，又沉默了几秒钟，还是没忍住开口："我觉得你可以信任梅姨，她是我见过的最坚强最厉害的女人。"

"当然，那可是我妈！啧……"突然意识到顾南可能是在安慰她，莫思瑶无语地嗤了一声，虽然还是觉得他很烦，但心情意外地放松了许多，她撇撇嘴，心想当年那个非主流居然还有这种心思，蛮意外的。

又等了一会儿，门终于再度推开，崔静的心情似乎平复了很多，率先开口："进来吧。"

看得出两个妈妈的眼眶都泛红，莫思瑶怯怯的："崔妈。"

"嗯。"

莫思瑶又赶紧瞄了一眼她妈，感觉气氛还可以之后，她壮着胆子摸着肚子厚着脸皮问了一句："我中午还没吃饭呢，崔妈，咱们今晚上吃什么呀？"

"西北风吧。"

"讨厌！"

三个女人都笑了。

"那个小伙子，怎么称呼呀？"崔静倒也没忽略一表人才的顾南。

"顾南。"

"哦，你也一块儿进来吧。"

大家鱼贯而入，跟在最后的顾南小声问莫思瑶："你知道大人为什么习惯性说喝西北风，而不是东南风吗？"

"没想过。"

"因为东南风湿润温暖，西北风凛冽刺骨还带着沙，刮在你脸上会让你疼，还能堵你一嘴颗粒。"

莫思瑶继续翻白眼："……够了。"

莫思瑶觉得她妈是真的厉害，很快就和崔妈叶爸聊一块儿去了，晚上吃饭的时候完全忽略了她，跟崔静一起把酒话当年，说下岗潮啊、房价大涨啊、国内外风俗人情啊，又聊了二孩政策，尤其是崔静，喝了点小酒红光满面，侃天说地，好不快乐，与她妈有种相逢恨晚、一见如故的感觉。

唯一心跳加速的场面就是崔静无意识地问了一句"您闺女怎么还这么小"之类的，罗素梅不动声色地感慨"就是老来得子才宝贝得不得了"，回答得特别自然流畅，莫思瑶的身份这件事就被轻易掩饰过去了，一点撒谎的痕迹都没有。

于是莫思瑶就摸着脑门想，这些年，她绝对有被她妈玩弄于股掌之中的时刻！

后来，崔静拉着她妈聊起来不让走，还是叶国华先开口，说人家母女重逢让她们单独相处一会儿，崔静才依依不舍地把她们送到了门口，还不忘交代："明天还来啊。"

顾南非常好地扮演了透明人的角色，整个晚上都没什么存在感，却又会恰到好处地添个饭、倒杯酒，还尽职地开车把她们送回家。

　　晚上，莫思瑶抱着她妈聊天聊到很晚，大概知道了这些年妈妈的一些经历。

　　当年她"去世"之后，她妈因一直无法摆脱悲痛，辞掉了工作，她爸重新振作之后，见单位有出国的机会，便化悲痛为力量苦练英语，竞选上岗，后来因工作出色，申请家属随行，把她妈也带过去了。

　　陌生的环境在某方面淡化了她妈忆女成狂的趋势，却让她异常敏感尖锐。

　　后来为了改善生活，她爸把握住机会自行创业，熬了两年后赚了点钱，中途他们也采取医疗干预的手段要过孩子，但大概是年龄大了心理压力也大，都以失败告终，最后……熬不过寂寞也好，抵不住诱惑也罢，又或许是太想再要个孩子，她爸和别的女人好上了，婚内出轨，还有了孩子。她妈并没有歇斯底里，和平分手了。

　　结束与她爸的婚姻后，她妈的性子反倒平和了许多，二〇一三年底回国后意外地发现和顾南成了邻居。顾南这些年一直在寻求她妈的原谅，也是这份坚持，让她妈转了态，和他有了往来。现在她妈是失独之家的委员，每天没事就去做做义工，慰问失独家庭，和那些悲恸的父母聊聊天，搞搞活动，日子简单而充实。

　　"其实想想你爸也挺不容易的。四十岁的人了才开始学英语，大概也是为了忘记失去你的痛苦吧。"罗素梅突然感慨。

　　"负心男。"莫思瑶撇嘴。她其实想他，又有种物是人非、怒其不争的复杂情绪。

　　"其实我也有错。"罗素梅长叹一声，"这些年我给他的关心太少，对家庭漠不关心，他一个人在国外创业真的很苦，磕磕碰碰的，想寻求一份温暖也无可厚非。"

　　"反正我不原谅他，温什么暖？出轨就出轨，还说得那么好听！他怎么不说寻求真爱？！"

　　"莫思瑶，无论如何，你要记住他是你爸爸！对了，那孩子是个男孩，签字时他给我看了相片，挺可爱的，是你血缘关系上的弟弟。"

　　"我才不承认我有个弟弟！就算有再多苦衷，他都不应该也不能抛弃和背叛您！您心里的苦一点也不比他少！而且他有儿子了，哪里还会记得我这个女儿？"

"瑶瑶……"罗素梅叹气，"你爸真的也遭了许多罪，在国外遭受的无形歧视与冷眼、创业所面对的困难与挑战，都不是你可以想象的，而且因为你，我的性格也变得很尖锐，他能忍受我这么多年，挺不容易了。"

"不听！我不听！睡觉！"

罗素梅是那种执行力特别强的女人，第二天她就买了些水果茶叶什么的去崔静家里了。所以莫思瑶睡了一觉醒来发现妈妈不在家，只看到一张字条："自己过来崔妈家找我，先去做饭了，有你爱吃的。"

这让她有点吃味。

什么呀，眼前难道不是十三年没见的亲闺女吗？

她几个月没见她妈就失魂落魄地恨不得黏在她妈身上，她妈却在重逢的第二天就搞消失？

只是看到饭桌上备好的她最爱吃的早餐、钥匙以及零花钱，她的眼眶就又热了，决定很大方地原谅妈妈。

莫思瑶不知道的是，罗素梅昨天其实侧躺在她身边静静地看了她一整个晚上。而她之所以一大早就去崔静那里，一来是因为她深知崔静此刻的心理，二来也是害怕莫思瑶看到自己的疲态。

其实两家老人相处得好，莫思瑶还是挺开心的，昨晚这一觉因为安心，加上落水后的疲惫和心理压力松懈下来了，是她到这个世界后睡得最安稳的一觉，特别香特别沉。

她刷好牙，吃完早餐，拿上钥匙就打算出去转悠一圈，熟悉熟悉环境，再去叶家蹭饭顺便接她妈。不料一出门就被杵在大门口的人吓了一大跳。

"哇——见鬼了！你有病啊？大早上的站我家门口干什么？！"

没错，她看到了顾南……

"等你。"顾南一副波澜不兴的样子。

见他这样，莫思瑶更来气，冷静了两秒钟后还是忍不住吼："神经病！你等我干什么啊？"

"看你会不会'嗖'的一声消失。"

"我说过了，没有'嗖'的一声好吗？！"

"那很好。"他大概习惯了面瘫，但看起来有种很微妙的、身心愉悦的样子。

莫思瑶觉得有点碍眼："我说，你怎么这么烦啊？"

"那是你对我误会很深，我觉得你可以尝试着更多地了解我。"

"做梦吧你。"说归说，但莫思瑶想到昨天她妈跟她说的那些话，顿了一下，突然道，"无论如何，这些年你陪在我妈身边，我得跟你说声谢谢。"

顾南沉默了下："当初若不是因为你舍身救了我，这些年本该由你陪在梅姨身边。"

"我说过了，我不后悔。所以把你那什么愧疚心弥补心收起来吧，用不着。"

顾南突然扬唇笑了笑，那笑容若冰山上积雪初融，自地缝里奋力绽放的一朵无名小花，带着清新的春天的味道。

"嗯。"他微微点头。

莫思瑶是真的觉得他的表情少得可怜，连笑容也不是那么明显，调侃道："以后能笑就多笑笑吧。不过，照理说，你不应该转性子转得这么彻底呀。"

"怎么说？"

"我以为你会发展成什么混世大魔王之类的。"

"我努力看看。"他又收敛了笑，还是那张波澜不兴的脸。

啧，有代沟！

莫思瑶皱着眉白了他一眼，然后微微歪着头没好气地问："所以阁下大驾光临，究竟有何贵干？"

"陪你。"

"我不用你陪。"

"那你陪我。"

"凭什么啊？！"

顾南已经转身率先下楼，轻飘飘地转移话题："梅姨真的很厉害，她刚从美国回来那年，国内有很多东西已经改变了，当年你爸爸在股市里套牢的那些股票，她重新拾起来，从一窍不通到自学成才，这些年凭借自己的直觉，一买一个准，打了个漂亮的翻身仗。最厉害的是，她在二○一五年那次股市灾难性下跌前，全抛了。"

"哇……我妈这么厉害？"一听到她妈的事，莫思瑶已经迈开腿跟了上去。

"嗯，有次我跟她去一户失独家庭里拜访，听说那家人非常抗拒帮助，之前谁去都会被赶出来，但梅姨第一次去，在那里跟他们聊了两个多小时。"

"哇，真的假的？"

"我大学创业那年，在账务上有些不懂的事请教她，因为财务制度及税收政策变更，她花了些时间看书，然后帮我全部解决了，现在她是我的财务顾问。"

"算你小子识货，我妈厉害吧？"

"厉害。你是不是要去接梅姨？"

"……这与你何干？"莫思瑶挑眉。

"我开车送你。"

"不用。"她坚定地拒绝。

"免费司机，随传随到的那种，有便宜为什么不占？"

有道理！

"妈，顾南说的你那些年的事情都是真的啊？"

从崔妈家回来的路上，莫思瑶又靠在罗素梅身上胡侃。

"真的啊。说起来，你也得向顾南学习，他大学毕业就出来创业了，自立能力一流，我也不指望你成才，学多少算多少吧，活得开开心心就好，妈能养活你。"

顾南在心里默默地将一句"我也能"咽下去。

"这孩子是真的不错啊，这些年靠着自己努力活着，你能有他一半争气我就放心了。"

莫思瑶瞥了眼精神好了不少的老母亲，决定大方地原谅她狂夸别人家孩子这件事。

"你离开那年他的成绩还是全班倒数，当时他就下定决心努力一把，结果以全市前十的成绩考上了Ａ大附中初中部，你就说说看，当年你有没有这种魄力？"

果然啊，孩子还是别人家的好，莫思瑶翻了个白眼。

她是懒得辩驳什么，但是老妈，这么当着别人的面议论人家也不大好吧？最搞笑的是，顾南先生，你要不要插嘴谦虚一句啊？就这么全盘接受真的好吗？耳朵根都不红一下吗？

说起来，老是把他当免费司机好像也不太好……

"妈，我也要学开车！"

她妈直接冷哼了一声："白日做梦，也不想想你那光荣历史。"

"啊啊啊，不要说！"

这件事说起来绝对是耻辱，小学的时候，莫思瑶学着骑单车那会儿，愣是让程颐这个还算好脾气的家伙指着她的头骂她是猪，后来好不容易学会了，初中的时候，她自告奋勇一定要她妈搭自己的单车去菜市场买菜，她妈拗不过就妥协了，结果她一边尖叫一边载着她妈连人带车掉泥坑里去了。

后来，因为担心莫思瑶害人害己，她的单车直接被没收了。

黑历史啊！

"两个轮子的和四个轮子的怎么可能一样？"

"都一样，你现在的头等大事就是腻歪在我身边。主要是妈妈不相信你，妈妈怕你学了车，会将车变成一种杀伤性武器。"

"妈，你这纯粹是歧视！"

"我相信你。"顾南顶着那张面瘫脸突然插嘴，"将来如果你缺一个三年以上驾龄的副驾驶，有我。"

"闭嘴。"

闲着没事，莫思瑶就继续她的黏妈日常，每天动不动就把"妈妈我爱你"挂在嘴边，有事没事就喊一声"妈"，这天把罗素梅叫烦了："干吗呢，你这孩子，是不是犯傻？"

莫思瑶就"嘿嘿"傻笑："我觉得这两天你气色好多了，越来越漂亮了，过两天就有些单身老先生排队给你送花了。"

"贫嘴。"

“妈。”

“干啥？”

“妈，我就叫叫你。”她说完，还比了个腻乎乎的“爱心”动作，“比心！”

“一边去。”

“妈，我是说真的，我的妈妈真漂亮，嘻嘻。”

“去去去。”罗素梅忍不住笑了，“去厨房把菜洗了。”

“是——”莫思瑶话说到一半，一转身，毫无预警之下与厨房里突然蹦出来的人迎面相向，“吓死我了！”

心脏病都要发作了！

莫思瑶抬头看清楚对方的脸，狠狠地白了他一眼：“怎么又是你？怎么老是阴魂不散的？哪儿都是你？”

“是我，菜我已经洗好了。”顾南很淡定。

“你不是说你是研究生吗？”

“我是。”

“你研究什么的啊？怎么每天都无所事事无处不在？你就光研究‘怎么完美地浪费人生’这种课题吗？”

“时间蛮自由的，最主要的是，因为研究生也放暑假。”

莫思瑶一时想不到用什么精彩绝伦的句子回嘴，忍无可忍，大叫：“妈——他怎么会在家里？”

“顾南晚上过来吃个饭，你刚才上厕所的时候他进来的。”

“其实所有话你都可以直接问我，不用麻烦梅姨。”

“凭什么呀？你有手有脚的，自己不会做饭啊？”

“会。”顾南直接回答，“我现在正在做饭。”

“……我不吃了！”

“那就不吃了吧，我待会儿多吃点。”罗素梅笑着调侃。

“妈！”莫思瑶气汹汹地抱胸往沙发上一坐，噘嘴生闷气。

顾南也没多说什么，拿了搁在置物柜上的剪刀又回了厨房。

罗素梅好笑地摇了摇头，突然想到什么，问：“对了，程颐知道你跟我重逢了吗？要不要给他打个电话？”

温度骤降到零度以下，莫思瑶张了张嘴，突然如泄气的皮球般耷拉了下肩膀，沉默了一会儿："没有，不想打。"

事实上，从见到她妈之后，除了简单交代她回来后的大概经历，她一直刻意避免去提及程颐，这个名字对她还是有点影响力。

"你不是说，叶家也是他给牵线的吗，现在你也算从叶家搬出来了，这种事最好由你亲自交代一下。"

"不去。"

"瑶瑶，妈跟你说过，做人要有始有终。"

"哪里还有什么终……"她说着突然红了眼睛，往罗素梅怀里一扑，满腹委屈地道，"妈，程颐他变心了，他娶了别人……"

罗素梅猛地怔了怔，然后轻轻地叹了口气，才轻描淡写地"哦"了一声。

"妈！"莫思瑶不满。

"娶谁了？好看吗？"

莫思瑶撇嘴："你管她好不好看！丑死了！"

"是是是，我家闺女最漂亮。"罗素梅温柔地顺着她的头发抚摸，感慨，"你爸不也是？你看我叫什么苦了吗？我哭天抢地要死要活了吗？男人嘛，本来就那样，大多有点花花肠子，这世界又风光无限，没了就没了吧。"

"舍不得呀！"莫思瑶红着眼睛抬头看了她妈一眼，"我舍不得呀！"

"舍不得也已经是别人家的了！"

"我知道……所以我什么都没敢做……"莫思瑶又往罗素梅怀里一扑，将脸埋在她怀里，"可是妈，我真有想过把程颐抢过来，我甚至幻想过他对我还是有感觉的，你说我是不是特别坏？"

"抢什么呀，抢回来就是你的了？熬个几年，别人又来抢你的，你有把握坚持到最后？男人对初恋总是有点特殊情感的，你当时走的方式又那么壮烈，他对你难以释怀是肯定的了。但他历练过了，是成熟男人了，而你还是苍白如一张纸，真走到一块儿结局会是怎么样，谁都不好说。得了得了，男人啊，都不靠谱。"

恰好顾南捧着一盘菜走出厨房，也不知道听到了多少，突然插嘴："我靠谱。"

罗素梅斜了他一眼，淡定地拍拍莫思瑶："谁靠谱都没用，你靠妈妈就行了。"

因为有了依靠、有了底气，莫思瑶多少有些恢复本性，又回归到之前那个爱笑爱闹的性格。学生的假期是最自由的，她基本上在这边和叶家两头跑，偶尔也胆大包天地开开叶爸崔妈的玩笑，关系协调得不错。

她缠着罗素梅在得空时把市里市外都跑了一遍，长了不少见识，在顾南的"盛情邀请"之下，还去看了一场 3D 电影。现在想起来挺丢脸的，当感受到屏幕上的人物、场景悬浮出来的时候，她边感慨边不自觉地哇哇大叫了好多声，隔壁座那个十来岁的小男孩绝对在心里嘲笑她！

她不得不一次又一次地感慨社会的进步。

更多的时候，罗素梅去哪儿她就跟到哪儿，像个小尾巴一样，跟着她去那些失独的家庭里走访，陪着那些老人聊聊天，宽慰宽慰他们。

她还重新给自己买了个日记本，依旧是红壳的，那是燃烧与绽放的颜色。她在日记本的第一页写下了一段话——

"历史有时候会赋予我们一些时代使命，跌倒了，摔疼了，趴在地上哭。只希望时光啊时光不要将我们抛弃得太远，多给我们一些帮助与理解，让我们有机会拍拍身上的灰，站起来，走出阴霾，直面将来。"

莫思瑶深吸一口气，搁下笔，开始着手做开学的准备。

妈妈送了她一部新手机作为开学礼物。崔妈更大手笔，送了她一台新款的笔记本电脑。

这沉甸甸的爱让她更加心怀感恩。

至于程颐，她一直没有主动联系，她的手机因为那次进水还是出了故障，虽然在搁置几天后能开机，但是常常提示读取不到卡。这件事仿佛是个契机，莫思瑶刻意把不联系这件事归结到忘记号码上头去，罗素梅并没有拆穿她，只用一种"谁家的傻丫头"的眼光看了看她，放任她自行处理。

莫思瑶便顺理成章地装傻，她带来的老款手机也被她锁进了柜子，她想，以后这手机也将一直保持关机状态这样沉睡下去，算是一种特殊的告别仪式吧。

当初崔妈妈敲边鼓的时候，她其实就很清楚，程颐为了维持她敏感又脆弱的自尊，不会再主动联系她了。

他们曾那么深刻地了解对方。

报到前一天，莫思瑶把行李打包好，罗素梅突然说了句："你以后对顾南还是好点吧。"

"我对他不好吗？"

"你啊，对着他总是一脸不耐烦，人家还没开口呢，你就拒绝了让他送你去学校。"

"叶爸不是说明天来接我吗？车都约好了！"

"是，但你可以好好说啊，搞得人家像是图谋不轨一样。我感觉他其实很想为你做些什么，你跟他做个朋友也不是不可以啊。"

"我没说不能做朋友啊，但谁家朋友这么腻歪啊？哪怕是男朋友，这样也不行啊。而且你不觉得他说话有点欠揍吗？"莫思瑶摸了摸鼻子，"好了好了，我以后会注意的。话说妈，当初怎么会这么巧，你从美国回来，他就刚好住你隔壁啊？"

罗素梅似乎十分感慨："其实我猜他是特地为之的吧。这些年，他一直想补偿我跟你爸爸，但认真想起来，这是你的自主行为，跟他没太大关系。顾南这孩子，确实也不容易啊……"

"妈，我也不容易啊！我被撞上来的时候，整个人晕乎乎的，既害怕又慌张，根本不知道怎么办。"

"我懂，不过你不是没受伤？"她摸了摸莫思瑶的头，"唉，当年发生了那么大的事，他全程目睹了你的'死亡'，后来听办案警察说，事发后，他家里人压根通知不到，后来送他回家的时候，他还一直在发抖，从头到尾一声不吭。当年虽然他是走在人行道上，但他有错在先，闯红灯了。所以在交通事故附带民事赔偿这件事上，事故责任认定他也应当承当部分责任，不过他当年没满十二周岁，是由他父母承担监护责任连带赔偿的。"

"然而我们有时候会低估人类的邪恶。我真的没见过这么不负责任的父母，当年他爸妈把他带到我们家门口，说孩子就送给我们了，要怎么处置随便我们，钱肯定是没有的，然后就拍屁股走人了。我当年悲伤过度，需要找人发泄，觉得是他连累了你，对他并没有什么好话。但我也不可能真的对一个孩子干什么，就让你爸别理他……"

罗素梅摸了摸她的手，叹气道："结果他当时在我们家门口跪了一整个晚上。"

这些细节上的事，如今听来，让莫思瑶百感交集。

"唉……造孽啊。第二天看到他的时候，大概因为他心理状态也不好，几乎是半昏迷状态了。你爸比我理智，他劝我说这件事是你见义勇为的行为，跟顾南没什么关系，但我钻了牛角尖，迁怒于他，后来你爸想了想，还是出去把他扶起来，带到外面去吃了顿饭。"

罗素梅又重重地叹了口气："你爸那天跟他在外面聊了很久，后来我听说，你爸爸说了很多关于你的事，说你是个多么乖巧贴心的孩子，说他要是真的承认错误，就洗心革面，重新开始，不要让你的牺牲变得一文不值。你爸在这方面还是挺不错的。"

"后来呀，这孩子就突然转性了，发愤图强，结果还真有几分天赋，才取得今天的成就。但他一直想取得我的谅解，你知道，在当时，这是不可能的。"罗素梅想到这里，大概也是感慨自己和一个孩子斗气较真，勾唇笑了笑，"你以为当年你爸英语怎么能学那么快？大半是顾南这孩子的功劳呢。"

莫思瑶也有点感慨，听到这里却是哼了一声："我爸要是学不会英语，不去美国，说不定现在还是我爸。"

"谁知道呢？这种事谁说得准？你怎么能确定你爸在国内不会动凡心？"罗素梅又"唉"了一声，"当年咱们那小区彼此都认识，你走了后，我变得很害怕见人，躲在家里大半个月没出来，一出来周边的人还是没啥眼色，说趁早努力再要一个啊什么的。因为受不了他们，我就跟你爸商量干脆把那房子卖掉。但那个时候房价也低，一般买房子也是朋友介绍朋友，一说就是家里死过人，不吉利，我们索性就懒得卖了。"

"后来你爸用保险公司的赔偿款买下了这里，就搬进来了，顾南这孩子跟你爸有联系，常常会来看我们，也不管我是不是经常把他扫地出门，好几年了，从不间断。就坚持和毅力这两点看，你真的比不上他。我从美国回来后，找人把房子重新收拾干净了，然后在家躺了两天，第三天，他来敲我的门，给我带了一份外卖，我就觉得，我应该原谅这孩子了。"

"顾南怎么会知道你回来？"莫思瑶问。

"这就巧了，或许是他自己用心吧。他盘下隔壁房子没多久，每星期都会回来看看动静，刚好有天是星期六，他看到我请的小时工关门离开。"

"还真巧。当年他爸妈就真的不管他了？"

"说到这，造化弄人啊，当年因为他出了这事，大概是怕担责任，他爸妈总算是把婚离了。你看顾南长那样，就知道他妈长得也是蛮漂亮的，不多久，他妈就改嫁了，顾南的抚养权先归了他爸。结果他爸隔年犯了事判了三年，抚养权又给了他妈。听说后来他妈嫁的那个人还挺有钱，就是长得特别丑，但也不缺他这口饭。然后他爸出来后大概洗心革面了跟以前的老熟人混工地，后来趁着房地产业兴起自己领着人接工程，结果听说开发商资金链断了抵了一栋房子给他爸，他爸后来好像找人盘活了，赚了一大笔，拿着钱又来找儿子。你说神奇不神奇？"

"这样的爸爸不要也罢。"莫思瑶嘟囔。

"是啊，所以顾南没理他，跟他妈也不往来，好像听说那家又在闹离婚。至于这房子，我听他自己说，是写什么编程拉了投资什么的赚了第一桶金盘下来的。他大学时一直勤工俭学，稳中求进，不得不说，这孩子真是很厉害，明明不是学的编程，却也出类拔萃。你知道的吧，他主专业是建筑学。估计是受你影响，说是想继承你的遗愿什么的，大概是你爸跟他说的。"

"哈？"莫思瑶张大了嘴，"为了我啊？没必要吧？"

"你别小看人家，人家的建筑模型设计什么的，在国内外都拿过大奖的，哪像你。"

"我怎么了……"莫思瑶嘴硬。

所以说，过去的二流子突然变得太优秀，差距太大才没办法做朋友啊！

第五章

他的生命，再不
只属于他自己

开学这天，发生了一件让上几届 A 大学生觉得很惊悚的事情。

A 大研究院里，那个从大一开始就以冷漠脸出名的大才子顾南，大清早就鹤立鸡群般地立于接生团之中，颇有种"众人皆醉我独醒"的凛然出众的气质，有别于别人光拿"某某系""某某专业"的牌子，他不但把那牌子举在胸前，还在那牌子写上了"叶思瑶"三个字。

这跟挂块牌子写上"卖身丧父"四个字有什么区别？！

最可怕的是，这么蠢的行为他做起来一点也不蠢！可能是脸看起来太帅气了……

很迷人！

而且，"叶思瑶"三个字写得太好看了！

要不是基于顾南后几年忙于创业，减少了露脸机会及知名度，且随着大学毕业而在校园内逐渐减少的交际圈子，他此刻的行为绝对不会仅有几个新生偷偷拍个照这么简单。

这帅小伙一等就从七点等到了八点，又等到了九点多，他一直都站得那么英姿勃发，脸上自始至终也未流露出一丝不耐烦的神色，除了颇具"姿色"的相貌，装扮也不乏时尚，轻易就站成了校门口的一道风景，引来更多新生偷拍。

在信息时代，但凡用点心的人就能将顾南的底细扒得一清二楚，

121

包括那些年他赢过的各种有技术含量的竞赛、打过的球、画过的画，以及他这几年单过的身……

噢，没有女朋友！这才是关键！

一定是要求太高！

那么问题来了：叶思瑶是谁？

带着这个巨大的疑问，大家一直都在暗中观察，终于等到了传说中的女主角。

大概是网约车的缘故，那车停在了校门口的临时停放区，随之，一个绑着马尾、背着个红色双肩包的女孩率先下了车，然后就绕到车后方，似乎想将后备厢中的行李拿下来。

就在这时，顾南衔起了一抹微笑……

若此刻对顾南稍微有些耳闻的学生打开某个Ａ大风云人物总结的帖子，就会知道关于顾南的评价大多是——面瘫脸，若什么时候他对你露出笑脸，那么恭喜你，这通常指向一件事——你完蛋了。

然而这一刻，这件事并没有发生，顾南快速又不乏沉稳地朝那个女生走过去，动作也没有引发骚动。他似乎顺理成章地接过了那个女生手中的行李箱，并不失熟稔地跟从车上下来的几位家长模样的人物打了招呼。

与此同时，感受到顾南"春风般"关怀的莫思瑶炸毛了！

"顾南！你挂的那块牌子是什么？！丢不丢人啊？赶紧拿下来！"

顾南从善如流地把牌子拿下来并递给了她。

莫思瑶带的行李并不算太多，因为离学校也不算远，缺什么回家拿就是了，她正感觉神清气爽，打算深深呼吸一下的时候——

"呃，那两个人干吗偷偷用手机对着我们？"

顾南波澜不兴地睨了一眼："我想大概是为了拍照。"

"……拍照？我们？"

"嗯。"

"啊……"她终于忍无可忍，一巴掌朝顾南的后脑勺抡了下去。

死小孩！

"一定是因为你这块愚蠢的牌子！"

这便是最惊悚的事。

只是因为顾南是研二生，莫思瑶才避免了以她的新名字壮烈在 A 大成名的机会。

罗素梅和崔静同时微微张大了嘴，露出了震惊的表情，叶国华倒是别开了眼去，不让气氛更尴尬。

顾南微微一怔，随后还是维持着他那万年不变的死人脸，没事人一样推着她四个轮子的行李箱尽责地带路："叔叔阿姨这边走，我们先去报到。"

气死了！怎么可以这样？！

"这边是经管学院，从这里过去是图书馆，我们先去建筑工程学院。"

"顾南啊，你疼不疼？"罗素梅有些尴尬地问。

"不疼。"

"妈！你管他疼不疼？！没练成'铁砂掌'什么的算我错，我怎么这么没远见。"莫思瑶也不知怎么老来气，"我说你到底都研究什么啊？怎么这么闲啊？"

顾南没说话，只是看了她一眼，看得莫思瑶心里发毛，索性不理他了。

在顾南的带领下，莫思瑶非常顺利地完成了从报到到入住的全过程，又在 A 大逛了一圈，还一块儿在饭堂里用了餐，最后又将三位长辈送上了车。

崔静笑着拍了拍顾南的手："辛苦了，就拜托你好好照顾我们家瑶瑶了。"

"我会的。"

叶国华也微笑着冲顾南挥手："常来电话。"

"是。"

完全被晾在一边的莫思瑶脑子里冒出一串省略号。

敢问爸妈，你们不是来送我上学的吗？

车子一开走，莫思瑶就直接表明态度："我自己可以照顾自己，就不劳烦你了。"

"我答应了梅姨。"

"你可以阳奉阴违，没有关系。"

"我有关系。"

"顾南！"

他怔了怔，突然轻轻地"嗯"了一声。

莫思瑶没察觉他情绪上的变化，气愤道："你真的够了！不说别的，就说你今天挂那块蠢牌子是啥意思？"

"我想让他们用最快的速度知道，你是我顾南罩的人。"

"罩你个头啊罩！我是灯泡还是你是灯罩？神经啊？"

顾南微微勾了勾嘴角，看着她的眼神有不易察觉的温柔。

"唉……"见他不说话，莫思瑶突然叹了口气，"说实话，你真的不亏欠我什么。最重要的是，我还活着不是吗？"

"关于你还活着这点，真的很好。"

来了来了，那种微微上扬的诡异微笑又来了……

莫思瑶大口吸气："我当然知道很好，你不用强调。我的意思是，咱们可以做朋友，但就是很普通的那种……没必要搞什么你报答我我感恩你这一套，你懂吧？"

"嗯，所以呢？"

"所以你不用做这么多事啊！"

"我没有做什么事，高年级学生引领新生报到，是应尽的义务和职责，我毕竟是这学校的一分子。"他说得一本正经。

"别欺负我不懂事，引领新生报到难道不是大二学生应尽的义务和职责？"

"但我希望你是我的义务和职责。"

"停——"她错了，她不能和一个满脑子都是"情和义，重千斤"的男人争辩这个。

"事实上，我想做点什么是我自己的决定，你不用管我，也不需要有负担。"顾南又补充。

看吧，还没完没了了。莫思瑶放弃挣扎，摆摆手："随便，随便你行了吧？我先回宿舍收拾东西，我的行李箱就拜托你了行了吧？"

"我们先去和陈瑾打声招呼。"顾南道。

"陈瑾是谁？"

"你的代理班主任，我的师弟。"

"……打招呼干什么？"

"告诉他你是我罩的灯泡。"

"滚。"

"走吧，如果你累，我可以背你。"

"去死！"莫思瑶大大地翻了个白眼，但又不自觉笑了出来，"真是服了你了。"

看到她笑，顾南的心情显然是不错的，但面上不显："微信会使用了？"

"嗯，直接用手机号注册就可以了？还要不要邮箱啊？其实我蛮想用QQ的，但以前那个号不敢上了，怕万一'诈尸'会吓到别人。"她来了这么久，终于要拥有微信号了，以后出去她也是可以扫一扫的人了，想想还有点小激动呢。

"手机给我。"

莫思瑶依言递了过去。他先在联系人一栏输入自己的名字和电话号码，然后帮她注册了微信："昵称打算叫什么？"

"莫负相思。"

顾南难得地沉默了一下："你真的要叫这个？"

"干吗？"

他沉默了一下，说："很土。"

"……那你说叫什么？"

他顿了一下，说："'不负相思'吧。"

"有区别吗？"莫思瑶没往深处想，瞪了他一眼。

"那叫红豆。"

"为什么要叫红豆？"

"我以为你那个时候就听这种歌，什么'等到风景都看透，也许你会陪我看细水长流'，不是挺有意境？"

"敢问……你是在嘲讽我吗？"

"不敢，我也是过来人。先这个吧，你想到了再改，其实一般人加好友会帮你备注的。"他说罢，迅速操作完，又互加了好友，"你这手机套餐是新开的，不限流量，可以随意用……"

他随之点开了她的微信界面，整个好友界面就"卖炭翁"一个人，头像是一片黑。

他边点开边解释："这样点一下就是对话界面，就跟回复短信的原理差不多，旁边这个喇叭状的图标点下去可以直接发语音短信，像这样——你按住讲话就可以了，松手是发送，往上滑是重新录制，误发了还可以撤回。"

他把微信对话框里的其他功能全部示范了一次，又示范了退出："'发现'这一栏最常用的就是朋友圈。"

顾南随意点开，孤零零的界面上只有一个全黑的头像——

卖炭翁：接女神。

莫思瑶大致瞄了一眼，突然意识到这个"女神"可能是指自己……

然后她整个人都不大好了。

"你……"

顾南若无其事地继续示范："这个是点赞键。"然后用她的号"恬不知耻"地给自己点了个赞，又点开旁边对话框的标志，"这个是评论键，可以参与互动，但和你没有好友关系的人是看不到你的留言的，譬如你可以回复——"

他修长漂亮的手指在键盘上轻轻摁下"是我"，然后按了发送。

莫思瑶默默地握了握拳。

世界如此美好，我却如此暴躁，这样不好，这样不好。

她索性懒得理他，这种情况，无视就是最理想状态了。

"这个相机的按钮也是添加朋友圈动态的意思，你有什么想让朋友知道的，按下去就可以了。"他边说边点了下，"上面是'拍照'，来——"

他不动声色地切换到前置摄像头，然后对准了他和莫思瑶，并悄悄将脸凑过去一点，然后趁她还一脸蒙的时候，按下了拍摄按钮。

然后"一脸蒙"的莫思瑶和衔着蒙娜丽莎式微笑的顾南同框了。

以教学为由，顾南理直气壮地按下了"发表"键。

"你可以选择能看到你动态的朋友类别，也可以仅自己可见，这个很快就能上手了。"

然后，他又转到设置界面："接下来就是基础的安全设置，譬如添加好友是否需要验证，朋友圈开放权限及范围。"顺手关闭陌生人查看十张照片权限后，顾南将手机还给了她，"不懂的再问我。"

莫思瑶拿着手机摆弄了一下，回到微信页面，上面就孤零零的一个黑色头像："你这个卖炭翁又是什么？"

"伐薪烧炭南山中。我——顾南，日子过得很艰苦的。"

莫思瑶翻了个白眼，还是笑了："受不了你。"

"宿舍往这边走。"顾南说完，在前面带路。

他刷开了自己的朋友圈，新消息提示一百零四条，"接女神"这条状态下面呈现了爆炸性的点赞及留言。

猩：谁呀？

异形：南哥，被盗号了？

武魂晚睡：我还回忆了一下这个号是谁的，是我不对，但是南哥被盗号了？

志安：你居然有女神？谁？

康：谁？

刘维忠：谁？

米蓝：顾南师兄好，我是米蓝。

伍勇：爆炸性新闻，谁是你女神？

林天锐：谁？

谭浩：哟，南哥动春心了啊？

红豆：是我。

……

顾南微微挑眉，居然不知道自己什么时候加了这么多好友。他指尖在红豆那个名字上滑过，心里默默地回了一句：嗯，是你。

他刷新到最新界面，赫然是他和莫思瑶的合照，镜头捕捉的时候，她还在看他，眼睛里透着茫然，但画面意外地和谐。

挺配的嘛。

顾南保存了图片，然后搜索了一张红豆的配图，破天荒地在一天内连续发了两条朋友圈。

卖炭翁：此物最相思。

想了想，发送前，他在"不给谁看"的界面选择了"红豆"，然

127

后望着也在低头研究微信的莫思瑶露出一抹笑容。

应该是缘分吧。

许多年前的那个被血染红的黄昏，曾是他一辈子的噩梦，那天，有个女孩在背后叫了他一声："顾南！小心——"

那呼喊伴随着一声尖锐的刹车声戛然而止，他感觉自己被推开了，那时的他还曾那般瘦弱不堪，而后"砰"的一声响，那个女孩如脆弱的蝴蝶般被撞飞。

那一刻，他被拯救了，从生命至心灵。

所有事都发生在一瞬间，有一个女孩知道是他，明明知道是他，知道是那样一文不值、遭人嫌弃的他，还是选择推开他，救了他，并付出了生命的代价。

那一刻，他才感觉到心脏跳动的力量，同时也背负上了一辈子的枷锁。没有人知道她所做的对他而言意味着什么，意味着漆黑夜里探入的一束光。

而后很多个日日夜夜，她遗落在现场被他偷偷拾起的日记本伴随着他长大，里面有她笑得灿烂如花般的大头贴，还有被她记载下来的喜怒哀乐。

他的生命，再不只属于他自己，他真是这么想的，他将背负着她的一切继续前行。

顾南恍惚记起第一次在河边与她相遇时，那时他还不知道她是她，却还是在抬头看到她的那一瞬间，有了一种怦然心动的悸动感。那让除了画她外从不画人像的他，在画纸上记录下了她——别的模样。

当她朝他走过来质问时，他便有一种被拆穿的狼狈——尽管谁都看不出来，他掩饰得极好。但其实那天他的表现称得上糟糕，在之后的许多日子里，他都如是想。

鬼使神差地，他开始隔三岔五地在同一个地方静候她的再次出现，哪怕这样的概率低得可怜。他怀疑自己看错了，世上怎么会有这么相似的两个人，或许一切只是幻影。但幻影就幻影吧，他持续着这样的举措，茫茫然地等一个与她相似的她。

他还是等到了不是吗？

那天他尽量让自己看起来自然点平缓点，不让过多的话语泄露他的紧张。

不来了吧——那是她的回答。

哪怕他怀揣着万分之一的概率再回到那个地点，却只能得到一次次的失望而归。直到第三次的偶遇，一切像是上天精心的安排，像是幸运女神的眷念。只是那天的她看起来心情不大好，她望着围墙内的眼神是那么茫然及绝望，让他不由自主地跟随在她身后，之后发生的危险的荒诞的神奇的所有事都无法超越他最后的认知——

她就是她，那个呼喊着他的名字，明知是他还决定挽救他生命的那个女孩。她再一次出现在他眼前，并真正地走到了他身边。

世上还有什么比这更为幸福幸运之事？

没有。

顾南觉得自己有些兴奋，这件事让他翻看手机的手微微有些颤抖，直到他翻到最新更新的那张图——他趁着她还没学会"删除"这件事之前保存下来的——随后在她的脸上放了个遮挡性的笑脸图像，再度推送了一条朋友圈动态，想了想，在"谁可以看"那里他只选择了"红豆"。

卖炭翁：我的女神。

莫思瑶顺着刚刚顾南教的流程鼓捣了一遍微信界面，她在这方面的学习能力还是可以的，基本操作很快就上手了，只不过单一好友界面挺无聊的，就在她关闭屏幕，打算再跟顾南尬聊几句的时候，他突然接了个电话，听口气，对方应该是什么教授之类的，挂断电话他就跟她告别了。

这个研究生终于有需要研究的课程了！普天同庆呀！莫思瑶心里暗爽。

虽然他的表情并没有太大的变化，但莫思瑶总感觉他一脸遗憾的样子。

看不到看不到！

莫思瑶自我催眠，只感觉听到"有点事我先走了"的那一刻，自己的心情就跟"奋战若干年，终于翻身当主人"的心情是一样，特别兴奋。她站在顾南身后拼命挥手，一边挥手还一边喊："拜拜，好走，小心不要摔倒哟！"

没办法，莫思瑶心里始终忘不了他当年额前几撮毛几乎戳到眼睛、头顶还像个喷泉一样自然蓬开的非主流发型……这么深刻的黑历史，只有她一个人知道压力很大啊，分分钟就有可能被人毁尸灭迹。

心情愉悦地和顾南分开后，莫思瑶顺手买了些小零食带回了宿舍。

这会儿，其他的室友都到齐了，大家相互介绍了一下，彼此的关系很快就因这些小零食增进了不少。聊开后，发现四个人中就莫思瑶一个本地的，其他的倒也隔得不远，都是附近县市的，口音相通。

有个叫邓楚悦的姑娘在吃完零食后没多久，就在她桌子上摆弄起一些设备，随后开始神神道道地对着手机自说自话，时不时眨眼嘟嘴摆两个造型，嘻嘻哈哈的，不知道在跟谁聊天。

莫思瑶收拾完自己不算多的行李，看着邓楚悦，一脸迷茫："这是在干啥呀？"

身旁叫肖晴的妹子好心地告诉她："小心不要入镜，这是在直播。"

虽然对"直播"这个词还有一肚子的疑惑，但莫思瑶没过多的心思去思考，刚洗完澡出来的小胖妞董舒然一边擦拭着头发一边大嗓门地提议："咱们今晚出去大撮一顿，庆祝我们宿舍姐妹相识第一天怎么样？来，快想想今晚吃什么呀？"

"好了，朋友们，我也要去思考这件人生大事了！咱们今晚再见吧！"邓楚悦微微有些不舍地和她的直播粉丝告别，"怎么，你也要来？那可不行，你没听见吗，宿舍姐妹呢。"

"小姐姐美不美？哈哈哈，卖个关子，先不告诉你。"邓楚悦又拉扯了几句，总算是关了直播，然后举手，"赞同，吃完咱们游泳健身了解一下！"

"我想吃火锅！同志们，你们不觉得大热天吹着空调吃辣锅实乃人生一大乐事吗？"肖晴建议。

"不行不行，万一糊妆了，我就没法美美地上镜了。"

"你有多少粉丝啊？"

"刚刚峰值几百号人呢！"邓楚悦有些扬扬得意的样子。

"哇，可真够多的。"肖晴笑，然后拍了拍手，"反正我就建议吃火锅，手举在这儿了。"

董舒然也嘻嘻地笑："火锅可以有，我先换衣服啊。"

"你呢？思瑶？我觉得要不西餐吧？点个牛排啊意粉啊，再来点餐后小甜点，不是更有格调吗？"邓楚悦咨询她的意见。

莫思瑶抿抿嘴笑："都可以。"

是的，吃什么对她们这群小姑娘来说，确实是人生的一件大事。

这样展开的宿舍生活，应该是挺不错的吧？莫思瑶喜滋滋地想。

和室友们互加了微信好友后，莫思瑶兴致勃勃地打开了朋友圈，然后毫不意外地刷新到了顾南的那条"我的女神"的朋友圈状态。

一想到可能会被他的朋友看到，哪怕是打了马赛克，她还是觉得自己藏不住，顿时有些恼羞成怒地脱口而出："这个神经病！"

"怎么了？"

莫思瑶做贼心虚地把手机屏幕往胸口一压："没啥。"

想了想，她现学现用地给他发送了一条语音："删掉！顾南！我命令你马上删掉！听到了没有？！"

没多久，微信提示有新消息。

卖炭翁：你说什么我都 OK。

卖炭翁：毕竟你是我女神。

啊啊啊，这个浑蛋！

周日有一天休整期，下午全体集合，参加军训动员大会。

其实这也算是新生们彼此的碰头大会，男女生圈子免不了私下相互品头论足。

董舒然是个开朗的小胖妞，她亲昵地挽着莫思瑶的手臂悄悄和她讨论：哪个男生眼睛挺漂亮、哪个嘴巴厚了点、哪个穿得很骚包、哪个感觉有点土……

莫思瑶笑了笑，未发表任何意见。

她心里最美好的那个男生，那个曾说好要跟她一起熬过军训，考过四六级，拿下各类证书、奖学金，一起牵手度过憧憬的大学生涯的男生，已先她一步前行，远离她而去。

恍惚中，她似乎看到程颐站在不远处，亮出一口白牙，冲她挥手。

"喂，小舒舒，这边！"真有个男生在朝她们挥手，并喊道。

董舒然两眼一亮，应了一声："你也来了？"然后转头向莫思瑶解释，"他叫侯毅平，跟我是一个地方一所学校的，我们坐车的时候聊上的，居然还在一个班，真巧。"

不是他……

莫思瑶自嘲地扬了扬嘴角，真笨啊，怎么会是他。

她深吸一口气，是时候全身心投入新的生活了！

军训的日子如期而至，太阳丝毫不给她们这群娇滴滴的小姑娘面子，每天都火辣辣地晒得她们皮肤疼。他们建筑学专业二班的女生加起来不超过十个，邓楚悦迅速脱颖而出成了班上的防晒指导，几人每天都跟着她挤防晒霜，抹在脸颊上，左三圈右三圈，后来发现这招有效程度也就那样，小姑娘们一出汗整张脸亮得可以反光，效果有是有，但也没那么神奇。

就连董舒然，也从一个小白胖子，转变成芝麻馅的了。

这一刻，莫思瑶居然轻松逆袭，她用的是顾南亲自送来的护肤品，用量也没那么夸张，但效果就是——当众人以肉眼可见的速度一天比一天黑的时候，她黑得不明显，对比之下，还算保持了水润嫩白的原生姿态……

苍天可鉴，她不过是秉持着"免费的不用也是浪费"的小市民心理，如果硬要再加一个理由，大概是因为她天生丽质难自弃。

应该就是军训的前一天晚上吧，他们班解散后，顾南把她叫到一旁，塞给她一堆瓶瓶罐罐，就在她要拒绝时，他说："这是受梅姨所托，你可以给她打个电话咨询一下。"

"得了。"

接过来后莫思瑶以为完事了，正打算离开，又听见他略微语重心长地感慨："从明天开始，加你好友的男生应该会特别多。"

"怎么？"

"良心建议，如果非必要，不要给号。"

"什么叫非必要？"

"总结来说，就是长得不是特别丑的，你都不要加。"顾南说这话的时候，还端出了一本正经的模样。

听听，这说的是人话吗？但……莫名有点喜感。

"好，你说说看谁特别丑。"

"所以我的意思是，最好一个都不用加。"

这人到底是来干吗的？莫思瑶一肚子纳闷。

"你长得这么漂亮，我怕他们会对你动歪脑筋。"

这突如其来的赞美，莫思瑶一时竟无言以对。

"我还怕你对我动歪脑筋呢。"

他并没有正面回答这一点，只说："我可以为你建一个铁筑的坚固堡垒。"

"你够了顾南。"

月色中，顾南的眼神格外明亮，他认真地建议："或许你可以把我的微信号给他们。"

"停，你真的够了。"莫思瑶翻了个白眼，"好了，很晚了，明天军训要早起，我还得回去洗澡。"

"你这个时间回去也只是排队，你们宿舍一共有四个人吧？"

"所以你应该承认你扼杀了我排第一的机会。"

"既然结果已经发生，散散步怎么样？"

"我拒绝。"莫思瑶耸了耸肩，"要知道，学校是八卦聚集地，我要明哲保身。"刚刚董舒然一脸神经兮兮地冲着她挤眉弄眼的，好在天色昏暗，她估计没看清楚顾南的长相，要不然……也不知为何，莫思瑶浑身不自在。

"我刚刚夸了你漂亮。"顾南突然转移了话题。

"所以呢？"

"中国人有一句古话，来而不往非礼也。你应该夸奖我长得帅，并接受我的邀请。"

"我拒绝。"

"不帅吗？其实我觉得事实还是胜于雄辩的。"

这个号称"A大面瘫男神"的顾南，在莫思瑶面前沦陷成了个"面瘫话痨男神"。

莫思瑶再度翻了个白眼："中国人还有句古话：自满者，人损之；自谦者，人益之。过分强调虚伪的事实，只会让你的脸皮看起来很厚。"

顾南突然把脸向她凑近了一点："你可以看仔细一点，很厚吗？"

莫思瑶因他突如其来的举措往后退了一步，一脸嫌弃："神经啊，我走了。"然后也不等他回应，拔腿快走了两步，漂亮纸袋里的瓶瓶罐罐因磕碰发出一些响声。

微信收到一条消息。

卖炭翁：再见。

莫思瑶属于特别不注重保养的那类人，仗着自己年轻的资本，二三十块的国产润肤霜就用得很不错了，本来顾南给的护肤品大概也会习惯性被她搁在一旁，想起来再用一下，结果她不小心瞄了一眼附赠在袋子里的一本手工画小册子……

瓶身上全是密密麻麻的英文，大概怕浪费她阅读的时间，小册子上将各种瓶罐按比例缩小，画在册子的首页，立马抓住了人的眼球。

漂亮苍劲的字体简明扼要地标注了大致用途，随之就是简笔画画的使用步骤，清楚又明了，最后特地用不同颜色标明了"防晒"的那管软膏及补充喷雾，透着不少心思。

小册子最后一页那幅画看起来挺有意思的，简单几笔勾勒出操场，中间一个小方阵，方阵由戴着军帽的普通小人组成，特征很明显，应该是指代军训场景。然后所有小人的脸都是黑的，就中间一个没涂黑，白得发光的样子，用放大的字体加箭头写着——"白！美！"

旁边是一群类似观众的简体画，发出"哇"的赞叹声。

莫思瑶忍不住笑了。

她不禁又想到了程颐，程颐自幼也是颇具才情的，但画画水平一直不在线上，似乎天生缺了这根弦，小时候的画图作业，有些还是她帮他作弊画的。这一点始终是莫思瑶心里的小遗憾，她也经常会拿这一点来耻笑他，虽然程颐的动手能力特别强，他会试着去帮她用实物还原她的那些设计，但莫思瑶始终对画画好看的人心怀敬意。

眼下这么精致的"护肤教程"勾引着莫思瑶去使用它们。

没想到，这倒成了女生们的"公敌"。

"哦——你有防晒秘诀，却藏起来不告诉我们！"

莫思瑶老实地举手："我发誓我不是故意的，我也不知道我用的那些效果这么好，你们都可以拿去用。"

因为军训期间交友圈子暂时还局限在新生圈，所以关于"叶思瑶"在建筑与工程学院老生圈所造成的影响暂时未扩散到他们当中来。女生们嘴上是说了说，但还是宽宏大量地原谅了莫思瑶，徒然不知老生圈里的风波。

作为全日制研究生，学院也为他们预留了宿舍，但老实说，除了那么几个万年单身狗，大多数已经发展到第二、第三春了，在校外租个小套间，课业之余，生活也是有滋有味。

顾南本科毕业便开始创业，日子被学业和工作填得满满的，为了不被打扰，除了罗素梅对门的那套房子，他还在学校附近租了个单间，但这几天，同宿舍的人发现他居然回宿舍睡了。

于是，李文浩拿着朋友圈截图来问他。

"这个叶思瑶是谁？是不是就是你那天说的女神？"

本来李文浩也没指望能问到什么，不料顾南沉默了一下，抬头："配吗？"

"看起来挺让人舒服的，但不到女神级别吧？"

顾南淡淡地睨了他一眼。

"喂，南哥！朋友圈都传疯了，说你开学那天被人拍头了，真的假的啊？"

"嗯，打是亲骂是爱。"

"噗——"另一个室友冯正斌正在打游戏，顺手抿的那口水喷了一显示屏。

剩下顾南高深莫测地微笑，透着那么一抹势在必得。

董舒然和邓楚悦显然都是网瘾少女，只不过董舒然喜欢的是网文和手游，邓楚悦喜欢直播，别号：网不红。

军训这么苦，都挡不住她们对网络的一片痴情。尤其是董舒然，一直想拉莫思瑶下水，希望她加入手游的队伍，时不时宣传一下那游戏怎么怎么好玩、怎么怎么过瘾。只是莫思瑶在这块始终有极强的克制力，她的爱好还是在画画上，但因为手游画面好看，所以她也下载了一款，摸索着玩了几局，被虐得惨不忍睹。

相对之下，肖晴是比较正常的，不过极大的原因可能是她有男朋友了。男生是附近 C 大学商务的，正上大二，平日里很忙，听说在网上开了家网店，并且在朋友圈里搞微商。

日子眼看又过去了好些天，董舒然挂在床头的倒计时牌子上的数字终于小于"3"了，她一边喊着累，一边喊着减肥，却毫不节制地往嘴巴里塞零食。

当咬着牙坚持完最后的军训会演，他们终于迎来了期待已久的双休。

几个离家已久的妹子高高兴兴地回宿舍收拾东西，就在这时，莫思瑶收到了顾南的微信。

卖炭翁：什么时候走？

红豆：待会儿。

卖炭翁：顺路，我来接你。

红豆：你别靠近我们女生宿舍一步。

莫思瑶惊悚地回想起前几天军训中途小憩时，她们坐在大树下乘凉，几个妹子说到理想型，居然有人提到了顾南的名字……

再想想他晚上时不时给她"顺路"捎饮料、水果、零食什么的诡异行为，她怕拒绝起来看着拉拉扯扯的，才不得不硬着头皮收下，顿时有些庆幸月黑风高，光线不好，没人看到……

顾南自己的解释是刚开学有点忙，所以白天出现的频率有点低。

……明明是出现得太频繁了！

卖炭翁发了个问号过来。

红豆：你车停在哪儿？

卖炭翁：实验楼旁的停车场，有点远，你有行李吗？

红豆：有轮子，不费力，你等我。

卖炭翁：等你。

肖晴周末要去见男朋友，不回家，留守大本营。她向来对莫思瑶很亲切，脱下军训服后顺口问了她一句："军服要不要洗？"

邓楚悦率先举手："我要！帮帮我！"

"拿来吧。"肖晴叹了口气。

"么么哒，亲爱的，真爱哟，回来给你带好吃的！"

“我的呢？”董舒然故作可怜地问。

“脱下吧。”

莫思瑶笑着摇摇头：“不用麻烦了，我带回家，以后应该也没什么机会穿了。”

她私下并没有那么爱整洁，甚至有点小邋遢，把脏衣服直接塞进了行李箱，然后把笔记本电脑放进了她的红色书包，冲她们挥挥手，先一步告别了。

校园里今天的车明显多了起来，许多是收到消息来接孩子的，莫思瑶想到刚刚她妈在电话里答应给她做好吃的，心情美滋滋的，很是期待。

实验楼确实有点远，不过也不碍事，免费司机嘛，不用白不用，反正他也是顺道回家。不料她刚走上车道，居然有辆车跟了上来——

因为车的速度很慢又隔得有点近，所以莫思瑶停下脚步朝绿化带靠了靠，不料那车竟然在她面前停了下来。她刚想着这不大像是顾南经常开的那辆二手车，车窗玻璃已轻轻摇了下来，程颐的脸探出车窗，他深深地看了她一眼，用词简洁：“上车。”

之前还没那么明显，大概因为这些日子见惯了还面带青稚、嘻嘻哈哈打打闹闹的同学，程颐蜕变后那种成熟稳重的气质一下子被烘托凸显了出来，居然给了莫思瑶一种莫名的压迫感。

他开门下了车，顺手接过她的行李箱塞进了后座，一举手一投足，皆带着成熟男人的风范。随即，他走到她面前低头看了她一眼，就扣住了她的手腕，拉着她走到副驾驶座这边，帮她打开了车门。

莫思瑶其实是想拒绝的，这么久之后的突然相见，着实让她猝不及防，她觉得心再度被揪在一块儿，闷闷的，似乎军训的所有后遗症突然堆积在了这一瞬，然而当看到他眼底的乌青及神态中的疲惫时，突然有丝不忍，她垂下头，没有反抗地任他拉着，坐进了车子。

“系安全带。”上车后，他提示。

莫思瑶依言照做。

之后两人都没再开口，车子缓缓起步，她一直低垂着头，也不知在想着什么，就连车子经过了实验楼旁的停车场，她都完全忘了顾南还等在那里。

"最近过得怎么样？"车子出了校门没多久，程颐终于打破了沉默。

"说实话，挺好的。"

"罗阿姨还好吗？"他显然是知道她已经找到了母亲，突然，他略自嘲地笑了笑，"这么大的事，跟我说一声很难吗？你不知道还有人在为这件事瞎折腾吗？你们女人脑子里到底装的什么？跟你保持正常距离，偶尔联系一下就十恶不赦了吗？"

莫思瑶被程颐突如其来的发泄吓了一跳，女人的直觉精准地告诉她，他跟他老婆吵架了，吵架的理由八成跟她有关系。

关她屁事啊？

但看着比她"大了十来岁"的程颐，她决定先顾左右而言他："我妈的事谢谢你。她最近精神不错，整个人的精神都好了，你说得对，我还活着这么荒谬的事，她也是能接受的。"

程颐被她一句道谢去了一半火气，意识到自己在迁怒她，他也软了口气："父母是最爱你的人。"

又是一阵沉默过后，程颐也没什么话说了："我还是送你回家吧，地址是哪里？"

莫思瑶突然抬头看他："你这样来找我，林茜知道吗？"

程颐似乎微微一僵，他这段时间确实和林茜闹矛盾了，因为得知莫思瑶考上Ａ大后他又买了些礼物，被不知道哪根神经受刺激的林茜冷嘲热讽了一番，甚至撂下"你等着，我也不是没人要"的狠话在学校留宿了一天。

这天周末，他明明想着来接林茜，结果刚好撞见她和一个男同事出双入对，他难免有了醋意，于是赌气来找莫思瑶。

瞧着她洞悉一切的双眼，程颐格外狼狈，双眼注视着前方的路："今天可不可以不提她？"

"……我觉得你这样做不好。"莫思瑶叹了口气，"我家在人民公园附近，你在那儿把我放下就可以了。"

"你晒黑了点，但精神还不错，军训辛苦吗？"他转移了话题。

"熬得过去。你应该问我的那个室友，这十来天的工夫，她居然用完了一整瓶药油。"

"看到你融入了这里的生活，真好。"他感慨，车子渐渐驶出了 A 大所在的城区，眼前又是带着陌生的新城区了。

程颐发现她多少黑了些，但神采奕奕，显然并没有因为离开他而一蹶不振，他隐隐松了口气："陪我说说话吧，你电话号码也换了，联系不上。我给你带了很多东西，想寄给你。"

"我什么都不缺。"

"让我像个大哥哥一样照顾、关心你一下都不可以吗？"

莫思瑶再度沉默，皱起了眉头。

"是了，你考上了 A 大，我还没恭喜你呢。"

莫思瑶勾了勾嘴角："你是怎么找到我的？"

"托了点关系。"他并没有说得太细致。

"哦。"

莫思瑶的微信又响起。

卖炭翁：在哪儿？

红豆：有事，你先回去吧。

随后，她的手机又响了起来。

莫思瑶瞄了眼程颐，鬼使神差地摁下了拒接键，然后调至静音，并迅速回复了一条微信消息。

红豆：不方便。

红豆：我没事，别乱给我妈打小报告。

"朋友？"程颐突然问。

"嗯。"

"男的女的？"

莫思瑶抿抿嘴："男的。"

"喜欢你？"

"……要你管。"

"长点心，现在的男孩子都浮躁得很，习惯以自我为中心，别给颗糖就甜得找不着北。"

莫思瑶听着烦，又问："林茜不知道你来找我吧？"

随着莫思瑶这句话，车里再度陷入长久的沉默，最后车子停到了郊区一处偏僻的路边。停好车，程颐使劲搓了把脸，然后一声不吭地把座椅靠背调低，接着整个人往座位上一躺，轻声道："唉，我最近好累啊……"

这句话不知怎的有点戳中莫思瑶的泪点，她眨了眨眼，想把鼻尖的酸意憋回去。

"你说我们辛苦奋斗一辈子，活着的意义到底是什么？"

莫思瑶沉默了半晌："我也不知道。"

"人生的目的又是什么？"

"你比我多活了这么多年都不知道，我怎么知道？"

"我跟林茜结婚了。"他突然说。

"我知道。"

"我应该亲自跟你说的。"

"无所谓了。"

"我曾经有过很多设想，组个家庭，生个孩子，努力工作，买辆车，买栋房，但那一年……什么都没了。"他的声线向来是温和的中低音，淡淡的，但言语中能听出曾经的伤痛。

莫思瑶沉默了半晌，说："但你现在什么都有了。"

"我在相片里看到你了。"

"什么相片？"

"我婚礼上的相片。摄像师在拉远景的时候，我看到躲在盆栽后的你了。"

那么孤独、无助。

"……哦。"她犹豫，自嘲地笑笑，"打扰到你了？"

"对不起。"他突然说，这一刻，他突然意识到自己的卑劣，他和林茜起了争执，却又把这个女孩拖进浑水。

莫思瑶摇了摇头："对不起什么？"

"对不起，没有等到你。我只是……我以为……你再也不会出现了。"

突如其来的脆弱、委屈齐齐涌上心间，她别过脸去，不想脸上这一瞬的脆弱被他看到。

"对不起，我没有兑现对你的诺言。"他又说。

"对不起，结婚了还这么无赖地打扰你，陷你于不义。"

他无声地勾勾嘴角："以上所有的，都对不起。"程颐说完闭上眼睛，靠在靠椅上，"再陪陪我吧，以后不会了。"

莫思瑶感觉情绪已经脱离可控范围，她怕自己会哭，于是拼命调整自己的呼吸，几次尝试开口后，她终于发出声音："我都收到了，程颐……以前我说过不会祝福你，可现在，我希望你幸福。希望……希望我最亲爱的朋友，平安喜乐，得偿所愿。"

车内突然陷入一阵寂静，两个人相对无言地坐着，程颐合上眼假寐，而她无所事事地将视线投向窗外，只剩下汽车发动机的嗡嗡声以及车载空调吹动的声音。

"莫思瑶，我答应过你考上Ａ大就带你去游乐场，我想完成这个心愿，最后一次。"他说。

最后一次了。

莫思瑶犹豫了，她想起前段时间那种期待雀跃的心情，竟有点恍如隔世。

也不知道耽搁了多久，莫思瑶把手机拿出来想看看时间，结果屏幕先一步亮起来。瞧见"妈妈"两个字，她这才意识到尚未交代行踪……打算接的时候电话断了，十三个未接来电让她有点心惊胆战，正想回拨，她妈的来电显示毫无意外地又占了屏。

"去哪儿了？过了饭点还没回来，急死我了！"罗素梅焦虑的声音劈头而下。

莫思瑶自知吓着她了，赶忙接起解释，不自觉地撒了谎："我室友突然肚子有点痛，陪她去校医室开了点药，忘了给您打电话解释了，对不起妈妈……是是是，马上就回去了……下次一定提前打招呼……好了好了，我一定会注意的……嗯，下次不用等，您先吃吧……是我错了，我保证绝对没有下次……好，我弄好了就马上回去……"

电话好不容易挂断时，莫思瑶下意识地迁怒性地瞪了眼程颐，却看到他坐直了身子："我送你回去。"

程颐坚持把她送到了家门口，莫思瑶一看，居然快三点了，想了想还是问了一句："饿了吗？要不去我家吃个饭？我妈……要我当面跟你说声谢谢。不然你知道我这种情况，流落街头事小，最怕被人当成神经病关进医院里。"

"不了。"程颐很平和地笑了笑，"公司还有点事要处理。"

"哦，那……再见。"

待程颐转身，莫思瑶又叫住了他："去吧，游乐场，去吧。"她说，"你穿年轻点，牛仔裤什么的，不然跟你出去很丢脸的。"

程颐扬了扬唇："好。那……"

"就明天吧。明天我没课，时间我到时发短信给你，再约。"

和程颐告别后，莫思瑶就站在原地目送他离去，随后垂眸似乎下了什么决定，回家就老实交代："妈，我说谎了。"

经历了一些事之后，莫思瑶觉得她不应该再对她妈有所隐瞒。

她大概说了下程颐的事，坦白道："我明天要跟程颐去游乐场，也算是给过去画上一个正式的句号。妈，要不您陪我一块儿去吧？"

罗素梅无语地瞪了她一眼："你呀，不怕落人口实？"

"所以我才邀请您一块儿去啊。妈，您就陪我去吧，我跟程颐从小一块儿长大，我看得出他有点不开心，以前我们有什么烦恼，出去疯玩一顿回来就什么都忘了，我希望他能借此放松一次，开心一点。"

罗素梅睨了她一眼："你呀，还好你主动跟我交代了，证明你还有得救，站在我的角度，这次游乐场之行，我不建议你去。"

"妈，怎么能这样，我都答应他了，做人怎么能随随便便爽约？而且我心里确实还是有点介怀，说到底我也没做错什么……"

"那地方我肯定不会去的，老骨头经不起折腾。"

"我——"

"要不你把林茜叫上？"

"叫上她不是更加深他们的矛盾？"

"你也知道会加深他们的矛盾？你啊你——"罗素梅叹了一口气，"我承认这件事你有点委屈，可事实就是这样，在当年你是被注销了身份证的人……无论如何，林茜都陪程颐一起走过这么多年，他们之间的感情，或许不比和你的浅，他们是共过患难的。说真的，就算程颐能狠下心抛下一切和你在一起，我也不会同意的。一个能这么轻易割舍现在的男人，拿什么来承诺你的未来？唉……程颐是个好孩子，你们两个，以前我也是乐见其成的。可是瑶瑶啊，世界上有很多意料之外的困难险阻，不是每对恩爱夫妻都能顺利走到最后……"像是想到了她自己，罗素梅怔了怔，"和你爸爸在一起的时候，我也是打算一辈子的……"

"妈……"

"如今你的出现，不在林茜未来的规划中，说实话，你的存在就是她心里的一根刺，别说现在还梗在喉咙里，即使拔出来了，也会隐隐作痛一辈子。本来你要是入土为安了呢，说男人心底有片净土，她还能当重感情这种优良品格咬咬牙忍着。如今一个大活人杵在面前，她还能带着微笑容忍你在程颐家里孤男寡女地住那么久，那真是修养好了，只是希望她能看在程颐的分上，替你永远保守这个秘密吧。"

"我——"

"我知道现在让你去拒绝程颐也不大可能，可顾南呢？"

"好端端的，你提他干什么啊？"莫思瑶皱眉。

"你一定要去的话，带上他吧。"

"为什么？"

"一来避免人言可畏，二来也给程颐表个态。知道吗？让他洒脱一点，就当你真的死了。"

虽然莫思瑶觉得怎么能当自己死了呢？但她不得不承认她妈说得有道理。

"顾南呢？之前我和他通电话，他说要接你回来的。"罗素梅又问。

莫思瑶不情不愿地边掏出手机看了一眼，边问："他还没回来啊？"

微信上，显示了他的最后一条留言——

卖炭翁：我就在这儿等你来。

什么意思？莫思瑶回复，莫名其妙地有些心虚。

红豆：在哪儿？我已经到家了。

卖炭翁：原地不动。

他回复得很快。

红豆：这么大的太阳，何苦？

他却像赌气一样——

卖炭翁：我就在这里等。

卖炭翁：晒就晒吧，当军训了。

幼稚儿童!

莫思瑶直接把手机屏幕展示给她妈看："你看这小子,我都说得这么明显了,他摆什么谱啊?难不成还要我回学校接他啊?"

罗素梅睨了一眼,别有意味,道:"学校也不是很远,去吧。"

"妈!你到底帮谁啊?"

"顺便邀请他明天陪你去赴约。如果你一定要一个人去,那我就亲自给林茜打电话道歉吧,你崔妈肯定有她的联系方式。"

莫思瑶跺脚:"妈!"

"顾南这孩子从小有爹妈等于没有,他爸老嫌他妈长得漂亮不安于室,出去招蜂引蝶,出于迁怒,对他也是动辄打骂,他搬过来那会儿脸上经常挂着彩。他自小连个撒娇、任性、发脾气的对象都没有,如今他肯对你使使性子,你就让着他点,毕竟他比你小,对吧?"

莫思瑶觉得她妈偏心偏到外太空去了。

对,顾南是曾经比她小!但如今他也是二十好几的人了,能不能看起来成熟一点?!

"你是不是让他等你了?做人要守诺,而且你不是还有求于他吗?唉,其实早些年,他在我这里受了不少委屈,一直都逆来顺受,就当弥补他也好,你真的要对他好点。"

"妈!你不爱我了!你都对我说过几次要对他好点了?!你之前到底是对他有多不好?"

罗素梅淡淡地睨了她一眼:"打个车去接人吧,车费我给你报销。"

——"你这个害人精!你凭什么让我女儿来换你的命?凭什么啊?"

——"你能不能给我滚远一点?我不想看到你这张脸!"

——"滚!别假惺惺的!"

——"拿着你的东西走啊!我不需要你的施舍!你做什么我女儿都回不来了!"

那个时候,他不过是个十来岁的孩子啊⋯⋯

那段时日钻了牛角尖的她,一次又一次迁怒在这个孩子身上,可在那个她从美国归来后的平淡却寂寥的夜,他捧着一碗面条,敲开了她的门。

——"梅姨，饿吗？吃碗面吧，碗搁在门口，我来收拾就好。"

莫思瑶认命地打了个车回到学校，隔老远就看到了站在阳光下、身姿挺拔、颇有点帅气的顾南。好在他站的位置靠近绿化带，微微被树荫带到，让这个场面看起来没有那么"残酷"。

啧，这家伙，难不成一直这么站着？就不怕中暑？

莫思瑶没好气地走到他面前，才发现他身旁的地上放着好几把折叠伞……她顿时一阵无语，只觉得"颜值即真理"这个新学的词汇可以套用在他身上。

她憋着一股莫名其妙的气，就这么一言不发地瞪着他。

顾南给了她一个"终于来了"的眼神，然后"嘀"的一声打开车锁，轻描淡写地道："上车。"

莫思瑶瞥了眼地上的折叠伞：那这些伞呢？

他从她的视线看出问题："严格来说我并未接受，属于单方强制赠予行为。"

"很浪费啊。"她脱口而出。

"我不能允许任何干扰因素存在。"尤其是在追求她的这条道路之上。

"啥？"莫思瑶没听懂，但看到他上了车，她"喂"了一声，也上了副驾驶位。开门便是一股热浪扑面而来，真不像是先前有开过空调的痕迹。

"我说，你是不是傻啊？我都说有事先走了，你自己开着车回家就好了啊！"莫思瑶摁下车窗，用手扇了扇脸，"大热天的让人来回折腾，不是遭罪吗？"

"不爽啊。"他老实交代。

"你不爽什么？自讨苦吃的人难不成还想让我免费送你两个字——活该？"

"你先约的我。"他开了空调，然后看了她一眼，"为什么我总是被放弃的那个？"

"呃……"莫思瑶联想起他的那些经历，顿了一下，说，"我离开前确实应该先知会你一声的，这一点我先和你道歉。"

"没关系。"

莫思瑶感觉自己平白无故落了下风，手肘支在车窗边，抱怨道："热死了！"

"你也知道。"

莫思瑶这才发现他的衣衫已经大面积被汗水浸湿，额前也有湿发贴在额前，有晒过的影子，但很意外地，大概因为她的出现，顾南此刻看起来微微有些兴奋的样子。

"我当然知道啦。"莫思瑶忍不住翻了个白眼，"你是不是还想告诉我，除了很热，而且很饿、很惨？"

"是，很饿。"

"活该！你自己说干这种蠢事对你有什么好处？！"

"有啊。"他看似专心开车，嘴角却微不可察地微微勾着。这样算是令她记忆深刻，以后她但凡在爽他的约之前，大概会微微顾虑一下。对他而言，这就是好处了。

"什么好处？！啊？明天晒掉皮了，你就知道痛的滋味了。"

"换个角度讲，你是不是心疼我了？"

"顾南！你是不是找打？"

"可以，但要等我先把车停稳。"

"……你停稳了车就任我揍吗？"

"嗯。"他点头。

嗯你个头啊！但她又怕赌气说"停车"，按他那榆木脑袋真的会照办，她不是不敢打，是怕把他打伤了会上社会新闻，一举成名。

啊啊啊，真是没想到他是这样的人！

感觉嘴皮子占不了上风的莫思瑶气鼓鼓地决定装哑巴。车子行走了好一会儿，眼看就快到家了，她总算想起了明天的游乐场之约。犹豫了好一会儿，她才不甘不愿地问他："明天放假，你要不要去游乐场玩？"

"不去。"他回答得非常干脆利落，"我恐高。"

莫思瑶握紧了拳头。

啊啊啊，谁来拯救一下她崩溃的内心？！

"不过——"没等莫思瑶开口，他的声音又淡淡地传来，"因为邀请对象是你，哪怕我更倾向于换个地方，但经过短暂的思想挣扎后，我还是愿意舍命陪君子。"他抽空瞥了她一眼，酷着脸问她，"我帅吗？"

"……"

莫思瑶和程颐约了早上九点在游乐场门口碰头，并坦白告知他还有一个朋友会随行。

当三人如约见面的时候，莫思瑶敏锐地察觉到程颐看见顾南的那瞬间，脸色微微有点僵硬，至于顾南，他这个人本来就没什么多余的表情。

今天的程颐穿了一件极简的深红色 T 恤，搭配米色休闲裤，整个人看起来青春阳光，然而他已经不能成为她怦然心动的对象了，所以她尽量把眼神放到远处的各种大型设备上。

气氛其实有点尴尬，但也挡不住莫思瑶的期待与兴奋感，这一刻，她甚至觉得儿女私情都是屁大的事。

程颐整个人看起来有些不自在，大概怕被别人发现，他还戴了顶白色鸭舌帽，于是就显得有几分"此地无银三百两"的味道。

"程颐。"

"顾南。"

莫思瑶简单地给双方介绍了下彼此的名字。

"一起敞开怀抱，享受阳光与青春吧！"说完，她也有点尴尬，呵呵干笑了一声，然后调整好她红色书包的肩带及防晒大草帽，握拳振臂一挥，"今天我要征服游乐场！走！"

顾南和程颐不动声色地打量了对方一眼。

程颐随即把注意力放在了莫思瑶身上，看着走在前方梳着马尾、背着书包的娇俏身影，他的记忆和许久许久以前的某个午后重叠，那是青春洋溢的气息，他不禁主动迈开腿跟了上去，用一种久违的轻松的口气道："先去玩过山车吗？"

"好！"莫思瑶朝身后的顾南看了一眼，招呼了一声，"喂，你快点。"然后贱兮兮一笑，"你是真畏高还是假畏高？"

程颐此刻的心情颇为复杂。虽说他也希望莫思瑶以后找个好男人共度一生，但眼看着她真把人带到自己面前来了，他又难免滋生出一丝较劲的心理："那看来跳楼机是必玩项目了。"

"哈哈哈，看来是的！"

"够狠。"顾南长腿一迈也跟了上来，插嘴道。

程颐非常淡定地勾勾嘴角："无毒不丈夫。"

"年纪大了，心脏没毛病？血糖、血脂还正常？跳楼机这种高刺激项目还能承受得起？"顾南的语气不咸不淡。

"不劳你操心，年轻人，嘴皮子功夫可不是真功夫。"

"哦，我怕你是个虚架子。"说完，顾南一只手拎起了莫思瑶的红色书包肩带，见她回头，他很自然地说，"我来背。"

早上，他见她往里面塞了一壶水和一把伞，所以书包还是有点重量的。

莫思瑶抿抿嘴，很爽快地摘下书包，然后往他胳膊上拍了拍："权当你尊老爱幼了。"接着她又往程颐手臂上狠狠一拍，摆出嫌弃的表情，"两个大男人耍嘴皮子有啥意思，走走走，用实力证明自己！"

程颐看了看背在顾南背上有些突兀的红色书包，微微觉得那红色有点刺眼。

周六的游乐场人挺多，但多少是避开了暑假高峰期，每个项目的排队时间基本在忍受范围内，然而顾南的神色显然在说——排队时间太短了。

眼看工作人员清完场就要放闸了，莫思瑶好心地提醒了一句："要不你还是放弃？"

程颐"呵呵"笑着补了一刀："是，小命要紧。"

顾南僵着脸做了个"制止"的手势，没吱声，但在入座时，他径自坐在了程颐与莫思瑶中间，然后紧紧地闭上眼睛，心里默默念着："不往下看就没事，不往下看就没事……"

"你行不行啊？"莫思瑶操心道，"待会儿别吐我身上啊。"

"别吵。"他闭着眼睛，左手却突然精确无比地握住莫思瑶的右手，"借只手给我。"

"不借！"莫思瑶嫌弃地抗议，"放手放手！"虽然这般说，她却也没有挣扎得很厉害。

"我只是畏高，机体平衡系统还挺好。"顾南补充说明，默默地给自己刚刚的勇气点了个赞，然后牢牢抓住她的手不放了。

"是了是了，就你最牛，待会儿别被打脸。"

也不知是否因为身在高处，还是因为握着她的手，顾南有种心跳突然加速的感觉。

他调整了下坐姿，怕被莫思瑶察觉，于是试图将这种不知是小雀跃抑或是小慌乱的情绪掩饰过去："过山车的设置运用到了机械装置提供的动力系统及引力势能，根据能量守恒定律，运作过程就是不停地将力从一种形式转化为另一种形式。过山车带给我们的刺激，是引力作用于过山车中部的质量中心时，让人产生一种被甩出去的感觉。"

他清了清嗓子："因为不是直线运动，还会由于轨道的形状如圆形、椭圆形、山丘状等蜿蜒盘曲的不同设置，而产生各种不同的刺激体验。但情绪上的刺激体验这种东西，多半是没有半点收益回报的，并通常伴随着行为上的冒险，使人身处于存在不安全因子的环境之下……"

莫思瑶越听越好笑："冷静一点，不过是个过山车。"

"问题是，这种不安全因子，很可能是致命的。但凡是机械类的设计，就可能存在故障风险，前两年英国某游乐场过山车故障，导致两节车厢相撞，十六人受伤，两名少女被迫进行腿部截肢……"

"顾南，你可以闭嘴了。"莫思瑶假笑，顺势瞪了这个没眼色的家伙一眼，没看到前面那对情侣在给你飞眼刀吗？

他却隐隐衔着笑："为什么明知有危险，每天来体验这种游戏的人仍络绎不绝？"

"大概这世上很多人活得太无聊了吧。有些事，总得体验那么一次啊。"

"不对。"顾南微微睁开了眼，偷偷睨了莫思瑶一眼，更加握紧了她的手。

——大概是因为能拥有这样光明正大地握着你的手的机会吧。

整个过程，程颐并没有机会插嘴。他突然想到了林茜，她昨晚没有回家，也好，这样他也不用跟她多费唇舌解释什么。这算冷战吗？要怎么和好？在二人关系中习惯被动的他突然有些茫然。

工作人员检查完防护措施，车子缓缓地开始往上爬。

程颐的思绪微微有些飘远。

这段时间，林茜总是在找碴挑刺讥讽，随之不是冷战便是无谓的争吵，让他身心俱疲。林茜聪慧了这么久、体贴了这么久，却执意在应该稍微装傻的时候精明到底。

其实他也知道，错不在林茜——他只是在看到婚礼照片上出现的莫思瑶的背影时，下意识地质问她为什么不能保守这个秘密。

因为他太幸福了，才衬托得被这个世界遗弃的莫思瑶有点可怜。

莫思瑶其实没有错，但林茜也没有错，所以他错了吗？这样纠结的情绪让聪明的林茜一下子找到了问题的根本——

"不要让你可笑的英雄主义作祟，莫思瑶现在过得很好，你没有必要打扰她，她不是你的责任。"

看着笑得开怀的莫思瑶，程颐突然意识到林茜说得对。

"喂！程颐，下车了！"莫思瑶的声音把他拉回现实，此刻不知是因为阳光照射的关系，还是因为兴奋，莫思瑶满脸通红，"走走走，下一个。"

"不，我就先回去了。"他有点想林茜了。说着，程颐又睨了眼那个叫顾南的人。

刚刚听思瑶介绍时，他就觉得这名字耳熟，虽然一时也不知道在哪里听过，但显而易见地，这个男人身上一直散发着对他的敌意，即使收敛得极好，倒也不像寻常学生那般冲动与浮躁，有种铅华洗尽后的从容。

顾南此刻的脸色有点白，但似乎在他的承受范围之内，所以精神尚可，甚至借故微微靠在莫思瑶身上，让程颐感觉分外扎眼，但他张张嘴，终究什么都没说。

"也好。"莫思瑶也很识趣，毕竟今天她玩得很尽兴。

"不用送你们了吧？"

"哦，不用，顾南开了车。"

看着莫思瑶脸上肆意张扬的笑，程颐恍然忆起那些年，他最珍惜最怀念的始终是她的笑容。

莫思瑶，你可一定要幸福啊。

"好。"他突然伸手弹了下莫思瑶的额头，就在她打算呼痛抗议的时候，他微笑着说，"谢谢，我的心情好了很多了。"

"加油。"

"你也是。"程颐望了眼顾南，迟疑了下，"有什么事，帮我看着她一点。"

"我会，但不是帮你。"顾南言简意赅。

"都无所谓了。"程颐看向莫思瑶，"珍重。"

莫思瑶也冲他笑了笑，自此后，山高水远，千山暮雪，望君亦珍重。

第六章
你不是紫霞，我也
不是至尊宝

　　和程颐分开后，莫思瑶意犹未尽地拉着顾南继续，但排队的人越来越多，他们也就排了两三个项目，时间便在排队与游玩中悄然溜走，再抬头，已然近黄昏。

　　顾南拉着莫思瑶在夕阳下合拍了一张相片。随后，她很快在朋友圈里刷新到了这张合照，且他附上了一条消息："放心，只对你可见。"

　　得亏自己长得还算漂亮，没有拉低颜值平均线……

　　直到这一刻，莫思瑶还是很感慨世界的进步。想当初，她最大的愿望就是上大学后有一台数码相机和一个MP4，现在这两者不但结合了，还有游戏与支付功能，号称一部手机走天下……

　　这之后的日子过得还算安稳，莫思瑶秉持着积极参与、充实人生的态度，积极参加了学校的一些社团，但她很快就发现自己真的有些落伍，很多名词她完全听不懂，看到宿舍里的人聊得热火朝天的样子，她只得默默地微笑着点头应和，然后偷偷用手机上网查询。

　　莫思瑶无比庆幸自己还算可以的学习及接受能力。

　　日子就这么平顺地继续进行着，但对于顾南而言，并不是……

　　自打见了程颐，他突然意识到有些过往仍在莫思瑶的生活中有着举足轻重的影响力，甚至他能大概猜出那次她放他鸽子的原因，危机感便这样稳步上升。

顾南并非那种坐以待毙的个性，他去罗素梅那儿旁敲侧击了下关于莫思瑶与程颐的过往，随后忍着醋意，找了点关系去了解了程颐这个人。

事实上，关于程颐的存在，多少是在莫思瑶的日记本上体现过的，大概是因为他们彼此太熟悉且关系稳定，虽留有痕迹，但叙述篇幅与描写笔墨并不算多，但这样反而危险，侧面反映此人已渗透至她生命中的点点滴滴——谁会天天在日记里写自己的爸妈和三姑六婆？

唯一值得庆幸的是，那个男人另外肩负了责任。

要不是被莫思瑶三令五申不可张扬，然后顾虑到莫思瑶存在的特殊性以及她的担忧，顾南确实会敲锣打鼓大喇叭二十四小时循环播放，向全世界宣扬她是他的"灯泡"啥的，让人知难而退，但如今他只能顺应她的感受。

但是据他了解，确实有不长眼的人意图把网撒向她了，好在他招呼打得早。

为什么大多数人的记忆像鱼一样只有七秒？

新生报到那天他在牌子上写的名字，这么快就被人们忘记了？

难道他非得在那个名字后面加个"是我的"才看得懂？

基于种种考量，他大概就是保持着一种"老子现在有目标了，虽然很想告诉你们她是谁，但老子不说，聪明的自己去察觉"的状态。

连赠送各种礼物的时间也颇具体贴性，大多是在月黑风高夜，她身边无人时。

顾南是感恩的。

年少的执念突然坠入凡间，鲜活明亮地在他面前展露笑颜，这些年被压抑、无处释放的情怀被瞬间激活，他那一颗心只因她的存在而跳得越发有力。

莫思瑶。

真好，她来了，他还在。

甚至因这些年的磨砺与挫折，他已茁壮成了一棵大树，能为她遮风挡雨。

顾南自己都觉得这样汹涌的情绪陌生得让自己惊讶，他只能小心地克制着自己，不把她吓走。可他还是想做些什么，为她做些什么。

　　大一迎新晚会的时间定在了九月底。

　　军训一结束，各院系节目选拔活动便如火如荼地进行着，因大一新生刚从魔鬼式的复习模式里解放出来，对才艺展现有着比较高的热忱与参与度，所以响应的人数还挺多。

　　理论上来说，场面越大，气势越恢宏，表演方式越新颖的就越有竞争力。

　　时间总是眨眼间就在指缝中偷偷溜走，在进行了几个轮次的筛选后，大概的节目单可以说已经定下来了。除了大一新生选拔的节目，还邀请了一些"专业"表演队伍，譬如校舞蹈队、学院街舞团、体育系武术队之类的作为热场或压轴节目上场，整个晚会流程基本拍板了。

　　因此，当顾南直接找上了整个迎新晚会的策划者，开口便问人家"还缺节目吗"的时候，哪怕顾南的名声在建筑系乃至整个A大都有一定的知名度，对于这种明显的黑幕，策划者虽说没有直接说"不"，但还是打着哈哈委婉地拒绝了。

　　"那——"顾南表现得极有诚意，"如果我说我能拉到蔚南科技的赞助，赞助金额由校方定呢？"

　　策划君："……这不大好吧？"

　　"那赞助未来一年的官方活动呢？"

　　策划君双眼发亮，那还说啥？把你黑幕成冠军都行！不过……

　　"那啥……顾师兄您唱歌应该还可以吧？"需不需要假唱服务什么的？

　　顾南微扬的嘴角其实是能证明他的好心情，他轻轻挑眉："你猜。"

　　这次的迎新晚会，莫思瑶其实很想参加，毕竟她自幼在文艺表演这块还算累积了丰富的演出经验，只是她提议的《老鼠爱大米》《猪之歌》《当你孤单你会想起谁》因为太土而被一票否决了……然后因为准备时间短，宿舍另外三人临时成立的"TFgirls"组合出征了。

　　嗯，果然第一轮就惨遭淘汰……

　　A大的迎新晚会向来声名在外，其节目的丰富性及表演的精彩程度搁在任何地方都能迎来一片喝彩，且今年临时搭建的舞台上还竖起了由赞助方提供的两块大电子显示屏，看起来格外高端大气上档次。

迎新晚会当晚，因为肖晴要陪男朋友，邓楚悦唱歌不行，被拉去当跳舞群演了，宿舍只剩两个人，所以董舒然一大早就拉着莫思瑶去占位置，结果发现几乎没啥好位置了。

待临近演出之时，许多班级是组团出现的，现场人山人海，照着演唱会的模式还给每人发了荧光棒等小器具，还没开场气氛就被调动了起来，俨然一个大型演唱会现场。

卖炭翁：在哪儿？发个位置共享。

莫思瑶在嘈杂声中看到这条微信时已经晚了不少，她瞄了眼董舒然，回了一句"不方便"，然后想了想，又回道：说了是迎新晚会，你要是本书都已经旧到发黄了，还凑啥热闹？

卖炭翁：不是我说，是谁因为选歌问题连宿舍女团都被淘汰了的？

……扎心了，老铁！

卖炭翁：我错了。

卖炭翁：等着。

莫思瑶瞄了眼"人海"，把手机往随身着的小包里一揣，没放心上。

眼看人越来越多，董舒然回了条什么信息，原本还嘟着嘴怨念着来得太晚的她突然眼神都发亮了，因为没多久就有个工作人员朝她们走过来，然后领着她们俩往前面挤。

随后，那师兄指着一排赞助商专座的其中两个，小声对她们说："你们坐这里吧，嘘，低调点哦。"

董舒然一嘴一句"哇，谢谢师兄""师兄你太厉害了"，那师兄客套了几句，说有点忙就先走了，临别时，神色复杂地看了莫思瑶一眼。

这眼神被莫思瑶敏锐地捕捉到了，总觉得别有深意……

"啊，我跟这位师兄也不是很熟，他是不是对我有意思啊？"董舒然兀自沉浸在不可思议的幸福中，她简直不敢相信自己的好运，抓着莫思瑶胡思乱想。

莫思瑶感觉如果那人真的对她有意思应该不会这么敷衍，只回了句"我也不知道"，随后打量了一下周遭，发现这完全是 VIP 位置，视野相对开阔，离舞台距离适中，扩音器的音量也不会近到刺耳，然后不知怎的，她就联想起了顾南的那句"等着"。

……这不会是他安排的吧？他没这么神通广大吧？

当然，这个想法并没有占据莫思瑶太多的时间与精力，因为晚会很快就开始了。一如期待的那样，整个舞台的视觉效果特别好，青春洋溢，搭配起电子屏的使用，各类精彩的歌舞表演一个接一个，让人目不暇接、热血澎湃。

主持人也是典型的两男两女的搭配，声音很入麦，普通话很标准，感情也很到位，说的"邀请了一位特邀嘉宾"也都没有问题，问题是——

"有请——顾南！"

谁？

顾南？！

莫思瑶心里"咯噔"一声，不会刚好是她认识的那位吧？

只见工作人员迅速摆好麦克风，紧接着，电子屏上便出现了一个身影，很不巧，确实是她认识的那位……

他抱着把木吉他上了台，有点随意的样子，稍微做了发型，衬托出他精致白皙的脸庞，身着极简的纯白色T恤，搭配浅蓝色牛仔裤，简练而清爽。

灯光之下，他白得亮眼，高清摄像头下皮肤状态很好，没什么瑕疵的样子，而且，他似乎微微地冲摄像头这边看了一眼，眼波流转，目带笑意。

在莫思瑶此刻这个位置，不需要电子显示屏也能看清他的模样，更多华丽浮夸的形容词其实没什么必要，许多年后，莫思瑶回忆起这个画面，发现只需要简简单单的一个"帅"字便能精准描述，让人怦然心动。

他今天的每一个举措，都能完美地诠释这个字。

莫思瑶毕竟是花一样的年纪，复习的闲暇时间她脑子也会抛开程颐，冲着海报上的某某男性明星尖叫花痴一下，如今，以一个标准的爱好艺术的少女来说，这种纯粹的对美的欣赏能力她绝不欠缺。

借着夜色，她难得能放松地多看了他几眼，竟一时间有些想不起来最初时他那满脸挂彩、桀骜狼狈的样子，他就那样坐在高脚凳上，优雅从容，一只脚支撑着木吉他，搭在吉他上的手指白皙修长，头微微垂着，镜头下的侧颜精致。

　　莫思瑶的眼眶微微有点发热，若当初她眼睁睁地放任他被撞，才会成为她一辈子的思想桎梏吧？她是否能真的收拾心情坦然面对高考？是否能问心无愧地走在路上？她不知道，但也不关心了，因为当年的那个男生，已成长为她所能想象的最美好的样子。

　　顾南看似随意地拨弄了下琴弦——

　　当木吉他独特又清脆的琴音透过麦克风自音响里传递出来时，便滋生了一种让人觉得特别放松而不自觉投入的魅力。

　　随后熟悉的旋律形成，一个让人着迷的男性中低音就这样猝不及防地闯入众人耳中："当你孤单你会想起谁，你想不想找个人来陪……"

　　声音戛然而止。

　　这一瞬，这不知是不是被音响美化过的声音侵入耳朵，莫思瑶突然感觉浑身的鸡皮疙瘩都起来了，一股酥酥麻麻的感觉直接从后背蔓延至全身。接着旋律转化到另一首曲调上，然后莫思瑶就听到了众人齐齐发出的感叹声。

　　这是一个特别苏的声音。

　　这是一首特别老的歌。

　　这首歌在这个环境里其实特别土，说句伤自尊的话，这首歌在座的估计很多人没有听过，可这一瞬间、这个场景，有这样一个人，唱着这样一首歌，会让人觉得什么都可以被原谅。

　　只见电子屏幕上随着他的嗓音，展示了一幅简单又不失精致的素描画，画上是个绑着马尾的女生的背影，女孩五指张开抬起来比向太阳，似有阳光从她指缝透露，寥寥几笔红色落在女孩的背包上。

　　"致你"两个字悄然横在屏幕之上，又以特别艺术性的烟雾状消失。

　　莫思瑶微微张了张嘴，却又不知道该说些什么，只感觉此刻的心情特别复杂。

　　留白之后，他的歌声终于继续，整个节奏突然欢快了起来。这个配曲她在某视频软件上经常能听到，只是那耳熟能详的歌曲，经过他的演绎，又别具风味——

　　"我想带你去浪漫的土耳其，然后一起去东京和巴黎……"

　　电子屏幕上的画也随着歌词的变化而呈现出当地标志性的建筑物，

唯一不变的是那个背着红色书包、绑着马尾的女孩，那抹亮眼的红，竟勾起了所有女性生物心底的粉红小泡泡，一时间尖叫声四起。

很多人不自觉地跟着他唱了起来，随着歌词告一段落，吉他声再一次戛然而止。

音乐又换了。

"和我在成都的街头走一走，直到所有的灯都熄灭了也不停留。你会挽着我的衣袖，我会把手揣进裤兜，走到玉林路的尽头，坐在小酒馆的门口……"

应景的画面便是这般：一个高大男孩双手揣进裤兜，脸微微侧着，似乎低头看着那个背着红色背包的女孩。画面有种别样的温馨感。

现场突然炸开了。

事实是，当你在马路上看到一个帅小伙弹着木吉他唱着歌，你或许会感慨"哇，太好听了吧"，会情不自禁地鼓掌，但绝对不会失控地尖叫踩脚。而此刻挥舞着的荧光棒让所有的气氛都到位了，加上顾南那侧脸确实好看到太具蛊惑性，很容易被周遭的热烈气氛所感染。

这个带着些许嘶哑磁性的男性中低音，在过人的画画才艺的加持下，以及画中背红色书包的女孩背影给人留下的无限遐想，成功地将这里变为了大型追星现场。

莫思瑶身边就有一个特别典型的案例——董舒然疯了。

"啊啊啊，怎么办，我要疯了，我要疯了！太帅了！"

"哇，怎么办怎么办，帅到没朋友！"

"啊，帅到犯规！"

"他……他叫顾什么来着？瑶瑶，你有没有听清楚他到底叫顾什么来着？！"

"瑶瑶！你说他是不是往我们这边看过来了？！"

拜托，冷静一点……

莫思瑶握着拳头反复深呼吸，此刻她只有一个念头，这画面的最后要是敢出现她的名字，她一定会冲上去把他的脑袋拧下来！

绝对不是开玩笑！

歌曲总有结束的时候，当最后一个音符落地，顾南悠悠地以气音来了句口白："当你孤单，你会想起谁……"完了还轻轻勾了勾嘴角。

画面停止在一处江景，对岸高楼林立，女孩还是背着那个书包，似乎是放声在呼喊着什么，能感觉到她朝气蓬勃的样子。

完了。

莫思瑶发现男人骚气起来，比女人简直强一百倍……

董舒然浑然失了理智地跟着一群妹子一起喊："想起你！"

"啊啊啊，想起你！"

真吵……

莫思瑶满脸黑线地想，大概真的疯了吧……

好在她的名字没有出现！

眼看着顾南在掀起一股浪潮后已经悄然退场，董舒然还在那儿反复念叨"啊，师兄好帅"之类的，惹得莫思瑶没忍住呛了她一句："也不是在说你，你到底在兴奋个什么劲呀？"

董舒然哼了一声："难道你有个同款红色书包，就以为他说的是你？"

"我……"

我忍！

接下来的舞蹈表演似乎便少了些什么味道，大家的思绪似乎还沉浸在上一首歌里，进行到一半的时候，董舒然认识的那个师兄又走了过来，然后将一本素描册递给了莫思瑶。

莫思瑶有种不祥的预感。

她就说这师兄的眼神别有深意！现在也是，这种一言难尽的眼神到底是怎么回事？！

董舒然的神色也有点复杂……可作为一个有素质的大学生，她也不能硬抢吧。她凑过来特别"天真无邪"地问："咦，这是什么呀？"

莫思瑶没搭理她，偷偷打开一角往素描册里瞄了一眼，内心已然癫狂。

果然是刚刚展播画的原稿图啊！这就是个可怕的烫手山芋啊！

莫思瑶在心里把没眼色的顾南痛骂了一顿。

"什么呀？给我看看！"董舒然仍不放弃。

"没什么……"莫思瑶捂得紧紧的。

"既然没什么，那给我看看呗！"

"不能看！"

董舒然捞了一把捞了个空，她噘起嘴，愤愤不平："为什么不能看？你说，你是什么时候认识李师兄的？刚刚怎么不告诉我？"

"我真不认识他……反正不能看——"

"啊！"董舒然突然惊呼了一声打断她，然后"冰释前嫌"地猛地拍拍她的手，指着那边兴奋地道，"喂喂喂，瑶瑶你看，是顾师兄呢！李师兄居然认识他！我待会儿去问问他有没有顾师兄的微信！"

……你开心就好。

"啊，顾师兄又看过来了！"

莫思瑶隔空瞪了顾南一眼，随之眼不见为净，琢磨着公开顾南的微信号会不会是很好的报复方式。

董舒然像是突然想到什么，凑过来用手肘碰了碰她，微微抬起下巴道："哎，你信不信，明天那个女生别说是脸了，连内裤颜色都能被扒出来，好好留意学校的各个交流群吧。"

莫思瑶震惊得恨不得在脸上画一个叹号。

这个浑蛋，她一定要立刻公开他的微信号！要死大家一起死！

顾南简单地和李越道了声"谢谢"，寒暄了几句，又往莫思瑶那边看了一眼，知道现在走过去有可能会被压在地上打，所以他也不去自讨没趣了，只是在微信给她发了个"笑脸"表情，然后背着吉他准备撤，点头回了几个打招呼的学弟学妹。

一路拐出准备区，迎面就见到了抱着胸好整以暇地恭候他的老朋友苏颖。

顾南心情不错，主动开了腔："怎么有空来？"

"来看看赞助费都花在哪里了呀。"苏颖俨然一副轻熟女的装扮，大波浪卷发衬托得她别有风情，"可以啊顾南，假公济私啊。"

顾南倒也没否认："不会亏的，放心。"

"我说的不是这个啊，说起来，你以前对'姐姐'会比较感兴趣，怎么，改口味了？"

苏颖比顾南大了将近三岁，当年她还是学生会会长的时候一手提拔了顾南，在这家伙身上，她见不到大一新生那种刚从青少年步入成年转变期的稚气未褪，他坚定，目标明确，敢作敢为，利用自己外联部干事的职位便利，打通了不少人际关系。在学业上出类拔萃，在相貌上英俊过人，自然勾得不少女生芳心大动。

苏颖有些恍惚地想起当年他因厌倦了被人告白，而拉着她当挡箭牌说"我只对姐姐有兴趣"时她心里的悸动，只是这些年的相处下来，她唯一看穿的，是他心底有个人。

女人的直觉总是精准得可怕，她深刻地知道，毫不夸张地说，他心底的那个人，是超越一切的存在，地位如千年磐石般坚不可摧，无可替代……

她从来无法想象他抱着木吉他温柔地唱着情歌的样子，可今天她见到了，这是有幸还是不幸，她无从判断。

顾南说得很坦然："我记得我拒绝过你。"

苏颖洒脱地笑笑："早知道你就是个小白眼狼，我今天就是来开开眼的。想当年，各种聚会你都不参加，不是说忙就是说没空，从没听过你一展歌喉啊，要不然当年校园歌手大赛也轮不到西祠，他现在在娱乐圈混得挺好的吧，你还有没有和他联系？"

"没有。"

"哦……"

两人突然沉默了下来，还是苏颖先打破了僵局，她吸了一口气，笑着说："我看到她了。虽然你没给我介绍，不过我一眼就知道是她，很青春……"她顿了一下，说，"和你画上那个人很像。"

"哦。"顾南不置可否，"今天还有个课题未完成，你还有事吗？没事我先走了。"

苏颖轻轻摇了摇头："今天刘智请我回来看表演，我总得和他碰个头吧，放松，没别的。不过……公司那边你得空了得回去看看呀，浑蛋。"

"师姐办事我放心。"

她嗤笑一声，道："小兔崽子。"

顾南冲她挥挥手，与她错身而过，没走几步，苏颖又突然叫住他。

"你说过的，你心里的那个她……不在了是吧？"她突然没头没脑地说了一句。

"所以呢？"

"她们是长得很像……"苏颖咬咬牙，面上流露出一些类似于"有句话不知当讲不当讲"的表情，但最后还是下定了决心，道，"做师姐的奉劝你一句，别把人当替身，这样对你对她都不公平。"

顾南突然笑了笑："知道了。"

那个她，一直是唯一啊。

莫思瑶因为担心董舒然说的被人揭老底，思虑过度，一个晚上没睡好觉，问题是就算连睡眠都牺牲了，她也没想清楚怎么就会被人知道内裤颜色了……

临睡前，她气冲冲地在微信上发了个"愤怒"的表情包给顾南。

红豆：你等着！

卖炭翁：在睡梦中吗？

卖炭翁：那怎么好意思？

卖炭翁：等你。

卖炭翁：梦中见。

莫思瑶猛地把手机往床上一扔，在宿舍大喊："啊啊啊，借我一把刀！"

"怎么了？怎么了？"

难以启齿啊！

莫思瑶把话憋回去："别理我，我心肝脾肺肾都疼！"

拉黑！一定要拉黑！

关键是那本画册依旧是个烫手货，董舒然一直在虎视眈眈，莫思瑶总觉得她一定会忍不住翻开看。而一旦她看了，以她那个大嘴巴，绝对会宣扬得满世界知道的！所以，莫思瑶没睡好的第二个原因是那本画册被她直接塞到了毯子底下……硌得慌！

好在迎新晚会的第二天便是周末，不用上课，等莫思瑶迷迷糊糊地起来时，已经快中午了。这天董舒然社团有活动，邓楚悦和人约了拍视频，肖晴还是惯例去约会了，所以醒来时宿舍只有她一人。

莫思瑶想着得赶紧把素描册还了，又想着在风口浪尖上，顾南这个家伙还是能不见就不见。

　　好在她最后想起自己有个带密码的行李箱，小心地把画册藏好之后，她觉得自己昨晚把画册塞毯子下的行为……真是蠢哭了！

　　不过，摸着良心说，那些画再翻一次，她还是有一点点小感动，主要还是因为画技感人。大神呀，想来他学画画起步应该比她晚好些年头吧，果然，人比人气死人啊！

　　洗漱完毕，莫思瑶背着包打算去打打牙祭，再去图书馆做作业。

　　不说不知道，建筑系的学生上辈子简直就是折翼的天使，听师姐说她晚上画图画到两三点是常有的事，还有各种模型要弄，想到这里，莫思瑶难得对未来有一丝忧虑。美颜觉怎么办？但也只能抱着车到山前必有路的念头，走一步算一步。

　　给自己打完气，莫思瑶发现她昨晚提心吊胆的那些事情并没有发生，没有引起围观，没有引发社会热点话题，也没有一夜被扒的惨剧，关注度并不算太高。

　　想想也是，"叶思瑶"这个人在网络上是搜索不到相关信息的，她一没开微博账号，二没有 QQ 和空间，连朋友圈当初和顾南的合照也在她加第一个微信好友时删除了，事后最多是尝试性地转发一些心灵鸡汤……这么说来，她是不是暂时安全了？

　　简单吃了点东西，莫思瑶按计划去了图书馆，却意外地在四楼阅览室遇到了傅盈。

　　这个妹子一直让她记忆深刻，虽说在那个被林茜"宣告所有权"的夜晚，这小姐姐对她以"毒舌"施予援手后，她们没再正面接触过，但八卦是无处不在无孔不入的。听说傅盈在宿舍里偶尔会有些惊人之举，譬如打个坐什么的，进入一种冥想状态，同宿舍的问她，她只说在"背单词"，潜在意思倒有点像"关你什么事"。

　　只可惜，那会儿她还沉浸在程颐另娶她人的悲痛以及新环境和没身份的高度紧绷状态之下，对傅盈也不可能有过多关注，但怎么看她都是个很有个性的小姐姐。莫思瑶现在再瞧她，只觉得这会儿的偶遇是天定的缘分！

　　想到这里，她没再犹豫，一屁股在傅盈身旁坐下，压着嗓门打招呼——

"嗨，傅盈！是我啊，好久不见了。你好，你也考上这儿了？还记得我不？思瑶！"

傅盈用淡定且嫌弃的余光往莫思瑶这边瞄了一眼，倒也没有提包走人，不过也没有应声，继续低头看她手上那本英文原版书。十几个英文字母在瞬间给莫思瑶造成了强烈的视觉冲击，害得她不得不反省一下这段时间是不是有些懈怠了，毕竟所谓的"高三结束后，大学就轻松了"这件事，其实还是取决于个人的学习态度。

大概因为隔壁宿舍的两个妹子前几天提出了转系申请，莫思瑶的思想有些动摇，毕竟经历这么多事之后，当初她对建筑设计的那种执着似乎减淡了许多，然而这一刻，看到傅盈刚开学就这么勤奋有担当的样子，她突然又有了点豪情壮志的气概。

一个勤奋的朋友可以激发自己的学习热情！

眼看傅盈还没有搭理自己，莫思瑶不死心地又凑过去，然后用手在她眼前扬了扬，试图吸引她的注意："别不理我嘛，怎么说也是同学一场，你不是还嫌弃过我？记得不？"

傅盈又扫了她一眼，终于开了金口："识字吗？"然后她若有若无地朝图书馆墙上无处不在的"静"字那里瞄了一眼。

莫思瑶碰了一鼻子灰有点悻悻然，但还是决定脸皮厚一点："我就当你还记得我了，嘻嘻。"

"'静'字看不懂？你这么无知我很遗憾。"

莫思瑶继续厚脸皮，更加压低嗓门："加个微信？"

"我拒绝。"

莫思瑶撇撇嘴："不要这样子嘛，老同学，交个朋友呗？"

"我可以多送一个字——"傅盈以嘴型无声地比画着"滚"。

"不要。"

傅盈看起来似乎有点难得的无语："你的脸皮可以再厚一点。"

"可以、可以！"莫思瑶边说，边将手机摸了出来，"来，加个微信。"然后一时兴起，调到自拍模式，冲镜头比了个"耶"的手势，继续压着喉咙冲着她说，"来，看镜头。"

傅盈似乎有点头痛："看不出来你可以厚颜无耻至此境地。"

"客气客气，嘿嘿。"拍完照，莫思瑶心情挺好，咧嘴笑眯眯的。

傅盈无言地瞄了莫思瑶一眼，突然勾唇笑了笑，这抹笑容瞬间使她的脸部线条柔和了许多，莫思瑶这才发现这妹子镜框后的眼睛其实挺好看的，不是典型的双眼皮大眼睛，但是糅合起来很有味道。虽说有点我行我素，却也不缺"悠然见南山"的洒脱感。

幸好眼下还在新学期开始阶段，图书馆还没到一座难求的地步，所以莫思瑶的聒噪并没有引起太多侧目。

傅盈明显一副不想搭理她、收拾包袱打算走人的样子，莫思瑶赶忙跟上，说："咦，傅盈你去哪儿呀？吃饭了没？咱们一块儿呗……"

"31490202。"傅盈突然报了一串数字。

"这是啥？"

"微信号，记不住就算了。"

"记得记得，31490202……"莫思瑶对数字不算迟钝，瞬间记忆能力还可以，毕竟年轻嘛，她边查找好友边问，"可以扫一下的嘛，这个技能我学会了，这数字有什么含义吗？"

"需要什么含义？"

"不需要。嗯，你说什么都对。"

对话中，两人已走出图书馆，莫思瑶问："你打算去哪儿？哎，亲爱的，先通过好友申请啊。"她厚着脸皮跟在傅盈旁边，笑嘻嘻的。

一直到走出图书馆前的那块空地，傅盈似乎突然想到什么，止住脚步，然后难得地正眼望向莫思瑶，开口："我想问你一个问题。"

"你说。"

"昨天弹吉他秀画技的那个男生示爱的对象是不是你？"傅盈单刀直入。

莫思瑶像是被天雷狠狠地劈了一下，脑子有点卡壳，迟疑了片刻："……啊？"

傅盈淡淡地睨了她一眼。

"顾南，男，保送研究生，大学期间曾多次荣获国家奖学金、优秀学生一等奖学金、学业一等奖学金、A大最高级别奖学金等；参加国际性的某概念城市设计大赛，作品荣获二等奖；大二起参加了几项国家重点研发计划及专项项目，发表过不少论文。主修画图技术时，对程序设计产生了兴趣，兼修计算机应用技术，次年获省IT应用系统开发大赛一等奖、校际 ACM 大学生程序设计大赛一等奖……"

她不间断地描述完她所了解的顾南其人，然后总结陈词："很优秀。"

用平淡的语调毫无波澜地述说这段话让人感觉很诡异啊！让人完全摸不透套路啊！她到底想干吗？！

莫思瑶装傻："呵呵呵，你说的这是谁呀……"

"不用否认了，虽然我没去现场，但是我看了视频，要怪就怪他把你的背影画得太传神了，还有你那个标志性的红色背包，怎么，今天没背吗？"

好讨厌有人从智商上碾压自己的感觉。

"所以，还要不要交朋友？"傅盈微微挑眉，"要不要加微信？"

莫思瑶咬牙："加！"

傅盈浅浅地笑了笑："结合你现在的反应，那就是承认昨天顾南师兄表白的对象是你咯？"

"我……"果然被套路了！

莫思瑶难得感觉自己的智商不够用："你误会了，他那不算表白。"

"你当我傻，还是你自己装傻？"

"你说话能不能别这么犀利？"

"不可以。我没记错的话，高三那会儿，你是不是被人甩了在那里哭哭啼啼？"

"没有。"莫思瑶决定把说瞎话这件事一条路走到黑。

"无所谓，找第二春这件事我理解。"傅盈语速很快。

"你误会了，我跟他真的没什么……"

"哦？"傅盈挑了挑眉，"我对他挺感兴趣的，那你把他介绍给我吧。"

"……啊？"

"蠢。"傅盈下了结论。

"喂！"莫思瑶不得不承认她刚才下意识地有点想拒绝，然而她又找不到拒绝的理由，接着她顺便构思了下傅盈面无表情地和顾南谈恋爱的样子，现在——她的思路被打乱了！

"停止你那龌龊的思想，我说的'感兴趣'，是因为他刚好符合我学习榜样的样子。"

"……啥？"

傅盈又开始往前走，边走边似有憧憬地感慨："你不觉得吗？学习使人快乐。"

"噗……"莫思瑶追了两步突然停下，大笑起来，然后小跑着追上，"你是认真的？"

傅盈睨了她一眼："我天赋不算好，我成绩表上的每一分都是通过努力得来的，可当我努力的时候，你在走神。"

"哈？"她……她总不能说当时自己都已经做好高考的准备，所以老师讲的那些知识点她刚好都懂吧？新知识点她还是学得很认真的！

"我在背单词的时候，你用打电话的声音骚扰我。"

"呃，也就那一次吧。"

"然后你还考得比我好。"

"说明我也很优秀。"

"顾南师兄的整个履历就是我努力奋斗的方向，有可能的话，我希望能向他取取经。"傅盈又停下，"作为交换，我可以针对他昨晚的告白对象是你这件事进行保密。放心，我对恋爱没有兴趣。"

"我不是这个意思……"我是不想主动联络他啊，浑蛋！

"通过了。"傅盈拿出手机按了一个按钮，莫思瑶应声收到通过好友的提示，听到傅盈再度感慨，"记住，只有学习才是我快乐的源泉。"

莫思瑶突然觉得自己做错了什么……

"我希望你也有这样的觉悟。"

莫思瑶再度产生了自己很蠢的想法，送上门给傅盈当朋友，造的是什么孽？

但当她想到自己当时准备考大学时，傅盈还背着书包刚上小学，并且也是这一脸"我爱学习""学习使我快乐"的严肃劲，就感觉意外地戳中了自己的萌点，所以答应了傅盈所谓的"友情"考验。

于是她自讨苦吃地被傅盈戴上了紧箍咒，闲暇时间一直被她简短有力的短信提示着去学习。

而傅盈这姑娘有个很优美的微信名——盈盈一水间。

盈盈一水间：学习本无底，前进莫彷徨。

盈盈一水间：游手好闲地学习，并不比学习游手好闲好。

盈盈一水间：构成我们学习最大障碍的是已知的东西，而不是未知的东西。

盈盈一水间：只要心还在跳，就要努力学习。

……

傅盈每天按时按点发一条关于学习的格言给莫思瑶，导致莫思瑶这段时间陪她一块儿自习的效率达到了最高。

——不要暴躁莫思瑶，想想傅盈的萌点。

——再过两天就放假了。

这是莫思瑶最近常对自己说的两句话。

再想想傅盈所学的智能科学与技术专业，光听名字就足够让人望而生畏了，哪怕傅盈没有再提想向顾南取经的事，莫思瑶也坚定了一个信念：一定要快点把顾南介绍给她！

干脆就在放假前一天吧。

于是在冷落了顾南四天之后，莫思瑶终于回复了他的问候消息。

红豆：在哪儿？

不对不对，莫思瑶一发出去就纠结了，认为自己还在气头上啊，这么快搭理顾南，显得自己对他也有意思似的。不可能的，她上小学的时候他还在喝奶！

不行不行，莫思瑶赶紧又把消息撤回了。

嗯，待会儿就假装发错了吧。

卖炭翁：跟教授在B地考察，国庆回去，想我了？

红豆：……滚！

卖炭翁：有事？你一般不主动联系我。

卖炭翁：开心。

……嗯，这样就不好约傅盈了，算了。

红豆：发错了。

卖炭翁：不信。

红豆：不信拉倒。

卖炭翁：拉倒了，又站起来了。

这人是不是傻？傅盈，你确定跟这家伙取经真的没问题？

卖炭翁：国庆见。

……不见！

"咚咚咚。"敲门声有节奏地响起："莫思瑶。"

"咚咚咚。"

"罗阿姨说你已经起来了，手机里也没几个联系人，屏蔽我也并不能使你快乐。"

"太阳这么好，我们出去走走吧。这么帅的我站在你家门口，引起围观大家会责怪你的。"

顾南的语速不紧不慢，颇有种……气死人不偿命的味道。

"你闭嘴！"伴随着一声大吼，大门猛地被拉开，莫思瑶毫不客气地冲他翻了个白眼，她身穿一件"旅行青蛙"款的睡衣，整个人萌萌的，似乎正在发光，但语气不爽到了极点，"你到底想干吗？！"

顾南看得怔了怔，莫名地有几分慌张与悸动，但他竭力保持面上不显，清了清嗓子："不要浪费大好时光。"

"你怎么这么闲？B地考察项目这么少的吗？你怎么不在那儿待到国庆后再回来？"

"在你出现之前，没人说过我闲。"大多数时候，他还是保持着那张面瘫脸，这是他极好的掩护色，只是嘴角上扬的弧度还是彰显了他的好心情，"这是个不错的体验。"

对世界的漠不关心，让他这么多年来极少对外表露更多的情绪。

也没什么值得他展露情绪的事。

曾经张扬的、桀骜的、放纵的、愤世嫉俗的种种，依旧只是换来渴求亲情而不得的结局。

活着这件事本身就没意思，十二岁的顾南已经有了这样的念头。

可是她救了他。

顾南这个名字对应的这个人，难道不是死了也无所谓吗？难道不是一个神憎鬼厌的存在吗……如果当初死的是他就好了，他常常忍不住这样想，她为什么要救他？

——不值得的。

他想这样对她说。

可她爸爸说："我女儿很好，为了她这份好，把自己活得像个人样吧。"

所以……他必须得好好活着，背负着她对这个未知世界的渴望，替她看看这个未知的世界。

他努力做好每一件事，衔着毫无破绽的假笑，想站到更高的地方去替她看更美丽的风景。可是一想到她其实看不到了，他的心就会愧疚、会痛，会在多年后依旧充斥着窒息感。

——"知道是我……还救？"

——"就是因为知道是你，才救啊。"

傻丫头。

你一定不知道你在我眼底闪闪发光的样子有多美。

顾南假装不经意地松开了一直下意识攥紧的拳头，极好地掩饰了自己的紧张僵硬，在过去与她相处的时候他向来如此："话说回来，你现在，应该要叫我一声学长或者师兄。"

"师你个头啊，你怎么不上天呢？"

莫思瑶觉得自己就是个倒霉孩子，也不知道哪里做错了，激发了他潜在的闷骚个性，偶尔的勾嘴浅笑会让他看起来痞帅痞帅的，可再看一眼，他就又恢复了禁欲男神一本正经的模样。

呸，男神经吧！

莫思瑶毫不客气地"砰"的一声关上门，听见他继续敲门，边敲边闲谈似的开口问："你掉湖里的那次，我换衣服的时候你看到了？"

"滚，洗过眼了！"

"你觉得我还要不要再练练？巧克力腹肌喜欢吗？"

莫思瑶毕竟还是小姑娘，这个话题她一点也不想继续，所以她直接把耳朵捂上，冲回了房间。

敲门声持续不止。

"莫师姐。"

"阳光真的很好。"

"巧克力腹肌真的不用来几块？"

"莫师姐，芝麻开门。"

莫思瑶握着拳头反复呼吸，强令自己保持冷静。

下次看到他闯红灯，绝对不要再救他！

打脸了！

莫思瑶憋着一股气还是跟顾南上街了，为什么呢？因为他锲而不舍地敲门？

不，理由其实她也说不太清楚。

大概是因为他童年的那些经历在她看来实在人值得同情，又看他好像经常独来独往，似乎很寂寞，也或许是他一直为实现她的理想而坚持奋斗的行为让她有一点感动，因而多少对他有点纵容的情绪在吧——毕竟就是个熊孩子，如果她真的不理他，感觉也太悲惨了吧。

"所以你并不是真的喜欢建筑学吧？"她问。

"喜欢。"

"真的假的？"

"我总在想，建筑学一定有什么特殊的魅力，才会让那个姐姐这么喜欢，所以我就一直探索，一直探索，真的觉得还不错。"

"……你就没什么别的追求吗？"

"有啊，计算机应用技术相关的，现在的人工智能方向就挺不错的。"

"什么是人工智能？"

"英文缩写AI，是研究、开发用于模拟、延伸和扩展人的智能的理论、方法、技术及应用系统的一门新的技术科学，这个最直观的就是打开手机，里面的人工智能可以接收语音指令，而帮你处理部分任务操作，甚至能和它进行简单对话。有兴趣的话，我们可以一起探究。"

"……算了。对了……"莫思瑶正了正色，停下脚步，抬高头看向他，"如果我能把你弹吉他唱歌这件事当作是对我表白的话，我觉得我有必要正面回应一下。"

"你说。"顾南面上不显，私下却悄悄握紧了拳头。

"不可能的，你放弃吧。"

果然——即便已经有心理准备，顾南还是感觉被现实的残酷狠狠暴击了一顿。

"哦。"

"'哦'是什么意思，就是咱们达成共识，你放弃了？"

"不。"放弃？那是不可能的。

"……你知道，别看我年纪小，可能某种意义上也不小了，我也刚从一段刻骨铭心的感情中走出来，作为一个过来人，我想告诉你，你现在只是一时被我迷惑……"

"无所谓，你做你自己就好，不用顾虑我。"

"什么无所谓啊，你到底听不听得懂人话啊？我郑重声明，以后千万别再搞这些华而不实的事情了，你再这样，我一定会被吓出心脏病的。"

"那你喜欢什么样的？"

"什么样都不喜欢，这不是重点。重点还是那句话——不可能的。说实话，你是不是因为我救过你，就觉得我像上天派来的脚踩七彩祥云的盖世英雄啊？总之，我可以很明确地告诉你，你不是紫霞，我也不是至尊宝。"

"所以，还是有可能以喜剧结局。"

"那好吧。"莫思瑶深深地叹了口气，"我直说，因为我喜欢的人不是你。"

顾南的笑容蓦地有丝僵硬，原本以为足够强大的心意外地有点疼。

"我喜欢的那个人不是你。"她板着脸，再一次强调。

他浅浅一笑，尝试用轻松的口气道："知道了，真伤人啊。"

"所以你的一些行为会让我感到为难，感到困扰。"

"我下次注意。"

"真的，咱们就做个普通的，或者比普通朋友更好一点的朋友，挺好的。"

"莫思瑶。"他正色道，"我喜欢你。"

莫思瑶无言以对，不是说了这样会让她困扰的吗？！

"我觉得都还没有正式表白就被拒绝了有点难堪。"他突然伸手揉揉她的头，有点戏谑的味道，"真是个自恋的小姐姐。"

"顾南！"

"所以你今天想去哪里走走？还是听我安排？"

"我要回家！"

林茜最近和程颐的关系缓和了许多。

她反复去回味那天她一整天联系不到人，憋着一肚子火，待他回来准备质问些什么的时候，他站在门口，突然一言不发地一把将她揽入怀中，神色应该是妥协后温和的样子，然后他说："林茜，我们以后好好过吧。"

那天，她突然又有了当年第一次看见那个阳光下的爽朗少年时，内心的悸动感觉。

这么久，日日月月岁岁年年，她想要的，不过是一个简单的拥抱。

林茜再一次逼自己妥协，别再追根究底了，好好过吧。

生活的真谛其实很简单，一个孩子，和一个温暖的家。

这段时间，A大新生之间有段视频广为流传，出于好奇，林茜也看了一眼，刚好能瞧见那刺眼的红色从眼前一帧一帧掠过——莫思瑶？

哪怕都是侧脸和背影，林茜也能在一秒内确定。

弹吉他的男生很优秀，林茜的记忆力向来不错，两年前的毕业典礼，这个男生曾作为优秀毕业生代表上台发言……当年他保送研究生，有不少国内外大学抛来橄榄枝，都被他拒绝了，所以校方特地开会讨论了这个问题，决定免除他的一切进修费……

这个瞬间，一种微妙又复杂的情绪弥漫上她心间。

说不出是嫉妒还是别的什么，仿佛有尖尖的小爪子在轻轻挠着她的心，不舒服。她深吸一口气调节了情绪。

"被他爱着的这个女孩真幸福。"她听到几个小姑娘嬉嬉闹闹着说。

她下意识地又点击了一次，歌唱得确实不错，不知道……程颐看见会作何感想呢？林茜突然有点好奇。她也发现自己有时候会情感失控，大概坚守十年这件事让她付出了太多，所以才会患得患失，果然还是逃脱不了女人的通病啊。

她想问他，如果莫思瑶哭着给他打电话，说自己哪儿不舒服了，甚至只是害怕了寂寞了，他会不会第一时间出现在莫思瑶身边？

她又想起当年当她还只是对程颐朦胧地有好感时，与程颐学生活动上的交流，他忙完了就躲在器具室鼓捣着什么，削、切、磨、抛光，后来那东西渐渐地有了雏形，是一个房子的模型。

"这么晚了还不回去？要帮忙吗？"

"不，我自己来就可以了，这'一砖一瓦'都得自己做啊，没办法，命苦。"虽然这样说，他却一脸幸福的样子，"怎么样，漂亮吧？我们家那丫头自己设计的。"

她也不知出于什么心态，随口表达了自己的看法："我觉得这张桌子放在这个位置可能会更好。"

"那不行，得和设计图一模一样。"

"学长也送我一个吧？"她试探地问。

"哈哈哈，不行哦，我答应过只给她一个人做。"

林茜记得那应该是她生平第一次尝到嫉妒的滋味。

"要帮我保守秘密哟。"他笑。

大概那个抬头的笑容太美好，以至于年少时的憧憬，误了她一生。

承认吧，林茜，对于你的婚姻，你一点也不自信。

国庆假期，莫思瑶大部分时间就是陪两位妈妈逛商场，逛超市，逛菜市场，唠嗑，还跟她们学了两道硬菜，虽然顾南有时会骚扰下她，但这并不影响这是个愉悦的假期的结论。

只是夜深人静的时候，莫思瑶还是会想起程颐，想如果一切没有发生，程颐会在军训结束后给她买瓶冰镇饮料，然后他们一起打饭，一起调侃某个同学，周末一起回家。

他们会一起牵着手走在星光下的操场上，用足迹丈量学校的每一寸土地，他们应该会捅破那层窗户纸，他会跟她说："瑶瑶，我们在一起吧……"

想着想着，莫思瑶的鼻头还是会有点酸酸的……可是，没有你我也过得很好。

除了傅盈的那条微信——今天你学习了吗？

……真是个莫名有原则的小姑娘啊，莫思瑶想她的前死党唐苑了。

假期后回宿舍，莫思瑶就听到了一个让人震惊的消息——邓楚悦要转系了。

说是已经收到了学校转系申请的批复，等莫思瑶中午放学回去，邓楚悦的东西已基本上收拾完了。

"没事，别哭丧着脸，我本来就志不在此。"邓楚悦笑嘻嘻的。

"其实咱们专业也不是那种需要调剂才能进来的，分数线要求得还挺高，你怎么说放弃就放弃啊？"

"因为没有意义了啊。"邓楚悦想了想，说，"我觉得我还是喜欢读新闻传播吧，你看我平时就爱鼓捣这些东西。"

董舒然问："所以你现在就要搬啊？"

"嗯，那边给我调配了一张床位，而且我们宿舍离传媒系真的太远了，我要真靠双脚走过去多苦兮兮。放心，我也舍不得你们，以后咱们周末也可以聚聚啊，现在是信息时代，断不了联系的！还有，别说我没提醒你们，记得看我直播啊，老铁们平时多刷刷礼物啊。"

"你可以买辆单车代步。"

"滚滚滚，你看我这气质，穿个小裙子骑单车，不是便宜了某些男生？以后网上尽流传些那些年走过光的小姐姐的照片，然后让你们看着我变成忧郁的小姐姐？哈哈哈……"

肖晴向来是整个宿舍最稳重的那个，一直像个大姐姐一样照顾她们，此刻也代替她们问出疑惑："那你当初直接报传媒系就是了，跑建筑系来凑什么热闹？"

"嗯——"邓楚悦拖长了声音，"因为我想向我喜欢的那个人证明，我不会比他喜欢的那个人差呀！那个人不是想考Ａ大建筑系吗？我也考得上啊！"看得出她心里还是挺在意的，但仍是故作轻松地道，"当初他们谁都不信我考得上，连我爸妈也觉得不可能。你们都不知道啊，我高三那年读书读到都快吐了，考完那天，我抱着我家楼下的路灯柱子痛哭，我真的……不骗你们，考完我都虚脱了，就是累的，我完全是靠意志力支撑过来的。"

"哇，你这么喜欢那个人啊？"董舒然感慨。

"喜欢啊，不喜欢哪能这么拼命啊？我又不傻。"

"你这么苗条这么漂亮他都没选你，他喜欢的那个人得多优秀啊？"董舒然又感慨。

"我跟你说，世界上有些爱情跟这些外在条件是没有关系的。别说Ａ大建筑系了，那个女生高考考砸了，只考上了个三本，灰溜溜地复读去了。然后我喜欢的那个人其实是上了一本线的，但是他……也打算复读。你们说他是不是傻？"

"……那万一复读他自己都没考好怎么办？"

"那我管不着，他脑子进水了。哼，他们爱怎么着怎么着，我就预祝他们百年好合，长命百岁了。我可决定了，我以后的男朋友一定要爱我比我爱他多一点。"

肖晴是目前唯一有对象的，她摇摇头笑笑："那可说不准，要是再碰上个你更爱的呢？"

"那我不知道，到时候再说吧，你也知道我这个人，勇字写胸口，说不定又不撞南墙不回头了呢？我说你们别站着看，来搭把手呀……哎哟，真重！"她边拎着行李箱下楼边说，"不过我还真感激那时候的自己，那么勇往直前、义无反顾，所以我现在至少有一方面是好的，能考上Ａ大，对吧？我爸妈一直觉得我那录取书上写的名字是和我同名同姓，寄错到我家来的。事后，我爸妈走路都是飘的，把他们骄傲得啊，一个劲儿地告诫我，别拿不到毕业证了。"

莫思瑶突然有点喜欢上这个妹子了，大概因为成长的生活背景不一样，也因为身份的关系不想面对"直播镜头"，她先入为主地没有和邓楚悦亲近，只是，邓楚悦的敢爱敢恨却让此刻的她有点羡慕……

"加油！"莫思瑶真诚地说。

"知道了知道了，我会加油的，还有，我说思瑶啊，你有时是真的土，思想观念就像个老古董，这年头谁还没两条超短裤啊，别大惊小怪的。你条件好，大胆点，潮一点，改改风格啊。不是我说，就你这条件，简单化个妆，男人还不是如苍蝇般蜂拥而至。"

"行。"莫思瑶笑了。

"来，自拍。"邓楚悦突然想起了这茬儿，搁下行李箱，和她们几个摆拍了几张，然后似不经意地对莫思瑶说，"有时候你脸上会有很落寞的表情，是不是也被甩了啊？两条腿的蛤蟆少见，男人可是满大街都有，别太沉浸在过去了。"

邓楚悦拍拍她的肩膀："你知道吗？世上有些事凭'加油'是无法成功的，就譬如'我喜欢的人不喜欢我'这件事。我拿着录取通知书去找他的时候，他正陪着那个人去复读班报名。然后我不爽，冲上去跟他说'你就是个瞎了眼的白痴'，然后你知道发生了什么事吗？"

"什么事？"

"他什么都没说，把那个人护在身后，说'邓楚悦，我需要你跟我道歉'。好笑吧？"她自己也笑了，有点释然又有点介怀的样子。

"那个人……很漂亮？"

虽然邓楚悦在镜头前被美颜美化了不少，但素颜底子她是见过的，看起来挺舒服。

"你再说我得骂你了，哪有人逼人夸情敌的？但我说实在话，特别丑，所以我特别想把我暗恋那人的眼珠子挖出来放在马尔福林里消消毒。"她半真半假地道。

"马尔福林不是用来消毒的。"

"要你说？"邓楚悦佯装生气地瞪了她一眼，随后两人都笑了。

大家就这样送走了邓楚悦，在她笑着转身的时候，莫思瑶突然想通了一件事。

有些人要走，你是留不住的。

无非是选择罢了。

一晃又是好些时日。

顾南的问候短信还是每天如一日，有时是个小段子，有时是他自己制作的漫画小视频，有时只是一句简单的问候。莫思瑶心情不错的时候会搭两句话，心情更好的时候，月黑风高夜也会答应他的邀请陪他散散步。

"我这可不算是和你搞暧昧，我心里坦荡荡的。"

"你还是离我远一点吧。"

"干吗呀你，怎么又来了？"

他云淡风轻地维持着那张面瘫脸，继续扮演话痨的角色，其实是在展露他博学的一面。

莫思瑶其实很喜欢听他说话。

他会侃侃而谈西方建筑史，说希腊大角斗场，说圣索菲亚大教堂和罗马万神庙，又说起文艺复兴时期的意大利，佛罗伦萨大教堂的建成标志着文艺复兴建筑的开端。

他说故宫是宫廷建筑之精华，红墙碧瓦，是天子立足之地，是世界上现存规模最大、保存最为完整的木质结构古建筑之一。还可以坐船穿梭在江南水乡，看看青瓦白墙，再撑把油纸伞，漫步雨中。又说了世界屋脊的明珠布达拉宫，自西北南下，岳阳楼别有味道。

他说，只要你愿意，我就带你去看看。

要说她完全无动于衷是骗人的，只是有些伤被埋入海底，表面看起来波澜不兴，但内中潮涌，只能说个中滋味，冷暖自知。她有时不清楚自己在这个世界所扮演的角色，上天为什么会让她来到这里，会不会在另外某个时候把她带走，她心里一点底都没有。

所以，有这样一个知道她所有过去的，可以毫不客气地对他说"我当年……"且不违和的对象如此可贵。莫思瑶承认自己有点自私，明明应该保持更疏离的距离，可偏偏她忍不住继续来往，甚至有一点小依赖，虽然不是归宿，但他就像个可以停靠的港湾，让她得以喘息。

当然，这也离不开他格外自然的表现，并不让莫思瑶感觉到侵略性，只觉得就这样轻松地相处也未尝不可。

好在现代人的记忆还是很短暂的，大家似乎很快就淡忘了迎新晚会上那个弹吉他的帅师兄，董舒然很快又"粉"上了体育部的某副部长，加上莫思瑶大多数晚上会约傅盈一块儿嗑书本，所以她偶尔消失的夜晚，也没有引起注意。

这日饭点过后，宿舍人都不在。因为快期中考试了，顾南说好拿点学习资料给她，用傅盈的话说，大神的笔记千金难求，于是莫思瑶没有拒绝。眼看着夜色逐渐笼罩校园，害怕被熟人撞见的莫思瑶还是约在离宿舍楼稍远点的地方，却意外看到了……程颐。

他等在一栋建筑前，身影很是落寞。

莫思瑶下意识地想走，但是又很担心，做不成情侣就连普通朋友都不能做了吗？日常的关心都不能吗？她站在原处盯着程颐好一会儿，直到他脚步踉跄差点摔倒。

莫思瑶叹了口气，迈步朝他走去。

顾南抿嘴朝她看了一眼，叹了口气也跟了上去。

隔了几米，莫思瑶就闻到了程颐身上浓重的酒味，她皱了皱眉，开口带着责备："你在这儿干什么？"耍酒疯吗？

程颐听到声音抬头，看见她时愣了愣神，突然咧嘴一笑："你来了啊？"随后，他变被动为主动，反扣住莫思瑶的手腕，拉着她往外走，"走走走，去喝酒。"

顾南大迈步向前，横挡在程颐面前："放开她。"

"你算老几？让我放开她？呵，你们认识多久，你知道我跟她认识多久？"

"但你结婚了。"

程颐顿了一下，说："啊，对，我结婚了，那我老婆呢？突然发神经两三天不回家是什么意思？"

"够了！"莫思瑶打断他，"能不能换地方吵？"

眼见人还在校园，程颐这发酒疯的样子对谁的影响都不好，他这会儿嗓门又大，多少引起了注意，所以顾南目光沉沉地看了眼莫思瑶，直接上前将人扯了过来。

程颐低头看了看自己空荡荡的手，突然耸了耸肩："算了，我自己去。"说完，转身离开。

见莫思瑶又想跟上，顾南一把拉住她："你回去，我跟着，保证把人安全送回去。"

莫思瑶摇了摇头："不，我不放心。"随后挣开他，小跑步追上前。

A大附近有一条小吃街，再往外绕两条街是一片繁华地带，吃喝玩乐各类项目应有尽有，地理位置可谓得天独厚。程颐回头看了他们一眼，突然迈开大长腿往前跑。

莫思瑶头皮发麻，也跟在后面跑。好在她还有点体育基础，要不突然跑这么远分钟猝死。大概是有点累了，程颐率先放缓了脚步，然后想到了什么一样，"哈哈哈"爽朗地大笑了一番："追不上。"

这到底是喝了多少？程颐整个人都处于一种亢奋状态，行为及言语都有些失控。

莫思瑶喘着气，皱着眉，感觉莫名地悲伤。

只有程颐嫌自己还没喝够，就这样随机进了一家叫"星期九"的酒吧。

莫思瑶恨铁不成钢地跟着进去了，顾南一路都沉默不语，脸色臭得不行。

这是家格调还不错的酒吧，整体感觉偏蓝色，灯光昏暗，此刻应该正是舞曲时间，程颐完全放飞自我地冲进了舞池，然后放肆地扭着腰，四肢随着音乐比画着动作……

他身材保持得挺好，节奏节拍也抓得准，可扑面而来一股重重的酒气，联想到他这耍酒疯的状态，莫思瑶只感觉自己气不打一处来，直接冲到他面前吼："跟我回去！"

莫思瑶就这样抱着胸站在舞池里，冷眼看着程颐发疯，浑身散发着"老娘很生气，谁都不要惹我"的气息。顾南终于克制不住，直接上前勾着程颐的脖子硬把他扯回了吧台。

两人在肢体上有些碰撞，眼看推着推着就要打起来，莫思瑶又挤进他们中间："别打了。"

程颐索性也不理他俩，自顾自地叫了一打莫思瑶压根叫不上名字的酒。

顾南皱眉，拉了拉莫思瑶："这里环境不好，你先走，我负责把他拉出去。"

"我不放心。"

回头一看，程颐面前很快就上了好几杯酒，看起来就很烈的样子，他一声不吭地闷头一杯接一杯地喝。

就这种喝法，会胃穿孔吧？！

莫思瑶抽出手臂，耐着性子劝道："别喝了……"

"我叫你别喝了！"见程颐不理，她猛地一拍桌子站起来。

"你坐下。"程颐抓住她，似乎想到什么好笑的事，"扑哧"一声笑出声来，然后喝了一杯酒，趴在吧台前，肩膀抽动着，像在笑，却又感觉在哭。

莫思瑶心里有种说不出的难受，就像被大石头重重地压着，压得她喘不过气来。

好像自从她出现后，给他带来的净是些负面影响，他原本是可以过得平淡而幸福的吧……如果那天她从过去而来，首先找到的并不是他，他是不是会过得好一些？

一想到这个可能性，莫思瑶就更加难过，心揪在一处，她是罪魁祸首吗？一切都是她的错吗？

她红着眼吼："你看看你现在是什么熊样，十三年是白长的吗？！光阴统统喂了狗吗？！只长肉不长智商的吗？！"

程颐终于滞了滞，抬起头深深地看了她一眼："那你这十三年去了哪儿？"

"……去哪儿了不重要，重要的是你以后的日子！"

"那……"他耸耸肩，从椅子上下来，站起来看着她，无声地笑笑，"来！敬我们的过去！"

他端起酒杯，再度一饮而尽，喝完又拿起一杯。

莫思瑶起身去抢他的酒杯，但程颐高高举起，并逗她玩一般："手还是这么短，呵呵。"

"程颐！别闹了！把酒杯给我。"她板着一张脸。

程颐逗她："来抢啊！"

"你给不给我？给不给？"莫思瑶气不打一处来。

"不给，就不给——"他突然一把勾住她的脖子，将她压在自己的胸口，"来，我们一起今朝有酒今朝醉——"

"放开！"顾南忍不住一个箭步蹿上前，一把扣住程颐的手臂，强制性地将他拉扯开，并忍不住轻轻推了他一把，"喝死是你自己的事，别动手动脚的！"

"你是谁啊，一直在我面前晃！"程颐在酒精的作用下冲动易怒，只觉得顾南碍眼得很，直接冲着顾南的脸抡了一拳。

事发突然，旁边的人纷纷躲闪。

顾南侧开身，反应敏捷地别开脸，眼看着就要反击的时候，莫思瑶一把横在他俩中间，大吼了一声："冷静点！说了不要打，多大的人了，还这么幼稚！"

大概是如此"凶悍"的莫思瑶勾起了程颐久远的回忆，他突然认栽，居然带着几分委屈撇起嘴，一副"被骂了不高兴"的样子。

莫思瑶推了顾南一把："你也克制一点，别太跟他计较，真动手了不是让局面更加恶化吗？"

程颐"呵呵"了一声,挑衅地冲着顾南挑了挑眉。

顾南整张脸拉了下来,薄唇抿得极紧。

"骂得好,要庆祝一下……"说完,程颐趁莫思瑶不注意,抓起一杯酒就要送进嘴里。

莫思瑶眼疾手快,一把扣住了他的手腕。程颐显然是有几分醉意了,力道并没有控制好,一用力,将那杯酒全泼在了莫思瑶脸上,辛辣的味道刺激得莫思瑶的眼泪一下子飙了出来。

"程颐——"她怒吼。

程颐抿抿嘴不说话,一副乖乖挨骂的样子。

"啊——"莫思瑶气得跺脚,"你是不是要逼疯我?!"

程颐直接把衣服撩了起来:"来,借给你擦擦。"

莫思瑶看着他那个失魂落魄的样子气也不是,怒也不是,她深吸一口气,试图让自己先冷静下来。她皱着眉拂了下衣衫前的酒渍,然后看了一眼冷眼旁观的顾南,犹豫了下,硬着嗓子开口:"我想去下洗手间,你帮我看着他。"然后很正式地微微行了一礼,"拜托了。"

顾南不语。

程颐眼下是真的喝醉了,记忆突然有些错乱,他冲着莫思瑶离去的背影嘻嘻地傻笑,而后突然将脸凑到旁边一小撮人旁边,歪着脸双眼迷离地指着她说:"那姑娘我老早以前就定下了,打算要她娶回家的,谁都不要跟我抢啊。"

"放屁,你已经结婚了。"顾南忍着气噍了一声。

"对对对,我结婚了,那我老婆呢?"程颐直接站起来,勾着嘴角笑,身子微微有些晃荡,"你说我怎么就这么倒霉,就去游乐场玩了那几个小时,居然被她同事拍到了,意外入镜,都这么闲的吗?"

他又指着顾南的鼻子嚷嚷:"你这小子又是从哪里蹦出来的?你知道她最喜欢什么颜色、爱吃什么、讨厌什么、喜欢什么吗?你知道她最难忘的事是什么吗?你知道她画画签名'YY'是什么意思吗?你问我啊,你问啊!"

顾南同样冷着脸,背脊挺得笔直:"最喜欢的颜色是可以随着对事物的欣赏角度而转变的,爱吃的东西总有季节性的变化,讨厌的东西并非一成不变,难忘的事也可以重新创造,我不知道你说这些话的意义在哪里，即使我什么都不知道又有什么关系，未来我有大把的时间，你有这闲工夫不如经营好你自己的婚姻关系。"他一针见血，"醉话什么的，说出来要是会引起误会就少说几句，你现在最缺的不是关怀，而是镜子，什么叫丑陋，我想你照照镜子就可以觉悟。"

在酒精的作用下，程颐像个莽撞少年一样一把冲上去揪起顾南的衣襟："你是不是找死？"

顾南冷睨了他一眼，推了一下没推开，冷哼一声："打架我没怕过。"

"来啊！"程颐大吼了一声，扯着他的衣襟往外拉。

第七章
它突然变成我
喜欢你的原因

莫思瑶挂断了电话。

她在镜子前仔细看了看自己，情绪似乎还有点激动，她深吸一口气，用水洗了把脸，平缓了下情绪，稍作整理后走出卫生间。

人呢？

她目瞪口呆地发现，就这会儿工夫，两人居然不见了！

一个是三十出头的人了，还有一个在读研究生，平日里看起来也算成熟稳重，把她一个小姑娘扔在这种地方真的好吗？去哪儿了？

这两个疯子！

莫思瑶追出门外四周查看了一圈，大概是为了氛围，周遭的路灯并不太亮，只有五颜六色的霓虹灯迎着室内重金属的鼓声闪烁，这个点路上的人并不算多，事实上，许多酒吧的营业时间甚至是晚八点之后。她打了顾南的电话却没人听，后来好不容易找到后巷的时候，两个人已经拳拳到肉打得正欢，分明是酣战了一场。

程颐大概吃了不清醒的亏，动作并没有顾南敏捷，正被顾南一拳抡翻在地，摔出去四五米远，脸上挂了彩，嘴角也有血迹渗出，而顾南因背对着她，所以她不知道他有没有受伤。

"住手！"莫思瑶怒吼一声，气得吐血。

莫思瑶眼见程颐摔倒在地，条件反射似的冲了过去："程颐！"

再抬头，莫思瑶瞪着顾南，责备的话已脱口而出："你打他干什么？打他能解决什么问题？我不是拜托你帮我看着他吗？你——你就是这样照看的，啊？"

说到这里，莫思瑶顿了一下，路灯下，她这才看到顾南的脸上也挂了彩，左脸颊上有明显的瘀青。

莫思瑶咬咬牙："总之——你不帮忙可以，能不能别帮倒忙？"

顾南此刻紧抿着唇，看不出来在想些什么，只是看到莫思瑶费力拉扯程颐的时候，他三步并作两步走近，弯下身试图把她拉走。

莫思瑶反手就是一掌拍开他的手，她直勾勾地看了他一眼，眼神中是不谅解，也带着责怪。随后，她双手紧抱着程颐的手臂，仍试图将他拉起来。

这便是亲疏有别吧……

顾南觉得脸上和左肩上挨的那一拳一点也不疼，但她毫不留情的那一掌痛得他双手发麻，只感觉她那一瞥若刺骨的寒风，刺入他骨髓，令他遍体生寒。

"跟我走！"

莫思瑶再度甩开他的手。

顾南不死心地再去拉，被莫思瑶劈头一顿吼："你没看到他被你打趴了吗？"

顾南恨铁不成钢地瞪着她，却被她回了个坚决的眼神。

她还在心疼他吗？心疼躺在地上的这个男人？

顾南艰难地做了个吞咽的动作，随后一种也不知是恼怒还是嫉妒的情绪刺激得他脱口而出："眼下我虽然还没有资格干涉你的生活，但我知道眼前这个男人是有妇之夫。无论你之前与他有什么样的纠葛、什么样的恩怨情仇，都应该正式画上一个句号！"

他也不知道自己在试图争取些什么，只能以这种相对激进的方式掩盖甚至有些卑微的自己："你不是还有理想，还有诗与远方？你知道你现在扮演的角色相当于什么吗？第三者！一段感情再如何珍贵、怎样感人肺腑、怎样情深似海难舍难分，都不该建立在伤害他人的立场之上！你知道现在这个社会对第三者是怎样的深恶痛绝吗？我看喝醉的不是他，而是你！"

莫思瑶没吱声。

"醒醒吧！没有人能理解你的特殊存在，人只会对既得结果产生直观判断！莫思瑶，感情没有对错，但这段感情的存在会对某些人某些事产生负面影响，你要去审视，去判断，去割舍！否则，你只个彻头彻尾的失败者！"

莫思瑶一声不吭地听完，闭着嘴倔强地沉默着，似乎在强忍着极大的委屈。

"你说完了没有？"

"你清醒了没有？"顾南反问。

"你走。"

顾南默默地咬着牙根："恕难从命。"

这边，程颐挣扎着爬起来，甩开莫思瑶，眼看着又要冲着顾南扑过去。

生怕事态更恶化的莫思瑶试图拉住他，但喝醉的男人力道大得可怕，她实在拉不住，只能势从后面搂住了程颐的腰。一种陌生又熟悉的气息让她突然掉下眼泪，她带着哭腔："程颐，你不要这样！"

她抱着他，只感觉悲愤、心疼、委屈等复杂情绪混成一团："你以前不是这样的！以前的你不会让自己喝得烂醉！是因为我吗？因为我的出现打乱了你原本的生活节奏，破坏了你新有的感情？我是你痛苦的源头吗？程颐，我为此难过，更觉得难堪！我甚至觉得，我是不是不应该活着？我是不是应该直接被车撞死？"

"你胡说什么？"

程颐试图转身，被莫思瑶大叫着制止："你不要回头！求求你不要……"她想止住眼泪，可眼泪偏不听话，"求你，昂首挺胸、神采飞扬地活着好吗？为什么要让我看到你如此狼狈？程颐，我……我认识的你是个阳光爽朗的男孩，他爱笑爱闹，他或许会改变，可他不能改变积极向上、越挫越勇的初心！有问题我们去解决啊！有困难我们去克服啊！摔倒了就爬起来，想她就去找她啊！"

程颐一动不动地听她说完，眼眶也有些湿润，像极了做错事受了委屈的孩子："可是……林茜不理我……"

顾南被眼前这个画面深深地刺痛了眼睛，以至于太阳穴有些发胀，可这一刻他没办法冲上去拉开她，只感觉如果就这样拉开了，她心里或许永远会有个疙瘩。

顾南在心底呐喊：能不能看看我，能不能回头看看我……

但此刻的莫思瑶注定是听不到的，见程颐终于安静，她抽了抽鼻子，坚定地劝他："勇敢点，去找她。"

说完这话，她居然没有想象中的难受和失落，反而有种意外的解脱，于是她索性一次性剖白："这些年的错过，仿佛在我们之间竖起了一条鸿沟，刚开始时你为了陪我，在家里办公时的那些资料我全部看不懂，还有你和别人通话时的淡漠口吻，你布置得冷冰冰的房子……这一切的一切我都好陌生，而且……屋里有你和她的合照……虽然你藏在抽屉里……但是我偷看到你会拿出来看，对着那相片微笑……你爱她，程颐……"

莫思瑶狠狠地抹了把眼泪："你爱她。可即便如此，也并不阻碍我喜欢你、敬重你。喜欢你重情重义，喜欢你意气风发，喜欢你谈笑风生，我想你过得很好很好……所以程颐，答应我，把日子过得我可以想象的最精彩的样子，不用在意我，我没有关系，甚至你可以假装我从来没有回来过……"

程颐因醉酒头痛欲裂，听完莫思瑶的话，他有一瞬间十分心疼这傻姑娘，正试图说些什么，一个带着淡雅香气的身影突然蹿过来，在所有人都没有反应过来的时候，一把拽开莫思瑶，劈头狠狠地甩了她一巴掌。

"啪"的一声，莫思瑶被打得半张脸侧向一边，脑子嗡嗡作响，随之脸上有股刺刺的疼痛，半边脸火辣辣的。接着，她就听到一个因气愤略带尖锐的声音质问道："你在干什么？"

顾南是最快反应过来的人，眼看着那个突然出现的女人再度扬起了手，他一个箭步上前，一把扣住那女人的手腕往旁边一甩，顺势将被打得有点蒙的莫思瑶拉了过来。

那个女人再度扬起手，一巴掌甩在程颐的脸上，冷言道："丢脸丢够了没有？清醒点了没有？"

来人正是林茜，哪怕已经有了心理准备，但刚刚那一幕还是深深地刺痛了她的眼睛。不管出于任何理由，她都只想把涵养与风度统统

187

抛却一边，再做点什么疯狂的事。可她什么都没做，只喘着气冰冷地看着程颐："这就是你说的，你跟她真的没什么？"她强调了"真的"那两个字。

程颐这下悔恨起自己喝了太多的酒，导致反应始终慢人一拍。他下意识地往莫思瑶那儿看了一眼，看到莫思瑶捂脸的样子，又想起林茜刚刚说的那些话，他的语调也冷了几分："你给她道歉。"

"我给她道歉？"林茜嗤笑了一声，"你喝醉了。"

"跟她道歉。"他强调。

林茜咬牙："做梦！"

程颐重重地吸了口气："你怎么会在这里？"

"是我叫她来的。"莫思瑶突然插话。

这一巴掌倒是把她原本止不住的眼泪抽回去了，大概是被林茜手上的钻戒挂到了脸，她半边脸刺痛刺痛的，她看着林茜："这你不否认吧，林教授？"

这倒是提醒了林茜，大概是意外莫思瑶此刻的冷静，她冷冷一笑，仍是气不过的口气："你叫我过来，就是看你和我老公搂搂抱抱？还是你终于打算出手，要把这家伙抢过去？"

莫思瑶不想在这点上纠结，她好好打量了一番林茜，三十岁的她，脸上是岁月对她的优待，时下流行的裸妆，把她装点得气质得宜，让莫思瑶不得不承认，林茜是大多数女人想活成的那个样子。只是，再得体的女人，在嫉妒面前还是会失态。

莫思瑶突然挺直了背，不想在气势上过于示弱，她深深地吸了一口气，开口："林茜，我就想问你一句，你在怕什么？"这话掷地有声。

"怕什么？我有什么好怕的？"

"呵……如果这么不确定幸福，那就不要结婚啊！你结婚是为了每天疑神疑鬼，向我宣告胜利的？然后每天对着你的战利品冷嘲热讽，逼得他也精疲力竭？所以，你是不是吃饱了没事干闲得慌？是不是——"莫思瑶故意停顿了半秒，似乎找了个特别贴切的词，"傻？"

因为她说得太过认真，而且还有两个大男人做听众，以至于气氛除了莫名的尴尬，还让林茜搜索了一圈词库，一时间居然找不到句子反驳。

"既然相爱，为什么要彼此伤害？这些年你能不能不要光长年纪不长脑子，你能不能好好长点心？这个男人，抛下我这个快二十年的青梅把你娶回家，一定是铁了心要和你过下半辈子的。你就不能对他好一点、宽容一点？今天我看到他的时候，他应该就站在你办公室楼下发呆，你应该看到了，然后才跟上来的吧？否则你也不会刚好就在这附近吧？"

莫思瑶突逢变故，确实是变得成熟了许多，但毕竟还是花一样的年纪，讲究的是勇字当头，有酒一口闷、有事闭眼冲的行为准则，她痛痛快快地说着："我跟他青梅竹马、两小无猜，这个谁也改变不了，谁想要剥夺这一切我敢跟他拼命！他挂念我，在我看来这就是理所当然的。养个宠物死了都还得伤心好些时候呢，我跟他这么久的朋友，逢年过节他给我上炷香就是道理！可这十年你动摇了他，他为你动容，想要跟你白头偕老……"

说到这儿，莫思瑶有点哽咽："林茜，于情我们也算相识一场，你走路上碰到我也得叫我一声师姐，于理我是你丈夫的好朋友，有什么让你产生疙瘩的地方，我以后会避嫌，但拜托，别把矛盾焦点集中在我身上！"

莫思瑶一口气说完，往程颐那儿看了一眼："真的，既然时间跟我们开了这个玩笑，那么我们就要学会尊重它，以后少喝点酒，难看死了。"

程颐也微微红了眼。

林茜发觉自己几乎就要被说服了，可再想起刚刚莫思瑶抱着程颐的那个画面，她心里还是有根刺："表面义愤填膺，私下约他去游乐场？这算什么？'口嫌体正直'？寻找逝去的情怀？"

顾南突然出声打断了她："那天我也在。"

"呵……"林茜冷嗤，"你以为我会信你的鬼话？"

"朋友圈有照片。"他轻飘飘地吐出几个字，"过山车也是我坐在中间，他们隔得很开。"

林茜几乎要被气笑了，她还想说些什么，程颐却似乎已经隐忍到了极致，大概酒也醒了些，突然冲莫思瑶说了声"抱歉"，便一言不发地抓住了林茜的手，拉着她就走。

林茜像是又被刺激到了，张口就讽刺："道什么歉？你应该道歉的人是我！"

"回家。"程颐说。

"家什么家，你放开……"

"家什么家？所以你是觉得，那个家真的已经没有存在的必要了吗？"

林茜沉默了。

林茜就这样被沉默的程颐拉着往家的方向走，但这条路，似乎没有尽头，那么遥远。

为什么要喝酒？为什么等在她楼下最后却跟人跑了？

为什么明明是做错事的那个人，看起来却那么生气？

想问的话那么多，林茜最终只挑了一个："程颐，我就问你一句，如果咱俩结婚那天，她真的冲出来扯下我的头纱，你会不会制止她，维护我？"

程颐并没有在第一时间回答，他继续拉扯着林茜往前走，就在林茜几乎以为自己得不到答案的时候——

"你信也好，不信也好——"程颐又往前走了几步，突然停下来，转头对上林茜的视线，认真地道，"我会。"

"……真的？真的？！"

眼泪蓦地涌上林茜的眼眶，她吸吸鼻子，程颐却似乎还有点生气，他不再理会她，放开她继续前行。林茜怔了几秒，猛地回过神来追上去，犹豫了一下，伸手从后面拉住了他的手。

程颐明显有半刻的迟疑，但是真好……他没有放开。

请不要再放开。

在目送程颐二人离开之后，莫思瑶整个人仿佛脱力般四肢发软，唯有脸上火辣辣的刺痛感提醒她刚刚这件事确实发生过。

她待在原地发了好一会儿呆才缓过神来，刚刚的气势全然退去，整个人显得有些恍惚，随后，她露出一抹比哭还难看的自嘲笑容，低着头往与程颐离开相反的方向走。

走着走着，她的眼泪又毫无预警地掉了下来。

顾南始终跟在她旁边，甚至离得有点近。

"你干吗？"莫思瑶见他靠近，觉得窘态都被他看了去，有点恼羞成怒，"走开！"

"借个肩膀给你。"他并没有挪开，面无表情地继续说，"也让我吃点嫩豆腐。"

"……顾南！"

这个玩笑来得毫无征兆，却不可否认起了关键作用，总觉得要哭的气氛被扰乱了些。她狠狠地擦了把眼泪，却因为太用力，蹭得脸更疼，她吸了一口气，越想越觉得委屈。

反正她就是这么任性的人，不行吗？不勇敢不行吗？

可是，又好像很没骨气没尊严的样子……

"哭吧。"这一刻，顾南的声音像是冬天里微微发烫的洗脚水，一下子刺进她心里。

不行了。

莫思瑶只感觉自己的神经及泪腺同时宣告崩溃，她咬着下唇坚持了一下，随后"哇"的一声痛痛快快地哭出了声响。她边哭边拔腿奔跑了起来，只想离他远一点，离所有人远一点，找个没人的地方好好宣泄一番。真是眼泪与鼻涕齐飞，毫无美感可言。

顾南定是不会放任她独自奔跑的，直到她累了，停了下来。

莫思瑶边抽泣边喘气边发泄般捶打在他的手臂、肩头上，边喊："你走开啊！我叫你走开啊！"

顾南任她捶打了好一会儿，猛地男友力爆发，一把将她揽进怀中。他感觉到她胡乱挣扎了一番，然后终于放弃抵抗地趴在他肩头痛哭，眼泪浸湿他的肩头。

他其实有些无措，这样脆弱的她，他好想就这样永远抱在怀里，不让她再受一丁点儿委屈。

许久后，莫思瑶止住了眼泪。

她看了眼揩在他肩上的鼻涕，还是很想哭……

她顶着哭肿了的核桃眼，擤了擤鼻子："纸巾。"

顾南直接拎起自己的T恤："擦吧，不客气。"

莫思瑶犹豫了下，索性一不做二不休地往他身上一揩，然后别开视线："放开我，脏了。"

顾南心里其实微微有些不舍，但还是依言放开，然后陪着她继续漫无目的地走在大街上。也不知道过了多久，莫思瑶平复了些情绪，突然间有了倾诉的冲动。她张了张嘴，压住别扭的感觉，道："我妈在我爸身上受的伤害，我不会让它发生在别的女人身上。"

"我不是小三。"她恨恨地强调这个。

"嗯，我知道……我为我刚才的措辞道歉。"他大概也只是有点"嫉妒得发狂"，顾南想，"刚刚的你很帅……还痛吗？"

莫思瑶点点头。她目视前方，在因走动而忽明忽暗的路灯灯光的映照中，脸上仍有明显的泪水痕迹："痛，但痛是应该的。"此刻的她明显恢复了些精神，"只有痛了，才会吸取教训。"

顾南突然不知道该说些什么："什么教训？"

她重重地叹了口气，用故作轻松的口吻道："就是……别人的男人不能抱啊。"

顾南没吱声，过了会儿，他说："你可以抱我。"

"……滚。"

他一本正经地道："给我两天，我可以练出巧克力腹肌。"

莫思瑶用一双核桃眼向他发射死亡视线。

"其实现在的也不错。"他顿了一下，说，"要不要看看？"

莫思瑶顶着因哭太久而导致的鱼泡眼翻了个白眼："理想有多远，就请你滚多远，好吗？"

"理想和我的距离，就是你和我的距离。"不知怎的，顾南像是卸下了包袱，居然有几分意外的轻松感，"你就是我的理想。"

"你是想恶心死我，然后继承我的妈妈吗？"

"我确实一直把罗姨当亲妈对待。"

"顾南。"

"嗯，我很认真。"

"顾南。"她再次喊他，受不了地强调，"我也很认真，你再讲这些土味情话，我就会认真地生气，认真地不理你。"

顾南终于闭上了嘴。

可没过多久，莫思瑶又主动打破了沉默："其实我觉得自己特别没用，明明已经为这件事哭了好多次了，可还是忍不住，总觉得心里空荡荡的。"

顾南没出声。

"喂！你在听吗？"

"嗯？"

"认真点听好吗？"

顾南看她一眼："哦。"

"其实你之前让我先回去，我有犹豫的，我知道我干这事身份不合适，但是我又觉得我应该负一定责任的。他肯定和林茜吵架了，我想他们肯定是因为我吵架了。不管他状态如何，今天看到他，我其实还是有点开心的。因为在他困难的时候，他能碰到我，就像当初我困难时碰到他一样……可这样是不对的。我是不是特别坏？"

顾南没应话。

"我问你，我是不是特别坏？"

顾南突然伸手摸了摸她的头："其实你问我这个问题，我的答案肯定不客观。因为在我心里，你就是那个最美好的女孩。"

莫思瑶轻哼了一声："一想到不久前，我还跟他一块儿备考我就难过，怎么……怎么突然就这样了呢？不过，今天看到林茜，我知道我以后不会和他联系了……"

"真离婚了也别联系了。"

"顾南，不要诅咒别人的婚姻。"

"你放心，我比任何人都希望他们能白头偕老、举案齐眉、鸾凤齐鸣。"

"你够了。"

"最好是如胶似漆、琴瑟调和、夫唱妇随、比翼双飞、伉俪情深。"

"你真的够了。"

突然好想打他一拳是怎么回事？只有这一个倾诉对象感觉好闹心……

她憋了一会儿，还是没忍住："以前只要他一个眼神，我就能知道他想做什么。他以为他偷偷给我做那些模型我都不知道，其实我都知道。他下课说团委有活动，其实就是在鼓捣这个，我只是假装不晓得。"她勾了勾嘴角，"刚开始来到这个世界，我很震惊，特别害怕，当我回过神的时候，就觉得他虽然变成了大叔，但还是特别想抱抱他，只是他下意识地避开了我。其实当天晚上我就想明白了，我知道他应该有女朋友了……你看，我就是这么了解他，他大概是觉得没有等到我出现，对我有点愧疚吧。我其实就是个不该出现的人啊……"

"关于你的出现，我觉得很好。"

"哦，谢啦。"莫思瑶耸耸肩，"其实感情什么的，这么多年了，再深厚也会变淡的吧。"

顾南微微低头看着这个女孩，意外她居然这么通透，可又不觉得意外，觉得她口若悬河时很美，翻白眼皱眉头喊他顾南时很美，甚至在他衣服上蹭鼻涕都很美……

他大概是病入膏肓，无药可救了。

"顾南，你说，这个世界上有没有什么感情，真的就是矢志不渝、坚定不移的？"

"有。"顾南答得很坚定。

"哪怕那个人已经不在了？"

"是的。"哪怕她已经不在了。

莫思瑶无声地笑了笑，没有说话。

"你这个样子，暂时不想回宿舍吧？"顾南突然想到什么。

"干吗？"

确实，她脸上被刮了一个红印子，还有点肿，回去肯定少不了被盘问……更不能回家给她妈看到……唉，伤脑筋。

"虽然很希望程颐能帮你回去，不过，在寄望他们能白头偕老、伉俪情深的前提下，只能希望林茜吃鱼卡小刺了。"

"噗——"莫思瑶终于笑出声，偏偏扯痛了脸，她轻"嗷"了一声，又捶了顾南一下，"一个大男人，面无表情地讲这种幼稚的话你好意思吗？"

"你认识我的时候，我还是不良少年。"

……她竟无法反驳。

莫思瑶这才想起他也有伤，男人的力道还是重些，他脸颊其实也肿得挺明显的。

"你呢？伤口还痛不痛？"

"痛，不过痛就对了，痛才能长记性。"

这句话莫名耳熟。

"什么记性？"

"不能让自己的女人随便离开自己的视线范围。"

莫思瑶熟稔地继续翻白眼："顾南，你知道我生平最讨厌什么人吗？"

"什么人？"

"不良少年。"

"哦。"顾南勾勾嘴角，"你知道，女人有个别名叫'口是心非'。"

"滚开！"

"带你去一个地方。"

顾南叫了辆的士，然后车子驶向了郊区。

莫思瑶发现自己的心也真是大，如今是信息网络时代，什么女大学生失踪案她还是有所耳闻的……她给董舒然打了个电话说有事不回宿舍，然后又循例给她妈报告了下踪迹，随之偷偷瞄了眼顾南，意外地觉得很安心。

这从侧面可以反映出，她还是挺信任他的吧？

就是司机大哥热心得有点过分了，从后视镜里偷瞄了他们好几眼，突然一脸八卦地开腔："哟，小两口打架啊？"

不理他不理他，莫思瑶在心里默默念叨。

"小伙子这就不对了，媳妇儿这么漂亮，你也下得了手啊？"

大叔，虽然你夸我的措辞很到位，但我是不会让你的糖衣炮弹得逞的，就他那烂个性，绝对找不到对象！

"我说啊，打架可不能打脸啊。不不不，应该说，不能向女人动手，下次要还这样，我可得报警抓人了啊。"

莫思瑶忍了忍没忍住，道："我们不是小两口。"

"唉，小姑娘，床头打架床尾和，你看小伙子长得还是挺标致的，下不为例了呗。喂，你还不哄哄你老婆。"

顾南原本一直没搭腔，听到这儿突然笑了。

莫思瑶被这个笑容弄得毛骨悚然。

司机大哥一副"看，被我说中了吧"的表情，边等红灯，边语重心长地劝导他们："小两口，吵吵闹闹总是难以避免的，但你迁就下我，我迁就下你，很快就一辈子了，千万别动手，一动手，感情就生分了。"

"大叔，我跟你说，我再爱的人，但凡敢跟我动手，那绝对不是感情生分了这么简单的后果。"

"我不会跟她动手的。"顾南突然搭腔，"舍不得。"

莫思瑶被噎得沉默以对。

还让不让人好好坐车了？！

车子最后停在稍显清冷的地方，周边的建筑群大多不超过四层，夜色中看起来都灰扑扑的，唯有一间视觉上就让人眼前一亮，外面画着一幅颇具艺术气息的墙画，一扇紧锁的防盗门点缀其中，竟能融为一体。

"这一片早几年比较荒凉，近几年电子商务发展比较快，这附近改成了仓库及物流流转地，平日里都有人在，对面就有个治安巡查点，挺安全的。"他解说道。

沿途，顾南和周遭的人打了招呼，有人笑得暧昧："哟，第一次带人来啊，女朋友？"

是女性朋友，谢谢。

莫思瑶懒得解释，问道："是去哪儿？"

"我的秘密基地。"

"多大的人了，还搞什么秘密基地。"

"你不懂，这是每个有机甲梦的男人的梦寐之地。"

"难不成那里面还有个机甲？"

"擎天柱那样的还真没有。"顾南掏出钥匙开门，"但可以考虑。"

一进门，莫思瑶仿佛进入了一个新世界，忍不住"哇"了一声，太棒了！

整个空间看起来百十平方米，被改建成小复式的结构，原本应该是间小厂房，如今各个空间都被完美利用起来，被打造成一个一个的小隔间，除了入眼处一间工作室中堆放了四台电脑，其余每间都挂满了他的作品，似随性又像是刻意地被固定在墙上。

眼下的图纸，一张张一页页，展示着各种高矮建筑图、室内设计图，有未完成品，也有随性所至的几笔草图。

莫思顺着小隔间一间间看过去，便是他的各种美术作品，素描、水粉、速写，画着全国各地的标志性建筑，有江南水乡，经典园林及六朝古都……当一张张随笔画以惊人的数量展示在面前时，这种视觉上的冲击，让她格外震撼。

除了画，各种小展柜上还放着各种模型，有完整的建筑大楼，也有别墅模型、小小的梯子、各种镂空的建筑截面、精细的各类内饰……完全像是一个小型的艺术展览馆。

一种自发性的、由心而生的膜拜感逐渐涌上心间。

莫思瑶隐约知道顾南算特别优秀的那一类人，但只有亲眼所见，才知道他比想象中的更优秀百倍。

"你……你太牛了！"她由衷地赞叹。

顾南默默地给自己一个赞，但面上不显，完全看不出骄傲，只是嘴角矜持地略微上扬。

"这之前是个私人小作坊，后来就是熟悉的套路，老板干不下去跑路了，就荒废了下来。家里实在是放不下了，大二那年我跑了大半个 C 市，才找到这里，长租了下来。但再过两个月租期就满了，老板明确表示了不续租，所以我有两个月的时间找地方搬，要来帮我吗？"

"嗯！"莫思瑶拼命点头。她这儿看看那儿瞧瞧，只感觉目不暇接，惊叹连连。

"这是什么？感觉好难呀。"她指着一幅立体图问。

"还行，以后你就会运用到几个软件，像最基本的 Photoshop、SketchUp、AutoCAD 等，掌握了就还行，你手绘能力很不错，这是基础，对你很有帮助。"

莫思瑶重重地叹了口气："突然感觉入错了行。"

"你很快就会领悟，建筑系根本就不会让你有时间睡觉。现在还是基础，之后除了画图，你会发现你大部分时间还是在画图。"

莫思瑶撇撇嘴，叹了口气，突然眼前一亮："哇！这是什么？"

"这是我设计的一些游戏图册，兴趣所致。"

"好漂亮！"莫思瑶嚷嚷着，"我要学这个！"

"嗯，我教你。"

莫思瑶又逛了一圈，连连感慨："你真的太厉害了！你画这些东西得花多少时间、多少精力啊？"

"熟悉了就很快，这里很多只是草图。这里是这些年逐渐改造的，防潮防虫还不错。"

"那也很了不起，为了怕你骄傲，只给你九十九分。"她给他竖了个大拇指。

"你是第一个来这里的人。"

"荣幸万分，你应该早点带我过来。"

顾南看着一脸兴奋的莫思瑶，目光柔和，随后他强迫自己别开视线，望着一幅幅画作。许多年前，他从来没想过这一天，他每天浑浑噩噩、自暴自弃地得过且过着，而她活着该多好。

"我希望让你的牺牲值得。"他突然平静地开口，"只是我无论做什么，都不值得。"

莫思瑶好像被什么小爪子轻轻地挠了下心口，只感觉顾南这个人真讨厌，搞得她鼻头又发酸了，她叹了口气："你这个笨蛋。"

"莫思瑶，你才是个笨蛋。"

"喂！"

"所以……"顾南正色道，"哪怕害你与心爱的人走失，你也不后悔吗？"

后悔吗？莫思瑶再次慎而重之地思考了这个问题，其实她也没有那么伟大，哪里有什么思考的时间，只不过是在那个时间那个地点，她刚好看到他在她面前，就下意识地推了他一把。事实上，如果真的没有推开他，那么明明有能力却只求自保的她，才会一辈子活在阴影中吧……

她大概算是个很善良的人吧？她有点不要脸地想。

"哪怕是为了这些画、这些作品，也不能后悔啊。"

"哦。"顾南眼底有淡淡的雾意。

差不多把楼下逛完了，莫思瑶的目光触及二楼："咦，上面还有什么？"

顾南顿了一下，她已经等不及他回答："我去看看。"说罢，"噔噔噔"地爬上楼。

　　他沉默着跟了上去，莫思瑶已经全身僵硬地愣在那儿了。

　　墙上挂着一张张的画，画面上的人是她，全是她。

　　许多画纸已经被渲染上了岁月的痕迹，有些画的下笔很粗糙，但处处透着画者虽然生涩却格外用心的感觉，有些是从单行本上的某一页上撕下来的，有点失真，却告诉她一个男孩的用心。

　　"你……"莫思瑶承认心底确实有一个角落，仿佛被什么炙热的光烤化了，软软的，灼得她的眼眶有点发热。

　　"一开始只是尝试着画画，想着那个大姐姐应该要被人记得。"

　　"顾南……"莫思瑶被触动得不知如何是好，如果说先前她能保持置身事外，那么如今她身陷其中，一点也抽不了身，"没必要……我……"

　　"你就像是阳光。"他看着她，灯光下，他目光灼灼，坚定且真挚。他的语气简单得就像在呼吸空气一样，"经历了那件事，我觉得意外随时都有可能发生，我想把心意传递给你，而不是在死后悼念，空留遗憾。"

　　"……你、你这样让我不知道如何是好。"

　　他微微一笑："那就好，这证明你在动摇。"

　　"我……"莫思瑶的视线在墙上的画上游走了一圈，突然觉得心中有种无形的说不清道不明的情愫在滋生，这让她压力倍增，"你在我的印象中，始终是那个小屁孩。"

　　"哦。"那可能是他还不够努力。

　　顾南顺着她的目光，扫了一圈这些画，视线落在最后那一幅上，那是他在江边写生时草草画的——多好啊，她闯入了他的视线。

　　似有感慨，他又开了口："重新遇见你之后就不用再画了，因为你已经在我脑子里了。"

　　"你不要说了！"

　　"笑的，哭的，难过的，生气的，开心的……我都记得。"

　　"你能不能闭嘴啊？"她鸡皮疙瘩都起来了。

　　莫思瑶有些落荒而逃地又跑下了楼，顾南倚在扶手上，笑得很温柔的样子："小心，不要摔了，今晚就教你画图吧。"

正在飞速下楼的莫思瑶僵了僵，教她……画图？

啊，这个理由她居然无法拒绝！

"而且，目前可以让你畅谈过去的人只有我。"

好有道理，她无法反驳怎么办……

只见他凭栏微笑："和我说说吧，你的那些过去。"

莫思瑶，你知道吗？过去的许多时候，我都背负着沉重的压力，但这种压力是我活着的动力，我想替你好好地活着。我以为你的出现，会让这种压力释放，可是我错了，它突然变成了我喜欢你的原因。

一点一滴，当我发现时，它已经累积了那么那么多。

我看到你会欣喜，你哭我会难过，我期盼每一个明天，我期待你每一个笑颜。

哪一天你回头，再喊我一声"顾南"。

我一定在。

莫思瑶觉得自己又要旧话重提了，每一个选择建筑系的朋友，上辈子都是折翼的天使——人生简直就是一个大写的悲剧！学业这么重，过得好辛苦！说好的放纵呢？说好的浪荡呢？

莫思瑶还没等来顾南搬地方，就必须先面临期中考的压力了，因为考分占最终成绩的百分之三十，对于想拿一个优秀奖学金给两位老母亲看的莫思瑶同学，注定与自习室结下了不解的缘分，正式开启自习室、饭堂、宿舍三点一线的生活。

当然，人际交往也是必修课之一，她终于找到机会把顾南介绍给了傅盈。这个冷面学习狂居然难得矜持了一把，还真的规规矩矩地问了些学习方法与经验，到了饭点，顾南还很识趣地提出请吃饭。

刚在餐厅坐下没多久，傅盈突然语出惊人："学习使我快乐，见偶像也使我快乐！你们俩的婚事，我就不反对了。"

"咯咯……"莫思瑶特别想喷她一脸矿泉水，然后问她咋不上天呢。

顾南特别凑巧地递了杯茶上来，堵住了莫思瑶欲辩解的嘴。

点完餐后有片刻的尴尬，傅盈索性又翻出了课本，大概还有个题目没搞懂，她眉头打结，顾南见状瞄了一眼，好像很随便地帮她解决了。

"哇，微机原理与接口技术大神您都懂啊！"傅盈厚重的眼镜后面一双眼睛闪着光，差点亮瞎莫思瑶的狗眼。

顾南自始至终很淡定："一点点。"

"啊，一点点就很了不起了！这家伙翻这书的时候，差点就口吐白沫了。"

"傅盈！你翻《建筑阴影与透视》和《建筑设计基础》的时候还差点昏厥呢！"

"呵。"傅盈扶了扶眼镜，"大神师兄你哪里都好，就是眼光差了那么一点点。"

"你信不信我不帮你埋单？"

"和大神师兄共进午餐是我的荣幸，倒贴我都乐意。你自己吃的自己出。"傅盈一副懒得理莫思瑶的样子。

顾南开始认真思考请她们吃饭是不是一个错误的决定。

深入目标人物的交际圈显然是正确的，于是顾南趁着傅盈上洗手间时，顺口问了一句："见完闺密，什么时候见你室友？"

莫思瑶差点被鸡骨头噎死："你想太多了。"

期中考这天，通宵熬夜啃书的董舒然顶着黑眼圈在床铺上哀号："啊啊啊，我还有两章没复习完！下午那门考试还没来得及看，怎么办？考不过怎么办啊……"

考前特地早睡养足了精神的莫思瑶无话可说。

原来没复习完呀，害她还以为董大小姐深藏不露呢，要不空闲时间咋一得空就在玩游戏。

"抓紧时间把教授讲的重点看一下，应该没问题的，加油。"肖晴给了她爱的鼓励。

"不行不行，待会儿你们俩左右护法和我坐近一点，给我瞄两道选择题也好。"

肖晴笑笑："走啦，吃早餐去了。"

"不不不，我再看看书，奋战到最后一刻！"

因为基础课程多，考试流程安排得比较满，一个上午安排了两门考试。

A大对考场纪律这块特别看重，抓考场纪律抓得很严，董舒然也就是随便这么一说，并不敢真的偷瞄。好在第一场是开卷考试，可第二场董舒然明显吃了点苦头，但得益于平时分的百分之四十占比，她很快就收拾了心情投入下午的课程复习中去了。

下午考的是建筑力学，因为复习到位，对莫思瑶来说并没有什么压力，她的心态很放松。只是没想到考场上发生了一件让她措手不及的恐怖误伤事件——

她因为"作弊"被抓了。

莫思瑶整个人慌得要死，那字条是谁的，为什么会出现在她的口袋里，她一点底都没有。但监考的龚老师极为肯定地说亲眼看到字条是从她口袋里掉出来的，这下她真的是跳进黄河都洗不清了。

莫思瑶没能进行接下来的考试，她被带出了考场，没有一个人站出来告诉他们她不是这样的人，没人敢冒这个险。她强迫自己坚强，只是迈出教室的腿却不自觉地有些发软，她也不知道将会面对什么。

"我姓黄。"那女老师把莫思瑶带到了楼梯口前的空地处，简单介绍了下自己，又说道，"我们先在这里等一下，待会儿会有其他老师来接你，龚老师是当事人，是一定要去的，我问你一句实话，那个小抄是不是你的？"

"不是！老师，请您相信我！"

"好的，你也不必着急，因为整件事我没有看到，所以我不方便评论什么，待会儿你把整件事的来龙去脉跟调查的老师说一下，监控老师已经让人去取了，如果是一场误会，老师这边一定会给你一个满意的交代，好吗？"

莫思瑶只能拼命点头。

考试还在继续进行，等待的每一秒对她而言都是煎熬。又过了好些时间，参与调查的老师终于出现，随后黄老师把莫思瑶的考卷交给那位年轻老师，小声交代了几句，接着进了教室叫出龚老师，一行三人就这样去了学校教学中心办公室。

到的时候，他们建筑工程学院的副院长、建筑系主任、班级辅导员和一个大概是管考场纪律的老师都在，这三堂会审的架势，让莫思瑶感觉自己真的像一个犯人一样。

不过领路的那个年轻老师很快就先带她去外面等了，随后也不知道那个龚老师是怎么陈述的这件事情，搞得莫思瑶心里很忐忑，门是虚掩的，莫思瑶余光瞥见那龚老师把字条交给系主任，并说出"这种作弊行为必须严厉处置"的话时，莫思瑶再也没忍住，冲进去大声辩驳："我说了，那字条不是我的！"

　　这种行为在老师看来是很没有礼貌的，几个人都沉下脸，但既然进来了，龚老师冷脸哼道："这字条就在你脚下，难道还是别人陷害你不成？"

　　"我不知道那东西是谁的，是哪儿来的，但做小抄这种作弊行为太低级了，而且所有的题目我都会做，复习也到位，我为什么要多此一举做这种赔本买卖？您去问问咱们专业课老师，我没缺过一堂课，每次提问也是有问必答，要学的知识不敢说全吃透了，但应付考试完全没问题。要是你们不相信，给我单独出份卷子，考考我会不会！"

　　"单独给你出份卷子？老师的时间难道要全部浪费在你这种品行不端的人身上？"

　　莫思瑶真的觉得难以理解，这龚老师就像个老古板一样，道理也讲不通，不知怎的，就认定她是个十恶不赦的人："我怎么就品行不端了？"她知道自己绝对不能在这个时候掉眼泪，"我没有做过的事，您让我怎么承认？"

　　"有些人作弊不一定是为了及格，也有可能是想拿奖学金。"

　　"我要拿奖学金也绝对是凭我自己的本事！"

　　"你作弊就算本事了？"

　　"龚老师！我没有作弊！黄老师说有监控，麻烦您在看了监控之后再来定我的罪好吗？"

　　龚老师顿了一下，说："可以，但我相信眼见为实。"

　　"都说了不是我的！字也不是我写的！我说没做过就没做过！"

　　"真是好笑，我还陷害你了？"

　　"那好，您倒是提一下字条上写的都是什么知识点，我要是能把里面的内容全部背下来，是不是就能证明至少我没必要做这个事？"

　　"没必要不等于你没做！"

　　系主任突然插话："一个点和一个钢片，怎么组成几何不变体系？"

"将三根不共线的链杆相连。"

"静定结构是？"

莫思瑶略微回忆了一下，回答道："由于物体与物体之间用各种约束相互连接，构成能够承受各种载荷的结构。凡只需要利用静力平衡条件就能计算出结构的全部约束反力和杆件内力的结构称为静定结构。"

应答得非常畅顺，系主任和副院长的脸色都缓和了许多。

"梁式楼梯是什么？"系主任突然问了个小抄上没有的问题。

莫思瑶微微思索了下，随后又流畅地回答道："梁式楼梯由在斜板两侧或中间设置的斜梁……"大概因为肾上腺素上升，她简直是超水平回答。

"缺点呢？"

"缺点是外观看起来有些笨重，而且支模和施工比板式楼梯复杂。"

问到这里，系主任看了一眼副院长，说："她回答的都是对的，这个问题并不在小抄上。"

听到这话，莫思瑶的眼眶蓦地有点湿润，带着委屈道："院长，主任，我真的没有作弊！那张字条我真的不知道是从哪儿来的，这一定是个误会。"她看了一眼龚老师，"我知道您不会陷害我，但是同理可证，您也不能一口咬定这个就是我的。我说了考试的知识点我都会，就算是为了拿奖学金而作弊，那我总该准备一些我没有把握或者不熟悉但有可能考到的内容吧？"

"这样吧。"系主任有了主意，"还是先调取监控吧，黄老师不是说让人去弄了？"

毕竟事关一个学生的前途，所以领导的态度还是比较谨慎的。就在这时，一个身材挺拔的身影出现在门口，他敲了敲门，随后便听到系主任称得上亲切的声音："小顾来了？"

是顾南！

终于见到熟人，甚至是有可能成为她后盾的熟人，莫思瑶顿时红了眼眶，一种委屈掺杂着被冤枉的焦急和郁结的情绪在这一刻喷薄而出，却在制高点时轻轻落下，终归是有了依托。

顾南显得很从容，他和在座的人打了招呼之后，就让辅导员再次把莫思瑶带出去，然后关上门在里面跟那些人商量了什么，区别是这次他们在里面说什么她都不再害怕。

因为顾南的存在，她的心安定了许多。

辅导员是认得她的，安抚性地冲她开口："思瑶同学，我相信你，放心吧，事情一定会水落石出的。"

莫思瑶点点头，没再说什么。

约莫一刻钟之后，门再度打开，她一眼就瞥见龚老师的脸色缓和了许多，也不再多说话。系主任看着莫思瑶，脸色同样柔和了不少，随后以眼神请示了下副院长，接着心领神会地开口："叶同学，小抄的存在确实是事实，但综合整件事来看呢，是其他人事先藏在那里，还是从你口袋里掉出来的，监控存在盲区，也看不清，我们还需要时间调查。但是龚老师也是秉持着对工作负责、对同学负责的态度，他处理这件事的出发点及本意呢是没有错的，所以经过讨论，我们决定采信顾南同学的说辞，相信你是个勤奋好学的孩子，希望你秉持这种刻骨学习的精神，好好学习，成为社会的栋梁。另外……关于建筑力学的补考方式，我们系里会跟你的任课老师碰个头，再研讨一下具体的补考方案，但题目肯定会更难一点，你觉得呢？"

莫思瑶觉得有什么话哽在喉咙里不上不下的，一时间也不知道说些什么，但这确实是最好的结局了，她点了点头："可以，但是我希望不能取消我拿奖学金的权利。"

"这是当然。"系主任很亲切地笑笑，"那……这位是你们系研究院的学长，就让他送送你，关于整件事有什么不明白的，你可以问问他。今天时间也晚了，没什么事你就先回去吧，好好休息调整下情绪，不要影响了接下来的考试。"

那龚老师也只是哼哼了一句："既然小顾替你担保，我也没什么好说的了。"

莫思瑶抬头看了眼顾南，知道承了他一个大情，点了点头，"嗯"了一声。随后，顾南便很"得宜"地在这个时候往前迈了一步，"领命"送她。

直到走出教学大楼，他们都没再说话，莫思瑶的情绪稍微平复了一些，主动开口打破沉默："你怎么会来？"

"是啊，为什么呢？"顾南看向她的眼神其实有点心疼，他冲她安抚地笑笑，然后把目光投向远方，"我只希望以后每次你需要我的时候，我都在。"

其实他想告诉她，因为总想时时刻刻见到她，所以他今天早早地起了床，还花了点小心思把头发抓出点造型，甚至临出门前还站在镜子前恶心了一把室友，问他们自己"帅吗"。

只是今天是考试日，建筑系的考试向来是节奏紧凑的，所以早上目送她去了考场后，他就在附近转悠了一圈，处理了些事项，随后想来等她考完试，作为犒赏请她吃顿好的，结果……好在她的考场就在一楼，好在他坐着的综合楼旁的休憩凳能看到里面的情况，好在他认识监考的黄老师，所以他刚好能赶上她出来打电话汇报情况的时候知道大概发生了什么事。

因为坚信她的人品，又恰好在学院里有点关系，所以他自告奋勇地去帮忙调监控，帮她解决事项。

他还想告诉她，因为她的存在，他的人生其实多了许多美好的事，譬如每天清晨开窗想象一下她伸懒腰的样子，刷牙吐泡泡的样子，蓬头垢面地抓抓头发、然后随意地把头发束成个小鬏鬏的样子，甚至是她半眯着眼睛打哈欠的样子，都让他觉得所有的拼搏都变得格外有意义。

这样的她，被他视若珍宝的她，第一次需要他的时候，他在呢。

莫思瑶除了心有余悸，还有点委屈："我真不知道那字条是从哪儿来的。"

"嗯，我相信你。"

她微微有点感动："谢谢你。"

"所以，打算给我涨几分？"

"你够了……"莫思瑶白了他一眼，"话说你看了监控，真的是盲区啊？"

"是，看不到你在做什么，但能看到老师在你身边捡起小抄的画面。"

"那……"

"我就说我是你的家教，你是个勤奋好学的孩子，所有知识点我能确认你都掌握了，字条上的内容太容易了，不值得打小抄。"

"对啊，我刚刚就是这个意思，我还答了题证明我的实力呢。"

"那大概是因为……我是学霸？所以说话比较有说服力？"

莫思瑶摸摸自己饱受惊吓的小心脏，顺带略吃味地斜了他一眼，人比人，气死人。

"我来之前，已经顺便给你这门课的教授打过电话了，他会单独给你出题，单独给你监考，放心，陈教授跟我的关系还不错，他已经答应了。"

"真的谢谢你了。"

顾南突然轻轻一笑："第二次道谢了，这是要以身相许的节奏？"

莫思瑶什么感激不尽的心态统统崩了，直接翻了个白眼："懒得理你，我回去了。"

回宿舍后，莫思瑶简单地解释了一下整件事，只说事情解决了。虽然是虚惊一场，但还是给莫思瑶提了个醒，就是虽然她"来历"特殊，但她还是真实存在的，要经历这世间存在的各种磨砺艰险。

见她情绪不佳，肖晴很识趣地没再继续这个话题，倒是董舒然没啥眼色地还想深入八卦，所幸被肖晴成功制止了。

第二天，莫思瑶因为心里憋着一股气，不想失败给人看，几乎是超水准地完成了作答。而且，落座前她特地检查了桌子，并选择坐在监控看得最清楚的位置上，心里想着，谁还站在她面前说是监控盲区，她一定要抗争到底！

好在她准备到位，余下的几门考试算是顺利地完成了。

随后上课时，系主任也不知是看顾南的面子，还是为了安抚她，特地让班级辅导员解释了一下考场的"误会"，大概还表扬了一番她课业水平过硬、对答如流、临危不乱什么的，重点是说不会放过任何一个作弊的同学，要严打严抓，但也不会冤枉任何一个问心无愧的同学。

本来事情发展至此，作弊风波应该算是暂告一个段落，然而让莫思瑶没有想到的是，这件事并没有随之平息，反倒是在短短数天内迅速发酵，让她以匿名成了一场流言的女主角。

"不知道是谁说出去的。"董舒然告状的时候义愤填膺。

确实，流言这种东西追溯谁是起源还是比较难的。

莫思瑶从董舒然嘴里大概了解了整件事的内容，大致就是说她有后台，被现场抓到作弊后，凭借过硬的关系私下解决了，所有领导不再追究、闭口不提，明目张胆地享受特权……

最后总结陈词就是作弊了还不用负责任，还有教授单独出卷子，还对建筑系传奇顾南投怀送抱，说她一定能黑幕所有人拿到奖学金啥的，最后还让她不要痴心妄想，顾南师兄是有心上人的。

因为不了解整件事的来龙去脉，董舒然以为顾南只不过是刚好被监考老师委托去看了监控，所以顺口问了一句："对了，你近距离见着了顾南师兄，他帅吗？"

"……还行吧。"

"还行吧？我的天，你的要求到底是有多高？"董舒然惊呼，"我要是能有个这模样的男朋友，做梦都能笑醒。"

莫思瑶第一次被卷入舆论中心，再看得开也还是有一种又委屈又生气又难过的情绪在心中翻滚，肖晴见她难过，忍不住宽慰了几句，让董舒然安静一点。

董舒然撇嘴："干吗呀，那流言又不是我说的。没事没事，跟着姐玩游戏去，咱们大杀四方！"

虽然只是同学间的口口相传，但她的形象被大为破坏，年轻气盛的莫思瑶想为自己辩解却也不知道从何说起，只能宽慰自己一句清者自清，但情绪还是明显受到了影响，哪里都不想去。被董舒然这么一说，她就真的尝试着去玩手游，除了上课，都窝在宿舍没出去，还破天荒地逃了一节课，就连周末放假都没回家，以免自己情绪低落被妈妈看出什么端倪来。

至于顾南，因为怕被董舒然发现"奸情"的蛛丝马迹，不，其实是为了避免微信信息影响自己打游戏，莫思瑶索性卸载了这个软件。只是被虐了好几天，她对游戏本身还是没有太大爱好，倒是对游戏原画设计有了莫大的兴趣，一有空就拿着纸笔出来涂涂画画的，几天下来，倒是画了不少手稿。

想到顾南那一手出神入化的画技，莫思瑶几乎是强忍着没让自己主动联系他，她心里琢磨着日子，就再颓废几天？

就当莫思瑶还沉浸在这样"自闭"的生活中时，她宿舍的门被敲响了。

"瑶瑶，找你的！"董舒然咬着苹果喊。

莫思瑶艰难地从手机屏幕前抬起头来，只见多日未联系的傅盈寒着一张脸冲她道："你是要在宿舍里窝到发霉吗？还看！"傅盈毫不客气地敲了敲莫思瑶的头，道，"你真以为自己是孙悟空啊，想修炼成一双火眼金睛？！"

与傅盈维系的这段友谊不能从正常的角度来分析。

傅盈这个人从来不会对她客气，冷面，毒舌，情商低，独来独往没朋友，你说她孤独，她确实是，但她乐在其中。人类是群居动物这种最基本的社交需求，在她的字典里是可以被忽略的，她绝对不会讨好你，也不会迁就你，但偏偏就对了莫思瑶的味。

不过傅盈这么一嚷嚷，倒确实让莫思瑶感觉日子过得有点过度自闭了，果然玩什么都不能过度，然后她就颠颠儿地随便换了一件衣服跟着傅盈出门了。

"咱们这是去哪儿啊？"莫思瑶好奇地问。

"图书馆。"

"又是图书馆？你都能写篇文章叫《那些年我与图书馆的不解之缘》了，能不能有点新意？"莫思瑶撇嘴。

主要是那地方不方便她倾诉啊。想到这里，她抓紧时间在路上竹筒倒豆子一样，把整个作弊事件以及自己因为这件事所遭受的苦闷心情全部说了一通，满心以为傅盈会对她表示同情，说不定还会请她大吃一顿，结果对方只是轻飘飘地来了一句："该。"

"啥？我没听清！"

傅盈冷哼："我说你该。不管是不是误会，这件事还是因为你自身不够强大。"

"为什么？！"

"还好你复习到位了。我就问问你，如果你没有复习到，或者你临场发挥不好忘记了，你拿什么来证明你不需要作弊？"

"不是，你这就是歪理……"

"而且这充分证明你个人形象不突出，别人不说，就顾神这人，要是有人说他作弊，你的第一反应是什么？"

"……不可能。"

"是吧，你跟我其实都没有正面接触过他的学习成绩，不过你一定不知道当年他是以系里第一名的成绩进来的吧？"

……不知道。

"你不知道他是他入学那年的学生代表吧？你不知道他大一就参加了全国大学生建筑设计大赛拿了金奖吧？你不知道他研究的课题经推荐上了国家级杂志吧？我的意思是，这种事哪怕你并不知道，你也道听途说地从侧面了解到他很强对吧？人家的形象就在那儿摆着，有过硬的硬核实力支撑，没有人会怀疑他的。哪怕是他身边有一大堆小抄，都不会有人觉得是他的，凭什么，就是因为能力啊。所以我就问问你，说到底是不是因为你实力不够？要不要反省？你要是够强，人家就算要陷害你，都不会从这方面入手。所以，了不起就是几个还算熟悉你的人觉得'不至于吧'，但是人家摸不准你到底有没有作弊啊，毕竟你是被老师抓了个现行的，对吧？"

莫思瑶感觉自己就要被这个歪理说服了，嘟囔："你这就是歪理，哦，实力不强的人就可以随便被冤枉了啊？还要不要公道、要不要正义了啊？"

"不可以啊？什么叫'有口难言'，什么叫'百口莫辩'？而且你要搞清楚重点，我不是在说你错了，而是在告诉你应该如何杜绝以后再发生同样的事。事实上，如果再发生这样的事情，你觉得所有人的第一反应会是'这么巧，老师一定又冤枉她了'，还是会觉得'哇，怎么又是她，那看来上次不是冤枉她，毕竟不可能这么巧合啊'，你觉得大部分人会是哪种想法？"

莫思瑶平日里也算伶牙俐齿，此刻却像脑子卡壳了，居然找不到话反驳。

"加油吧，你未来的路还长着呢。"

"你巴不得我天天拎个包跟你扎根在图书馆。"

"笨得还挺可爱的。"傅盈对她的反应感到满意，"没有你这个笨蛋衬托一下我，我突然觉得自己是在独孤求败了。"

"傅盈！"莫思瑶嚷嚷，"你安慰我一下会死吗？"

"不会，但是我为什么要安慰你？"

"……你不是我朋友吗？"

"哪条规定说朋友一定要给予安慰？"

"傅盈，你这个毒舌精！其实你心里很心疼我的对吧？"

"不对，我对你的堕落感到可耻。"

"我恨你。"

"无上荣幸。"

"算了算了。"反正精神年龄比傅盈大了十几岁，莫思瑶劝说自己，不跟她一般见识，但转念一想，心里还是不平衡，"你这个没良心的，你都不知道外面传我的事传得多难听，你倒是说说看啊，这点你又有什么高见？"

"高见没有，就是想不通你管这些干吗。人家又不是当着你的面说，一来是因为他们不敢确定这个事是不是真的，二来怕是真的，怕你后台这么硬，得罪你得不偿失。所以在背后传一下怎么了？都是吃饱了闲的，明星的事也就热那么一两天呢，你这事我保证三五天绝对没啥提及度了。你操心啥？不痛不痒的，你真要是茶饭不思、一蹶不振才中了人家的计。"

别看傅盈平日里没啥话，真要开口那是滔滔不绝、有理有据。说到这里，她哼了一声："要是真有人站出来质疑你什么的，你打电话给我，我一定说到她哭着回去喊妈妈。你就负责当个小公主，努力点把日子过红火，再敢沉迷于游戏，我手机都给你砸了。再说了，你这个算什么？当年班里人都说我是神经病，我要一个一个去解释，你觉得我是不是真的神经病啊？有那工夫，我还不如好好努力，争取让A大的历史名册上光荣地记载上我的名字，永垂不朽！"

莫思瑶"哈哈"笑出声来，倒是越来越喜欢她："我以前有个朋友，也是直肠子，我跟你说，就你这嘴，扔蛇窟里能把蛇毒死。"

"你这叫欠虐，拜托你好好提升自己，再不努力会被顾神拉开一大段距离的，别回头找我哭。"

"顾什么神，我跟他没关系。你啊，要是拿出一点在顾南面前的软萌态度来，我能抱着你啃一脸口水。"

傅盈突然把脸一歪，冲她挑衅："那你倒是啃啊。"

"……想得美。"莫思瑶咬牙，"我等着看以后什么样的男人能收拾你。"

傅盈顿了一下，突然勾嘴鄙视道："那也得是顾神那样的。"

"你要你拿走啊。"

"我就不信你舍得。"

"我……我要说多少次，他跟我没关系。"

"唉……"傅盈悠悠地叹了口气，"顾神什么都好，就是一点不好。"

莫思瑶有一种不祥的预感，试图阻止她，但傅盈已经感慨完毕："眼瞎。"

"你够了，哪里眼瞎了，我这么优秀。"

"这几天天天窝在宿舍发臭的人是谁？前几分钟还哭唧唧一脸'天要塌了我要死了'的人是谁？赶紧收拾好，每天带几本书跟我上图书馆去，自己不强大，不把高大的形象立起来，是想怎样？还想让人钻空子？"

"……你上辈子一定是我妈。"

"你要是我女儿，那我上辈子一定是被气死的。"

"傅盈！我生气了！"

莫思瑶正绞尽脑汁想怎么呛回去的时候，傅盈突然不说话了，似乎这时才想起自个儿是带着神圣的任务来的。

顾神的亲口托付，她自然是义不容辞。

傅盈望着前面如约出现的男人，缓缓别过头来以一种嫌弃中夹杂着看"上辈子走了狗屎运的好命女人"的眼神瞄了莫思瑶一眼，然后长长地叹了口气。

莫思瑶一眼便看到了顾南那修长的身影，他就那样立在她们的正前方。

第八章

糟糕，
是心动的感觉

顾南本还是平静如水的面容，大概因为彼此相视，如雪地破冰般，滋长出一根小小的绿色幼苗，如此摇曳着、微笑着。

天已慢慢转凉，阳光透过树荫洋洋洒洒地落下，有风吹过，只让人觉得心旷神怡。

莫思瑶突然慌了，猛然滋生出一种望而生怯的心情，却也不知道自己在害怕什么。害怕自己控制不住自己的心意，害怕自己从前所坚信的爱情其实也没有自己想象的那么坚定不移，害怕自己会不自觉地将他和程颐作对比，怕那样对他、对程颐都不公平。

莫思瑶有点鄙视这样的自己，眼看着顾南朝自己走过来，她突然低下头，挽着傅盈往一旁躲："快走，快走，走走走。"

"干吗，你现在采取的报复措施是不让我偶像和我见面吗？"

"那我先行一步。"说完，莫思瑶已经退到校道一旁的小树林。

顾南仗着腿长往前迈了两步，距离恰好地挡在她前边，这才扬了扬手里的一本画册："这儿有些游戏人设原稿，侧面了解了一下，你好像很感兴趣的样子。"

莫思瑶的脚步顿了一下。

好想要……不行不行，要坚持原则，不能向"恶势力"屈服。

"我放树上，有需要再找我。"说完，他像是不经意地打开了画册，线条感十足、色彩对比鲜明的几张人物画闯入莫思瑶眼底。

她忍不住瞪顾南，还真放树上？够了，放得太高了！仗着身高优势太过分！拿不到！

顾南转过身来，略微挑了挑眉，好整以暇地等着她……吩咐。见她还是僵持着没吱声，他主动搭腔："这样吧，如果你觉得有愧于我，那么有关手稿的问题，你咨询一个就和我共进一顿饭，这样就算扯平了，如何？"

"不好。"

"那陪吃两顿？"

"你做梦。"

"如此这般，三顿我也是没有意见的。"

"你走开。"

傅盈站在一旁，白眼已经翻到天上去了，这种酸掉牙的味道是什么情况？她叹了口气："行吧，你俩继续在这里耍花腔吧，还是我这个四十瓦亮的灯泡先行一步吧。"

就在莫思瑶一句"你别走"还卡在喉咙处时，顾南已抢先一步点了点头："慢走。"然后又补充了一句，"谢谢。"只差没说一句"如此甚好"了。

傅盈忍了忍，没头没脑地蹦出一句："顾神，你真的不要再多考虑一下吗？"

顾南抛给她一个疑惑的眼神。

"恋爱真的会降低智商的。"傅盈一言难尽地看了一眼莫思瑶，"尤其是和低智商的人待在一起。"

"滚！"莫思瑶大声抗议，"你才低智商！"

傅盈"喊"了一声，跑路了。

顾南见目的基本达到了，切入正题："这样吧，就上次你答应过的帮我搬家，你知道的，那些画对我来说很重要，别人帮忙我不放心。"

莫思瑶眼睛骨碌碌地瞟了一圈，然后挺直了腰板："你先把那画册拿下来给我再说。"

顾南眼中满是淡淡的笑意："那说好了。"

莫思瑶自觉是那种有点美术基础的人，但确实是人比人，气死人，灵性这种东西真的是天生的，你说顾南长得好看就算了，还聪明，学啥都快，最重要的是还勤奋好学，她当年能从死神手中把他抢下来，也算是为社会做贡献了吧。

莫思瑶看看顾南，越发觉得这贡献还不小。

他一米八的大高个，却像个孩子一样坐在地上，继续鼓捣着那个看起来应该是机器人的东西。那个机器人已初现雏形，而顾南身边还堆着不少的零配件，从那个雏形及零配件来看，估计成品得有一人高。

莫思瑶见他似乎没什么空理她，又细细打量起周边，这就是他说的新找的仓库。说是仓库，其实就是商业房，复式结构，基础的装修已经弄好了，灰黑色的大理石地板，最简单的白色墙面，这面积吧，得有一百五十平方米，加上二层的三间房……

"这是你租的啊？"

"我爸给的。他不是发财了吗？闲置许久了，算是物尽其用吧。"顾南在一堆零配件里找什么，随后往她脚下一指，"那个螺丝帽，你给我递过来。"

"哪个？"莫思瑶顺着他指的方向摸了螺丝帽递了过去，随后停了下来，仔细看了下他，"是不是男孩子鼓捣这些都很厉害？"

顾南的手顿了一下，突然抬头嗤了一句："反正比你那青梅竹马厉害。"

"滚。"

"你那日记本里说他给你做过模型，小模型我那仓库里弄了一堆，都送给你，现在这屋子也是你的了，你怎么设计我怎么弄，墙上也随便你画，想画什么就画什么。"

莫思瑶心里真是百感交集，有一点点……感动，她试图转移话题："这不会是变形金刚吧？我上次也就随口那么一说……"

"以后我的孩子进门，就能看到等人高的大黄蜂——"他往阳台落地玻璃旁边的那个角落一指，"那边弄个擎天柱。"

"谁、谁跟你生孩子！"莫思瑶脑子"嗡"的一热，脸都红了。

见她气急败坏的样子，顾南突然衔着笑盯着她，盯得她心里直发毛："你看什么看？！"

他勾勾嘴："我是说我的孩子，我又没说我们的孩子……"随即，他加大笑容，"所以你都想要以后给我生孩子了？"

"想、想你个头！"

"我想啊，想的。"大概怕她真的恼羞成怒，他又低下头继续弄，突然轻声说，"你不知道你这样跟我过来，我心里高兴得都快发疯了。"

要不是能找到点事干，他现在真的想抱着她转圈圈……

莫思瑶猛地站起来："你再废话我走了。"

"去看看打算怎么弄，我聘你当设计师，画张室内设计图，当课题实践怎么样？至于聘金，手把手教如何设计游戏人物，包会，怎么样？"

这个提议她没法拒绝啊……

莫思瑶明明知道不应该，但又感觉自己是上钩的鱼，鱼钩已经吃进嘴里了，吐都吐不出来……所以她说了句特别没有水平的话："我、我去问问我妈。"

罗素梅自然是举双手赞成的，把女儿交给顾南，她一副十分放心的样子，也不担心女儿被拐跑了，临了还要强调："你就放心地把她当丫头使唤，她太刁蛮的话你来我这儿告状，卖身契我给你藏好。"

"妈！你认贼作子！"

"那也要看人家顾南肯不肯。"

"我肯，荣幸。"顾南接话。

"你闭嘴。"

"嘴巴就是拿来说话的，闭什么闭？"罗素梅无声地笑笑。

"那梅姨，我们先走了。"

接下来的日子，莫思瑶就彻底忙了起来，但因为有课业在身，两人的空闲时间也并不是都能对上，所以莫思瑶只能没课了才往那儿跑，从学校到他的新仓库不算太远，坐地铁也就十来分钟，用单车接驳一下，四十分钟可以到。

室内率先拉了一根网线，客厅一角搭了一大张简易的桌子，桌上搁了两台笔记本电脑。莫思瑶做做功课，画画图，想实践的话，还可以到墙上鼓捣下。顾南还弄了一个很高科技的东西，可以实物投影，让人叹为观止。

因为时间的关系，整个新房子的装修进程非常慢，所有事情都是他俩亲力亲为，大概也算是有了寄托，莫思瑶还是特别有干劲的，并且在她的见证下，顾南制作的变形金刚"大黄蜂"也渐渐有了帅的样子。

这等人高的大模型，基体是一块一块拼凑而成的，把大架子搭建起来后，顾南周末还带着她亲自去找材料，并借用人家的一些工具完成零件焊接，最后再搬回去拼接。等最终成型后，他就开始用油漆给它上色，还适当地把颜色做旧，再弄点恰到好处的"小残缺"……

因为有幸参与了全过程，莫思瑶内心深处对顾南的敬佩感就犹如滔滔江水延绵不绝，但这点坚决不能说，不能让他过分骄傲！

与此同时，伴随着新仓库的逐步建成，旧的秘密基地也慢慢被搬空了，顾南先把大部分的作品搬回莫思瑶家隔壁那套房子里，分门别类地堆满了整整两间客房。说到这里，不得不提到莫思瑶她妈，一把岁数了，还操心得很，既说要帮忙搬，又说要弄吃的，不仅越帮越忙、一心向外地跟顾南聊理想聊人生，指挥莫思瑶去打扫，回头还语重心长耳提面命地强调："多跟小顾学学。"

莫思瑶在心里呐喊：在学啊！等着！学好了就一脚踹开！

然而因为担心她那些画像外露，所以她难得地忍气吞声。总不好让他扔掉吧，上面毕竟画着她的脸，而且因为某人出色的画技，是一眼就能看出画的是她的那种。而且吧，她其实是没有所有权的，就是他打包好搬回家的时候，很小心地怕磕碰坏了什么的，害得她心里很是尴尬。

顾南呢，其实并没有掩饰对她的好感，然而他也没有穷追猛打，给她什么实际的压力，他就像和风细雨，以一种舒服的模式待在她身边，似良师似益友，让莫思瑶能放心地和他诉说任何心事。连她自己都忍不住腹黑论地想，他是不是打算无孔不入地逐渐渗透进她的生活中，可她又觉得自己何德何能。

想到这里，她不禁要重点赞叹下，良师这名头可不是开玩笑的，顾南称得上非常称职，他总是能一针见血地说出她处理人物形象中的不足及缺陷，稍微添加笔墨，就能让她的画上升一个层次。关于这一点，莫思瑶还是死心塌地地跟着他混日子。

总而言之，日子充实、简单又……快乐。

又是一个周末，顾南早几天约了她去市中心最具规模的家具城逛逛，所以这天她从床上爬起来之后，就主动敲响了顾南的门。

他们大一基本是在打基础，但为了培训美感，老师一直提倡他们在闲暇时间去看看各种成品，最好是名建筑啊、知名品牌的成品，或是名家设计什么的，提升下自己的艺术鉴赏能力。

然而就当他俩沉浸在"家具艺术海洋"中的时候，莫思瑶看到了迎面走来的程颐……与林茜。

不好意思，打扰一下，请问这不是号称网购时代吗？

对面那两位显然也看到了他们，四人都自然而然地停下了脚步，而林茜几乎是在停下脚步的第一时间就亲昵地挽住了程颐的手臂，率先冲莫思瑶扬了扬嘴角，这算是一种对所有权的宣告。

女人就是这样，不管哪个层级的女人，不管心态多洒脱，都免不了有占有欲，哪怕是她不要的东西，别人在捡之前也得问问她的意思。

莫思瑶抿了抿嘴，所以这是什么情况？冤家路窄？狭路相逢？

她仔细琢磨了一下心中的感受，突然很庆幸现在的自己在看到程颐时，情绪已经平复了许多。没有那种大喜大悲的起伏感，也不同于哀莫大于心死的波澜不兴，毕竟能见到程颐，她大致上还是有点小开心的，毕竟十几年的交情摆在那里。然而林茜的存在，让她在欣慰的同时又夹杂着点说不清道不明的复杂情绪。

至于欣慰什么，大概是，眼前的不再是那个狂灌自己酒的程颐了吧。

然而眼下这个场景还是有点尴尬，就这样四人你看看我，我看看你，时间仿佛在这一瞬间停滞了下来。

莫思瑶原本自然摆动的手臂突然有点无处安放，她尴尬地握了握拳，却在下一秒感觉到手掌被包进一只温热的大手之中，她微微偏头，顾南此刻正直视前方，眼神坚定。

如今天气已经转凉了，莫思瑶突然勾了勾唇，嗯，不错，挺暖和的大手。有人支持的感觉真好啊，她心里一舒坦，自然滋生了面对一切的勇气。

毕竟还是小年轻，直来直去，既然想通了，莫思瑶还是很快接受了自己的身份定位，主动抬起了另外一条手臂："嗨。"

林茜也大大方方地回应道："嗨！"

……气氛似乎更尴尬了些。

其实呢，和从前的程颐比起来，此刻的程颐吧，整个人的气场还是挺吻合沉默寡言的，岁月在他面容上刻下了坚毅，刻下了成熟，虽然眉和眼没有太大的变化，但他整个脸的轮廓硬朗了许多。莫思瑶难得以这么平静的心情打量他，才终究在心底承认，这样的他，于她，其实更贴近于一个陌生人。

她的少年，早在她离去的那年被一同埋葬了。

"不好意思，你这么盯着我老公，有何贵干啊？"林茜笑着道。

莫思瑶耸耸肩，也笑："哎哟，帅哥还不能让人多看一眼啊。"

林茜半认真半开玩笑地点点头："你确实不行，我感觉被冒犯了。"

程颐有些尴尬地瞥了一眼林茜，见对方压根目不斜视不欲搭理自己，他自讨没趣地收回视线，只感觉身为大哥哥，面子上还是要过得去的，问："过得好吗？"

顾南抢话道："你打完招呼后少废话几句，她会过得更好。"

莫思瑶暗中用手肘撞了撞他。

程颐淡淡地睨过去："大人说话，小孩子不要插嘴。"在座的都是明白人，程颐突然想起什么，说，"你知道，你其实得叫她一声姐吧？"

他总算知道关于顾南这个名字的熟悉感来自哪里了，莫思瑶刚"走"的那几年，他确实过得挺糟心，其实追根究底，罪魁祸首就是顾南！只是顾南的形象变化太大，他一时才没认出来。

其实呢，莫思瑶能从过去抽身，找到幸福，程颐内心还是很高兴，但就是莫名地看眼前这个姓顾的不爽，是他害的不是吗？眼看着莫思瑶的手被牵在别的男生的手里，他的心境有点像老父亲嫁女儿，还是有点不舍，但区别于男女之情的那种，就是很自然地想刁难下顾南。

林茜很想喷程颐一句"叫不叫姐跟你有什么关系啊"，但老公是自己选的不是？她加深了笑意，不动声色地捏了捏程颐的手臂，掌握主导权："可真巧啊，居然能在这里碰到你们，我们最近打算搬家了，来看看家具，你们这是？"

顾南面不改色地回了一句："共筑爱巢。"

"……嗯。"莫思瑶说完的同时，在心里给顾南扔了个炸弹。

林茜得宜地微笑："那可真是恭喜你们了，说起来，你们可真是进展神速。"边说边不爽地调侃了一下程颐，"不像我当年追这家伙可是费了大工夫。大学生结婚这事虽说不提倡，但并不是没有先例，咱们学校好像是暂时没有，但你们要是开头，我们还是支持的。对吧，程颐？"

他冰箱里那破可乐她也扔出去了，看着碍眼。

程颐瞥了一眼莫思瑶，似乎想从她脸上分辨出真假，虽说应该明哲保身，但他还是壮着狗胆轻咳了一声："既然是不提倡的事，总有它的道理。"

林茜挽着他的手臂紧了紧："到时候可记得请我们喝喜酒，毕竟再怎样先前也叫过你一声师姐，红包总是要给一个的。"

莫思瑶点头："那你可得封个大的。"

"那是，让程颐从私房钱里掏。"

"掏干净一点。"

程颐看着两个女人在那里唇枪舌剑，清了清嗓子："你确定戴眼镜识清人了？"

"伤好了？"没等莫思瑶回答，顾南直接回了一句。

莫思瑶默默地在心里骂了顾南一句，觉得他哪壶不开提哪壶，不料他开启了嘲讽模式："体力差的中年人就不要随随便便秀存在感了，你这个年纪该戴老花镜，好好放大一下旁人的优点。"

程颐不理他，大概是被他俩牵着的手晃了眼："我们上小学的时候，他还在吃奶吧，你喜欢他什么？"

顾南冷冷一笑："上次被打趴在地上哭唧唧跟小姑娘似的，恨不得扑进人怀里求安慰的，是你。"

"脱离事实胡扯乱掰是你的特长？"

"脱离事实胡扯乱掰是你的特长。我是奇怪怎么人夫有资格管人家的私事？结婚证上是盖了章的吧？"

程颐冷笑："这跟你无关，我即便是作为娘家人，也有权管。"

"娘家人？那也得问问贵夫人同不同意。"

程颐突然有了"火葬场"的觉醒，但他还是没忍住借莫思瑶表达对顾南的不满："火坑也跳，眼瞎？"

莫思瑶和林茜互相看了一眼，都看到对方眼底的无语与忍耐。

此地不宜久留。

当务之急是把顾南拉离战场，莫思瑶第一次感觉到两个男人之间的舌战也可以这么幼稚，当然了，动嘴皮子总比动拳头好，她索性有样学样地忽略掉程颐，冲林茜扬了扬头："那等着你的大红包。"

林茜不想在小辈面前落下风，笑着表了态："娘家人这说法我肯定不同意。不过我们家程先生可能有点八爪鱼属性，手比较长，多多包涵了。"

顾南又回了一句："手长剁短点就不需要包涵了。"

眼见程颐还想说些什么，莫思瑶迅速发话："……你们这是打算往哪边走？我的意思是，我们往这边去，就没必要再碰头了吧？放心，下次见着你们我一定绕着走。"说罢，不再去看程颐的表情，死命拽着顾南就往前走去。

而这边，林茜几乎在同一时间甩开了程颐的手，大步往前，程颐往莫思瑶离开的方向望了一眼，然后朝林茜的方向追了上去。

莫思瑶试图甩开顾南的手，但使出了吃奶的劲都没能成功。这就很尴尬了，明摆着是实力上的绝对差距。

"这是我的手！我的！请你放开好吗？"

"不放。"

"你放不放，你不放我喊人了。"

"喊谁？喊程颐？你倒是喊呀，他敢来我就敢再把他揍趴下。"顾南面无表情。

"你！你无赖！你好意思？"

"不好意思。"他扬了扬握着她的那只手，突然挤出抹又帅又痞的笑，"就不放了。"

"你浑蛋！"

"我是啊，你救我的时候就知道我是浑蛋啊。你再提他，你看我亲不亲你？谁还没点小脾气似的。"顾南明摆着一副"我就是无赖，不服你咬我啊"的样子。

"你你你……"莫思瑶的大脑在这么重要的一刻完全当机，居然找不到完美的形容词来"反击"这样的他。

再如何，顾南从前也是个不良少年，他接着道："我怎么？我无赖？我浑蛋？你随意，我照单全收，这手给我握着就好。"

"你敢亲我我就告你！"

顾南望着莫思瑶，突然觉得这样发着小脾气、面红耳赤的她……很可爱。

他恍然醒悟痴情男二的剧本可能不是太适合他，不晓得霸道总裁的角色怎么样，把她推到墙壁上强吻什么的？

顾南被自己这个突如其来的想法弄得有点羞耻感，耳根微微红了红。

这样不好，微信一定会被拉黑……但他非常不高兴，尤其是当程颐摆出一副领地被侵占了的样子时。凭什么，珠穆朗玛峰吗？谁爬上去插谁的旗？插上去他也会拔下来的，绝对！

一想到十几年前如果按照正常剧本走，他甚至可能会继续碌碌无为地成为街头挂横幅点名要打击的涉黑小混混，而她走着她的白富美路线，和两情相悦的竹马牵手漫步人生路，共同创业走向人生巅峰什么的，他们有百分之九十九点九的可能成为两条不相交的平行线，他心里就有种说不出的憋屈。

说得煽情点，他如今的人生都是她给的，而且老天爷还给他开了挂，直接把她送到了他身边，他有什么理由放她走？想到这里，他把她的手握得更紧。

早不放开，现在想让他再放开，来不及了，来，谁有本事分开看看。

于是他不怕死地继续火上浇油："你向谁告？告老师还是告同学，正好，我还缺个从幕后走到台前的机会呢。"

"你、你等着！我现在就给我妈打电话，就说你欺负我！"

"你打，你看梅姨信不信。"说完，他假笑了下。

"啊——"莫思瑶气得大叫一声，"我咬死你！"说完，一口冲他手臂咬下去。

顾南也不躲，一声不吭地任她咬。

莫思瑶一口下去是下了狠劲的，结果他手臂硬硬的还有几分硌牙齿，一方面不想认输，一方面又真怕把他咬出血来，正骑虎难下之际，顾南气死人不偿命地伸出另一只手搁她面前道："能不能麻烦你换只手？这只是我要拿来牵着你的。"

莫思瑶被呛得脸红了红，松了口，但一时也没有好的应对方法，都气出了结巴："顾……顾南！你这个无赖！"

"叫你看不上我。"

"姓顾的——"

下一刻，顾南话锋一转："看到那个设计了没，典型的适合小户型的节省空间型创意家具。"

"哈？"莫思瑶的脑子一下子没转过弯来。

"不过我家房子够大了，用不上。"

莫思瑶的脑子一片空白，所以呢？

他似乎听到她心中所想："所以把你塞进去是没问题的。"

"滚！"

出于一种很微妙的心理，莫思瑶整整一个星期没理顾南，电话拒接，微信拒回，还在心里发了毒誓，就算他再出动傅盈也没有用。但其实她在深思熟虑后并没有在微信上拉黑顾南，因为她还蛮了解自己的，感觉会被打脸……所以宿舍几人这几天看到的都是一个特别乖的莫思瑶，没再出现下午没课人就失踪的情况。

一晃又到了周末，回去看看两位老母亲还是很有必要的，莫思瑶特别理解她妈失而复得的那种心情，所以周五下课后她拎着大包一步一个脚印地爬到自己家楼层，就看到隔壁顾家屋门大开，一副"你快来看看呀"的诱人姿势……

去还是不去，这是个问题……

因为是老户型，楼内并没有安装电梯，莫思瑶的大包里装满了她这星期更换的没洗的外套什么的——是的，这个坏习惯她保持到了现在，所以感觉还蛮吃力的。唉，一步入秋冬怎么就感觉人变懒了呢，喀喀……

这时候她确实感觉到了顾南的实用性，刚刚在校门口看到他等在那里时，她不应该当看不见的，可他怎么不强硬点把她拉进汽车里呢？果然四个轮子的破烂车还是比她换乘地铁什么的快啊。

哼,最近旧楼改造,居委会已经在楼下贴了关于安装电梯的公告了,马上她就不需要免费劳动力了!

莫思瑶艰苦地爬上最后一级台阶,随后,眼睛不自觉地往顾南家里偷瞄了一眼……

该死的!不该看的!她懊恼得差点咬掉自己的舌头,只感觉心不受控制地"扑通"一跳,只见顾南好整以暇地站在入门处不远的地方,大概就等着她回家了。

顾南旁边竖着一个大画架,上面是一幅生动逼真的画,只见画上一个男卡通人物单膝跪地、双手朝上,托着一行特漂亮的艺术字——还在生气吗?

男卡通人物旁边还画了个箭头,赋予一个很恶心的名字:小南南。

错不了的……他取这个名字的初衷一定是想恶心死她!

也不知道他等了多久,全然没有不耐烦的样子,见她看到了,一个大男人突然卖萌装可爱地抿了下嘴,轻轻耸了耸肩,随后将手上的画放下两页,那个"小南南"在视觉效果上很自然地营造出个九十度抱拳作揖的动作,定格那页是他带着求饶表情,旁边是两个字——抱歉。

随后,顾南又放下三页,小南南做了一个旋转跳跃的姿势,配字——原谅我吧,好吗?

接着,顾南一页一页放下,画上的小南南在雨天给新出现的女性角色撑伞、扇扇子、递饮料、做饭……最后连变形金刚大黄蜂都出现了,冲着小南南一顿暴揍,最后一记左勾拳,把他送上了天……

——原谅我吧,好吗?

大概最后他自己也觉得肉麻,画上的小南南被替换成了一只大眼萌猫,两只毛茸茸的小爪子托在下巴处,配字——拜托拜托。

……糟糕,是心动的感觉。

莫思瑶感觉糟糕透了,觉得什么原则、阵地、立场都快失守了,她微微张嘴:"你……能不能——"

"除了滚远一点,都能。"他抢话。

莫思瑶沉默了一会儿,吸吸鼻子,认真地道:"顾南,我觉得这样不好……"她觉得自己很坏,享受着他的付出,却……有点不敢回应他的感情。万一这一切只是一场梦怎么办?万一哪天一觉醒来回到过去了怎么办？万一哪天他突然觉悟对她只是感激而不是爱情怎么办？他们成长的背景不一样，以后沟通起来有代沟了怎么办？她莫名其妙地畏惧了……

友达以上，爱情未满。这种模式对顾南而言也不公平。

“你比我小。”

顾南掩饰住眼底的失落，微微一笑：“没关系。”

莫思瑶这才注意到他手中的画还没有展示完，只见随着画页落下，小南南那个角色鼻青眼肿却面带微笑地鼓起了掌，变魔术般弄出一朵又一朵花，直到最后一幅被满页的鲜花填满。不等莫思瑶感慨，他手随意一摸，从画架后摸出一束花来，说：“其实我想过了，送花真的很土，但我想来想去还是这种传统的仪式更能表达我的心意。”

“我不知道我能不能心安理得地接受这一切，好像不久前你还朝我扔石头挑衅，怎么就突然长成了一副要照顾我的样子……我想，我们还是保持距离，让彼此沉淀一下……”

“哦，确实很土，好吧——”话音一落，他直接拽了把花瓣。

“哎！”不管怎样，莫思瑶真没想到他会这么做，轻呼了一声，却看到那花瓣散落时自然粘贴在最后一幅画上，大概是提前涂了点什么胶水，鲜红的花瓣点缀其上，让整幅画惊艳、鲜活了起来。

“你……”知道他想把这个话题揭过去，莫思瑶深吸一口气，“逃避解决不了问题，顾南。不是你的问题，是我，我觉得留给我思考的时间还不够，我……”

“我不同意沉淀。这些年我沉淀的情绪已经足够多了，曾经的你是真正的遥不可及，所以当我触手可及的时候，能不能允许我任性一次？”顾南把整个画本拆了下来，然后递给她，“你收下画，交换条件是我去你家蹭一顿饭。”

莫思瑶沉默了好一会儿，最终选择顺着梯子下来：“那我不是很吃亏？”

“有时候吃亏就是占便宜。”他笑笑，“大黄蜂的武器这星期我做好了，你明天要不要去看看，给点意见？”

她下意识地想打击下他的积极性：“想都不用想，一定是做得很丑了。”

他也不顶嘴，高深莫测地一笑。

"干吗这样笑？"

"很明显，你在嫉妒我的专业水准。"

"就你取名那水平，还小南南？恶不恶心？"

"你就是在嫉妒我的专业水准。"他下定义。

"顾南，脸皮厚不代表水准高的。"

"至少比你那个什么'YY'强。"

莫思瑶一阵无语。

他锲而不舍地追问："你觉得'小思南'怎么样？就是'思瑶的小顾南'。"

"点到即止就行了。"莫思瑶浑身鸡皮疙瘩掉一地，直接横了他一眼，进门前没忍住又问了一句，"你干吗老送我画？"

"因为我画得好。"就在她想翻白眼之前，他又补了一句，"因为送画你才不会扔，我猜的。"

莫思瑶给他甩了个大白眼。

"看样子我没猜错。"顾南顺势拎过她的大包，随后率先推门进了她家，"梅姨，打搅了。"

"等一下。"眼看就要进门，莫思瑶微微侧了身子挡在他面前，"别岔开话题，我先跟你说清楚啊，以后可别再说那些混账话了。"

"哪些？"顾南认真地问，一副明摆着就想听她重复一遍的欠揍样子。

……他绝对是明知故问，莫思瑶敢以性命担保！

"就是任何惹我生气的胡话，举例说明，看家具那天你说的话。"

"哦，那次。"顾南耸耸肩，"没法子，嫉妒使我失控，如果你当时小鸟依人地给我爱的安抚，我会表现得很优秀的。"

莫思瑶发现人真的不能太熟，最开始她认识他的时候，他还是个惜字如金的冷酷大男孩，端的是一副生人勿近的架子，现在算是原形毕露了吗？

"顾南，我能不能提一个要求？"

"你说。"

莫思瑶摆出非常诚恳的样子："不管大黄蜂的武器做得怎么样，

重新做一把吧，就是能一炮把你打飞的那种，或者是按个按钮就能让你消失的那种。"

"可以的。"他微微一笑，大概获取了她的原谅，他整个人放松了下来，又或许是心理作用，莫思瑶总觉得他面部线条啥的都明亮了许多，反正看起来神采飞扬、光彩夺目的样子，像个行走的荷尔蒙，"打飞去哪里？飞进你的怀抱里吗？"

……我输了！

莫思瑶算和顾南和好了，其实有一点她妈说得真的没错，顾南是个很聪明很有天赋的男孩子，而当这个家伙把这种天赋运用到……追求她这件事上……

哼，还是没有用！

大概因为她在内心深处始终会把他和记忆中的样子重叠起来，所以相差六岁多这件事，让她心里始终有个疙瘩，她读小学的时候，他还在喝奶吧。

最惧怕的是——她真的没有能力承受第二次失去了，那样的心神俱伤、悲痛欲裂，光是想想都让她望而却步。而那个时候，她身边再没有第二个"顾南"了。

反正本身也没真的吵架，所以莫思瑶还算愉快地顺着他铺垫的台阶下了。让考验期更长一点吧，不是说现在的年轻人只有三分钟热度吗？想通之后，她便又上他那新房子里继续折腾了。偶尔做个双重标准的小女人，有什么不可以呢？

眼看着房子逐渐往莫思瑶梦想的装饰方向进展，别的不说，成就感这点是到达满级的，毕竟是她长久以来的梦想。至于对墙的装饰这点，因为确实对《海贼王》有一定程度的迷恋，她决定把当初特别感染她的一幅海报经过润色修饰后，直接复制到墙上。一番梳理后，光是草图就看起来特别有激情。

顾南对她要画什么没有任何异议，也无所谓大黄蜂和这画搭不搭配什么的，他心里甚至想着最好是成品优秀、特别得让她爱不释手、极其不舍什么的，干脆搬进来住最好。当然了，这个行为有点像在跟梅姨抢女儿，所以他稍稍压制了自己这"邪恶"的念头。

莫思瑶倒是察觉了不搭这件事，不过抱着"死道友不死贫道"的念头，觉得反正房子主人是他，说任她发挥的也是他，成年人嘛，一定要对自己做的决定负责任。所以虽然下笔的时候手有点抖，但从起草到涂颜料的整个过程，还是让她心血澎湃，越来越有干劲。

因为整个墙画所运用的颜色极多，所以顾南采购了许多罐防水无毒无异味的基础色涂料，应该算油漆的一种，还真的没啥味道，然后他又弄来许多空的小桶，帮着调颜色，一个罐子一个罐子地堆在铺满报纸的地上。

她往墙上涂鸦，他帮着润色，倒是印证了那句话——男女搭配干活不累。

就在这天，老天大概见她进展得太顺利，给她制造了点小麻烦。

当莫思瑶为了看整个墙画的效果而往后退时，一个错脚磕碰到一个涂料罐，导致整个牛仔裤裤脚被油漆泼湿，随之，她因惊慌而站不稳，手里装着满满颜料的一次性杯子也发生重度倾斜，往身上溅出来不少，最可怕的是，旁边还有油漆罐，怕再踩到而错乱了脚步，以至于莫思瑶整个人失去了平衡往身后倒去。

"啊——"

一切就像是演偶像剧，顾南像是拿了个最佳男主的剧本，就那么反应迅速地冲了过来，手托着她的腰扶了一把，居高临下地与她来了次近距离对视。

呃……莫思瑶的脸莫名地有点红，但一只手拿着小画刷，一只手拿着装着所剩无几颜料的纸杯，她脑子一蒙，拿着刷子往他下巴上涂了一笔……

于是顾南"光荣"地挂了彩。

然后，他默默地把戴着手套的手伸进莫思瑶手持的杯子里——缓缓眯起了眼睛，略微带着邪气地一笑……

"喂！"莫思瑶心中警铃大作，"放开我！你想干什么？"

"你说呢？"这笑容让顾南找回了点十来岁那会儿天不怕地不怕的味道，处于叛逆期的他，愤世嫉俗地看待这不公的世界，整个人肆意而张狂。

只是，当一个人心里有了珍视的东西，便会如现在的他这般，眼底透露出少年时不曾有过的柔软，那笑意也蔓延至眼底，他意图明显地微微挑眉，"魔掌"毫不客气伸向了她。

"你敢，顾南！"莫思瑶开始胡乱地扭动身子，手中的笔刷向他狂舞，两人"乱斗"了一场，最终她凭借声音的气势及言语上的威胁取得了胜利，"你敢弄我，看我理不理你！"

顾南顿了一下，最终妥协，把手指往回一缩，做出了休战的姿势，然后叹了口气："小心点。"但内心默默地比了个"耶"的庆祝手势。

很好，剧情终于推动了！

莫思瑶晃了晃鲜红色的湿漉漉的裤脚，身上也"漆"渍斑驳，一副欲哭无泪的样子，还有她的小白鞋……

顾南看得好笑，虽然他脸上也中了招。他早把这里当作他们的"爱巢"了，当时装修的时候洗浴间是一并装修验收好的，早就可以投入使用了，因此他也备了几套换洗衣物在，有时干活脏了累了，洗个澡舒服些，反正以备不时之需吧，眼下就是这不时之需。

于是他转身进了房间，拿了套干净衣物和毛巾一起递给她，又弯下身去帮她把裤腿小心地卷了卷，以免滴到内屋的地板上，说："我这里备了衣服，都是干净的，别嫌弃，先去洗洗换了吧。"

为什么会有内裤？！莫思瑶惊呆了。

不，不能问，莫思瑶感觉答案会让她血压飙升，气得吐血。

两人相视无言了一下，莫思瑶打破了僵局："有热水？"

"有啊，你也不看看我是谁。"见她鼻头有污垢，他没忍住用小拇指的指甲帮她轻轻抠了抠，很是亲昵的样子，"厨卫早就装修好了，都能用，你要是乐意，立马可以拎包入住。"

"呵。"莫思瑶假笑，拿了衣服，以"啪"的一声关门声来回应他。

顾南摸了摸自己的鼻子，心情愉悦地收拾东西去了。

十来分钟后，浴室门被打开，看着莫思瑶在雾气氤氲中擦拭着头发走出，顾南愣了愣，有些看呆了。只是被她抬头瞪了一眼后，他突然有些狼狈地别开视线，感觉心跳得厉害，但绝对不能表露出来，他警告自己，非礼勿视……然后在心里念了一句"阿弥陀佛"。

莫思瑶从小皮肤就特别白，五官属于小巧精致、玲珑可爱的那种，笑起来眼睛眯眯的弯弯的，很有韵味，脸也只有巴掌大，长发短发绑马尾都显得很娇俏。花朵一样的年纪，白皙剔透的肌肤，穿着他的灰色短袖 T 恤和蓝色睡裤，松松垮垮的，越发显得人娇小。

这是他想珍藏一生的女孩啊。

"怦怦……"顾南发现自己的心跳完全不听指挥，他下意识地咽了口口水，随后假装忙碌地这里擦擦那里擦擦，倒是脸上那道油漆抹上的污渍，完美地遮掩了他红透的脸。

"你的衣服也太大了！"莫思瑶嫌弃道，随后把 T 恤过长的衣摆卷起来，打了一个结。

"风筒……喀。"他不自在地清了清嗓子，"风筒在浴室的置物架里。"

"哦。"不久，风筒的声音响起，她似乎说着什么。

顾南什么都听不到，他望着她的侧影发怔，只感觉安然如素、岁月静好，直到莫思瑶喊了他好几声他才回神，假装淡定地掩饰过去，拒不承认刚才的走神："什么？"

"我说，小腿脚踝那里洗不干净，沐浴露完全没用，你有没有什么办法？"

"哦……"顾南深吸一口气，"我待会儿去买点风油精或者橄榄油，那个应该有用。"他强压住帮她吹头发的冲动，咳了一声，"你的衣服呢，我拿去洗。"

"你这儿还有洗衣机？"她扯着嗓子问。

"我这儿什么都有，就缺你。"他嘴巴快于大脑，脱口而出。

莫思瑶被风筒的声音扰得又没听清，皱着眉问："什么？"

顾南为遮掩心虚，直接从旁边把她换下的衣服一把抱起，转身大跨步离开。

莫思瑶后知后觉地想起内裤时，顾南已经把衣物都丢进了阳台上那台进口全自动静音消毒洗衣干衣机。

"这东西什么时候在这儿的？"

"这两天。"他解释，"你觉得怎么样？"

"……还行。"

如何不动声色地把内裤翻出来手洗呢？她想了想，一把推开顾南："让我来吧，这么高级的洗衣机我还没用过呢。"

事实上，因为没用过，所以莫思瑶沉默地站在那台洗衣机前发了会儿呆……

"话说，油漆会不会把洗衣机里染上色啊？"

"……可能会。"

"哦。"莫思瑶和顾南相视无言了一下，没吱声。

顾南没想到刚刚一急，居然在心爱的人面前出现滑铁卢，试图挽救一下形象："我先帮你把裤腿搓一下吧！"

"不用不用。"莫思瑶隐隐叹了口气，抬头看他，挑眉，"你这么积极干什么，该不会你都想帮我洗澡吧？"

顾南被"调戏"得一张"老脸"差点挂不住了，一些从前说话的语气竟不自觉地表露出来："莫思瑶，注意你的表情控制！"说完，还毫无自觉，食指往她额前一戳，"小孩子家家的，想些什么乱七八糟的？"

莫思瑶白了他一眼，觉得两颊也有点火烧火燎的。

顾南难得认栽了："我……我先去帮你刷刷鞋。"

莫思瑶把裤子翻出来用手搓了搓，现学现卖地掏出手机搜索了下洗衣机的使用方法，然后成功地打开了洗衣机，又往客厅看了下，他正蹲在洗手间仔细地给她刷着鞋。

……挺好的。

日子就这样平淡如水地过去了，其间，顾南偶尔也会充当一下大忙人的角色，除了雷打不变的问候短信，有时会消失个七八天，出差啊，搞研究啊，两人都在适应着这种有点亲近，又带点距离的关系。

眨眼间就入了秋，又骤然有了冬的痕迹，当大街上普遍换上外套时，期末考也临近了。

莫思瑶暂停一切活动，专心投入备考中来。毕竟期中考那事让她心有余悸，还是得靠实力说话，才能挺直脊梁，坦然面对。

建筑系需要考的课程基本是全学院最多的，天知道她当初为啥嫌自己事少，脑壳进水选择了这专业。唯一值得欣慰的是，她拿到了顾南的独家秘制笔记——重点突出，细节明晰，层层递进，附带猜题，完全没有辜负傅盈所说的学神之名。

莫思瑶吃透了内容，把笔记当复习资料一般自己手工拓印了一份重点，分享给了室友，主要因为害怕董舒然的追根究底。

考试很顺利，考完莫思瑶就收拾包裹告别了宿舍，迈入人生中第一个没有寒假作业的寒假。

C市这天下了一场冷雨，像这种南方城市，并没有暖气供应，哪怕关着窗，都能感觉到无孔不入的寒意。

莫思瑶一觉睡到十点多，还是窝在被窝里舍不得起来，与之相反的是她妈，伴随着她的回归，罗素梅心灵上更有依托，于是更加热衷于公益事业，好像委员会又有什么活动，所以她一大早就出去了。莫思瑶其实挺怕这种场面的，看着难受，而且一到这种场面，她就像患了失语症一样，不知道要说些什么，所以主动性不强。

刷了下美食类的小视频，她万般感慨地发了条朋友圈——冷冷冷，好想吃火锅。

没过多久，就有了回复，顾南：等着。

没多久，傅盈也破天荒地在下面回复了一条：啧，秀恩爱。

总感觉傅盈是在调侃着什么，好在他们两个的共同好友只有傅盈一个，所以顾南的这条回复并没有引起什么骚动，倒是她不知道怎么了，居然变得有些期待起来。

顾南从来不会让她失望。他似乎特别清楚她的喜好，知道她喜欢画画好的，所以他总是喜欢画点什么来撩动她的心弦。

当他敲开门，把那本手绘的C市火锅攻略画册搁她面前的时候，莫思瑶感觉自己真的无法自抑地感动了一番。

第一页画的是涮羊肉火锅，各种拼碟栩栩如生，往下翻是羊蝎子火锅、重口味的麻辣老火锅、清淡的海鲜火锅，还有以粥做锅底的牛肉丸系列火锅……各式各样，琳琅满目，旁边都细致地备注着可以点些什么。

每一页下面还标注着地址，旁边画着空的五颗星。

见她翻得认真，他在旁边说："放假这些天，咱们可以一家一家去踩点，然后你来给它们评分，喜欢的就再去。今天想去哪家？我请客。"

莫思瑶一时间不知道说些什么才好，天晓得她看着这本火锅画册，居然有种想哭的冲动，她只能把这种感觉抛诸脑后，闭着眼睛把本子合起来胡乱一翻，大掌一拍："就它了！"

莫思瑶给她妈打电话，问她忙完了没，可罗素梅正忙着给失独老人送温暖，只叮咛她注意安全。然后莫思瑶把自己裹得严严实实地出门，顺带想起了在朋友圈留言的傅盈，并没有重色轻友，把她也约了出来。

傅盈简单思考了下自己的闺密定位，当然了，电灯泡这种角色也不是随便哪个人都能干的，她又想了想自己暗藏的吃货属性，应了约。

因为都是本市人，三个人在饭店门口碰了头，这是莫思瑶第一次见手里没有捧着书的傅盈。

"啧啧，你不带书我居然还有点不习惯。"

傅盈冷漠地推了推眼镜："带本书给你的火锅添柴加火吗？"

"傅盈，你哪天不呛我心里憋屈得慌是不是？"

莫思瑶无言地看了她一眼，然后求助地往顾南那边看了一眼，顾南一脸"我什么都不知道、什么都看不到、女人的战争我不参与"的表情，跟着服务员进去落了座。

莫思瑶自救性地假笑："傅盈，我衷心祝你找到一个黏人精男朋友，每天黏你黏到让你读不成书，你去哪儿他去哪儿，什么都听得懂就是听不懂你的拒绝！"

顾南听见微微一笑，觉得自己的小女人毒咒下得又狠又准。

莫思瑶坐下后看了一眼餐牌，发现自己点中的是个挺上档次的自助火锅，对这个世界的物价还没了解得那么透彻的她，在看到金额的时候，油然而生一种夺门而出的心情。

傅盈已经厚着脸皮喊了一声："谢谢师兄款待。"然后歪着头跟服务员点餐。

这举措成功打破了莫思瑶离席的打算，眼看着傅盈毫不客气地下单，虽然不是自己的钱，但她居然有种心疼的感觉，酸溜溜地说："你还挺不客气的。"

"不是你打电话喊我来的吗？"

因为她不知道这么贵！

莫思瑶心疼地想起高考前她跟她妈商量好的一个月八百块的生活费，再看傅盈的一脸惬意，嘟囔道："你还点？吃得了这么多吗？"

"自助餐，不多点点怎么回本呢？抱歉，这个时候我并不想做一个精致的女孩。"

顾南好笑地睨了一眼小气劲犯了的莫思瑶，突然拍了拍她的头，然后给了傅盈一个"请见谅"的眼神。傅盈一脸的"我懂我懂"，心里对莫思瑶还是颇为羡慕的。

餐牌里的特色海鲜价格相对较贵，要求一定得吃完，而自助餐桌上搭配着各种水果、甜点和相对普通的菜色，顾南很绅士地把餐牌让给女士，自己起身去拿水果。

傅盈点完自己爱吃的，就看着莫思瑶，挑眉："行了，别心疼了，你们家顾神有钱，跟他计较这个就是看不起他。而且你不是还没嫁给他吗，这么快就适应管家婆身份了？"

"滚，谁说我要嫁给他的？"

"放心，这种复杂心态我懂。"

"你懂什么，你谈过恋爱吗？"

"你知道我是出了名的爱看书，但我总归要有点空闲时间，为了填满这个空缺，我选择——看小说。不好意思，还没有什么类别的小说是我没接触过的，言情小说的套路我比你熟。"傅盈低调地挑了挑眉，神情颇显骄傲。

"受不了，你干吗老叫他顾神？听着怪别扭的。"

"怎么？看不惯他成为我心里的学习之神？哎，说实话，你们到底有没有正式交往？"

"不知道。"莫思瑶沉默了下，只感觉自己也没那么坚持了，她也不知道自己是怎么想的，或许这一切太过虚幻，以至于她现在还感觉自己身在梦中，对现在对未来潜意识地有些担心，担心或许明天醒过来，她还是原来的她，从前的所有都没有变化……

这种安全感缺失导致的担忧说出来傅盈不懂，也不会懂。

事实上，顾南很好——或许是太好了，让她总没有什么真实感，无处诉情肠的滋味真的不好受啊。

"哦。"傅盈无所谓地耸耸肩，"随便你，我没有兴趣劝你。"

莫思瑶无言地看着她，你看，果然如此。她憋了憋，没忍住，说："我听说人和人之间都有种磁场，磁场吻合的彼此吸引，不合的排斥在外，你说咱俩到底是哪种特质相互吸引啊？"

"别人不知道，但你肯定是欠收拾。"

莫思瑶难得认可地点点头："对，这特质形容的就是你。怎么样，食物点够了没？你确实需要多要些吃的塞住你的嘴。"

随后，两人沉默地对视一眼，都笑了。

寒假代表着过年，意味着要吃年夜饭。

年夜饭，罗素梅带着莫思瑶上叶爸家蹭饭，和他们一块儿吃的。顾南也厚着脸皮跟着来了。他完全不把自己当外人，从采买到置办，忙里忙外地张罗了一桌菜。崔静笑着说又多了个儿子，罗素梅顺口埋汰了几句自家啥也不会的闺女。

莫思瑶腹诽着顾南所积极表现的一切，被两个老母亲责令给顾南打下手，洗洗菜，剥剥大蒜，最重要的是，坚决不能在沙发上坐着。就算把自己当成一个十万瓦特的大灯泡，也得在厨房里照亮着顾南，以陪伴这种形式，安抚他为这顿饭所付出的辛勤劳动。

她心里再不乐意，也不得不臣服在顾南的厨艺之下，总感觉他除了画图，是不是还在哪儿偷过师学过艺，揣着颗艺术生的灵魂，除了味道一流，摆盘也摆得格外好看，让人食指大动。

"怎么样，要不要用胡萝卜给你雕两朵花？"他诚然接受她毫无作为的陪伴，心情大好地提议。

"有本事，你给我做一桌满汉全席啊。"

"今年来不及了，明年。"他微笑。

莫思瑶无语地看着他，这轻描淡写的语气是什么意思？你还真能弄一桌满汉全席？不对，谁明年还跟你一块儿过年啊？

忙活了一整天，桌子上陈列着艺术品般的十道菜，意味着十全十美。三位长辈又不吝华美之词地大肆把顾南夸了一番，顺带提了一句"瑶瑶的生菜叶也洗得很干净"。除了有点点不爽的莫思瑶，一家人和乐融融地坐下大快朵颐，随后美好的滋味让莫思瑶忘却原则，没忍住多吃了大半碗饭，饭后摸着被撑得圆鼓鼓的肚子，陪着长辈们一块儿看春晚，唠嗑。

在罗素梅的影响下，崔静也加入了失独家庭委员会。人一旦有了寄托，整个精气神就上来了，气色和心态都好了很多。她今天给自己和老叶都穿上了新买的红色唐装，有焕然一新的感觉。这晚，她甚至翻出了她闺女小时候的照片，叨叨地抓着罗素梅述说了一晚上。

"这是我们带她去人民公园那会儿的。"

"这是她第一次参加幼儿园表演。"

"这是她入少先队那会儿……"

莫思瑶心里暖暖的，又隐隐有点酸涩感，甚至有点想掉泪的冲动，正当她想细细品味着这种温馨感觉的时候，一双冰凉的大手直接伸进了她的后脖领，一种刺骨的寒意冻得她浑身一哆嗦，尖叫出声。

"顾南，你完蛋了！"

顾南这会儿刚把碗洗干净，见恶作剧成功，难得有了孩子的样子，笑嘻嘻地躲开了莫思瑶的追打，气得莫思瑶拔腿就追。

罗素梅在旁边责备着："过年了，别说些不吉利的话。"

顾南又逮着机会把"冷冷的双手"往她脸上一捂，莫思瑶被冰得"花枝乱颤"了好一会儿，跑来跟罗素梅告状："妈，他欺负我！"

"让你偷懒，我交代了让你洗碗，你就这么心安理得地把屁股黏在沙发上，让人家忙里忙外忙活一天？好意思？"

"这不是他自己抢着做的吗？"刚才怎么不见您阻止啊？

莫思瑶被老妈的"吃里爬外"气着了，迁怒于顾南，大声嚷嚷："你给我滚过来！"

"就不。"

屋子里又多了许多笑声。

午夜钟声响起了之后他们才动身，两个小辈各领了三个大红包，莫思瑶冰释前嫌地与顾南一块儿笑眯眯地祝福长辈们新年快乐，万事如意。叶爸年纪大了直闹瞌睡，先回了房，崔静说家里还有空房，让他们留下过夜，但罗素梅笑着说不叨扰了，又玩笑似的建议把这闺女留下陪他们，崔静知道罗素梅单身在家，笑着说那明天再来。

两个女人就又在门口唠了起来。

莫思瑶和顾南先去开车了。市区早禁了烟花，但不知道是郊区还是哪个角落有人偷摸着放了几挂鞭炮，隐隐能听到声响，给了这寒冬的夜晚添了一丝喧哗。

这一片老区相对而言确实冷清了些，但城中心跨年的年轻人还正在兴奋地嬉闹着，莫思瑶犯困地打了个哈欠，这生物钟准得让她感觉自己提前迈入了老年生活。

今年的天气有点反常，假期里冷了几天后升了点温，昨天又降到四五度，大半夜室外的寒风更显刺骨。莫思瑶缩了缩脖子，把围脖裹得紧紧的，就听到顾南说："所以，一个孩子还是太少，现在政策开放了，咱们就多生几个，你包生，我包养。"

正"哼哼哈嘿"地抖着一身正气的莫思瑶被他"大胆"的念头噎得一阵气短："啊呸！谁跟你咱们？谁跟你多生几个？"

顾南笑笑，呼出的白气在路灯下映得他的侧脸帅气得惊人，他眼神灼灼，柔得发亮，突然道："新年快乐呀，莫思瑶。"

莫思瑶还没气完，本不想搭理他，但只怪这一刻这大过年的气氛太好，她轻哼了一声，不情不愿地接了句："新年快乐！"

"喏。"他递给她一个东西。

"这是什么？"她瞄了眼，不客气地接过来，"红包？"

"嗯，你不是还在上学吗？但哥是个有能力有资本能养家糊口的人了。"

因为和一般的红包手感不一样，莫思瑶接过来在手里晃了晃，也不跟他客套，直接拆了开来，只见第一页是手画的支票，金额那里是空的。

她抬眸瞪了他一眼："干吗，空头支票吗？"

"能兑现的。"

莫思瑶故意装出凶巴巴的样子，以掩饰自己的感动："说大话，我写一百亿你能兑现吗？还是你打算给我买间从进门到卧房要走三天三夜的大房子？呵，烂本子。"

她再往后翻，是各种愿望卡。

——无条件洗碗卡。

——无条件唱歌卡。

——无条件认错卡。

……

她心中感动莫名，嘴上却叨叨："这点子你以为我不知道啊，就是抄的电视剧的。"

"哪部电视剧有这么浪漫？"

就在顾南想说些什么为自己辩解的时候，突然听到她说："谢谢。"

"谢谢你，顾南。"她站定，又说了一次。

灯光下的女孩像是做了影像雾化处理，脸上挂着诚挚的微笑，眼中约莫是含着因打哈欠抑或是感动而挤出来泪花，晶亮得动人心弦，是娇俏又美好的样子。

顾南感觉自己的神经像被针轻轻扎了一下，刺刺的，酥酥麻麻的，又有点痛。他突然往前迈了一步，一只手压着她的后脑勺，不容她拒绝地将她狠狠地揽进怀里，深深地吸了一口气，有些贪恋她身上隐隐约约的……樟脑丸的味道。

随后，他迅速放开她，三步并作两步地迈到前面，背对着她冲她挥挥手："这拥抱就当作我的新年礼物了，自取不谢了。"

莫思瑶愣怔地站在原地一小会儿，然后追了上去，跳起来冲他后脑勺敲了一下："下次再动手动脚的，我对你不客气！"

"再说吧。"他还在回味中呢。

"真是的，冷死了，你干吗把车停那么远？"

"过年了大家都回来了，周边都停满了，能找到个停车位就不错了。"顾南用眼角余光瞥了她一眼，"这么冷啊，衣服口袋要不要借你用一下？"

莫思瑶白他一眼："这个时候，你难道不是应该直接把外套脱下来给我罩上吗？"

"想得美，这外套是要脱给我女朋友的。"顾南也找到了与她的相处模式，突然回头露出一抹颠倒众生的笑容，"还是说你打算占据这个位置了？"

晃瞎眼了！

莫思瑶才不承认有被他帅到呢，嘴硬道："……找你的车吧。"

第九章
我的眼底
只有你

　　难怪人家说寒假归来胖三斤。

　　这个寒假，莫思瑶也毫无例外地过了个增肥年，除了火锅，顾南还弄了西餐指南、甜品指南、中餐指南等等，见她心疼钱，他就自己买了东西上她家做，说反正都要开火，还能节省点天然气和油米钱，这借口简直完美到让人无法拒绝。

　　罗素梅也习惯了有什么事都找小顾，直接把他当自己人使，顾南简直成了罗素梅的第二个孩子，就差没有拎包入户了。

　　莫思瑶深深感受到了顾南买隔壁房的"阴险"用意，那就是暗戳戳地掳走她妈的心，她已经不再是她妈最爱的宝宝了！

　　学校开学日是元宵节的第二天，新学期也要元气满满！莫思瑶给自己打气。

　　返校的行李当然是顾南送的，但莫思瑶还是有点心虚，让顾南在离学校大老远的时候就与她保持距离。

　　"何必呢？"顾南推着她的行李箱，心里叹口气看看天。这天如今灰蒙蒙的，乍一看好像还有星星在眨眼，她偏偏此地无银三百两地戴着墨镜，步子走出了一种不知哪儿来的鬼祟感。

　　然而……还蛮可爱的。

　　顾南觉得自己病入膏肓，无药可救了。

"你管我？"莫思瑶就是不肯戳破那层窗户纸，不是说得不到的才是最好的？

"我要是被人追走了，你就抱着灯柱哭去吧。"顾南说。

"你要是能被人追走，我跟你保证，我妈那儿你再蹭不到第二顿饭了。"

"你一定要隔那么远跟我说话吗？"

"不好意思，这个距离还不够远。"

"小姐，现在才早上六点，你见过谁这么早到校的？"

"要不然你以为我会让你送吗？"莫思瑶一脸"你真笨"的样子。

"这就是你四点半敲我房门的理由吗？你知道我昨晚几点睡的吗？"他说完微微偏头，"不心疼的吗？"

莫思瑶直接逃避这个话题："你离太近了。"

"莫思瑶。"他突然喊她，把另一个手里的包默默地移到推箱子的那个手上，然后趁着她站住回头的瞬间，拎着行李就冲了上去，一把摘下她的墨镜并揽住了她的肩膀，"这才叫太近了，不过我觉得刚刚好。"

莫思瑶一下子着了道，一边挣扎一边嚷嚷："喂！男女授受不亲！你放开我……"

"顾师兄！"

一个惊诧的声音打断了莫思瑶挣扎的动作，下一刻，她便感觉头皮发麻——糟糕，被发现了。

出声的是个很阳光的小伙子，大冷天的穿着长袖短裤，应该是正在晨跑。他很自觉地拿下耳塞，满脸八卦地冲着顾南暧昧地笑："哇，这位是大嫂啊？"

大嫂个鬼！

莫思瑶感觉自己这叫"常在河边走，哪有不湿鞋"，千算万算没算到这种情况，被抓了个现行，因此千言万语她只想说一句——大兄弟，你误会了。

"嗯。"顾南认真地点了点头。

嗯你个头啊！莫思瑶狠狠地瞪了顾南一眼。

"我不要面子的啊？"他坦然面对她的怒瞪，微微弓身附在她耳边语速飞快地说，"这家伙是出了名的八卦，你要是不承认，你所有资料他都能给你挖出来，还不如你就主动点承认了，回头约他吃个饭，自我介绍一下，这事就揭过去了。不然他可能会带一个排的人聚集到楼下帮我给你点心形蜡烛，给你唱情歌，乐队都有可能给你安排上。"

莫思瑶没想到顾南的语速能这么快，但挣扎的动作稍缓了下来，说实话，她是不是涉世未深，着了什么道？

莫思瑶憋不出一句话，顾南继续快速又沉稳地道："他是我一手提拔上来的，对我别的没有，一点点崇拜肯定是有的，你说我追不到的人他会不会想办法帮忙？"

见莫思瑶的心理防线彻底被攻破，顾南微笑着点了点头："你嫂子害羞。"

那人收起因震惊而微微张大的嘴，感觉眼前这位顾师兄像被什么附体了，竟表现得与平时如此"表里不一"——顾师兄私下居然是这样子的？！

但他表面还算自若地回应："我懂我懂，嘿嘿……"

"这是我之前在学生会的师弟，谢永旭。"顾南给莫思瑶介绍，然后挑眉问他，"快毕业了吧？"

"对，大四了，这不刚实习完，回来写论文的。"谢永旭咧开一嘴白牙笑，又打量了下莫思瑶，喊道，"嫂子好。"

不是嫂子，一点也不好。

莫思瑶气呼呼的，要是让她发现顾南是骗她的……

谢永旭自然没看出来莫思瑶内心的百转千回，他假意舒展了下筋骨，眼角余光继续打量着莫思瑶，只感觉她清汤挂面的，但底子特别好，五官细致小巧，尤其是皮肤细腻得惊人，小姑娘素颜也是非常耐看的。

想想顾南当年在 A 大，别的不说，即便是外貌也算得上是一骑绝尘。而今这妹子站在旁边却搭配得刚刚好，大概是气质与默契特别对味吧，他只得羡慕地感慨："难怪师兄你这么多年清心寡欲。好了好了，我回去得告诉咱们组织里那群小丫头片子，这下她们可以彻底死心了。"

顾南淡淡地勾了勾嘴角："多谢。"

"那是，我是谁啊，我多会做人。"然后，他往顾南身边一凑，飞了个眼神过去，"师兄今年也要毕业了吧？回头把班级姓名报告一声，我一定在毕业前帮你把人看牢了。"

顾南颔首，然后瞄着莫思瑶眯了眯眼。

莫思瑶一阵疑惑。

大清晨的一阵风吹得她一个哆嗦，刚刚在走动不觉得，再一看，这个师兄光着两条腿没什么感觉的样子，不冷吗？

谢永旭这下察觉到了莫思瑶的目光，很识趣地冲他们摆手，又把耳塞塞回耳朵里："那就不打扰你们打情骂俏了，有事电联，随传随到！"

"哪里是在打情骂俏！"等谢永旭跑远，莫思瑶气道，然后强调，"不是说是你一手提拔的吗？你能不能跟他说当作什么都没看到？"

顾南突然心情大好，胆大包天地揉了揉她细软的头发："只有女朋友才可以叫我做事。"

"顾南！"

"我在。"他重新提着她的行李往前走，"难怪说'早起的鸟儿有虫吃'。"被误解了，他心里美滋滋的。

"你说什么乱七八糟的？你还是把东西给我吧，谁知道你还有几个兄弟爱晨跑！"

"哎。"他突然回头，见莫思瑶警惕地往后退了一步，他眯眼笑笑，"如果我偷亲你一下，会有什么后果？"

"你敢！你试试，我卸掉你的牙齿！"

敢啊，他会找到机会的！

顾南默默握拳，嘴上笑道："亲你又不是用牙齿，这么没常识？"

"你……你把墨镜还给我！"

面对越来越"胆大包天"的顾南，莫思瑶渐渐有种兜不住的感觉，所以她有点想主动和两位室友"坦白从宽，抗拒从严"。

但这个事情真的需要勇气……倒是董舒然敏感地发现了莫思瑶的不对，见她整天都兴致昂扬、朝气蓬勃的样子，董舒然率先问："瑶瑶，你谈恋爱了？"

"啊？没有啊，你干吗突然这么问？"

"真不是？那最近喊你出去玩也不去，还有，上次那个想要追你的男生，怎么突然没动静了？你是不是让他知难而退了？"

"谁啊，没印象了……"莫思瑶有点心虚，"不说了，我先出门了，吃完饭还有事呢，下午就不回来了。"

"你去哪儿，吃饭吗？我也要去！还是说你约了人？"董舒然撇撇嘴，"约的谁啊？傅盈我也认识啊，今天周六我也没地方去呢，拜托拜托！"说完，不等莫思瑶说话，董舒然一把抱住她的手，"我不管，今天我跟定你了，不带我去就是有男朋友，而且还试图隐瞒！'知法犯法'，罪加一等！本来一顿饭就能搞定的事，现在要两顿，不，三顿！"

肖晴在一旁看得好笑："说来说去，你就是个可以用饭解决的女人。"

"那是。话说肖晴，你今天怎么还不去约会啊？"

"他今天要参加集训，得去两天，所以今天我也打算死皮赖脸地跟着我们瑶姐混了。"

"听到没有瑶瑶，今天你去哪儿，我们就去哪儿！"

"你们真是的……"

其实今天顾南也没空，莫思瑶就想去那房子看看，寒假因为偷懒，原本的进程基本上搁置了，但该完成的已经完成了，就是边边角角一些装饰什么的她也想自己做，她现在对那房子还真有点特殊情感……算是心底的一个小秘密吧，她不是那么愿意和人分享。

至于顾南这个人……想到这里，莫思瑶又开始为难了，怎么一开始没找着机会给她们介绍介绍呢？顾南上台搞了那么一出之后，她还真的有点难以开口，也没什么好时机，总不能上来就说"上次在台上引得你们放声尖叫的那个男的我认得，他画的那女孩是我"这种话吧。

就在她犹豫不决的时候，她的手机响了。

看来电显示之前，莫思瑶心里还"咯噔"了一下，以为是顾南，结果屏幕上闪着的是久违的名字——邓楚悦。

救星啊！

因为有好些日子没见面了，大过年的她们也就是微信问候了一下，莫思瑶此刻心里挺高兴的，刚好也能缓一缓董舒然的"逼供"。她和邓楚悦彼此寒暄了下，聊了下近况，聊得开心的时候，邓楚悦提出要请她们吃饭，莫思瑶愉快地答应了。

看房子成果什么的一点也不重要！顾南这个家伙也暂且揭过吧！

"走，姐妹们，蹭饭去！"

吃饭地点约在学校附近一家中档的西餐厅，邓楚悦家的条件还蛮不错的，而且因为长得漂亮，她在某视频软件的直播也有不菲的收入，所以三个女孩没跟她计较她请客这个事，但吃人嘴软，去的路上三人就合计着，等她过生日她们凑钱买份大礼给她。

和邓楚悦在约定的地方碰了头，她身旁还站了一个身材娇小的妹子，穿着很清新的森系娃娃装粉色大衣，紧身裹腿牛仔裤加雪地靴，搭配着看似不经意其实精心梳扎的丸子头，笑得很恬静的样子。

邓楚悦率先打招呼，然后指了指身旁那个姑娘："这个是尹依依，叫她——或者小一就可以了，是我新宿舍的室友，周末没人带，领来投投食，你们不会介意吧？"

"不介意不介意。"董舒然看到邓楚悦和自己的差距越发大，整个人突然显得有些局促。

认识久了，就会发现董舒然其实是一个特别有好胜心的人，有比较强的表现欲。

邓楚悦今天的目的性似乎特别强，主动过来挽住了莫思瑶的手臂，然后招呼她们进餐厅。

餐厅是七八十年代那种西式复古装饰，墙上装饰着各种做旧的火车头、小飞机、留声机什么的，空的地方堆放着一些假的绿色小盆栽，这春冬交替之际，略显奢侈的阳光从玻璃窗外透射进来，看起来很有味道。

"坐。"邓楚悦热情地招呼她们落座，点了餐，彼此聊了下各自的近况，说到兴头上，她看似随意问了莫思瑶一句，"怎么样，最近有没有遇到什么特别的人、特别的事？"

莫思瑶没多想，随口一答："还挺好的，没什么特别的吧。"

"特别的？有啊！"董舒然不甘寂寞，突然插嘴，"你都不知道，瑶瑶上学期期中考差点被抓作弊！吓死我们了。"

"作弊？哇，后果很严重的，没事吧？"尹依依很自然地接话。

这妹子话一出口，莫思瑶就显得有点尴尬，干笑了一下："误会一场。"

"你都不知道，她被老师从考场上带走的时候真的超恐怖，而且她胆子还大，跟那个抓她的老师顶嘴，太牛了。不过好在是一场误会，但当时外面传得不知道多难听呢，说她有后台，靠关系，真是讨厌死了。"肖晴出来打圆场。

她其实是说给那个尹依依听的，免得对方心里有想法，回去再多一嘴，这历史旧儿的流言蜚语什么的又扩大了传播范围。

"事情过去就过去了，咱问心无愧就行，人辅导员也出来解释了就是误会，可能有人事先准备好放在那里的，刚好被老师看到了，不是说监控都拍着的吗？反正真相大白就好。"肖晴轻轻地瞥了一眼董舒然，"再说了，陈年旧账了，提起来也没意思。"

邓楚悦还想说些什么，接收到尹依依的眼神，她抿了口果汁，像是不经意地提起："对了瑶瑶，你……是不是认识顾南师兄啊？"

"咳咳……"莫思瑶点了个意面，为了避免冷场嚼得正欢呢，这个问题问得她措手不及，呛得她差点没提上气。

几个人递水的递水，拍背的拍背，就是尹依依的眼神有点飘，让人捉摸不定。

承认还是不承认？这是个问题。

莫思瑶顺了一口气，用水杯遮掩住半边脸，见董舒然和肖晴也齐齐看了过来，不知怎的让她压力倍增，她干笑了下："谁？没听清，怎么突然这么问？"

"顾南师兄。"邓楚悦大概想了下怎么说，"有朋友看到你们在一起……好像还挺熟的？"

"呃……"莫思瑶想了想，索性硬着头皮点了点头，"算认识吧。"

"什么？！"董舒然第一个大叫出声，"你认识顾南师兄？还很熟吗？"

见旁边有人看过来，肖晴赶紧拉拉她："小声点。"

"太过分了，你怎么不早说？"董舒然不知道怎的有点被欺骗的感觉，语气明显有点冲。

邓楚悦不想话题被转移开，紧接着又扔了个深水炸弹："那他去年闹得沸沸扬扬的，在台上唱歌告白的那个女生，是不是你啊？"

董舒然已经在旁边倒吸一口气了。

"啊？哈哈哈……"莫思瑶干笑几声，直觉先否定，"没有没有，怎么可能是我？"

邓楚悦也不知道信了几分："那天我有点事没去，可我后来看录播视频，觉得画里那个女孩的背影蛮像你的……那你知不知道他要告白的女孩是谁啊？"

"不晓得。"莫思瑶赶紧喝水来遮掩自己的"此地无银"。

"那——"

邓楚悦似乎还想问什么，一旁的尹依依似乎隐忍许久，声音柔柔地开了口，直入正题："那……能不能麻烦你帮我搭个桥，让他加我微信啊？"

"啊？可是……"莫思瑶有点为难，"微信这种东西，索要的途径不是只有我这儿吧……"

"我已经加过他好几次了，可是他一直没有通过，然后我也找过别人帮忙，好像也被拒绝了。我、我就觉得你出面的话……应该可以。"尹依依锲而不舍。

莫思瑶算是弄明白邓楚悦约饭的目的了，兜这么大一个圈子……

她神色复杂地看了邓楚悦一眼，然后又看了看这个尹依依——妆不浓，清清爽爽的，看起来也舒服，却是出乎意料地大胆，似乎很喜欢顾南且势在必得的样子……

顾南这个小毛孩也有女生看得上啊，哈哈哈……是啊，如果他谈恋爱了或许就不会再来烦她了，其实挺好的……说起来，这是第一个要她帮忙搭线认识顾南的女生，看来大家都觉得她挺有面子的，只是不知道为什么……她总觉得难受！憋屈！

莫思瑶知道这样要不得，但正因为心虚，才会下意识地否认，可如今又有点下不了台，她算是自己给自己挖了个坑，而且她有预感顾南会生气……

真是的，自己惹的桃花，干吗牵扯上她？很明显，整件事中她最无辜好不好……

短短数秒，莫思瑶脑子里闪过无数个念头，情绪也如黄河之水波涛起伏……然而她的思绪很快就被尹依依坚持不懈的拜托打断了："思瑶同学，你帮帮我好不好？"

莫思瑶忽略掉心底越发汹涌的青涩酸意，口气微微带着赌气的味道："其实我跟他也不熟。"

尹依依看起来小小的个子，却不是那么容易放弃的个性："拜托，你就给他打个电话说说吧，好不好？就算他拒绝了，我也不会怪你的。"

这种话其实有点越界了，毕竟才第一次见面，什么叫"我也不会怪你"啊，难不成她这个立场原本可以责怪莫思瑶？

莫思瑶当下就有点不舒服："为什么？"

"因为……"尹依依却误会成她问为什么要打电话，咬了咬唇，"因为我真的很喜欢顾南师兄。"

那也是你自己的事啊……莫思瑶强忍着没开腔。

邓楚悦将一切看在眼底，帮忙劝道："她简直是相思癌晚期了，天天茶饭不思、魂不守舍的，要不是真没法子，也不会麻烦到你的。她现在对顾南师兄有种迷恋，就想交个朋友，麻烦你就帮个忙吧，被拒绝了就被拒绝了，不然她不会死心的。"

莫思瑶看了邓楚悦一眼，邓楚悦却避开了。

董舒然也不知是不是没受到关注，在这个时候出来找存在感："你们别逼莫思瑶啦，人家自己可能对顾南也有意思，怎么帮你这个忙？"

"舒然！"因为这话在这个节点听起来有点阴阳怪气的，肖晴瞪了她一眼。

邓楚悦道："瑶瑶，你就当卖我一个面子好吗？"

莫思瑶深吸一口气，默默地扒了口意面，在大家"这个时候你还吃得下"的眼神中，她塞了一嘴面条，抬起头来微微歪着头咀嚼着，似乎在思考着什么。

莫思瑶嚼完后，拿纸巾擦了擦嘴，突然长长地叹了口气，下了什么决心般拿起手机按下拨号键，却在等待接通的过程中不自觉地屏住了呼吸。不多一会儿，电话显然是接通了，也不等顾南开口，她劈头就道："有空吗？有事找你。"

"哪儿？"

"就学校东大门外的一家叫托斯小镇的餐厅，待会儿地址共享给你。"然后莫思瑶挂了线，翻出微信发了个位置共享，接着冲所有人挤出一抹笑，"他说十五分钟后到，等着吧。"

"你……"董舒然想说些什么。

"我说了我认识他，还算熟吧。"

"你以前……"

"我以前没主动提过，我隐瞒了。"

"那你跟他……"

"不是男女朋友的关系。"嗯，目前。

"你——"

你难道真的不是在显摆？董舒然把这句话吞进肚子里。

她假设了很多可能性，但从没想过莫思瑶的对象会是那个传说中的……顾南师兄。她心里越发不是滋味，本来宿舍里莫思瑶是最没有威胁感的，所以她入学后第一个亲近的人就是莫思瑶，虽然没到那种特别亲密的程度，但也不至于对自己藏着这么大的秘密……一个男生能随传随到的，若说对这个电话遥控的女生没有意思，她是绝对不会相信的。

董舒然想起去年校园迎新晚会后，她还各种托关系想"结识"那位顾师兄却碰了一鼻子灰的行径，只感觉像一个大耳刮子扇在脸上，火辣辣地疼。

所以，那画中背红书包的女生其实就是莫思瑶！董舒然心里突然酸得厉害，胸中憋了一股闷气。

"行了行了，食不言寝不语，吃饭。"

莫思瑶粗神经地没察觉到董舒然的心境变化，只想着速战速决，又卷了一小口意面塞进口里，然后抬起头看了眼邓楚悦，笑着说："悦悦，你请客对吧？那我追加一份牛排吧。"

气氛突然就冷了下来。

尹依依怔了怔，看莫思瑶的眼神更加复杂了，似乎是没想到她能轻易把人叫过来。

"你……"她沉默了一会儿，突然没头没脑地蹦出一句，"我不会放弃的。"

"这话你不用跟我说。"

"我是认真的。"尹依依强调，"你自己说跟他不是男女朋友关系的。"

肖晴敏锐地察觉到气氛不对，默默地扯了扯董舒然，道："我想起我们还有点事……"

"我不走！"董舒然突然发泄似的甩开肖晴的手。肖晴略带疑惑地看了她一眼。

莫思瑶撇嘴："是啊，肖晴你不能走。"

气氛更加尴尬了。

此刻的时间真的可以按秒来计算，肖晴内心有点度日如年，她点开微信给男朋友发消息——唉，暴风雨即将来临了。

然而晴空万里。

因为顾南要来，所以每次推开门就会响的那个铃铛一发出声音，几个女生就会下意识地往门口的方向望去，只是进出了两次都不是，直到再一声铃响，一个高大的身影推开了西餐厅的门，顿足在门口朝里张望了一下，似乎在寻人。

那人半边身子笼罩在暗影中，看不清面容，可有些人你不需要看清他的面容，举手投足间便多了些说不清道不明的气场在，让人挪不开眼睛。随着他迈步向前，人自光影中走出，身上剪裁精致的驼色大衣衬托得他身姿笔挺，俊朗的相貌随之映入众人眼中，只见他薄唇紧抿，剑眉朗目，让人不得不感慨上天赐予他的这副好皮囊。

食色性也，这句话不只适用于男性。

他稍稍顿足，只是一瞬便知晓了莫思瑶的大概处境，却是不动声色地朝她走来。

所有人都不自觉地起身相迎，莫思瑶正在奋力切新端上来的牛排，抽空瞥了他一眼，感觉坐着不大好，才勉为其难地站了起来，顺便送了块牛排进嘴巴里。

直到这一刻，莫思瑶还是没弄清自己的心情，她甚至开始后悔打了这个电话……感觉把顾南藏在口袋里也没什么不好的，唉，还是吃了太年轻的亏，不知道十年后的自己会怎么应对这样的场景，但此时此刻的她，只能试图用吃来掩饰自己的复杂心境。

为了证明自己的不在意，她挤出了一抹轻松的笑容，打了个招呼："嗨！"

顾南心里是大概有底的，道："这是？"

"我来介绍一下，从这边过去依次是肖晴、董舒然,我室友；邓楚悦,我前室友；这个美女叫尹依依，想加你微信。"莫思瑶说到这里顿了一下，"那没事我继续吃了；你们继续啊。"

顾南在外人面前向来表情称不上丰富，甚至看起来是淡漠且疏离的，他瞥了一眼尹依依："有事？"

尹依依感觉自己的心都要跳出来了，不管过程如何，她终于能近距离打量这个可以说是让她一见钟情的男生了。眼眶不自然地有些发热，声音也因为过分紧张而有些怯怯的，但眼下不是顾及面子的时候，她咬了咬牙，开口："顾、顾南师兄，您好，我是新闻传播系大一新生尹依依，我、我是瑶瑶的朋友，我……"她大大地吸了一口气，偷摸着瞥了他一眼，"我能不能加你微信？"

言谈中将一个清纯中带着羞涩与忐忑的形象诠释出一百分。

"我想可能不太方便。"顾南勾起一抹不咸不淡的笑容，但至少还是得体的，"看样子思瑶平日里给你们添麻烦了。"他的表情依旧是淡淡的，"如果是有什么需要我帮忙的，尽管和她说，她会转告我的。"

"你、你们……"尹依依脑袋"嗡"的一声响，本想礼貌性地扬起一抹笑，却发现笑在嘴边已经快坚持不住。

"是这样的，你们通过我女朋友联系我这件事，已经给我造成了困扰。"

围着桌子站了一圈的女人个个略显震惊，尤其是莫思瑶眼睛瞪得更大，想辩解的话被她嘴里的牛排塞了回去，不上不下的，让她看起来颇为滑稽。

顾南浅浅地勾了勾嘴角，有点邪气的样子："我怕回去要跪键盘。"

"啊，小心。"肖晴突然轻呼了一声。

只见摆在董舒然桌前的那杯冻柠水突然倾倒，莫思瑶扶了她一把，并动作迅速地抽了张纸巾递过去。

董舒然脸上的笑容淡去，侧身避开了莫思瑶递过来的纸巾。

莫思瑶有点尴尬，她飞快地瞪了眼顾南，又瞥了尹依依一眼，终究是忠于内心的意愿，没有出口否认顾南的话，但又觉得对两位室友有点抱歉，可她也真不知邓楚悦约她是为了这个。

"你说她是你女朋友，你知道她在背后不承认吗？"尹依依倔强地抿着唇，突然冒出来这样一句。

顾南轻轻耸肩，处之泰然地微微扬唇："那可能要谢谢你的帮助了，这件事过后，她应该就会公开承认了。"

除了莫思瑶，几个人就这样看着一个无形的巴掌好像火辣辣地扇在尹依依脸上。

尹依依看起来像是要哭出声来："你根本就不了解我，你也没有尝试着去了解我，我比任何人都喜欢你。"

"抱歉，无福消受。"

"你过分！"尹依依突然扔下一句话转头就跑了。

眼看着发生这么戏剧化的一幕，事态也完全脱离了想象的样子，邓楚悦强挤出笑容跟她们说："不好意思，我们先走了。"她看了一眼肖晴，飞快地说，"这顿你先帮我垫着，说好了我请，回头微信转给你。"见肖晴点了点头，她说了句"再见"就追上去了。

莫思瑶见主角走了，和顾南对视了一眼，又飞快地撇开，艰难地把嘴里的东西全咽了下去，喊了句："那个，舒然……"

"你们聊，我们就不在这里当电灯泡了！"董舒然说得很用力，抓起包就要走人。

肖晴稍微拦了她一下，就去拿桌上的账单，结果被顾南率先拿了过去，他友好地笑笑："我来。"

肖晴微微挑眉，大方地回以一笑："给我吧。你放心，你们成了，那顿少不了你的。"

"自然。但这顿还是得我付，全程只看到这家伙一人在动嘴巴。"他指了指莫思瑶，一副"我家的猪还是我来养"的样子。

莫思瑶一瞧这形势，立马抓起包包也想跑，被顾南一把揪住衣领。他微笑道："你忘了，我们还有些私人问题要解决。"

"没有，我不听。"

"抗议无效。"顾南揪着她的领子不放。

莫思瑶只得委屈巴巴地抿起嘴目送两人离开，随后抬头瞪了顾南一眼："你干吗这样说，这样流言不是满天飞？"而且舒然好像很生气的样子……

"流言之所以是流言，就是因为不确定性，等你确定了关系，他们自然就传无可传。再说了，你不是没拒绝吗？"

"你简直就是无理取闹。"

"吃饱了吗？"他问，"吃饱了再出去讨论一下无理取闹这件事。"

莫思瑶自知理亏，配合着跟着顾南往校外一处环境还不错的小公园走去。其间，顾南一直不开口，看不透他在想什么，莫思瑶反倒心里闹得慌，停下脚步："有什么话你说吧。"

他深吸一口气，说："我不明白，你要是顾虑程颐，他现在已经结了婚，你谈恋爱这件事跟他有几毛钱关系？"

"干吗突然提他？跟他有什么关系？"

"那跟谁有关系？和我有关系吗？"顾南试图把话说开。

莫思瑶却不想在这方面纠结，她脑子乱得很："什么什么关系，听不懂你在说什么，反正我现在不想谈恋爱。"

"谈一下怎么了？你是怕失败还是嫌我不够好？"

"我不知道。"

"那你知道什么？知道我还不错对吗？"

莫思瑶斜了他一眼："你脸皮怎么越来越厚了？"

"没办法，脸皮不厚一点，我心爱的女人就要把我打包绑个蝴蝶结双手奉上送给别人了。"

"我没有！"

"那你承认你是我心爱的女人了？"他突然敲了敲她的额头。

莫思瑶扶额瞪他一眼，怎么和剧本台词不一样？

"谁知道你心爱的女人是谁？"

"你！"他没好气地道，"你，你！别躲，说的就是你！你以为她没找过别的途径接触过我？你以为是谁拒绝的？全世界能一个电话让我搁下所有事跑过来的，除了你妈就是你，结果你把我叫过来是干什么的，通过对方的好友申请？"话一说开，顾南突然一把抓住她的手握在胸前，问，"我就问你，吃醋吗？"

见她不开口，顾南索性抬起她的下巴，一脸严肃："说话。"又补充道，"说实话！"

这么凶干吗……莫思瑶眼睛骨碌骨碌乱瞟："有……有点吧。"

"你也是经历过情窦初开的人了，虽然往事不堪回首，但你应该知道这种感觉。你就不能勇敢点，尝试着朝我迈一步？我是有性格缺陷，还是缺鼻子少眼睛见不得人？"

"你还不错吧……"

"是非常好。"他强调，"你就说你当不当我女朋友吧。"

"我……"莫思瑶扫开他的手，"你一个小屁孩摆什么谱啊？"

"不答应我回去就把你那墙画全给你涂黑。"

"你敢！"

"你看我敢不敢……"顾南突然双手捧着她的脸，不容她拒绝地冲着她的嘴唇狠狠地啄了一下，才放开。

随后，顾南看着一脸迷茫的莫思瑶，只感觉心如擂鼓，扑通扑通，躁动得再无法安宁。

莫思瑶一把捂住嘴，震惊得一个字都说不出来。

"初吻吗？"他按捺住怦怦狂跳的心，突然好奇地问了一句。

"你去死！"她突然回过神来，冲上去，拳头如雨点般捶在他身上。顾南却兀自笑着，惹得莫思瑶一肚子憋屈无处宣泄。

"那应该是的。"见她的表情，顾南抿了抿嘴，笑了，随后他一把反握住莫思瑶的手，"别捶了，弄疼你的拳头还是我心疼。"

随后，他想到什么，如春雨初霁般展颜："放心，你不吃亏，我也是。"说罢他又强调，"初吻哦。"

眼前这张俊脸在莫思瑶看来分明是一副"小人得志"的样子，她又气又恼，一时却感到词穷。顾南突然卖萌地放开她，然后双手绕到头顶比了个"心"的姿势，腻死人不要命地说了句："爱你。"

"你——"这种油腻的动作，在长得帅还一本正经的人做起来……简直不要太犯规！

你以为自己是百变星君？手段这么多，她应付不来啊！然而莫思瑶抽空品味了下留在唇边的触感，心再也不受控制地狂跳起来。

"我的眼底只有你。以后你为难的都让我来挡，你说往东我绝不往西，家里你是老大，什么都是你说了算；有你在我绝不多看别的女生一眼，你不在我也不理她们；吵架永远让你赢，咱俩谁错了都是我先道歉；你喜欢吃我带你去吃，喜欢旅游我给你攒路费。我会把你家人当作我的家人，免你担心，免你害怕，而且保证遵守一切交通规则！

你看——"他朝她展开双臂，"这么好的我，就在这里。"

莫思瑶蓦地红了眼眶，一颗心被感动得无以复加，却只能用粗鲁来掩饰自己，凶巴巴地轻吼了一句："看到了！"

"所以小姐，可以赏小的一个拥抱吗？"他边说边往前走了一步，主动将她揽入怀中，"果然还是自己动手，丰衣足食啊。"

莫思瑶在他怀中吸吸鼻子，静默了一下，终于回揽住了他的腰。

感受到她的回应，顾南一脸幸福地把头抵在她额前："以后我这人就随你使唤了。"

"你把刚刚那话再说一次，我要用手机录下来……"

"我的眼底只有你。以后你为难的都让我来挡，你说往东我绝不往西，家里你是老大，什么都是你说了算……"

莫思瑶买了一大堆零食回去讨好董舒然，结果碰了一鼻子灰，她只能赔着笑在旁边继续叨叨："好了小然，不要生气了好不好？大冷天的，咱们去吃冰激凌怎么样？"

董舒然一直不开口，但被烦得忍不住了，轻吼道："你其实很享受被顾南师兄追逐的感受吧？你把我们当傻子一样，什么都不说，压根就是打算看我们的笑话！"

莫思瑶承认自己在这件事的处理上不够成熟，但她一开始也没想到啊，而且当时她还和另一段复杂的关系有点牵连，加上自己身份特殊，藏着天大的秘密，确实也不能像从前那样畅所欲言，只想着说少错少，免得泄露了些什么……

"对不起。"她诚恳地道歉。

肖晴在旁边问："所以你和顾南师兄在一起了？"

"嗯，算是吧，但我发誓，我之前真的没和他确定关系……"

"你以为我还会相信你吗？"董舒然愤愤然，"从去年到现在这么长时间，你都没想过跟我们说一声吗？你这样隐瞒，还有没有把我们当朋友？"

"主要是我真不知道该怎么突然跟你们提起他，总缺个什么契机，而且他也不是我男朋友，就没什么好说的，你也没跟我说过想认识他……"

"那你现在是反过来在责怪我吗？"董舒然大声斥责。

莫思瑶有点难过："没有没有。"她赔着笑脸，"好了，瞒着我们小舒然是我的错，你怎么罚我都行，好不好？"

"你别这么恶心地叫我，谁敢做你思瑶大小姐的朋友，我们不配。"

莫思瑶被呛得有点难堪，虽然这事她是不该隐瞒，但这样说话也让她有点受伤，她默默地敛起了笑："你别这么说话好不好？"

"怎么，就准你州官放火，不许百姓点灯吗？"

莫思瑶无言以对，她默默地把展示在董舒然面前的零食袋拎直了，顺手放在邓楚悦搬走后空出来的那张桌子上，然后说："东西就放这里了，想吃就吃吧。"

肖晴默默地跟出来，拍了拍她的肩膀，给了抹微笑表示理解她。

晚上，董舒然大概还在生气，晚饭后一直没回来，肖晴洗完澡，一边给贴身衣物抹了点肥皂，一边问莫思瑶："你是怎么认识顾南师兄的？"

莫思瑶"咕噜咕噜"吐掉漱口泡泡："哦，因为他跟我妈挺熟，我们算邻居吧。"这也不算说谎，不然那家伙怎么老是登堂入室进门蹭饭。

"那你们岂不是认识很久了？"

"高三毕业吧，他那时候才搬过来。"

"挺好的。可惜了，上次他公开告白那次我没去，不然也可以见识下他的风采。今天我偷偷帮你鉴定过了，外貌过关，气质过关，才能过关，好好谈个恋爱吧，不吃亏。"

"行了行了，你都不知道，那次我都快尴尬死了，生怕被认出来。"

"说这个话的时候，你嘴角的笑收敛点就更好了。"肖晴打趣，"我问了几个前辈，都说顾师兄从以前开始就是咱们建筑系的传奇人物，你说你上辈子积的什么德啊，恭喜你啊。"

"那确实，干了大好事呢，哈哈。"莫思瑶问心无愧地说道。

"吃饭那会儿，我和楚悦聊了会儿，尹依依之前每天早上去堵人，给顾南师兄送早餐，做手工送礼物，还从兄弟入手打听他的爱好，一直碰钉子却从不放弃，看来是下了狠心，一时半会儿我估计也不会轻易放弃。楚悦说手心手背都是肉，她以后都不会参与这事了，但还是让你上点心。"

"我知道了，谢谢你。"莫思瑶有点不好意思地看了她一眼，"瞒你这么久，你不生气啊？"

"我有什么好生气的，这毕竟是你个人的事啊，每个人都有自己的小秘密，我也有不想说的事，只是有点突然。"

"谢谢你。"

"谢什么呀。"肖晴笑了笑，"对了，舒然那人吧，性格就是这样，一惊一乍的，这事她有点小题大做了，你也别放在心上，回头我私下跟她说说。"

"晴晴你最好了……最爱你了！"她叼着牙刷过去轻轻揽了下肖晴，把头枕在肖晴肩膀上撒娇。

两人正腻乎着，身后突然响起一声重哼，莫思瑶回头一看，只见董舒然站在阳台门口，也不知站那里多久了，听进去了多少，无声无息的。但此刻她泛红的眼眶暗示着她似乎听到了不少，正愤愤地瞪着她们，轻吼道："是啊，就我最小气，我小题大做，你们最善良最无辜了，行了吧？"说完拔腿跑了。

这下尴尬了，肖晴叹了口气，和莫思瑶无奈地对视了一眼。看得出来，肖晴其实不想参与到这种八卦和纷争中，莫思瑶犹豫了下没追出去，也叹了口气："抱歉哈，拖累你了。"

"没事，背后说人是我们不对，等她晚上回来再解释一下吧。"

董舒然回来时已经很晚了，踩着宿舍关灯的点回来的。

肖晴已经爬上床了，但董舒然也不顾及这个，干什么动静都很大，重重地摔门，重重地拿盆，爬上铺也是重手重脚的，莫思瑶怕碰钉子，只能悻悻地保持沉默。

倒是邓楚悦给莫思瑶发了微信：睡了没？我觉得她有点像那个时候的我，所以忍不住想帮帮她，对不起了。

这句话乍一听没什么，但也不知道为什么，鬼使神差地，莫思瑶回复道：嗯，顾南很好，我也没打算让出去。

消息发过去后，她的心"扑通扑通"跳着。

自己这样偷偷维护主权真的好吗……竟有点意外的骄傲呢。

莫思瑶当时在董舒然的怂恿下加入了学院的手游社，每个月需按时交一点会费作为活动经费，然而她只算是幽灵人物，平常基本不参加活动，偶尔去手游社和动漫社联合举办的活动现场露个脸，也基本是晃一下就走了。

　　倒是董舒然在里面混得还算风生水起，结识了几个大咖，有个师姐外联能力不错，拉了好几次赞助，尤其这一次的原画设计大赛，听说赞助方是现在新兴的一家游戏公司——掌悦乾坤，算是个官方活动的热身宣传工作。

　　虽然现在董舒然不带她玩了，但莫思瑶对这块还挺感兴趣，所以也略有了解——掌悦乾坤前身其实就是Ａ大内部的一个游戏社团，几个人设计了一款简单易上手还有点容易上瘾的掌上小游戏，这款游戏热潮从Ａ大内部蔓延开来，后来成了很多大学生闲时无聊打发时间的消遣。

　　接着被某大公司收购了创意，几人发了一笔小横财。

　　尝到甜头后，几个创始人一合谋，就创办了掌悦乾坤游戏公司。从公司的创建到开发运营足足打磨了两年，终于推出一款名为《乾坤》的角色养成游戏，几乎是一炮而红。创始人中有位女生，可以说是巾帼不让须眉，处事精干，下手果断，迅速从Ａ大网罗了一批各专业的精英，打着"有饭吃饭、有粥喝粥"的旗号，一路同舟共济下来，居然在众多大公司的夹击之下分得一杯羹，取得了一定的市场份额。这些年来更是逐渐发展壮大，取得了让人侧目的成绩。

　　所以说起掌悦乾坤，Ａ大人都感觉特别骄傲，与有荣焉。每次毕业典礼上，校长都会把这个当典范说上一遍。

　　因为还是想找机会跟董舒然和好，所以莫思瑶比较积极地参加了这次的设计征稿活动，而且看到了掌悦乾坤的这次原画设计大赛的宣传海报，除了一等奖提供两万块奖金，还提供校招及实习岗位，可以说是相当诱人了。

　　莫思瑶报了名，但没找着机会和董舒然聊上天，只能和顾南大概讨论了一下主题中心和人设，回头自己埋头去画。她向来是那种要么不做、要做就做到最好的个性，扎扎实实画了稿子，反复修图，听取意见，再改细节，最终向他们提交了自己的作品。

所有参赛作品挂在学校的宣传栏上展示了一周，其电子版也被挂上了校网，并做成微信小程序进行投票。意外的是，莫思瑶设计的那幅"持砍刀的少女"，因为软萌的外表和与之格格不入的大砍刀，获得票选第一的好成绩，活动方还特别正式地通知她去领奖。

当然，不得不提谢永旭的倾力转发……只能说她家那位的人脉还是挺不错的，她顺便沾了点光……

最主要的还是老师教得好！莫思瑶领奖前把马屁拍得响响的，然后特骄傲地表达了对顾南的崇敬之心。在确定关系之后，他又忙了起来，只说等放假了给她做饭，莫思瑶美滋滋地领了奖金五百块及《乾坤》的游戏充值卡一张。

待领完奖，莫思瑶又在那张高校原画设计大赛的海报下驻足了一会儿。

说真的，自打跟着顾南学了点皮毛，又拿了这个奖之后，她确实有点心动……但可惜跟她现在所读专业不对口。莫思瑶有点担心会被妈妈说不务正业，但再一想奖励这么丰厚，竞争肯定也激烈，估计还不止 A 大的人参加呢。

她这个半桶水还是不参与了吧，不能因为意外拿了个奖就膨胀了。

就在她转身欲离开的时候，一个很好听的女声叫住了她："这位同学，你稍等一下。"

莫思瑶顺着声音看过去，是位成熟漂亮的小姐姐，她下意识地指了指自己："我？"见对方微笑点头，莫思瑶有点疑惑，"您是？"

小姐姐加深笑意："这个问题很重要吗？是这样的，我觉得你的作品还是挺不错的，不知道你有没有兴趣参加比赛呢？"

"可是我……并不是这个专业的，我怕心有余而力不足。"

"奖励虽然不算太多，但机会是不可多得的，这将是一次很好的社会实践，我觉得如果你有这方面的兴趣爱好，不如把它当事业来做，我在毕业之前，也没想过自己会涉足这行。"

"那个……冒昧问一下，您为何这么关注我？"

"放松一点，我只是觉得你是个好苗子。而且你的作品里，有一个我很熟悉的人的味道。"

很熟悉的人？谁？顾南？她脑子里突然冒出这个名字。

"你是叶思瑶？"小姐姐突然说出了莫思瑶如今户口本上的名字。

莫思瑶点了点头，认为对方大概也在刚刚的颁奖现场："您说的熟悉的人是谁？"

"大学是累积经验的，这种社会性质的实践课，对你未来择业的选择还是很有帮助的，考虑一下吧。"那人避而不答，转移话题。

"好的，谢谢您。"

"你……"那人突然停顿了一下，"对了，有没有人说你长得很像一个人？"

莫思瑶心里一惊，估摸了一下对方的年纪，也就三十不到的样子，难不成是他以前同校的同学？彼此打过照面？顾南的关系户？莫思瑶迅速地搜索记忆，不，一点印象都没有！

"喀喀……"莫思瑶清了清嗓子，"是吗，像谁？"

"你是顾南的女朋友吧？"

"是……"莫思瑶又点了点头，感觉对方现在才算切入正题，于是她再次询问，"您是？"

"他是我师弟，我刚刚说的熟悉的人就是他。"那个小姐姐细细地将莫思瑶打量一番后，微微一笑，"加油，你是一个幸运的女孩子，会成功的。"

不知道为什么，莫思瑶总有种她是在一语双关的感觉。正欲再说些什么，有人上来喊了句"苏总"，那人便冲她挥手告别："有缘再见了。"

关于这个苏总，顾南只回了她三个字：不重要。

虽然感觉不太礼貌，但莫思瑶内心深处还是有点暗爽。

在深思熟虑之后，莫思瑶还是参加了这次大赛，从海选到初选到最后的决赛阶段周期长达三个月，反正和顾南的关系明朗化之后，这种免费的劳动力不用白不用，所以她毫无愧疚感地让他在百忙之中抽空指导她的参赛作品。

顾南听到她报名的大赛项目及公司名称后，微微挑了挑眉，没说什么，倒是偶尔会露出一抹高深的笑，弄得莫思瑶一头雾水："你是不是有什么事情瞒着我？"

"说出来会影响你参赛的心情，还想听吗？"

莫思瑶想了想还是拒绝了，也算是对顾南的一种信任吧。

不过这件事也有个好处，这天，她抱着笔记本在设计稿子，董舒然居然主动和她搭话了，这让体验了个把月"激流暗涌"宿舍生活的莫思瑶长长地舒了一口气，然后大方地和她分享了自己的作品，并咨询了一下她的意见。可莫思瑶心里清楚，她们不可能再回到从前的关系了。

一切还算顺利，这次大赛的推广受众大多是高校学生，在投票率这块还是不错的，但很快，同校区的两幅极度雷同的作品进入了大众的眼帘，并很快引起了广泛讨论。

当中有一幅就是莫思瑶的。

说实话，作品雷同这种事难免会发生，然而连细节处都相似，就很难不让人联想到抄袭了——莫思瑶可以确定的是，自己这幅画是她呕心沥血的作品，当真没有借鉴及参考过别人的作品，然而自己应该也没有发布出去，对方是怎么抄袭到的，她完全没有头绪，想到这里，她真是憋屈得慌。

再一看作品的提交时间也差不多，对方居然还比莫思瑶早提交了那么六七分钟——这个时间很难作为抄袭参考——身为一个刚入门的艺术创作者，莫思瑶有自己独特的第六感，她很确定这幅作品就是抄袭的她的——因为喜欢中国风，她在设计的小团子宠物身上弄了点中国结和唐风的装扮，并在那个中国结中间耍了个小心机，上边有个扭曲的"SN"的缩写——思南。

如今这个细节虽然没有被百分百抄过去，但结构极其相似。

甚至这个细节她还体现在了女主角的发饰、裙摆、袖口的花边上，以及背景图中，当然，这一切如今都被篡改了，可整体构造太像了。

因为对电脑软件的运用还不是很熟悉，所以她喜欢在纸上打草稿、修饰、润色，然而这并不代表她有证据指证对方抄袭了她的作品，毕竟电脑上的最后修正时间是她发布作品那日，实在无法作为有力的时间证据，难道电脑中病毒了？

不，自从有了手机这玩意，她其实很少用电脑来上网，中毒的概率并不大。在思考着谁是可能的泄露者时，莫思瑶心底一沉，下意识地瞄了董舒然一眼。

也不知道是不是做贼心虚，董舒然突然炸毛了，当着肖晴的面嚷嚷："你干吗看着我？我怎么知道你这作品有没有参考过别人的？我可没法给你做证。"

莫思瑶不说话了，打算找顾南想想办法。

可就在莫思瑶还只是打算整理自己手中的佐证资料，并没有付诸行动的时候，掌悦乾坤的官网上挂出了一条通告，大概意思就是基于初赛出现了两幅雷同作品，官方立即通知双方当事人提供创作记录等相关资料，经核实后，取消某人的参赛资格，而她的作品将不受影响，继续参赛。

莫思瑶满脸问号，她并没有提供创作记录等相关资料啊……

"你什么时候提交了资料？"董舒然突然问。

"我没有啊。"

就在莫思瑶以为这事会莫名其妙地揭过去的时候，网上又迅速冒出一个热帖，还是董舒然转发到微信群里的，事实上，这个四人室友群已经很久没有动静了。

帖子的中心思想是对方小哥哥为自己鸣不平，洋洋洒洒上千字控诉举办方没有公布调查过程就突然出结果了，还说他后来随便调查了一下，发现了惊天大秘密——这公司的创始人之一是另外"那位"的男朋友，结果就很明显了。接着对掌悦乾坤一顿冷嘲热讽，说天下乌鸦一般黑，又说自己势单力薄，"被抄袭"变成"抄袭"，缅怀下过去"天真"的自己，最后甩出自己作品创作过程的小视频，画出了所有的创作时间及心路历程，力证自己无辜。

一时间，舆论一边倒，喊着抄袭者去死、抵制掌阅乾坤什么的，负能量如惊涛骇浪般朝莫思瑶涌来。

莫思瑶哪里受过这样的委屈，但不知道是不是经历过生死，抑或是问心无愧，她比自己想象中的坦然，所以并没有太沉浸在这种负面情绪中，虽然激愤，但她还是保持了冷静，冥思苦想该怎么办。

就在这时，顾南主动给她打了电话。

莫思瑶已经对董舒然有点警惕了，她边往外走边接通电话："我跟你说，气死我了！"

"嗯……"顾南微微顿了一下，说，"刚想跟你说最近不要上网，看到就忘了吧，别放心上。"

"嗯，知道了。"莫思瑶突然意识到顾南的声音在电话里听起来很有磁性，像首令人沉醉的提琴曲，能让人放松心情。

紧接着，她听见他说："我首先要跟你坦白一件事，就是文中提到的公司创始人之一是你男朋友这件事，是真的。"

"啊？"莫思瑶一脸震惊，所以她真的被"假公济私"了？

"那人应该是笃定你没有证据，所以才敢这么有恃无恐，至于为什么这么笃定，我感觉应该是把你作品泄露出去的人说的。你心里有没有怀疑的对象？"

"其实有……但是……也不好说。"

"嗯，你只要继续表现出自己什么证据都没有、你好慌的样子就可以了。别的事情，都交给我。"

莫思瑶感觉自己那若深海中遭遇暴风雨浮沉飘摇的心，被一道阳光划开乌云，暴雨骤停，逐渐安定下来，她露出自己都没有意识到的微笑，点了点头。

第十章

眼前的你已经
是个陌生人了

莫思瑶说到做到，自这天起便再也没有上过网，倒是董舒然经常性把一些负面的、带有人身攻击的留言截图发到群里，以至于邓楚悦将三人另外拉了个群，问是怎么回事。

红豆：清者自清。

红豆：放心吧，我的靠山会帮我搞定的。

莫思瑶打心底相信她这座靠山。

事实也没有让她失望，为避免抄袭及包庇事件发酵，掌悦乾坤很快召开了一个小范围的媒体招待会，邀请了本市与此活动相关的一些业界小有威信，并在网络上有一定影响力的人到场，当然还有双方当事人及亲友团。

莫思瑶就带了傅盈一个人。只是当她把顾南的通知电话挂断不久，董舒然就主动提出想跟着过来，莫思瑶平静地看着她问了个问题："你怎么知道有这个会的？"

董舒然显然支吾了一下，才说是在网上看到的。

"是他通知你的吧，董舒然。"莫思瑶说完这句话，觉得自己聪明得快要原地爆炸了，只是这之后她的内心一片荒凉，这大概就是所谓的防人之心不可无吧。

然后，她挽紧了傅盈的手，仔仔细细地打量了一下剽窃事件的另一位当事人，这是他们第一次真正意义上见到彼此。那家伙的皮肤还算白净，戴着无框眼镜，五官还算清秀，然而大概是先入为主的原因，她是怎么看他怎么觉得不顺眼，觉得他额头上分明飘着"奸诈小人"四个字。

她又看了一眼傅盈，诉苦道："就是他！"

傅盈轻飘飘地回了一句："该！叫你没有防备心。"

"你良心被狗吃了，火上浇油这事你少干两件会死吗？"

"是是是。"傅盈应得不怎么诚恳，然后假假地安抚着她，"我这不是嫉妒心发作，羡慕你任何时候都可以无条件地相信顾神嘛。"

莫思瑶哼了一声，才发现自己还是有点慌，她聊胜于无地把自己的手稿都拿上了，可是不知道有没有用……接到通知电话的时候，她心里一点底都没有。

说是媒体招待会，其实也没那么正式，一个小会议室就塞满了，对方架势十足，一副要讨公道、追责任的样子，这时候，顾南出现了。

这是莫思瑶第一次看到他穿西装的样子，颇有几分英姿勃发，剪裁适宜的休闲款西装衬得他隐隐透露着几分"衣冠禽兽"的感觉……其实她就是想表达他怪好看的。

顾南进门先微微冲大家点头致敬："劳烦大家久等，我就不浪费大家时间，直接开门见山。是这样的，我们公司在对比了原始设计过程中留存的资料之后，发了一份通知，对抄袭者进行了应有的处置。然而刘潮同学对我们的处理结果不满，提出质疑——"他突然微微一笑，不知道为啥，莫思瑶在他脸上看出了"给脸不要脸"的表情，"那就请各位代为判断。"

"首先，我想说的是，那位参赛选手叶同学——"他指了指莫思瑶，"确实是我女朋友，所以为了避嫌，这次大赛我全程都未参与，欢迎各位取证。至于这位同学说的暗箱操作干预结果什么的，我司可以接受任何意义上的技术核查，一旦发现刷票刷点击等恶意干预比赛结果的事项，我司可承担一切后果。最主要的是，此阶段的比赛形式是大众投票及一定比重的评委评分，在复赛结果都未出来的情况下，不晓得哪里来的暗箱？"

"这是刘同学提交的设计存稿，首先这是他的初稿，这是日期，三月二十四日，这个时间节点没有问题吧？对了，因为怕大家误以为我私下动手脚，这个初稿同时也展现在了刘潮同学自行制作并愤而发在网上的原视频上。以下是从他所发的视频上直接截图的，大家可以比较一下，像素有点模糊，请大家将就，谢谢。"

投影仪上清晰地展示出了一幅最初大概轮廓的线稿。

"请问有异议吗？"顾南不小心又显露出了他固有的疏离气质。

"这不刚好证明了稿子是我的吗？"刘潮拍了拍桌子。

"好，请大家留意下这几个点。"顾南用涂鸦笔在画上标记了几个圈圈。这圈圈一画，莫思瑶的心脏怦怦跳了起来，一种难以言喻的酥麻感爬满了她的手臂，并延伸到脖颈处。

"SN"——她的心思居然被发现了！

"请问这个花纹有意义吗？"顾南问。

刘潮感觉这是个坑，却不得不往下跳："这没有什么意义，就是随手一画。"

顾南非常有技巧地停顿了一下，并展示出了一抹颇有深度的微笑，接着手中的遥控器一按，切换到了另一张图："请大家再看一下刘潮同学三月二十七日提交保存的这幅图。刚刚我所标记的纹路已经被模糊化处理了，被替换成了普通的花纹条形。而这是叶同学的成品。"他又切换到莫思瑶的原创图，在看清楚"SN"之后，有人意味深长地"哦"了一声。

顾南扬了扬唇，说："不好意思，在下想小幅度地秀一下恩爱，'SN'——思南，意指'思瑶'及'顾南'，这是她设计时花的小心思。"

"这就是你们的胡乱臆想，她抄的就是我未修改前的这一稿。"

"尽管你做得很细腻，而且所有的材料似乎都是为了预防被拆穿抄袭那一日而备下的，但你不知道真正的备份是怎么做的。"顾南说完，突然播放了一小段视频——

视频中，那个漂亮的大黄蜂变形金刚模型一下子就出卖了这个地方。莫思瑶盘腿坐在客厅的那张书桌旁，一只手拿着笔，有一下没一下地在纸上涂抹着什么……这天应该是周六，她当时的重点在那个"SN"图纹上，还大概画了个草图——居然有视频存档！害她白担心了这么久！整个视频都是快进的，在她离开后不久，他很快也出现在画面里，衔着笑细细地翻阅了一遍后，把她所有的草稿都通过扫描仪扫描到电脑里存档……

"恰好，我习惯了云保存。"随之，顾南关闭了视频，并展示了他的存档界面，上面的日期分明是三月二十一日。

"至此，我有点好奇你是怎么窥视到她的作品的。"顾南从头到尾一直表现得很淡定，"于是我利用了职务便利查看了一下你的报名资料，联系了几个你们学校里我认识的人，并拜托他们留意一下你，非常碰巧地拍到了你和这位女生在一起的照片。"

他又展示了一张照片，但女生的脸被善意地打上了马赛克："图中的这位女生，恰好是我女朋友的室友，由此可见，她的人缘不怎么样……刘潮同学，你对我们公司这次抄袭事件的核查结果，还存在什么疑问吗？"

莫思瑶感觉自己爱死他这个样子了。

只见刘潮憋红了脸，突然一把站了起来，试图转身就走。

顾南有点冷淡地叫住了他："刘同学，不好意思，你还不能走。我公司法务需要和你协商一下造谣及诽谤的赔偿事项，毕竟转发量不在少数。其实这件事如果终止在公告之后，你我情面上都还得去，可惜你贼心不死，且态度嚣张，这次若不是我留了一手，你打算把这小姑娘逼到何种程度？网络暴力可以导致的严重后果你心里没数吗？这件事我将以我个人名义给同类型公司发出关于你的品行的警示信——那么刘同学，祝你将来一帆风顺了。"

刘潮显然有点慌了神，似乎想说些什么："你凭什么……"

"这恐怕需要你自己好好反思了。"顾南敛了所有笑，只向法务说了一句，"我需要他公开道歉。"

随后，他给旁边一个妹子递了个眼神，那妹子很快会意，拍了拍手掌，露出最得体的笑容："各位，给你们添麻烦了，我们公司公关还有些细节想和各位沟通一下……"

"知道请他们来干什么的吗？"傅盈突然问她。

莫思瑶还沉浸在对顾南帅翻了的感慨中，一脸迷茫的样子。

"发通稿啊，瞧着吧，网上舆论马上就要逆转了。唉……断个案还被你们洒了一脸狗粮。"

我心情好，您吐槽请自便。莫思瑶看着正朝她走过来的顾南乐滋滋地想。

送莫思瑶回家的路上，顾南还是有点生气，大概是没想到这种下三流的小伎俩会发生在自己女人的身上，好在他下意识地留了一手。见莫思瑶双眼亮晶晶地望着自己，他很自然地开口问了一句："有没有很帅？"

莫思瑶拼命点头。

"被迷倒了？"

"被迷得晕头转向了。"莫思瑶"嘿嘿"一笑，"你什么时候装的摄像头啊？"她记得一开始也就是个毛坯房。

"想跟你说来着，一直没有机会。"他顿了顿，"你上次弄倒油漆那个事总觉得没拍下来很可惜，想把这些有趣的日常记录下来。否则当意外来临，心里留有遗憾……到时给你做个剪辑视频什么的，但如果你不喜欢，我就拆掉。"

"留着吧，反正也不会干什么见不得人的事。"莫思瑶感觉心里还有点小感动，又抱怨，"你怎么不早点告诉我有证据，害我心里没底发慌，但无论如何，谢谢。"

"怕你又傻乎乎地全泄漏出去了。"他轻轻敲了下她额头，"我是觉得，感谢只靠嘴巴说没用，你亲一下会比较好。"

"滚。"莫思瑶斜瞪了他一眼，"你居然还把董舒然的照片放上去了。"

"不意外？不难过？"

"只是没想到她会做这么绝吧，你不用管，这种人我都懒得跟她说话了。"

"唉……"他突然揉了揉她额前的碎发，笑得很温暖的样子，"我们这么可爱的小姐姐没有我在身边可怎么办？"

莫思瑶突然踮脚在他下颌处轻啄了一下，笑眯了眼："赏你的。"

之后，莫思瑶便懒得跟董舒然说话了，而董舒然大概已经从那个叫刘潮的人嘴里知晓了会上所发生的一切，以至于她害怕莫思瑶的追究，自行避而远之，听说她已经向辅导员申请更换宿舍了。

至于为什么不说穿，莫思瑶心想，大概是董舒然宁可这样提心吊胆地过日子也不跟自己坦白，完全是自食苦果，内心还是有点鄙夷吧。

　　莫思瑶没再管作品的后续进展，但刘潮迫于压力在网上公开道歉，可以说是很解恨了，她也花了更多心思在学习上，毕竟课业重这件事，是压在他们建筑系身上的一座大山，搬不走挖不空，无论做多少，山始终在那里。

　　中段考的时候天气渐渐热了，莫思瑶从考场出来的时候碰到了董舒然，她前两个星期已经成功搬出去了，由此可见这人在某方面人缘真的还可以，而且跟她共同进出的妹子白了莫思瑶一眼，估计是董舒然又颠倒是非地在背后说了她什么……

　　莫思瑶压根懒得开口，毕竟她男朋友已经好整以暇地等在过道处，此刻心有灵犀般与她对上视线，微笑着、逆着人群朝她走过来。她成功地看到对面两个女生在看到顾南时面色一凝，一种显摆成功的骄傲情绪遍布莫思瑶全身，遍体舒畅。

　　莫思瑶坦然迎上前挽住了顾南的手臂，然后没头没尾地说了一句："早知道你那个马赛克就不该打的。"

　　听懂了暗示的董舒然突然一僵，愤愤地瞪过来。莫思瑶看着这张曾经熟悉的脸，心情有点复杂，突然冲她勾了勾嘴角，假假一笑："跳梁小丑，谁丑谁知道，拜拜。"

　　顾南好笑地敲了敲她的头，今天的他像是整个人裹在阳光下，连眼角的温柔都似沐浴在春风里，和煦耀人，看得人不自觉发怔。

　　董舒然很想为自己辩解一句什么，却是红了眼："一张相片而已，凭什么断定是我做的？"

　　顾南着实不想参与到女生之间的战争中来，然而，他看了眼董舒然身边的人，出于善意地提示："我是觉得两面三刀的人，还是尽可能零接触为好。"

　　那女生神色复杂地看了董舒然一眼，很自然地把她代入那个"两面三刀"的名词中去了。

　　大概是……很难再做"好"朋友了。

　　眼看着天气越来越热，莫思瑶心血来潮地打算自虐一下，主动提出去给大黄蜂扫灰，顾南很欣慰地一同随行了。两人一人扫地一人擦玻璃干得热火朝天的时候，莫思瑶的电话响了。

这个号码……

莫思瑶瞥了一眼来电显示，擦了擦额前的汗。

其实她一直没有保存程颐的手机号，但这个号码像是刻进了她脑子一样深刻，虽然不知道程颐为什么又会给她打电话，但她知道眼下以他的处境，他打这通电话必定是有缘由的，因而思前想后，她还是按下了接听键。

见顾南就在旁边拧拖把，莫思瑶下意识地回避了下，拿着电话走进了阳台。

"……喂？"

程颐在电话那头微微一顿，但还算是放松的样子："最近过得怎么样？"

"你要不要这么土，每次开场白都是'你还好吗''过得怎么样''吃了吗'这种话，你把日子过得这么无趣，林茜怎么受得了你啊？你就直说吧，什么事啊？"

他似乎笑了笑，说："因为我是大叔了，你还是小丫头。嗯，确实有事。"

"等等，你给我打电话这事，你老婆林茜教授知不知道？虽然咱们问心无愧，但为这个吵起来的话真的挺没必要的。"

程颐微不可闻地叹了一口气："她遇着我的事情就容易暴躁，多有得罪之处，我代她向你道歉。这件事，我也知会过她了。"

"哦，那就好。"莫思瑶似有感慨地抬了抬肩，和顾南谈恋爱以来，从前那种强烈的失落感已在不知不觉中全然消失，这真是一件值得庆祝的好事呢。

程颐原本还想多问些什么，此刻却直接切入了正题："唐苑来找我了。"

"唐苑？真的是唐苑吗？"莫思瑶突然激动起来，"啊，她怎么样了？她怎么会突然找你？她看到我了？难道她知道我回来了？"

"不是，是为了别的事。她昨天通过老同学联系上了我，我觉得，你可能很想见见她。"他打心底觉得自己对莫思瑶有所亏欠，她一如记忆中的那般嘴硬心软，有着她自己没有察觉的善良与体贴，所以他总想通过一些事情稍微弥补一下她……

"想见！在哪里？我需要准备些什么？"莫思瑶全然不知道程颐心里的这些弯弯绕绕，"她会不会相信我的存在？我、我突然有点紧张……"

程颐沉默了一下："我的意见是，你的存在这件事，知道的人数就此止住为好，你觉得呢？"

"……啊？"

"不是我不相信唐苑，但多一个人知道就会多一分风险。总之我会帮你安排好，也算是了却你一件心事。但是，可能只有这一次机会，你有什么问题，我会帮你多问问她。"

"我……"莫思瑶点点头，"谢谢你。大概是什么时间？"

"明天下午三点，地址我约好了发给你。"

"谢谢。"莫思瑶挂了电话，长舒一口气，一想起马上就能见到唐苑，她的心情莫名地更好了。

不知道她现在变成什么样子了，减肥成功了没？还记不记得自己？唉，可惜不能相认……不管了，先去偷偷瞧她一眼吧。

结果莫思瑶一回头，就看到顾南面无表情地站在阳台门口——生气了，哄不好的那种。

只听见他说："不管哪里，我要去。"

见面的地方约在一间风格挺小清新的餐厅，总体装潢偏简练，座位之间都有屏风相隔开，保有私人空间。莫思瑶落座的是两人座，与程颐选的位置刚好有大的绿植挡住，她又稍微做了点乔装，化了点妆，戴上了一副平光眼镜，头发也披散开来，刘海挡一挡，即便唐苑见到她，也很难将她和十几年前"去世"的那个莫思瑶联系起来。

顾南的陪同让程颐有些意外，但随后也不觉得意外了："她如今就像我的亲人，她若过得不好，账都算在你身上。"

"不劳费神，没事少给她打电话，这样你老婆会比较开心。"

"自信点，年轻人。"

程颐点了杯咖啡，随后别开视线，看向窗外，也不知道在想什么。

莫思瑶心想，大概他因为唐苑的事又想到了从前，一不小心没把视线从他身上移开，直到顾南整个人挡在她面前。

"看够了。"顾南说。

"嘿。"莫思瑶讨好地冲他笑笑，这才吸了口气，随后埋头搅了搅凑热闹点的咖啡，只喝了一口，她就皱起了眉头，"这玩意儿到底有什么好喝的？"

顾南默默地将她的咖啡杯和自己的蜂蜜柠檬水换了过来，然后端起来抿了一口。

"我又没说不喝。"莫思瑶得了便宜还卖乖。

"那再换？"他抬眉。

"不要，那杯有你的口水了。"

莫思瑶故作嫌弃地皱了皱眉，但很快，她也没心思跟他抬杠，说是约的下午三点，为了提前准备下，她两点就来了，但唐苑的身影很快出现在了门口，显然也提前到了。

早听程颐说她生了两个孩子，大概是因为生了孩子，唐苑的身材明显又胖了一圈，应该是抹了点粉底的缘故，她的气色看起来还好，涂了点淡淡的口红，只是黑眼圈还是很明显，头发随意扎成个丸子头，显得脸更加肉肉的，整个人从相貌到气质都明显成熟了不少。

这一眼，沧海桑田。

莫思瑶一看就感觉自己受不了了，鼻头一酸，眼泪差点掉下来。当年她们说好要当一辈子的好朋友，说好了结婚要给彼此当伴娘，说好了要做彼此孩子的干妈，说好做彼此的港湾，结果……唐苑的孩子都能打酱油了，她还是二十岁的样子……

这一刻，她突然觉得格外心酸。

眼看她都快推开凳子冲上去了，顾南默默地压住了她的手腕，示意她克制住自己。于是，莫思瑶捂着嘴一副泪汪汪的样子看着唐苑，过去的种种如电影放映般一幕幕浮现，她想起唐苑每次买了什么都神经兮兮地分她一半，想起她们手牵手一起去上厕所，想起她嚷嚷着要减肥的样子，感慨万分。

唐苑也是有点意外程颐的早到，她略显局促地在他面前坐下，打了声招呼，抱歉道："不好意思来晚了，不该让你等的。"

"是我早到了。"程颐冲她礼貌又带着疏离地笑笑，"我有次在街上碰到了你，怎么今天不带两个孩子来玩？"

"老大上幼儿园了，小的婆婆在照顾，两个混世魔王，别提了。"大概是提到孩子，唐苑稍微放松了一些，"怎么样，你也结婚了一段时间了，老婆怀孕了没？"

程颐笑笑："顺其自然吧。"

"不好意思啊，你结婚那天我没到，我……"唐苑耸耸肩，故作轻松，"我怕对不起思瑶。不过……我想你幸福，她还是会替你高兴的。"

"我明白。"

"今天来找你有点唐突，不过我老公融资那个事……能不能麻烦您再考虑一下？"

程颐的眼睛朝莫思瑶这边不经意地瞥了一眼，随后微微倾身向前，压低了音量："唐苑，今天我来大多还是基于老同学的情谊，你生活上如果有什么困难让我帮忙，我义不容辞，但如果要谈公事，你应该让你老公自己来我公司找我，他不应该让女人冲在前面。"

"我知道！"唐苑显得有些焦急，"他不知道我来的，他真的花了很多心血在这个项目上，他也跟我保证过那个项目是切实可行的，我也不是让你为难，就是能不能再评估一下什么的，或者减少投资额。我老公说了，以你们公司的实力，这些投资额只是九牛一毛……你能不能看在我的，不，看在瑶瑶的面子上，再给他一个机会？"

程颐突然笑了笑，却让唐苑觉得遍体生凉。

"怎么，你觉得瑶瑶还有这么大的面子？"

唐苑一脸茫然地怔在原地，随后她干巴巴地笑了笑："是、是哦……你结婚了……"

在商场上，程颐讲话有时不留情面，但正因为对方是莫思瑶最好的朋友，他才决定用相对严厉的措辞，让唐苑从这件事中觉悟："他编造财务报表，篡改财务数据，在交涉过程中对项目成品的重大缺陷进行了刻意隐瞒，并试图贿赂我们的项目经理，作为老同学，我的建议是你回去劝劝他，别明知是个坑硬往下跳，这样害人害己很容易把自己栽进去。"

"他跟我解释过了，是他识人不清——"唐苑急忙解释。

"即便是识人不清，也该由他来承担后果，成年人了，谁创业都不容易。你该劝劝她，不要什么事都把老婆推出来挡刀。"

"过分！"莫思瑶听得不清楚，但隐约察觉到程颐说了些过分的话，她心中炸锅，看着唐苑像个犯错被抓现行的小学生一样，满脸都是难堪，莫思瑶难得维持了一丝理智，冲出餐厅才给程颐打电话，劈头盖脸地吼，"你滚出来！"

程颐微显错愕了一下，然后跟唐苑打招呼："除了这件事，你有什么生活上的困难只管跟我说……"说完，他停顿了一下，"并不用看在莫思瑶的面子上。"

顾南很想给莫思瑶顺顺毛，然而他其实算状态之外的，他唯一知道的就是，坐在程颐对面的女人，曾经是她很好的朋友。

这种被迫中断的友情，其实比渐行渐远更加让人难以接受吧，然而他不好评论什么，从某种角度上来说，他支持程颐的做法。

莫思瑶见程颐出了餐厅，离开唐苑的视线范围，她才冲了出来，气势汹汹地扯着程颐的手往偏僻的地方带。见左右无人了，她强忍着脾气道："你什么意思，你把我约出来是看你怎么给我最好的朋友难堪的吗？你如果铁了心不想帮她，直接拒绝见面就好，为什么要这样？"莫思瑶越说越生气。

"说完了吗？"程颐还算冷静，"这就是成人的世界。如果今天我答应了融资，而项目在风险评估明显偏高的情况下真以失败而终，可能影响的是更多人的利益，甚至是生计。至于为什么要约她出来……"他顿了顿，"我是今天早上才把这事联系起来，但你比我更清楚唐苑的性格，她没见到我是不会放弃的，即便她放弃了，她的丈夫也不会允许她放弃。"

"所以你就要当面数落她识人不清，数落她老公没本事，来彰显你的优越感吗？"

"莫思瑶，你知不知道，她丈夫就坐在她隔壁的位置？一个男人，不自己出面解决问题，推一个女人上前线，你觉得我还应该说点软话，好让他心存幻想吗？"

莫思瑶一时语塞，但一想到唐苑那模样她又气不过："所以你到底找我来干吗？！"

"圆你所想。"他突然开口，像是思考了很久，接着道，"思瑶，我没有办法像从前那样陪同你一起成长，我只能用我的方式告诉你，世界并非我们从前想象的那样简单，当某些事情捆绑上利益，那席卷而来的波浪可能会瞬间把你吞没。"

"我不懂。"

"很多事情已经不再像读书时候，一起罚站、一起抄书就可以解决了，而是以成人的方式，虽然那很伤人。"

"朋友难道不是有难同当吗？"

"可我被工作拍档背弃过，他曾是我大学最好的兄弟。"

莫思瑶沉默了，她并不知道这些，程颐在她所不知道的地方经历着她所不知道的事……她重重地叹了口气，挤出一句："我走了。"

就在莫思瑶想转身的时候，程颐又补充了一句："但凡唐苑的老公能表现出一点担当，我都不会把话说这么死，你不用担心，虽然我不会与他合作，但是从私人情感出发，我可以借笔钱给唐苑。"

"你知道吗？"莫思瑶无声地勾了勾嘴角，"虽然理智上我知道你是对的，但是情感上……我终于知道，眼前的你已经是个陌生人了。"

程颐本能地想为自己辩驳些什么，但他终究什么都没说，他和站在稍远处、体贴地保持距离的顾南对视一眼，交换着彼此才懂的信息。

"以前的程颐不会以高高在上的姿态，做出施舍的模样，伤害我的朋友。"莫思瑶说，"再见了，程先生。"

总归是见了唐苑一面的。

莫思瑶感慨这世界发展得与她想象中的不一样，有点恹恹地躺在沙发上装咸鱼，一只脚毫无形象地跷到沙发靠背上，整个人侧躺着，单手支撑着脑袋，另一只手拿着遥控器百无聊赖地换着台。

怎么回事，以前很喜欢看电视的啊，珍惜每一分钟看电视的时间，现在却有点莫名地烦躁。

这天梅姨又不在，顾南也难得空闲，过来给这条咸鱼投食。他在冰箱里扫了一圈，剩饭剩菜居多，就打算出去再买点什么，从厨房探身出来的时候，眼神稍稍在她白皙的腿上多停留了几秒，才慢慢挪到她纤细的颈部，扫过她精致的锁骨，最后看向她的眼睛："想吃什么？"

"什么都不想吃。"莫思瑶撇嘴。

"那想听什么？"他又问，然后掏出他早上从隔壁屋带过来的木吉他，斜靠在厨房门边，说道，"电视没什么好看的就看看我，听说，女生都对弹吉他的男生没有抵抗能力，更何况像我这么帅的。"

莫思瑶抬眼睨他一眼："脸呢？"

"脸不知道，人肯定在你心里。"

这人简直了……

"我就不明白了，我妈是怎么想的，怎么会把你这条大尾巴狼放进来啊。"

顾南拨了两下弦，突然默不作声地站起来，单手拎着吉他朝莫思瑶逼近。

莫思瑶心中突然警铃大作，把遥控器一扔，随之坐起来，捞起抱枕挡在胸前："你想干什么？"

顾南知道他要是敢在现在说句"干你"，估计以后这个门是进不来了，所以他假装随意地往沙发上一坐，再度抱起吉他，哼唱起来。

莫思瑶微微放松了一点，认真地听他哼唱，却发现他在不知不觉中把她挤到沙发一角了，这是什么神乎其技的瞬移大法？！

顾南见她发现了，索性也不矜持了，直接把吉他搁到一旁，再迅速地捞住想逃跑的她压回原处，将她圈在自己的双臂之中，然后露出一抹非常好看的笑容。

虽然颠倒众生说不上，但电到她是真的。

莫思瑶瞪了他一眼，小女生娇态毕露："你让不让开？"

"亲我一下我就让开。"顾南呼吸加重，讨价还价。

莫思瑶浅浅地勾勾嘴角："就一下？"

"三下？"他挑眉。

莫思瑶主动把手环在他脖子上将他捞得更近些，随后在他嘴角上啄了一下，说："快去给我做饭！"

顾南如今食髓知味，已直接倾身下来，衔住她娇嫩的唇瓣……

少顷之后，莫思瑶突然"嗯"了一声，挣扎起来："你往哪儿摸呢！"

这不是光着腿诱人犯罪吗……顾南迷糊地想着又压了上去，却被细碎的开门声惊醒，莫思瑶毫不客气地踹了他一脚，顾南心神已乱，毫无防备之下被一脚踹下地，随后他捞了把吉他，赶在罗素梅开门的时候摆出了"我什么都没干，我正在专心演奏"的样子。

莫思瑶只能扮演一个听众，但略显凌乱的头发深深地出卖了她。

罗素梅一双眼睛别有深意地掠过二人，随后视线在莫思瑶一缕耸得奇高的头发上顿了顿。

因为心虚，莫思瑶避开她老母亲的视线，傻乎乎地听着毫无章法的吉他声，边鼓掌边摇头晃脑了起来，违和的动作再次深深地出卖了二人。

"你过来。"罗素梅终于发话了。

莫思瑶先于顾南"嗖"的一声站起来，谄媚地凑到她妈面前："娘亲大人，有何吩咐？"

罗素梅抬起手中新买的菜："接菜。"

暑假，莫思瑶厚着脸皮去了顾南"技术参股"的公司实习。

同事大多是师兄师姐，除了暧昧地看着她笑笑，大多还是很关照她的，她也正式接触到了游戏原画设计，日子还算平顺。然而，网上一篇《扒一扒那些年我认识的极品妹子》的帖子突然在某论坛发酵，并迅速炸锅了。

莫思瑶首先接到傅盈的电话，这个平素泰山崩于前而面不改色的姑娘难得有些着急："大姐，你还这么淡定，你快看看你被写成什么样子了！"

然后，莫思瑶在顾南还没来得及进行"技术处理"的时候，有幸观摩了一下什么叫颠倒黑白、指鹿为马。虽说她和程颐也确实有点"不得不说的故事"，但在这篇帖子里，她成了三番五次勾搭有妇之夫的极品女人，还凭借小清新的风格成功搭上了某高校才子，将其玩弄于股掌之间。

"楼主这位朋友自恃美貌，人前人后都是一副清纯可人的样子——表现着'我很美但是我不自知''你们说什么我不懂'的样子……什么年代了，问个QQ号都说自己没有，玩个手游还一脸震惊地说'哇，现在的游戏好精细'，一副乖乖女形象，简直是实实在在的绿茶婊。"

帖子是分层写的，层层递进，种种极品行径如数家珍。

"话说楼主不是一次撞破她和一位有妇之夫见面了，可知这位有妇之夫的妇是谁？我们学校史上最年轻的副教授，出身书香世家，大家闺秀，若是能娶回家，绝对是上辈子修来的福分。当然，这男人也不差，年纪轻轻已是本地某知名企业老总，年轻有为，标准霸道总裁人设，但只能说男人啊，呵……但凡是面对女人，总像猪见了白菜要拱一拱，两人到底私下约见了几次，有无什么见不得光的事，那就天知地知，你知我知了。等会儿上照片。"

这段文字后空白了一段，有不少跟帖人要求赶紧更新。

"刚刚吃饭去了，继续扒。"随后还真附上了一张照片。

大概因为隔的距离较远，相片只是两个侧脸，被放大后略显模糊，但莫思瑶轻易就认出正是程颐赴唐苑约的那次，她虽然做了乔装，但因为前文的指向性太强，但凡是现在的同学，只需一眼，就能认出她来。

底下的留言是"楼主这是什么像素的手机？像素感人"之类的。

"楼主这个朋友还约过人家老总去游乐园玩，怎么样，是不是很出其不意？帮你找回年少时光——多好的主题？"

"楼主这个朋友大概因为花花肠子太多，又想保持学霸人设，夹带小抄进了考场，被抓了现行，但什么叫反转剧，凭借才子在学校的声望立洗清白，功效比立白洗衣液还强，当年的期末考该门考试还拿了个优，楼主心里只能呵呵了。"

莫思瑶看完之后，内心掀起惊涛骇浪，因为指向性太明显了，她闭着眼睛用脚趾想都能想出是谁做的。至于为什么是傅盈先知道，肯定是某A大学生跟帖后，把文中的真实人物猜出来了，毕竟有几张相片实在是"模糊"得一眼就能辨别出来。

这下她绝对是过街老鼠，人人喊打了。大概是心理作用，她都觉得掌悦乾坤的师兄师姐们看她的眼神不一样了。好在顾南出面，做了一系列操作先让帖子沉了下去，随后开始采取措施，搜集证据去了。

而在这篇帖子发出且发酵之前，程颐家发生了一件非常巧合的事，林茜不知从哪儿得到了程颐约见唐苑并叫上莫思瑶那天的照片，直接摊牌道："为什么你们私下见面我不知情？"

程颐心虚在前，然而被质疑的这种情绪触碰到了男人敏感的神经，他选择了一条最俗又最坏的路，反问："你怎么会有这张照片？你跟踪我？"

"你先跟我解释。"林茜强忍着怒意再给了他一个机会。

程颐大概说了下当天的情况，林茜却懒得再与他争执，口气极冷："程颐，你真的是一而再再而三地挑战我的底线，你单独赴女同学的约就算了，还偷偷去见莫思瑶？你是怕这个平白无故原地蹦出来的小姑娘身份还不够特殊吧？你就真的不怕我报复？"

"你打算怎么报复？"

林茜简直无语了，男人有时候犯起傻来真没女人什么事，整一个句子他就截取到了"报复"两个字，因此口吻也差了起来。

"报复的事可多了，这年头名誉算重要的吧？只要我想，都不用自己动手，随便找个人半真半假地在网上发篇帖子就能置一个人于死地。"

"你敢！"

"你看我敢不敢？"

不欢而散之后，这篇帖子便横空出世了。

第十一章
难道真的都是
虚幻一场

虽然顾南的处理很及时，但整件事还是在 A 大校园网里发酵了。

"那个人是不是叶思瑶啊？"

"学校史上最年轻副教授就是林教授吧？"

"哇，我见过她老公啊，想不到人模狗样，知人知面不知心啊。"

"那个才子是不是研究院的顾南师兄啊？"

网络暴力者很快对莫思瑶发起了人肉搜索，然而让人意外的是，这个人像是凭空出现的，在网络上几乎没有留下任何痕迹，即使是微信注册时间也晚得惊人，实在没有什么黑料可挖。但一脚踏两船还是引发许多人义愤填膺，甚至林茜的学生打算联合起来给学校方面递请愿书，大概意思就是莫思瑶不配为 A 大学生，要彻查作弊事项什么的。

好在这是暑假期间，给校方和莫思瑶都有喘息的时间，但莫思瑶还是尝到了苦果，手机接到各种恶意电话，粗言秽语不绝于耳。莫思瑶登录电脑上的 QQ 号和顾南语音，镜头里那个家伙一脸寒霜，表情凌厉："你把手机给我，我来处理。"

虽说是问心无愧，然而人言可畏，如今她走在路上都有错觉被人指指点点，所以她暂停了实习事宜，避避风头再说，另外，她联系不上董舒然。

没错，这个"楼主"，除了董舒然，她想不到第二个人。

与此同时，程颐家里也爆发了一场大战。

Ａ大是一个对学生要求严格的学校，大一开始就要求学生在假期的社会实践时间不得低于两周，并要求针对实践或实习内容进行心得撰写。

董舒然专业课不算拔尖，旁的事分去了她太多精力，以至于对本专业失去了很大兴趣，但她不得不想办法给自己寻找一个暑期工，所以她开始积极利用自己的关系网，并最终进了一家很优秀的互联网公司。

不得不赞一下董舒然的人脉关系，她能进那家公司多亏高年级师兄的引荐，因为公司老总和Ａ大有千丝万缕的联系，所以该公司对Ａ大的学生有很大的宽容度，乐意提供实践机会。

当董舒然在公司文化墙上看到老总的相片时，所有的东西瞬间串联了起来。

是了，董舒然知道她搬出宿舍后偶尔撞破莫思瑶与人争执的人是谁了——程颐！然而，程总可是林茜教授的老公啊！

当时她在餐厅外边偶遇莫思瑶和程颐的时候，只想着莫思瑶虽然装扮不一样，但因为她们之间别样的"情愫"，她还是能一眼认出她来。什么事需要乔装——心虚的事。她当时乍一眼看过去只觉得男的很眼熟，但真一时半会儿想不起来，可想不起来也不阻碍她的习惯性嫉妒。

直到这近距离的文化墙……董舒然才恍然间想起军训结束那次，莫思瑶其实还上了谁的车来着，当时她没想太多，只以为是哪个亲戚之类的，本来想问，但国庆回来后莫思瑶的表现也没有异常，她就彻底忘记了，如今……

发现自己撞破惊天大秘密的董舒然心如擂鼓，开始积极调查事情始末，甚至觉得自己手中顺手偷拍的那张照片可能能起到关键性的逆转功效。没想到，还真让她近了程颐的贴身助理秦涛的身——秦涛打从一开始就对莫思瑶不满。

虽说作为一个合格的助理，只需在公事上巨细无遗，私事上充耳不闻，但因为着手帮程总买过哄小姑娘开心的东西，打心里尊重未来老板娘的秦涛难免觉得程总……眼瞎。

好在最后两人还算有惊无险地步入了婚姻殿堂，却有耳闻两人还是因那个小姑娘闹过矛盾，而且这矛盾最坏的后果就是殃及他这条池鱼。在员工聚会上被董舒然灌了几碗黄汤后，他很快就知无不言了。

董舒然试探性地问秦涛："我想问问程总是不是认识我们学校一个妹子啊？我那天看到她好像跟程总吵架呢，程总干吗这么让着她啊？"

这句话成功地打开了秦涛的内心，作为一个比较忠诚的助理，秦涛越想越对程总恨铁不成钢，虽说他对程总刻骨铭心的初恋也是有所耳闻，但他对林教授这种不离不弃一片痴心的行为更是佩服得五体投地，可程总把一个妹子带回了家，并且让她在家里小住了一段时间。

"带回了家？"董舒然心中惊愕，"不可能吧？"

秦涛便又说起了那次程总脸上破天荒地挂了彩，只说他应该是为了她"争风吃醋"，好在老板娘宽容大量，但怎么可以这么对待老板娘呢？

为了表示自己所言非虚，董舒然主动把自己偷拍的照片找出来，然后作为交换，秦涛被这个妹子牵着鼻子走地也掏出了手机，展示了自己偷拍的打算关键时候"弃暗投明的证据"，却被董舒然暗中翻拍了。

这直接导致了董舒然报复性帖子的诞生，她饶有技巧地避开了某些"敏感点"，成功地将刀刃引向了莫思瑶。

莫思瑶"插足"A大最年轻副教授婚姻生活的事被传得沸沸扬扬，这件事的热度会持续多长时间不得而知，要不是莫思瑶自我屏蔽了网上的所有信息，估计早被人用言语戳弯了背脊。

这件事的波及范围还是相对较小，帖子也撤得及时，大众很快就被别的热搜事件分散了注意力，唯有A大这个学生圈子里的影响还在。顾南找人查了IP，查到了这人注册用的手机号码，虽然微博名是个小号，但是手机号似乎并没有那么细致地进行变更，放在学校通讯录里一搜索，董舒然很快就无所遁形。

然而没有开学，莫思瑶找不到人，只憋着一口气打算有仇报仇，有怨报怨，没想到此时却发生了一件意外的事——林茜主动加了A大各年级的班级群，并以私人名义澄清此事，澄清信的末端还小赞了一下莫思瑶，说莫思瑶是自己尊重的退休老师的女儿，是个勤奋的孩子。

这段话莫思瑶甚至在自己的班级群里看到了，傅盈也第一时间发来了截图。一时间，莫思瑶感动得无以复加，在林茜下班路上堵住她，掏心掏肺地跟她说了一声："谢谢。给你添麻烦了。"

"我离婚了。"

莫思瑶愣在原地："啊？"随即反应过来，"他不会是误会这事跟你有关系吧？"

林茜自嘲一笑，很奇妙地，这一刻，她居然有倾诉的冲动。

"挺好的。签完字的时候，我心里突然出奇地轻松。可能我潜意识中一直认为这份感情是我祈求回来的，所以在他质疑我的时候，我累积已久的情绪才会猛然爆发出来。"

"真浑蛋！"莫思瑶义愤填膺，"让他后悔去吧！"

林茜意外莫思瑶居然完全没帮程颐说话，突然笑笑："其实我觉得我们可以做朋友。"

"那当然，以后你有困难找我，我来给你当后盾！"经此一役，莫思瑶对林茜的印象非常好，拍胸脯担保，"我跟你说，他要是再来找你，一定要当着他的面重重摔门！不要给他好脸色看。"

"你没怀疑过我？"

"拉倒吧，那帖子遣词造句的习惯，一看就不是咱们八〇后写的。再说了，Ａ大史上最年轻的文学副教授这水平怎么得了？"看林茜还是不紧不慢的样子，她更着急，"我说真的，千万不要心软，他这是典型的'王子病'又犯了，以为人人都要哄着他……"

"我没说我会跟他复合。"

"你会的。"莫思瑶笃定，"我就怕你太快缴械投降。因为程颐如果误会你，他应该会跟我打电话，我跟他说完真相，他估计会悔得肠子都青了，立马就会去找你。"

"你还是挺了解他。"

"哇，你别误会啊，"莫思瑶急忙辩解，"我可是有男朋友的人！"

"知道了。"林茜笑出声来。

事情如莫思瑶所料，程颐很快得知了事情的真相。他只感觉遍体生寒，一种无言的恐慌情绪笼罩了他。

他误会了林茜。难怪她那么生气，生气到承认了这一切，生气到扬言要莫思瑶在 A 大混不下去，扬言要和他离婚。

她为什么不解释？

哦，她试图解释了，是他不肯相信……

程颐在林茜家门口站了大半天，虽然腿很酸，却坚决不能倒，他就这样手持花束继续等着她，等着这个因为他的混账而不小心弄丢的女人。

就这样一直等一直等，门终于开了。

林茜站在门口，有点冷漠地看着他，突然轻轻地叹了口气，觉得莫思瑶的担心是有道理的，她确实有点心软了："看到帖子的那一刻，我辗转打听到了顾南的电话，联系上了莫思瑶，虽然这件事不是我做的，但因为指向性太明显，我感觉自己还是有必要向她解释一下。"她斜靠在门边，微微耸了耸肩，"你知道她说了什么吗？"

"她跟我说谢谢，给我添麻烦了。"林茜笑了笑，笑容里是自嘲的，含着挥之不去的失落与不甘，"当年若不是那件事，她确实会成为你很好的伴侣……她是个好姑娘，至少她信任我。"

"林茜……"程颐突然感觉四肢冰冷，"我——"

"你什么都不用说了，该说的你那天都跟我说清楚了，而且我们已经签了离婚协议书，我还需要一点时间缅怀下过去，治疗下情伤，接下来，我要把门重重地甩你脸上了。"

"林茜，是我错了。"

"你错在哪里？"

"我不该脑子一热，我不该不信任你，我不该签下那该死的离婚协议书！"他突然抓着铁门，有些失态地道，"林茜，原谅我好不好？我们和好好不好？"

"我知道你很喜欢我，这点自信我还是有的，不然我也不会跟你结婚。当然，我也曾经因为莫思瑶的出现有那么点危机感，但程颐，这世界上真的不会谁没了谁不行，你看，当年的你没了莫思瑶可以活着，如今我没了你，也觉得意外的轻松。"

"可你忽略了一件事，我活着是因为你一直陪着我，这些年我在哪里你就在哪里，赶也赶不走，我对你冷漠是因为我害怕半夜睡觉前想的那个女人不再是莫思瑶，而是你，我怕我自己变成廉价的男人，我怕你没有了坚持的理由，所以我一方面拒绝你的靠近，又渴望你带来的温暖，相信我林茜，这些年我心里只有你……"

回应他的是一阵干脆利落的关门声。

"你为莫思瑶坚持了十年，我倒想看看你能为我坚持多久。"林茜的声音透过门缝传了出来。

随后，林茜低头看了下手里验孕棒上的两条杠，重重地叹了口气。

开学这几天，A大的论坛又炸了，因为"楼主"被揪了出来，正是帖子主人公的室友董舒然——而且之前董舒然还偷了那谁的作品，证据十足，如今又倒打一耙，编造了谎言把那谁推上舆论顶峰，想让那谁受众人唾骂，简直了！

——自行撤离宿舍，不是做贼心虚是啥？

——帖子里当事人包括"最年轻的副教授"都出面澄清了人家只是普通的朋友关系，捕风捉影的事却添油加醋大肆宣扬，丝毫不念旧情，就是想把人往死里弄。

落井下石虽说不好，但总有人出来多踩一脚，有人深扒了董舒然以前的某些表里不一的奇葩事，还有人出来帮莫思瑶说话，说她从未缺勤，且平日里不会的题问她一句她都能对答如流。

甚至有自称"真相君"的人说她们是室友关系，难保莫思瑶那张作弊字条不是被人故意栽赃的。

大家越看越觉得这就是真相。

世上没有不透风的墙，董舒然的相关事迹还是被传了出去，成了人人喊打的过街老鼠。虽然没有事前约定什么的，但人人都开始疏远她。

人前笑嘻嘻，背后刀刀致命，这样的朋友交不起。

这让喜欢交际的董舒然出奇地愤怒了，罪魁祸首是叶思瑶！

丝毫没有反省自己的董舒然将莫思瑶堵在教学楼前的小道旁，大战一触即发，董舒然居然率先发难："叶思瑶！想不到你是这样的人！"

"这句话原封不动地还给你。"

"逞嘴皮子功夫算什么本事？你以为有人撑腰就了不起了？"

"就了不起了。"莫思瑶本来以为自己有很多话想讽刺她，却发现话不投机半句多，她懒得再跟这样品行的人说任何一句话，"奉劝你一句，多行不义必自毙。"

"你说什么？有本事你再说一句！"

"你为人善妒自私，见不得人好，你总说我没有真心待你，宿舍当时三个人里，你为何偏偏试图与我靠近得多？你摸着良心问问自己，就没在我面前抱怨过悦悦和肖晴一句？你背后说人家年纪轻轻化什么浓妆，明着却追捧楚悦让人家把化妆品借给你。再说，你就没占过我一丝便宜？给你打饭充饭卡这事我少干了？有些事大家都看在眼底，别把大家都当傻子！"

"我为什么会变成这样？我把你当朋友，你被顾南师兄追这么大的事却瞒着我！"

"那又怎么样？你自己的秘密还少吗？"莫思瑶觉得自己简直是在对牛弹琴，一看马上就要上课了，她转身就走。

董舒然突然发疯似的冲上来，猛地推了她一下，莫思瑶一个趔趄闯进了路中央，一个身影飞快地扑了过来，揽了她一把……

校园内道路上的车子开得并不算快，顾南这个下意识的拉扯动作也没有那么严重，而且伴随着刹车声及尖锐的喇叭声，车及时停了下来，却恰恰停在了莫思瑶面前。

此情此景，深深触动了莫思瑶的灵魂深处，有一瞬间，她甚至觉得历史再一次重演，她的心都要蹦出嗓子眼，整个人因为巨大的精神压力，似乎陷入混沌之中……

蓦地，她眼前一黑，许久许久。

她像是被什么拉扯进了旋涡，持续性地头晕目眩，她拼命地挣扎……直至脑子"嗡"的一声陷入一片空白。

又过了许久，她终于费力地睁开眼，朦朦胧胧地，光线似乎格外刺眼，有人在耳边絮叨，似乎正在关窗："吵死了，怎么又堵车了……"

当莫思瑶再睁开眼，只感觉有人正在帮她擦拭着身体，她迷迷糊糊地看到一个人影，脱口而出："妈……"

像是太久没有说话，她的嗓子干哑得厉害，再想说什么已经来不及了，她再度被什么拉扯进昏睡之中。

又是许久的梦，梦中浑浑噩噩的，什么都没有，莫思瑶感觉到了深入骨子里的寂寥与空虚，她一直在跟自己的意识做斗争，终于再次睁开了眼睛，周遭的影像仍显得有些模糊，但她还是一眼认出了她妈……她亲爱的妈妈依旧陪伴在她身边。

"妈——"再次看到妈妈，莫思瑶很想哭，却发现脖子有点不听指挥，只能非常小幅度地摆动，而且眼睛也干涸得厉害，一点泪水都挤不出来。

"瑶瑶……瑶瑶！醒来就好，醒来就好……"罗素梅喃喃，她紧紧抓住她的右手，做出感恩的姿势，并亲吻了她的手背，"乖，没事了……没事了……"

莫思瑶想抱抱妈妈，却发现四肢非常非常的软，大脑无论如何下达命令，都没有力气可以控制它们，她很想回握住妈妈的手，却是无能为力，她有好多好多的话想说，但最终只是张了张嘴，发出干涩的单音词。

随后，她又感到了疲惫，眼睛慢慢适应着光亮，许久，她才又缓缓睁开眼睛，慢慢转动着，打量着屋里的一切，这……是哪里？为什么妈妈显得那么激动？顾……南呢？

这样的思考让她倍感疲惫，很快，那股无形的力量又将她拉入了睡梦。

渐渐地，莫思瑶清醒的时间越来越多，她渐渐有了回握的力量，眼睛也渐渐能看清楚东西，她用轻得不能再轻的声音问："这是哪儿？"

罗素梅轻柔地摸着她的头："这是咱们的新家，你忘了吗……"

莫思瑶感觉自己的记忆有点交叉错乱了，只感觉妈妈的声音是前所未有的温柔，又听见她说："昨天妈妈带你去复查，医生说你基本没什么问题了，你这种情况，当年原本就是小概率事件，如今苏醒更是奇迹，医生让我们回来后好好复健，用不了多久，你就可以像正常人一样生活了。感谢上苍……"罗素梅的声音有些哽咽，"感谢你，谢谢你听到妈妈每天的祈祷，谢谢你，你已经昏睡了这么多年……"她的声音越发哽咽，"妈妈等了你太久了……"

"妈……"

"妈没事，妈只是太感动了……"罗素梅吸吸鼻子，"瑶瑶乖，不用怕，我们慢慢来……"

"不要……哭。"她有些吃力地说着。

"不哭，妈妈不哭！"罗素梅望着她满眼柔光，同时充斥着为人母的坚定以及对未来的憧憬与期盼。

于是一天又一天地，莫思瑶像个孩子一样，坐着轮椅去康复中心重新练习发音、起身、翻身、行走，这些年多亏妈妈的精心照料，每日给她按摩、翻身、搓身，她虽然大部分肌肉萎缩了，却都是可以随着时间恢复的。

她感觉自己就像一块巨大的海绵，一点一点地吸收着外界的一切，只是与此同时，她心中的那个谜团也越滚越大，发酵成团，某些事情是那样的清晰，又似在梦中。

难道真的都是虚幻一场？

"今年是……"

"二〇一九年了，孩子……"

所以……顾南呢？

想起他的种种，莫思瑶突然有种流泪的冲动。

这些日子，她与妈妈彼此小心翼翼地相处着，总怕不小心说错什么了互相伤害，一次长久的睡眠，让清醒的和沉睡的人，都变得更加敏锐。

唯有花瓶里新换上的鲜花，叫人的心情好了许多。

"妈，我爸呢？"这天，莫思瑶终于忍不住问。

"你爸他……"罗素梅其实早有心理准备，但是突然被问到，还是有点尴尬的样子，"他……"似乎有点怕刺激到她，她有点掩饰地笑笑，意带安抚，"他人在国外。"完了，又补充道，"你知道的，你治疗的费用也不低。"

"哦。"莫思瑶动了动身子，单刀直入，"你们……是不是离婚了？"

罗素梅犹豫了一会儿，深深地叹了一口气："瑶瑶，你是个聪明的孩子，这件事妈妈也知道瞒不住你，是的，我们离婚了。"大概怕影响她的情绪，她又补充道，"这是爸爸和妈妈自己的抉择，妈妈不希望这件事影响你的心情，你爸爸他不是不爱你，只是有些人在特定的时间，会遇到一些特定的人，做出一些特定的事，感情这种东西淡了就是淡了，勉强也没有幸福。"

莫思瑶没应话，她如今的心情很微妙，其实在她开口提问的那一刻，她就基本确定答案了。似乎在很早之前她就知晓了这件事，所以妈妈的回答她一点也不意外，或许长睡的这些日子，她的意识仍在接收外界信息。

莫思瑶想起一直未参与到梦境中的父亲，她的记忆还停留在那年初夏他温和的笑脸、他的叮咛、他的承诺。她心里越发不是滋味，试探性地问了一句："妈，那程颐呢？"

"啊？"罗素梅这下真的被这二重冲击弄得有点支支吾吾，"他……他——"

或许是经历过那个长长的梦境，莫思瑶发觉自己比想象中的冷静，居然也神奇地没有心痛的感觉，意外地冷静："他是不是结婚了？"

"你怎么知道的？"脱口而出后，罗素梅怔了怔，重重地叹了口气，"对啊，程颐结婚了，他……"她一时也不知该怎么向女儿叙述整件事，毕竟这些年的人和事都有太多太多的变化，而女儿却还停留在那一年的单纯无知上。

"他过得好吗？"

"妈妈也不知道，应该还不错吧，其实他也等了你几年，但是你……你也知道，程颐毕竟是他家里唯一的男孩……唉，算了不说了，你今晚想吃什么？"

"妈，我想知道。"

想知道，她的初恋是以何种方式离开她的，然后画上一个句号，挥手告别。

后来她妈说了很多，说她小舅舅去了 A 市开了一家网店，生意从无到有，从冷清到红火，说着又说起现在的支付方式，颇有几分骄傲地说自己也学会了移动支付，还说要给她买台智能手机。

莫思瑶听着新鲜，又觉得很熟悉，插嘴问了一句："是不是扫一下就能即时付款？"

"对对，妈妈现在去市场买菜，都不用带现金。而且啊，现在手机拍照功能都很好，年轻小姑娘都喜欢自拍，我们家闺女这么漂亮，上镜一定秒杀所有人，比那个什么网红强多了。"

"网红？"称赞的话谁都爱听，莫思瑶嘴角也衔着笑，"是不是网络红人啊？"

"对。"

罗素梅又说这些年经济发展迅速,交通日新月异,有了动车、高铁、飞机票常常做特价,拉近了各个地方的距离。

接着说起当年还记得的那些人和事,感慨地说她高考那年程颐因为受了刺激,发挥失常了,作文都没写完,数学的解题思路也是紊乱的,考得一塌糊涂,然后程妈妈见担心的事情发生了,情绪激动地冲进医院病房求她放过自己的孩子,两个人还因为这事大吵了一架。

后来程颐被程妈妈威逼利诱着去了外省复读,还没收了所有经济来源,试图阻挠他回 C 市。但程颐那傻小子常常从加餐费里省点再省点,买张坐票甚至站票,就这样花十几个小时只为回来看她一眼。

"你爸爸也被程颐感动了,但是当年你的情况真的不好,最主要的是看不到希望,所以你爸爸后来还帮着劝说了几句,让他找个好的,就不要错过了。"

听说当年有个女孩也义无反顾地跟着他去了外省读书,也不容易。大概是家里压力太大,或是被那个执着的女孩所感动,前几年程颐还来过几次,后来听说经常全国各地跑,渐渐只在逢年过节时发条短信过来问候一下,他结婚的消息我还是从老同事嘴中得知的。

"哦,他还给你写过一封信,头几年写的,好久了,只是妈妈搁老房子里了,等你好些了,再给你拿过来。"

"不用了,徒增惆怅罢了。"

"也好,你还记得当年……"

莫思瑶静静地听着,思绪随着往事飘摇,她总觉得,有些事听着,还是有种似曾相识的感觉,她听倦了又迷迷糊糊地睡着了,脑子里渐渐浮现出一个关键的人物。

对了,顾南呢?

半睡半醒之中,她似乎听到一个熟悉的声音在喊"梅姨",但疲倦使她深睡,大概会做个美梦吧。

第十二章

等你醒过来，
我就娶你好不好

　　复健大多时候是很累的，莫思瑶并没有太多的精神去纠结顾南的事，提起来又放下了。

　　事实上，她总有一种很安心的感觉，或者说有一种在等待什么的错觉。这种感觉来自妈妈的支持，还有一种无形的精神力量。

　　就这样又过了一些时候，这天起床的时候，莫思瑶突然有种预感，今天会有好事发生。

　　果然，她妈乐呵呵地从门外迎进来一个人。她愣怔了片刻，相视无言地看着眼前这又熟悉又陌生的脸，内心澎湃，激动得说不出一个字来。

　　"瑶瑶！你终于醒来了，瑶瑶！"

　　如今变得成熟了许多的唐苑此刻激动得热泪盈眶，当年她乍听到莫思瑶出车祸昏迷的消息，情绪上受到了一定的影响，冲刺状态不好导致高考发挥失常，只考上了个普通本科。本科毕业后，她按部就班地找了份工作，大学谈的男友也为了她留在了本市，两人争吵过，分开过，最终还是步入了婚姻殿堂，小两口为了家尽忠职守，平淡度日。

　　就这样把生活过成了一碗茶，淡淡的，涩涩的，细细品味又能口齿回甘。

　　"你……你——真好……你还记得我吗？"唐苑显然很激动，见当年的小伙伴终于从常年的昏睡中苏醒，靠坐在床上，精神尚佳的样子，这真是让人庆幸的一件事。这些年她再忙都会抽空来看看，陪莫思瑶聊聊天，奇妙的是也不会觉得尴尬，说说所见所闻，感慨下年少时最深也最真的情谊。

"糖糖……"话一出口，莫思瑶有些哽咽，只是千言万语，一时间竟无从说起。

唐苑在她身边坐下，轻轻握住她的手，拍了拍，感慨："唉，真好。"

"你都没变。"

唐苑笑："我呀，都当妈了还没变！"

"真当妈了啊？"莫思瑶想起梦中所见，"你是不是生了两个？"

"完了完了，我看起来长了一张生了两个孩子的脸吗？"唐苑有些夸张地提高音量，但提到孩子，她的眼神里还是多了抹柔软，"一个四岁多，一个快两岁了，我的天，你随便猜都能猜对？我是不是憔悴了很多？"

莫思瑶拼命摇头："我能听到的，你跟我说过。"

"我跟你说了好多话啊，你一直睡一直睡，害我一个人一直讲，像个傻瓜一样。"

莫思瑶点点头，抿嘴笑了笑："真好，你还在。"

唐苑以为她特指某个人，一时也有点愤懑："不像某些个没良心的汉子吧？咱也不惦记，旧的不去，新的不来！我啊，给你物色个更好的，我们那小区就有几个黄金单身汉……"

莫思瑶很快反应过来她说的是谁，她轻轻摇了摇头，并不避讳提到那个名字："程颐对我来说还是很重要的人，我祝福他的未来，不管你信不信，他已经影响不到我的心情了。"

唐苑微微打量了一下莫思瑶，感觉她不像故作无谓，问："你不是刻意装的吧？"

"没有，真不是。"莫思瑶想了想，说，"可能是我睡了太久吧，梦里面把什么都经历了一次，醒来就突然看淡了，我现在可是有一颗强大的心脏啊。"

"真的假的啊？什么都经历了一次？还真羡慕你这颗少女心啊……按理说，你的记忆应该还停留在和他难舍难分的阶段啊，睡了一觉就放下了？我就怕你故意装没事，反而没发泄出来，心理没疏导调节好，憋出病来。"

"我真的没事。"莫思瑶强调。她望着唐苑笑笑，却突然听到些什么动静，往门外张望，"……谁？"

唐苑也顺着她的视线望去，回来狐疑地看了她一眼："我没听到声音啊，梅姨去买菜应该还没回来吧，疑神疑鬼的，你可别吓我。"

"我去看看。"莫思瑶还是在意得很，掀开被子试图下床。

"唉，小祖宗，你待着不要动，我去看……"只见唐苑小心地在门口张望了一圈，回来坐下，"没人啊？"

莫思瑶没吱声，大概睡了太久，她感觉自己的听力比别人灵敏了不少，她还听到门合上的声音，但神奇的是，明明是让人心慌的一件事，她却意外地觉得安心。

"没事、没事。"莫思瑶又和唐苑聊了一会儿，不多久，罗素梅买菜回来了，开始张罗午饭。

唐苑接了个家里来的电话，大概是孩子闹别扭了，只说了一句"下次带孩子来看你"，就起身告辞了。

罗素梅挽留不住，把唐苑送出了门。

莫思瑶略显吃力地用康复器材走到了客厅，罗素梅也由着她，从厨房洗了个手出来，看到这孩子望着桌上新插上的那束鲜花发愣，感觉到她有心事，便随口一问："怎么了？"

莫思瑶没头没脑地反问了句："妈，咱们家是不是还有别人有钥匙啊？"

"这……"罗素梅顿了顿，看了她一眼，很淡定的样子，"没有啊。"

莫思瑶思索了一下，又问："我们隔壁住着谁啊？"

"就邻居啊。"

"这几次送我们去复健的戴墨镜的小哥哥是谁啊？"她自然而然地用上了"小哥哥"这个名词。

罗素梅顿了顿："邻居啊，互相帮忙嘛。"

"挺帅的。"

"哦。"罗素梅试图转移话题，"中午给你蒸条鱼，弄个番茄炒蛋，再炒个青菜，够了吗？有什么特别想吃的？"

莫思瑶抿抿嘴："请他来吃个饭吧。"

"他……这样有点唐突吧？"罗素梅也不知道想到了什么，搪塞道。

"他不是帮助过我们吗？"

"这粗茶淡饭的，也不一定合人家的胃口。"

"哦。"莫思瑶轻轻地拨弄了一下花，"这花换过了，妈，你买的吗？"

罗素梅瞥了一眼："是啊，好看吗？"

撒谎。

莫思瑶努努嘴，她妈回来那会儿唐苑刚想走，她听到她妈送了人之后洗了手进了厨房，之后她艰难地从房间里挪过来的这段时间没见到她妈换花，而且垃圾桶里也没有更换过的旧花。

肯定是有人进来过。

莫思瑶几乎是第一时间就联想到了他，为了印证自己的想法，她抬头确认："我们的邻居，是不是刚好叫顾南啊？"

罗素梅呛了口水，赶紧端开杯子，惊诧地道："你怎么会知道？"

"是不是'东盼西顾'那个'顾'，'东南西北'那个'南'啊？"

罗素梅轻瞪了她一眼，似乎是懒得搭理她的样子。

不知怎的，莫思瑶感觉心情异常好："你就问问他，不想见见他的救命恩人吗？"

莫思瑶目不转睛地细细地打量着眼前这张俊俏的脸。

顾南。

她在心里轻轻地反复念叨着这个名字。

他的眼睛，是想象中的样子，深邃的，眼角自然上翘，眼底有星辰。只是如今因为局促有点闪烁，微微避开着她的视线，但侧脸的确该死的好看。

莫思瑶努力回想那天向她扔石子的他，满眼不逊，似在昨天，又格外遥远。

大概学过美术的孩子对人像都是印象深刻的，回想起来，那天她确实是偷摸着打量过他的，他带伤的脸是满满的桀骜不驯，唯一双眼眸亮得惊人。渐渐地，所有的影像被打碎再整合，逐渐凝聚成他如今的样子，五官被岁月雕刻得更加立体，沉稳的、好看的。

于是梦里的那张脸突然间淡化，全部替换成如今的模样，逐一重叠，毫不违和。

她看着看着……眼眶突然有些湿润，脑子里忽地蹦出一句话——睁开眼看看我好不好？

"等你醒过来，我就娶你好不好？"

……他大致是说过的吧？还算数吗？

她细细地看着他，越看越觉得仿佛认识了好久好久，甚至这种熟悉感更像是日积月累而成。

"这个妹妹在哪里见过。"

——她脑子里突然冒出贾宝玉说的这句话。

莫思瑶知道自己应该说些什么，然而即便不说什么，她也不觉得尴尬。

顾南却不这么想。

这些年，他进出这屋子无数次，却是第一次这般局促。

尤其在那略显"灼热"的目光注视下，他难得有几分羞涩，更多的是紧张，以至于更显得手足无措。眼前的她，肤色是久未见阳光的苍白，但眼睛亮晶晶的。岁月显然优待着她，让她维持着当年的模样，可当年的她的模样，他只能从往昔的照片中捕捉到。

她如今微微含笑的样子有多美好，她知不知道？

这些年，他从少年走向青年，从稚气走向成熟，从暴戾走向平和，多年的陪伴，少年时的那种朦胧好感、日夜沉积的感恩，积淀成细水长流又不失浓烈的情感，汩汩涌入心间。

当她这样认真地看着他，那张略显苍白的巴掌大的脸是纯真的、安静的，又带着坚定……

顾南突然感觉自己的心"扑通扑通"地快要跳出胸口。

糟糕，是心动的感觉。

他突然害怕自己的心思泄露，害怕她嫌弃的不解的目光，害怕她拒绝他的示好与亲近……是真的怕，以至令他慌了神。

该说些什么？还是保持沉默？

以前她昏迷的时候，他能一瞬间完成沉默男到话痨男的转变，可此刻，他的脑子持续性空白，只能远远地看着她苏醒后的样子。

他又有些懊恼，懊恼自己前些时间说得太多，掏空了词库。

他细细地品味着乍一听见梅姨说她主动提起了自己时的感受，是不可思议，是欣喜若狂，是激动，是害羞，是一种不可言说的归属感。

于是千言万语，如鲠在喉，吐不出一个字。

气氛就这样僵在这里好些时候，罗素梅也察觉到了这诡异的氛围，她清了清嗓子，试图打破僵局，于是干巴巴地说了句："吃饭吧。"

顾南逃难似的跟去了厨房："我来帮忙。"

三人落座，罗素梅显然和顾南很熟了，很自然地聊了起来——公司的事怎么样了，研究课题进展如何，最近有没有正常吃饭，胃还疼不疼，别把自己折腾得太狠了……

莫思瑶居然有些吃味，突兀地插话："你今年研二？"

顾南表面看起来还算镇定自若，实则心中小鹿乱撞，勉强从喉间挤出一个"嗯"字。

"那不是二十好几了？"

罗素梅喷她："你不也三十了？"

莫思瑶坚持："哪里的话，我也就十八，还想高考呢。"

"成人高考？你躺床上这十多年，更新的知识点你认得几个，估计连三本都考不上。"

"妈！你不拆我的台你就浑身不舒服吗？"

罗素梅笑笑，然后望着顾南："你别理她。"

顾南拿着筷子，笑得很温柔。

这顿饭还算愉快地过去了，顾南特别主动地把碗端去洗了，罗素梅居然也不跟他客套，眼看就要到约定的复健时间了，罗素梅扶着莫思瑶进屋换衣服，顾南很识趣，把手擦干净了先去提车。

"今天不戴墨镜了吧？"进房间前，莫思瑶调侃他。

顾南顿了顿："嗯，不戴了。"

"其实……"莫思瑶顿了顿，"戴不戴都挺帅的。"

顾南偷转过身后的嘴角差点咧上天。

罗素梅全部看在眼底，等关门声响起，她突然叹了一口气，轻轻说道："顾南这孩子啊，执拗得很，当年在我这儿可是受了不少委屈，可我从不让他去病房看你，话也骂得难听。后来你恢复得差不多，却一直沉睡不起之后，医院建议我们把你接回来，在熟悉的环境里多和你说说话，看看能不能刺激你的神经。他不知怎的找上门来了，在门口按门铃……你小心——"罗素梅见莫思瑶听得认真分了神，轻瞪了她一眼。

"然后呢？"莫思瑶着急。

"然后还能怎样，我把他扫地出门，他也不吭声，连着好些日子放学了就搬个小板凳坐在咱们家门口自学，走廊那灯是声控的，他写几个字就得拍一拍手，写几个字又拍一拍手，那声音真的听得人难受……后来你爸心软，开门让他进来了，他进门就给我跪下了，那么小的孩子，背挺得笔直，说请不要赶他走，他会负责任的……你说这么小的孩子哪里懂什么叫责任啊？我心里想，他根本不知道他面对的是什么，他能坚持个三五天就了不起了，用不了多久就会灰溜溜地逃跑。"

"你猜他怎么着？他把书桌搬到你床边，每天放学了就过来给你读课文，给你说他的所见所闻，说他还是讨厌班上的谁和谁，说他现在觉得学习是一件有意义的事，像个小话痨一样，每天说啊说啊，风雨无阻……"大概回想起了让人感触的画面，罗素梅的声音微微有些发颤，但她很快调节了过来。

倒是莫思瑶红了眼眶，撇了撇嘴，吸了吸鼻子。

"唉，我看着他成绩突飞猛进，看着他从死亡分数跳跃式进步到前几名，又到第一，看着他不可思议地考上了你们高中，看着他势如破竹般以优异的成绩考上A大，看着他完成你的心愿……他从一条直线都画不直开始自学画画，到后来把你画在纸上，他偷偷藏起来以为我看不到，我看见他有时说着说着就看着你发呆……我再铁石心肠，也不得不动容。"

罗素梅动手帮莫思瑶套上外出衣，看着莫思瑶慈祥地笑着："我就想着，我女儿多棒啊，虽然她付出了很沉重的代价，但至少做了一件很值得的事，我一个当妈的怎么能这么自私，是我从小教导你要乐于助人，我怎么能责怪你的奋不顾身，怎么能责怪你救下的那个孩子……"

"妈——"莫思瑶已然带了哭腔。

罗素梅摸摸她的头，温柔地说："傻孩子，都过来了，妈现在很好，真的很好。你看我都能坦然面对过去了……"

莫思瑶一把抱住罗素梅，把头深深地埋入了她颈窝。

罗素梅拍了拍她的手："傻孩子，最痛的时候已经过去了，妈妈有你就够了，你醒了啊，空气也是甜的，生活也是甜的，什么都是甜滋滋的，只要你快快好起来，健健康康地活着。"

莫思瑶拼命地点头，又听到她妈强调："这些年顾南那傻小子真的为你为我们两个付出了不少，见你醒过来，大概是近乡情怯吧，他不敢见你，怕刺激你什么的，傻乎乎地求着我瞒着你……以后对他好点吧。"

"知道了。"

"好了好了，赶紧换好衣服出发了，别让人家等。"

莫思瑶"哦"了一声，又问："那他画的那些画呢？藏哪儿了？"

"得空你自己问他啊。"

"妈！"

莫思瑶最近常常偷看顾南，越看越觉得他好看。但有时和梦里的对比一下，又感觉他没那么闷骚……还是说没显露本性？她有点不是太确定。

当年她背的那个红书包因为车祸，早不知道被丢去了哪里，当年的语文书倒是被她妈很好地保存了下来，边角处是已经干涸的陈旧的血渍。

莫思瑶心中感慨颇深，只是一页一页翻开，很多东西隐约记得，又确实有点模糊了。生怕自己变成"二傻子"的她，重新抓起笔抄抄课文，也可以打发一下时间。然而大概因为躺了太久，她手腕手指都有点无力，字写得歪歪扭扭，多写几个就会显得吃力，这倒是激发了她的好胜心，下决心把以前写的那手清秀的字练回来。

于是她坐在那里练字，顾南就搬个凳子坐她旁边看着，也不出声，沉默地看着她练完字又开始朗诵课文，毫无不耐烦的样子。

"闾阎扑地，钟鸣鼎食之家……"

"舸舰弥津，青雀黄龙之舳。"他轻声接道。

"你还记得啊？"

顾南突然笑："早年为了刺激你的记忆，你的高中课本我读得最多，都刻进脑子里了，所以我高考语文基础分几乎是满分。"

莫思瑶听得有些感动，但嘴上说道："嘚瑟。"又想到她妈说的，他当年一边拍手一边窝在她家门口看书的场景，有点心酸，干巴巴地想着转移话题，"你……高三都没寄宿，天天下课来我家报到啊？老师都不劝阻一下的吗？"

"嗯，天天来。劝不了，因为我聪明啊，学习成绩好啊，记性也好，还勤奋。"

怎么回事，刚刚说好的感动呢？

"是是是，就数你牛。"

他突如其来地伸手揉了揉她因缺乏光照及营养而发黄的发丝，说："亏得你救得好啊。"

两个人都因为这个举措怔住了，但说实在话，莫思瑶心里并不反感，而且她真的有一种和他相识已久的感觉，特别熟悉。

记忆中的那个小子，成长为高大的男子，为她为这个家撑起了一片天，肩膀宽厚可靠的样子。

顾南悻悻地收回手，脸上自然是做足了没事人的样子。

"喀喀……"莫思瑶清了清嗓子，"我妈说这些年你出钱出力，劳烦你不少，谢谢你了。"

"是我要谢谢你。"顾南又补充了一句，"没有你也就没有现在的我。"

"说得我跟你妈一样。"她白了他一眼。

"你生不出我这么大的儿子。"他反驳，"我爸有钱。早几年花他的不心疼。但这几年我都赚回来了。"他沉默了一会儿，"所以有能力……养你。"

"你……"真是语不惊人死不休，莫思瑶瞪他，"谁要你养，我有我妈。"

"你三十二了。"他以特别直男的口吻戳穿道，"不能再啃老了。"

……请问有没有刀？！

顾南突然笑笑："你也不用操心梅姨，她在某方面是我的偶像，早些年搁股市里套牢的那些股票，她在低位补了仓，前两年最高位的时候都卖了。而你家的征地赔偿款，她拿来投资了两个门面，还在城郊那边以你的名字购置了一大一小两套房，又买了配套的车位，都出租着呢。前几年那里通了地铁，又建了校区，租金方面还可以，经济方面不担心。而且听说你爸也会定期寄钱回来，这些年在经济方面我也没帮上你们什么。"

莫思瑶颇有同感地点了点头："我妈也是我的偶像。不过……我妈连这么私密的事都跟你说了？"

他颇有点骄傲地点了点头："我还有你们家的钥匙，这些年你们家的水电维修都是我承包的。"

约莫从莫思瑶出院后的那天开始，顾南每天都将发生的大事记录下来，并逐渐把这变成了一种习惯。一开始还带点剪报内容，后来大概是因为这样更耗时，他索性改为手抄。

一天一天一年一年下来，那些本子都攒了好几册。

最开始的那本，他的字虽然写得歪歪斜斜，但可以看得出来他在努力抄得工整。后来他似乎开始练字，还开始练习画画，天赋这种东西有时候无关于你起步的年纪，逐渐地，他练出了一手好字，画的插画也从简单变成复杂，又从复杂回归到简单，寥寥几笔，却更活灵活现。

摘抄本掺杂着他的想法，他还学着抄古文，抄诗词歌赋，抄优美字段，顺便写一些心得体会，有时候他大概太忙，只有寥寥几笔简笔画。

罗素梅说顾南每天都坚持不懈地读给莫思瑶听，从生涩到熟稔，他一步一步走来。

本子的最后一页都写着——花又开了，你该起来看看了。

莫思瑶不知道怎么去形容她此刻柔软得一塌糊涂的心，她从小衣食无忧，备受父母宠爱，有迁就她的竹马，有待她亲切的同学朋友，有爱护她的老师长辈。她顺畅的生活因救他戛然而止，他却以另一种方式逐步弥补，到底谁亏欠了谁，她不知道。

只是这一刻，她感激这个世界没有放弃她，对她仍温柔以待。

"你是不是还有一本手工制作的全市火锅指南？"

他微微挑眉以示诧异，随后点点头，离开了一小会儿，回来时带着那本他亲手画的火锅指南，其质地和梦中的何其相似，上面一页一页满是诱人的图案，色彩倒不是很多，偶尔着色的红与绿，却是栩栩如生，分外勾人。

"你现在还吃不得这些，等你身体恢复到能吸收这些了，我带你一家一家吃过去。"

莫思瑶也不吱声，泪眼汪汪地把这本册子揣在怀里，一副"我的，谁也抢不走"的模样。

"感动了？"顾南问。

"嗯。"莫思瑶拼命点头。

他叹气："我给你抄了十二年的手抄本，怎么不见你感动成这样。"

莫思瑶抬眼看他，吸吸鼻子："你不懂。"这是她梦中的东西，"那什么甜品的、西餐的，也不要藏着掖着了，我都要。"

"你知道我给你做了？"

"知道啊，"莫思瑶揉揉鼻头笑了，笃定地道，"就算没有，你也会给我做的。"

日子就这样平淡如水，莫思瑶聊了聊梦里的那些事、那些人，却因为一梦醒来，许多都淡化了，只有傅盈格外清晰。

"哦，她是梅姨同事的女儿，是个单亲家庭的孩子，读书特别勤奋，平日里也会来这儿给你读读书，讲讲故事，大多是来请教我问题的。"

"我感觉我能跟她做朋友。"莫思瑶笑，"那董舒然呢？"

她怎么把人梦得这么坏……

"大概是梅姨跟你闲聊谁家八卦时的人与事吧，具体也不清楚。"

"哦……"莫思瑶努努嘴，看着顾南发了会儿呆。

"怎么了？"

"这些年，你累不累？"

"累啊，很累的。"他目光灼灼地看着她，"可是只有感觉累，才感觉自己活着，活得有奔头，有希望，有价值。"

"……你这个笨蛋。"莫思瑶的眼眶润润的。

"我就想啊，家里还有个人等着我，我也在等着她，等着她醒过来，醒过来看看，我成长为了多优秀，多让她骄傲的人。"

莫思瑶沉默了好一会儿，说："那万一我醒不过来呢？你就这样一天天熬下去吗？"

"有什么关系呢？"顾南说得很诚恳，"我从未想过我这样的人会组建家庭，自打我记事开始，我就不记得有谁好好抱过我，我也不知道自己哪里做得不好，爹不疼娘不爱的，后来索性自暴自弃变得神憎鬼厌。我不知道怎么去爱人，去爱这个世界，我变得很悲观，愤世嫉俗，我讨厌这个世界，讨厌眼睛里看到的一切，可是你叫着我的名字推开了我……"

"那我醒过来大脑受损偏瘫了呢，你要知道，照顾一个神经受损的人，可能比照顾一个植物人更可怕。"

"那就照顾呗，新闻不总有谁无怨无悔彼此扶持多少年，伉俪情深的事迹？别人能做到的事，我怎么就做不到？"

"可是……"

"看到梅姨对你的用心和付出，看到你对我的牺牲，我心底是前所未有的震撼与感触，这种强烈的对家的渴望让我既害怕，又期待。我渴望加入你们，融入你们，思瑶，拜托你不要做那么多无谓的猜想，相信我。"

莫思瑶感动地看着他，微笑着点了点头。

"程颐呢？真的不记挂了？"他主动提起，空气中有酸溜溜的味道。

"说完全没有遗憾那是不可能的，只是他已经找到了自己的幸福，我祝福他。"

"不想和他见一面吗？"

"意义呢？"莫思瑶白了他一眼，"正式告别吗？人生总要有点留白啊。再说，如果程颐坚守住了诺言，一直陪伴在我身边，你可是一点机会都没有哦。"

顾南微微一笑："他不是没坚持住吗？"随后，他轻轻一叹，"万一如此，我大概从一开始就不会再心存幻想吧，或许会把你当成我最敬重的人，成为你最坚实的后盾。"

"真的？说到做到？"

"嗯，所以我现在是幸运的不是吗？上天总是眷顾我的，虽然让我经受磨砺，却是为了让我变成更好的人，能陪伴在这么好的你旁边。"

莫思瑶心中触动，又有一种酸涩感："什么人啊，这么酸的话信手拈来。只是我现在连大学生都不是，我害怕以后你说起的那些专业名词我都听不懂，而且我的思维还停留在过去，我怕像老一辈的人一样接受不了新鲜事物，我怕久而久之你就开始厌倦……"

"老一辈的人才不需要你操心，现在看病微信支付的老人家哪儿都是，"顾南揉揉她的软毛，"而且'十八岁'的你会担心这些吗？生命无常，没有一个人能按照他所设定的轨道无波无澜地走下去，只有风浪来袭，我们才能在危难中学会抗击风浪的能力，这个过程中只要有你，我无所畏惧。"

莫思瑶湿着眼眶看着他不说话。

顾南等她细细地感触完："说完你了，那我呢？"

"你怎么了？"

"就是——你有没有觉得你五指活动还没那么灵敏，需要一个人给你做做手指活动，顺便牵一下就不放手了？"

莫思瑶难得被噎了一下，然而她……好像也说不出什么拒绝的话。

正沉默着呢，一只温热的大手就这样牵起了她的手。

"你做了一个那么长那么长的梦，可你说了所有人，就没有说我，我都做了些什么？"

"你觉得你会做些什么？"

"我一定为你唱过歌。"

莫思瑶微微诧异，抬眸："你怎么知道？"

"我还为你留了一间屋子，让你自由地发挥，把它变成你梦中的小屋。"

"你——"

"如果我说，我与你有过相同的梦境你信不信？"

"不信。"

"那肯定是因为我们心有灵犀。"

"鬼才跟你心有灵犀。"

顾南牵着她的手，幸福地笑着，因为这一切，他都在她耳边，细细地说给她听了。

原来她都听得到，真好啊。

莫思瑶还在絮絮叨叨着，大概憋久了，她开了嗓，又找到了倾诉对象，所以就放肆地说，也不管他爱不爱听："虽然我还这么年轻，长得如花似玉闭月羞花人见人爱的，但毕竟身体机能可能早衰退几年，到时候你看起来没啥变化，我却成了老太太了怎么办？”

莫思瑶等了一会儿没等到答案，催促："……喂！说呀，怎么不说话？"她侧眼一看，有点无名火上头，"你笑什么笑？"

顾南还是微微笑着。

因为亲爱的，你已经在构思有你有我的未来了啊。

光阴会使世事变迁，容颜衰老，但它其实没有错。

而对未来充满憧憬的我们，更不会错。

我爱你。

"所以……"他举起握着她的那只手，"我们算确定情侣关系了？"

两个月后，莫思瑶苏醒这事在机缘巧合下被当地媒体知晓了，被当成奇迹在晚间频道报道，只是在太多新鲜的人和事面前，这件事不过就像偶尔投掷入湖面的小石子，没掀起什么浪花。然而她在镜头前的开朗与决心给人留下了深刻印象，相关部门给她开了绿灯，让她成功报名了次年的高考，周末也会有志愿者上门帮她辅导课业。

她开始更憧憬未来。

那个叫傅盈的小姑娘也真实地走到她面前，因为她刚上大一，又是个勤奋努力的孩子，高考知识点还记得挺多，复习资料什么的全不吝啬地送到莫思瑶面前，一有空就过来帮莫思瑶捋重点。很奇妙地，虽然真实年纪相差了许多，但心智"尚未成熟"的莫思瑶和她一见如故，两人很快就打成了一片，和梦境里相同的是，傅盈也是把顾南当偶像看的。

"你不知道顾神的毕业答辩绝了，被当成教材制成视频录像在校内广为流传，真的，你要是敢辜负他，我们学校那些迷弟迷妹，绝对能用唾沫星子淹死你。"

"啧，就不允许辜负我的人是他？"

"那一定是因为你的灵魂比你的身体无趣！"

"说什么呢？！"

"我高一就认识顾神了，隔三岔五就会跟着我妈来你家看罗阿姨，每次来他必定坐在你床前念叨，练得一手出神入化的痴心长情剑，这样的坚持你能做到？你躺那里他没嫌弃你，醒过来他就要辜负你了？我不信！"

莫思瑶被这"侧面描写"说得有点害羞，清了清嗓子掩饰满心的感动，又忍不住好奇地问："说真的，你崇拜他，是因为他出众的外表、横溢的才华，还是因为他对我深情不移、不离不弃啊？"

"滚！"傅盈一脸嫌弃地瞪她，道，"你是来自'不显摆会死星球'的人吗？赶紧的，做题！"

"是是是。"莫思瑶勉为其难地收敛了点骄傲心情，才重新关注起刚刚不小心把话题带偏的"罪魁祸首"——这道挺有难度的选择题。

傅盈对它也只是似曾相识，解题思路和过程都有点忘记了，两人憋了一股劲研究了半天，结果做出来的答案……不在四个选项内。

"呃，要不你问问顾神吧？"傅盈提议。

——那家伙正在厨房给她煲汤。

莫思瑶燃起了胜负心，一脸拒绝："我就不，你压根不知道我当年比他优秀多少！完全把他摁在地上摩擦好吗？"但提笔在纸上也没算出个所以然来，这才有了刚开始的对话。

要不，三长一短选最短，三短一长选最长，长度一样就选C？

优等生莫思瑶破天荒地滋生了投机取巧的心思。

"吃饭了。"顾南恰好在这时敲响了门。

"我不吃！"莫思瑶瞥了他一眼突然害羞上了，哼了一声决定跟这道题杠到底，"今天不把这道题做出来我就不吃饭了！"

傅盈先乖乖地喊了声"南哥"，随后勾了勾嘴角："那你今天不用吃饭了。"

"你等着！不让你见识一下我的聪明才智，你永远不知道花儿为什么那么红！"

顾南凑过来瞄了一眼题目，突然轻轻地揉了揉莫思瑶的头："去吃饭了，这道题选B。"

莫思瑶"唰"地红了脸，然后瞥了傅盈一眼。

傅盈迅速翻到习题册的答案页，感觉在被喂狗粮的同时智商也遭到了碾压，她默默地合上了习题册，怀疑起自己待在这里的理由——无良情侣秀恩爱的见证者？

"自带作弊器，鄙视你。"走出房门的时候，傅盈小声地维护正义。

"略略略。"莫思瑶哼哼唧唧地挑衅，"就喜欢你看我不顺眼又搞不定我的样子，你咬我啊！"

顾南笑着插嘴："不行，我不同意。"

冷冷的狗粮在脸上胡乱地拍，傅盈的内心见了鬼。

　

时光飞逝，眼看就快过年了。这年 C 市的夏天比往年长，但入冬也只是一夜之间，秋天的痕迹似乎逐年被淡化了。

莫思瑶穿上了"双十一"网购的大衣，在镜子前也洋气了一把。好在岁月还算优待她，原本常年不晒太阳而导致的苍白脸色，调养后终于变得红润些，五官仍是从前的小巧精致，热情的红色包裹在她身上，使她整个人都鲜活起来，眉宇间的简单纯粹，也让她看起来少女气十足。

经过长时间的复健，她如今能脱离轮椅相对自如地行动了，只是肌肉不复从前有力，走不了远路。眼看着新年伊始，顾南提前结束了课题研究，办公地点也转移到了家里，这些年互联网的发展速度及在日常的应用，完全脱离了莫思瑶可以想象的最大值。

这个世界以不可思议的速度成长着。

好在菜市场依旧是以前的模样，与她所住的小区也就隔着一条街，她喜欢那里弥漫着的烟火气息及舌尖上的旧时味道，于是顾南每天早上都坚持陪她走着去买份早餐，再一同带点菜回来。

坚持——这个名词在这个男人身上散发出了最迷人最夺目的光彩。

于是很奇妙地，因为他在，即便是冬日的寒风刮在身上，也像是生活应有的样子，并不那么让人难以接受。

他会轻柔地将她戴在脖子上的围巾整理好，会挡在风刮过来的那侧，会小心地把她的手揣进大衣兜里，会听她背背古诗，考一考她的数理化公式，会恰如其分地展示他的博学慎思，会看着她，仿佛她便是这世间唯一。

这个男人让她相信，哪怕她走得再慢，他依旧会与她执手同行。

"累了吗？"见她似乎在想什么，顾南问。

"不累。"她摇头。

"逞强。"他笑，如初升的太阳般驱走了冬天的寒意，"我背你。"

莫思瑶抬头看了他一眼，风吹着他额前的碎发有些调皮地乱舞，但他那一双眼眸灿若星辰，眼神坚定。她揣着悸动的心突然喊了他一声："顾南。"

"嗯？"

"我突然想明白了。"她说，"光阴它没有错，即便它让我错过了些什么，却让我真正认识了你，真好。"

顾南的眼神在这一刻变得异常柔软，双眸似乎弥漫了一些雾气，他可以做的，是张开双臂，将她拥入怀中。

春节前一个月，当地电视台的记者又回访了莫思瑶，关心了她的身体状态和学习进展。节目播出后，居委会、她妈妈的前单位、她以前就读的学校、就诊的医院和一些社会团体都有代表陆续来关心探访她，给她送来了鲜花、小礼物，还有很多来自陌生人的暖心祝福。

她没有被世界遗忘，他们在用他们的方式关注、帮助这个微不足道的她。

早在上次报道后，莫思瑶就注册了一个微博号，用简短的句子说着对人生的感悟，渐渐地，也有了关注她的人，学习空暇时，她会一一回复那为数不多的留言。这天，一个同样新注册的号引起了她的注意，注册名敷衍到只是一串数字，但那人问了她一句：还好吗？

出于女人的第六感，莫思瑶直觉这个人是程颐，前些日子她妈发挥了出色的交际能力，从不知谁那里打听到程颐老婆刚怀孕，所以不联系确实是他们最好的相处模式，但终究还是介怀的吧？

当然也有可能不是。

她也构想过万一哪天在街上与程颐不期而遇他们会说些什么，或许会无视对方擦肩而过，或许会听到他说一句"对不起"，或许轻描淡写地说一句"好久不见"。

可无论哪种情况，现在的她都无所畏惧。她突然无比感激顾南的锲而不舍，坚守有时是一场艰苦绝伦的战役，谁也不知道结局会是如何，因此胜利才显得这般难能可贵。

若不是他长年累月地在她耳边念念叨叨，让她潜意识中对这个世界有了最新的认识，让她有除了母爱之外的支撑，苏醒后的她，大概会害怕，会不满，会怨愤，会焦虑，会不原谅吧……

"怎么了？"似乎随时在关注她的动静，她不过是在手机前抬头睨了顾南一眼，他便敏锐地察觉到了，询问道。

原来有个人一直把注意力停留在自己身上的感觉这么好，莫思瑶吸了一口气，问得没头没脑："你是因为感激吗？"

他给了她一个疑惑的眼神。

"还是因为愧疚？"她终于问出了隐藏心底的不安，"我年纪比你大，也并非美若天仙，甚至脾气也不太好，从前我妈就说我窝里横，所以你是在我身上察觉了什么睡美人的气质，还是……你只是纯粹地想要报恩，免得我与这社会严重脱节，怕我找不到对象？"

他沉默了一会儿，回以正色："在我回答你之前，想问问你这题有没有标准答案？"

"什么？"

"感激肯定有，看你躺那儿愧疚也有，年纪比我大也是事实，虽然长得并非美若天仙，但每一分一毫都长在我的审美观上，漂亮的程度刚刚好。报恩也是要的，与社会脱节这点，我现在难道不正在扮演着你与这社会的纽带？"

"至于窝里横——"他顿了顿，毫无征兆地笑了，"只要你给我一个窝，随便你横着竖着躺着，哪怕你每天练习托马斯加大回环，我都求之不得。"

莫思瑶眼眶一热，语调都有点急了："哎哟，烦人，这你新学的土味情话吗？"

她还是太嫩了，这是要栽啊！

顾南突然敛了笑，一本正经状："你为什么要害我？"

"啊？"

"害我这么喜欢你。"

"……闭嘴。"莫思瑶感觉自己打开了顾南的什么邪恶之门。

"好吧，反正现在我和你除了谈恋爱，确实没什么好谈的。"

"起开，我要上厕所！"莫思瑶轻吼了他一句，以遮掩她羞红的脸颊。

至于那句"还好吗"，她并没有单独回复，而是新发了一条微博："我很好，因为阳光和空气，因为希望及明天，因为爱与坚守。"

　　市场外有一条老街，闲散的小贩会瞄准城管出没的时间出动，喧闹杂乱中维系着特有的秩序，新年的味道最初便是从这里弥漫开来的。

　　红色逐渐装点了这座城市。

　　莫思瑶买了好些个"福"字，当然了，年画与挥春、灯笼与窗花，还有大大的中国结也没有落下，这是她苏醒后过的第一个春节，哪怕家里只有她和她妈妈，她也要过出红红火火的样子。

　　"还有我。"顾南纠正。

　　"你爸妈那边你都不用去陪着啊？"

　　"我妈一家出国了，我爸那家添了新丁，圆圆满满的，就不要去打搅了，你要是不欢迎我，大年三十那晚我肯定要来扒你家窗户的。"

　　"八楼呢，也不怕摔死！"

　　罗素梅神出鬼没地重重地往她脑门上一敲："大过年的，'死'什么'死'，也不怕忌讳。小南，你那天早点来，想吃什么跟阿姨说，阿姨给你做！"

　　"妈，你怎么不问我想吃什么？"

　　"不，阿姨您今年好好休息，您想吃什么跟我说，我给您做。"

　　"我疼！"莫思瑶抱着被敲疼的头抗议，这种妈妈被抢走的滋味还真是跟梦里一模一样啊……

　　她瞪了顾南一眼，小声嘟囔："马屁精。"

　　"人家这叫会说话，小伙子不仅长得精神，人又勤奋实干。"罗素梅哼了一声，嫌弃道，"难不成指望你？"

　　"我怎么了？"莫思瑶挺直了背，"我也勤奋实干啊，你们老霸占着厨房也不给我表现的机会，难道是我的错？妈，我跟您说，今年这年夜饭我还真做定了！"

　　脸好疼。

　　除夕夜，莫思瑶的脸被现实抽了一大耳光，厨房这地方真的跟她八字不合，跟顾南倒是天生一对，瞧瞧这红烧鱼、大猪蹄子、糖醋排骨、椰汁炖鸡……哪一个不是色香味俱全?

他一股脑儿做了十个菜,寓意十全十美。

"哪里吃得完?"为了避免他太得意,莫思瑶轻哼了一声。

"吃不完才好,年年有余啊。"罗素梅帮口。

"啧,妈,您心眼可真偏,干脆让顾南给你当儿子算了。"

罗素梅笑了,眼神在他们俩身上溜了一遭,颇有深意地说:"我愿意啊。"

"妈。"顾南立马接了一句。

"呸,不要脸!这是我妈!"莫思瑶羞得两颊泛红,抗议道。

"咱妈。"他举杯,"新年快乐!"

三人在笑笑闹闹中吃完年夜饭,坐着看春晚的时候,罗素梅翻出了莫思瑶的旧相册,泛黄的老照片一下子把记忆拉到了九十年代,那会儿需要拍照一般是学校组织的什么活动现场,脸都画得跟猴子屁股似的,顶着两坨胭脂,外带额前一点朱砂痣。要不就是逢年过节的,穿件稍微精致的衣服,去公园啊外出旅游之类摆个千年不变的姿势。

而莫思瑶两个羊角辫及装饰用的粉红塑料头花,可谓抢尽了风头。

"这是人民公园的人工湖,你最喜欢去那里踩船,一次十块,我还舍不得,你爸就偷摸着带你去。有次你失足踩空了掉湖里了,把你爸和我吓得半死,好在水不深,你爸把你拎上来的。"

"什么时候?"

"很小了,三四岁吧,怪我们,没看牢你。"罗素梅边回忆边翻页,"哦,这个……你小学文艺会演,上台打腰鼓,每天回家拿着小板凳在那里咚嗒嗒咚,吵得我不得安宁。"

"哟,程颐这小子打小就爱跟你一块儿玩……"说着她顿了顿,没忘记旁边不吱声一直默默看着的顾南,微微侧身拍了拍他的肩膀,"没事,我觉得小南你更帅。"

"我也觉得。"顾南晚上喝了点小酒暖身,如今眼神熠熠的,满是自信,"我小时候那是没拍照,要不肯定全场最佳。"

"不要脸!"莫思瑶哼了一声,指着自己的相片,"瞧瞧这精致的小脸才是上帝的杰作啊。"

"嗯?上帝?"罗素梅挑眉。

"不、不，我是妈妈您的杰作！"莫思瑶讨好地笑着。

"阿姨，等等。"

"怎么了？"

顾南飞快地掏出手机冲着某张照片翻拍了一张，照片里的小思瑶梳着马尾，穿着白色蝙蝠衫、红色健美裤，踩着一双红色小皮鞋，微微侧身歪着头，小脸白净漂亮，眼神骄傲。

莫思瑶惊呼了一声："干吗啊你？"

"我拍我女神，要你管！"

罗素梅也不制止，笑着由着他们嬉闹。

合上相册后，罗素梅叹了口气："你苏醒的事我一直没跟你爸说，毕竟在国外，也没要他的联系方式，前几天他问到了，晚上你主动给他打个电话吧。"

"……嗯。"

夜已深。

罗素梅没熬到午夜跨年钟响，给两人一人一个红包，说了几句祝福的话就先去睡觉了。

顾南发出邀请："怕不怕冷？要不出去走走？"

莫思瑶点了点头，回房间把事先准备的东西揣进兜里，跟顾南一前一后地下了楼。

眼下十一点多的样子，小区里的住户家里大多亮着灯。

这个场景居然似曾相识。莫思瑶裹紧了羽绒服，莫名地笑了笑。

"笑什么？"顾南疑惑道。

路灯总是要在这种时候发挥一下存在感，光影交错下的他确实帅气过人，"全场最佳"这个词可不是随便说说。

这个男人喜欢我，莫思瑶想。

他在，她就特别有安全感。他肩膀宽宽的，手臂也很有力道，性格沉稳却不会沉闷，偶尔透露的小痞气其实都让她很心动，最重要的是，还有一张长在大众审美观上的俊脸。

她往前快走了两步，回过头看着他，眯眯眼笑道："新年快乐呀，顾南！"

他愣怔地看着她，突然整个面部线条都柔和起来："新年快乐，莫思瑶。"

"你的巧克力腹肌呢？什么时候给我显摆一下？"

他下意识地摸了摸腹部，好笑地看着她："刚刚吃得稍微有点多，但线条还在，要不你现在摸摸？"

莫思瑶佯装生气，瞪了他一眼："流氓！"

"喏。"他递给她一个大信封，一眼望过去有点厚度。

莫思瑶笑着接了过来："让我猜猜，里面大概有张你手制的空白支票？若干心愿卡？"

这个旁人口中的"顾神"第一次露出了诧异的表情，随后，他没有说话，一副"人生得一知己足矣"的感动模样。

那都是因为你话太多了。莫思瑶在心里暗笑，感觉自己不可能这么笃定，一定是她沉睡那会儿，他没保留地跟她说啊说的。

无条件洗碗。

无条件唱歌。

无条件认错……

她一张一张翻着，眼眶微微湿润，这家伙，果然这么没有创意。

晚上确实有点冷，莫思瑶揉揉鼻子，把藏在怀里的一沓小卡片也拿出来递给他。见他的眼神太过灼热，她有些不好意思地别开视线："喏，礼尚往来。"

女生在这方面细腻得多，卡片被她用彩纸精致地包裹起来，上面装饰了两颗小星星，还用油性笔画了个卡通笑脸。

"我的？新年礼物吗？"顾南看起来有些激动，"我……我长这么大，第一次有人给我送礼物。"

莫思瑶"呵"了一声，表示不相信："你大学时应该很受欢迎吧，怎么可能没人给你送礼物？"

顾南将那卡片搁手里翻来覆去地看，爱不释手的样子："那不一样，但如果你这么计较，我改口，第一次有心爱的人给我送礼物。"

"我想拆开看看。"不等她回答，顾南心急又小心地把包装打开，怔了怔，一张张翻过去，竟也有些眼眶含泪——

马上不生气。

停战。

拥抱三分钟。

亲一下。

说"我爱你"。

按摩半小时。

……

顾南觉得自己何德何能，一种满满的幸福感从脚底弥漫全身，令他整个人暖烘烘的，心脏胀得发烫，在此刻只为一人跳动。

这一路他其实走得很辛苦，被挤压的睡眠时间、精确到分钟的学习计划，他尽可能地让自己更优秀一点。可优秀给谁看呢？有朝一日她能看见吗？揣着这种念头，他日复一日咬牙坚持着，如今，竟真的得到了回馈。

因而手上的这些卡片，一张张写着她的心意，压在他心头，重若千斤。

"你该不会在哭吧？"莫思瑶见他久久不说话，拿着那七八张卡片反反复复地看，又瞧他吸了吸鼻子，好像下一刻就要痛哭出声的样子，一时间又感动又好笑。

呃，她收到卡片的反应是不是太冷漠了？难不成他们要抱在一块儿哭？

顾南倏地抽出那张"说'我爱你'"的卡片，展示在她面前，语带颤音："说你爱我。"

只怪在夜色中穿着卡其色大衣的顾南实在太帅了，那真挚又带着些急切与期待的口吻突然刺激了莫思瑶的某根神经，令她浑身冒起鸡皮疙瘩，女性矜持在这一刻升到极点，她慌乱地别开视线，连忙转了个身，掩饰性地缩了缩肩膀："啊，好冷啊！还没到十二点啊？"

下一刻，她感觉他从后背紧紧地抱住了自己，他的下颌轻轻抵在她后脑，又过了一会儿，熨烫的声音落在她耳根："莫思瑶。"

她顿了顿，轻轻"嗯"了一声。

"莫思瑶。"

"嗯？"

"我爱你。"

莫思瑶发现小说中写的"心融化成一摊水"这种感觉原来真的存在，

有些话自然而然地脱口而出："我知道。我也……爱你。"

不知哪家的电视机里传来倒数的声音："十、九……三、二、一！"

新年快乐！

有一种来自远处的喧闹在四周弥漫开来，隐隐有绚烂的烟花在他们四周绽放。

"我能不能把所有的卡片都换成这个？"他弓着身，把头埋在她颈窝处，轻声问。

"哪个？"

"'我爱你'这个。"他顿了顿，又说，"其他的所有心愿卡都转化为你的权利，使用次数不限……好不好？"他微微带着撒娇的口吻。

"……笨蛋。"

他亲吻着她的耳垂，笑笑："我是啊。"

"所以，现在你可以对我使用'亲一下'这个权利了。"他把她整个人转过来，倾身向前吻住了她。

六月如期而至。

经历过生死后，心态意外平和的莫思瑶轻装上阵。磨枪期她准备得挺充分的，做完了近几年的真题和好几套仿真卷，顾南还和几位义务给她讲过课的老师一块儿押了重点，针对性地提高了她的答题能力，高考对她而言不过是万事俱备，只欠东风。

但顾南还是表现得比自己考试还紧张，六月七日那天早早爬起来给她准备了早餐，反复检查了身份证、准考证及答题笔，又亲自送到了考场。

进校门前，顾南摸摸她的头说："你说以后送咱们闺女上考场，我会不会就是这种心情？"

莫思瑶哭笑不得："你这想得也太远了。"

"你要是答应了，这事就不远了。"

"瞎说。"

"我等你。"他又说，然后就真的顶着烈阳迎接她出了考场，在一众陪考团中，也算是一枝独秀了。

实力决定成绩，莫思瑶如愿被 A 大录取，这个事又被媒体报道了一番，这让她很忐忑，毕竟年龄摆在这儿，怕被一干鲜嫩白净的年轻同学当作"怪阿姨"，怕被人戴着有色眼镜看。

顾南笑着安抚她："放心，你也是微博上有粉丝群的人。"

而这年的迎新晚会上，顾南不知道凭借什么关系走了后门，上台演唱了一首歌——一把吉他、一个帅气的身影。所有人都听到他在歌曲的末尾公开表白："莫思瑶，我爱你。"

他也改变了手写的方式，每天在朋友圈为她写一句情话。

历经又寒暑，莫思瑶已完全融入了苏醒后的生活，她陆续收到了来自顾南手绘的"美食指南"，他也如他所承诺的，带她一家一家地吃，而这本的最后一页写着——

莫思瑶，你愿意陪我细细品尝余下这一生吗？